我 МЫ 们

扎米亚京作品集

Евгений Замятин

［苏联］扎米亚京 著

白桦熊 译

上海译文出版社

目录

我们

记事 1

提纲：

通告。最英明伟大的路线。史诗。[①]

我只不过把今天在《**国家报**》上刊登的内容一字不差地抄录下来：

“再过 120 天，‘**积分号**’[②]飞船就要进入竣工阶段。第一艘‘**积分号**’飞船即将腾空而起奔向宇宙空间，伟大的、历史性的一刻已近在眼前。一千年前，你们英雄的祖辈在**大一统国家**政权领导下征服了整个地球。如今你们面临的是更加光荣的伟业：你们要驾驶玻璃外罩的‘**积分号**’电气飞船，喷着熊熊烈火，将无限的**宇宙**方程式归于一统。你们的任务是，将栖息于其他星球上的未知生物置于恩威并举的理性枷锁之下——因为，他们也许仍处于自由散漫的蛮荒状态。如果他们无法理解，我们带给他们的是数理化般精准无误的幸福，那么迫使他们接受幸福将是我们的义务。但是我们一定要先礼后兵。

现以**恩威荣主**的名义向**大一统国家**全体号码颁布公告如下：

各界才俊贤达，皆有义务创作论文、叙事长诗、公告、赞美词，以颂赞**大一统国家**之无上伟大与美好。体裁不拘。

作品将作为第一批物资搭载‘**积分号**’飞船进入宇宙空间。

大一统国家万岁，号码们万岁，**恩威荣主**万岁！”

写下这些文字时，我双颊滚烫。是啊，求得无限宇宙方程式的积分，最终使之一统。是啊，要把原始野蛮的曲线拽直，沿切线拽直，沿渐近线拽直，沿直线拽直。因为**大一统国家**的路线就是——直而又直的。那是一条伟大的、绝妙的、精确无误的、英明的直线——是最最英明的路线……

我，编号 Д-503，我是“**积分号**”飞船的设计师，仅仅不过是**大一统国家**的一名数学家。我向来习惯书写数字，我的羽毛笔创作不来韵律和谐的乐章。我只能尽力把自己的所见所想记录下来——确切地说，是记录下我们的想法（正是如此：我们，索性就把这个“**我们**”当作这部记事的标题吧）。但这会成为我们生活的衍生产物，也是**大一统国家**数理化般完美生活的产物，倘若真是如此，甚至根本无需我刻意润色，记事本身不就成了一部水到渠成的史诗？一定会是这样——我对此深信不疑。

我写下这些文字时，双颊滚烫。也许，这正像孕妇第一次聆听到体内的胎动。那是一个小到还无法睁开双眼的新生命发出的节奏。明明就在我身体里，偏偏又不是我。须用羊水和心血孕育漫长数月，然后伴随着痛楚把他剥离自己的身体，恭恭敬敬奉献给**大一统国家**。

不过我和每个号码一样，已然做好准备，或者说几乎和我们每个号码一样。我准备好啦。

---

① 本书原文中大写的单词，在译文中均以黑体字表示。此后不再一一注明。本书中的注释除特别说明外均为译者注。

② 积分的严格数学定义是由波恩哈德·黎曼首先提出的。黎曼的定义运用了极限的概念，把曲边梯形设想为一系列矩形组合的极限。从十九世纪起，更高级的积分定义逐渐出现，有了对各种积分域上的各种类型的函数积分。小说中的“积分”具有在地域和思想意识领域不断蚕食或扩张的政治含义。作者为了避免表达过于直白，故而借用了积分这一数学概念。

记事 2

提纲：

芭蕾舞。正方形的和谐。X。

春天。从**绿色高墙**以外，从目所不能及的荒野之上，风儿送来了不知名的黄色花粉，带着丝丝蜜意。可这甜甜的花粉却也带来口干舌燥的感觉，只好不停地舔嘴唇。每一个迎面遇到的女号码，大概嘴唇都应该是甜甜的吧（当然了，男号码的应该也一样）。这个想法似乎有点扰乱我的逻辑思维。

然而天空却是真的美啊！湛蓝一片，没有被一丝云彩玷污（古代人的品味就是冥顽不化，那时候的诗人不但喜欢这些形态乱七八糟而又滑稽的云彩，傻乎乎地把这一团团雾气吹嘘得神乎其神，居然还能从中获得灵感）。可我喜欢——我相信，我这么说是绝对不会错的：我们只喜欢像现在这样的，像被消过毒一样，没有任何瑕疵的天空。那样的日子里，世界活像是用一整块永生永世都牢不可破的大玻璃浇铸而成，**绿色高墙**看起来如此，我们所有的建筑物看起来也同样如此。在这样的日子里，能看透事物最深处的蔚蓝，看到万物迄今为止仍隐藏至深、巧夺天工的方程式，即便在一些最最司空见惯的日常事物中也能看到。

这不，哪怕就是一件小事。就在今天上午，我在**“积分号”**飞船操作平台上工作时，不经意看见了几台机床：调节球阀闭着眼睛，忘我地转个不停；曲柄一闪一闪地，时而左扭，时而右斜；平衡器节奏分明地晃动着骄傲的肩膀；铡床的钻头一蹲一起，似乎在迎合无声音乐的节拍。在浅蓝色的阳光照耀下，我猛然间似乎洞悉了大规模机器芭蕾舞的全部优美。

这自然而然就引发了下一个问题：为什么这是一种美？为什么舞蹈会有美感？答案简单：因为这是一种非自由式的运动，因为舞蹈全部深层的奥义正在于对审美的绝对服从，在于完美的非自由状态。如果我们的祖先，在生命最富有灵性的时刻曾真真切切全身心投入舞蹈（如神秘的宗教仪式、军事检阅仪式），那么只能说明一点：自古以来，渴望非自由就是人类与生俱来的本能，而在我们当今的生活中，只不过有意识地……

这段话只能以后再写完整了，因为号码机啪地响了。我抬眼一看，是 O－90，当然是她。只消再过半分钟，她就会亲自亮相，带我出去散步。

可爱的 O 啊！我一直觉得，她的身体长得就如同她的名字：身高比**为母标准**矮了 10 厘米，所以整个身材显得滴溜滚圆，总是张开的嘴巴也像个字母 O，似乎在迎接我说的每一个字。还有，她的手腕上有一圈厚厚的肉褶子，只有小孩子的手臂才会这样吧。

她走进来的时候，逻辑的飞轮还在我脑子里嗡嗡地飞转，出于惯性的缘故，我便和她聊起了我脑子里刚刚成形的想法，包括我们所有号码，还有机器和舞蹈。

“太奇妙啦。不是吗？”我问。

“是，很奇妙。春天来了。”O－90 满脸潮红地冲我抛来一个微笑。

看看，多扫兴，春天……她竟然在说春天。女号码都一样……我只好闭了嘴。

楼下。大街上已是号码成群。遇到这么好的天气，我们通常把午后一小时的个人活动时间用来多散散步。和往常一样，音乐制造工厂所有铜管齐鸣，奏响《**大一统国家进行曲**》。几百个、几千个身穿浅蓝色制服[①]的号码，四个一排列成方阵，踩着节拍划一的步伐激情亢奋地走着。每一个男号码，以及每一个女号码的胸口都有一块国家号码牌，金黄闪亮。而其中的我，我们，我们一排四个号码，也走在这雄壮的激流中，成为无数波浪中的一道。O-90走在我的左边（要是让我那一千多年前浑身毛发浓密的某位祖先来描写这一幕，他，恐怕，会滑稽地把她称为“我的女人”）；右边则是两个陌生的号码，一个女号码和一个男号码。

醉人心脾的蓝天，每块号码牌里都倒映着一个孩子圆脸般的小太阳，一张张没有因心事重重而愁眉不展的脸……看这四射的光芒，仿佛是由同一种耀眼而又喜气洋洋的物质散发出来的；再听听铜号的节拍：“特拉——塔——塔——当。特拉——塔——塔——当”；再看看阳光下炫目的铿锵步伐，似乎每踩一步，我们就向更高处迈进一步，一直迈向天边心醉神迷的那一抹蓝……

此时此刻的感觉，犹如今天早晨在操作平台上一闪的灵光，我又一次觉得，这辈子似乎是头一回看见这一切：一条条笔直的马路耀武扬威，路面的玻璃向四面反射着阳光，一栋栋平行六面体的透明住宅大楼宛如林立于仙境，蓝灰色的方块列阵齐整而又协调。而我，仿佛不是好几代号码的努力，而正是我，是我，是我战胜了旧时代的**上帝**，战胜了旧时代的生活，正是我自己创造了这一切。我就像一座耸立的塔楼，连胳膊肘都不敢动一下，生

---

① 作者在原文中并未采用现代俄语“制服”一词——форма，而故意选用了古俄语中униформа的拉丁谐音词uniforme。虽然都有制服的意思，但后者曾专指马戏团服务员的制服，也有单一或均匀的意思。

怕碰碎了墙，撞塌了穹顶，蹭坏了机器……

紧接着，有那么一瞬间，我似乎纵身一跃，从“+”跳到了“-”，穿越了几个世纪。我想起了（这显然是背景对比联想的作用）——我突然想起了博物馆里的一幅画：那个时候，20世纪的一条大街上，人群、车轮、动物、海报、木材、五彩颜料、飞鸟，震耳欲聋的喧闹，杂乱无章的拥挤……然而，据传这竟然是真实的场景——也的确有可能是真的。可我总觉得实在过于离奇，一时没憋住，竟突然哈哈笑出声来。

就在这时，从右边，有了回声一样，响起了笑声。我转过头去，一口洁白的牙齿映入眼帘，白得不可思议而且尖锐锋利，那是一张陌生女号码的脸。

“恕我冒昧。”她开口说，“您刚才环视四周，一副天下非我莫属的神态——就像神话里那个创造万物第七天后的神明[①]。我觉得，您一定非常自信地认为，连我也是您创造的，而不是什么其他号码。为此我深感荣幸……”

她说这些话的时候，脸上并没有笑意。我甚至可以说，还带着些许敬畏之情（也许，她知道我是“**积分号**”的设计师）。可让我无法理解的是，她的眼神和眉宇之间，似乎有一个奇怪的X，看着就让我心烦，可我却总也抓不住它，也无法用数字把它表达出来。

我竟毫无缘由地窘迫起来，慌神了片刻，便急于开始为自己刚才发笑的行为进行一番逻辑论证：“显而易见啊，这么巨大的反差，是一条横亘于今天与旧时代之间无法逾越的鸿沟……”

---

① 实际上指《圣经·旧约·创世记》中的相关内容。

“真是无法逾越的吗?(牙齿好白啊!)鸿沟的两端，可以建一座桥连接起来嘛……您想想：鼓啊，军营啊，列队啊——这些以前也都有过。所以嘛……”

“嗯，说得对，一针见血!”我提高了嗓门(她的想法竟然与我不谋而合，真是个惊喜。她说的话，几乎和我散步前写进记事里的一字不差)，“真想不到，我们竟然想法一致。这正是因为，没有一个号码是独立的‘一个’，每个号码都只是‘一分子’。我们全都如此地相似……”

可她却说：

“您确信吗?”

我看见，她的眉梢向两鬓挑起了一个锐角——正有些像X尖尖的犄角。不知道怎么了，我又一次心慌意乱起来，一会儿把视线转向右边，一会儿又转向左边，可是……

她，就走在我的右边，腰身纤细，线条分明，体态挺拔却又不失柔韧，就像一根细马鞭。I-330(这下我看清了她的号码)。而我左边的O，完完全全是另一副模样，整个身体全是圆滚滚的部件，手上还有孩子般浑圆的肉褶。我们四个号码一排的最边上，是一个陌生的男号码。他的身体就像被掰弯成了两截弧形，像极了字母S。我们还是各不相同的啊……

这个走在右边的I-330，显然准确捕捉到了我心不在焉的眼神，只听她叹了口气：

“唉……可惜!”

说实在的，这一声“可惜”来得恰是时候。但是，不是在她的脸上就是她的声音里，似乎还透出一丝令人费解的意味……

可我还是抓住了机会一反常态地厉声反驳：

“没什么‘可惜’的。科学在发展，可以确定，如果现在做不到，那么过50年，100年……”

“可大家甚至连鼻子都长得不一样啊……”

“是啊，鼻子是不一样。”我几乎大声喊叫起来，“既然有差别，那一定会为嫉妒提供土壤……就像我是蒜头鼻子，那别的号码……”

“不，您的鼻子嘛，就像古代人说的那样，也许可以算得上‘经典’呢。而且您的手……不，让我看看，手让我看看嘛！”

我很受不了让别的号码看我的两只手。我的手上全是毛发，毛茸茸的，简直就是滑稽的返祖现象。我伸出手去，尽量摆出毫不在意的腔调说：

“毛猴子的手哦。”

她竟仔仔细细打量起来，然后又端详我的脸：

“这样的搭配可太稀奇了。”她向我投来一个眼神，就好像在给我过磅，眉梢的犄角又晃了晃。

“他是登记在我名下的。”O－90兴奋地张开了粉红的嘴巴。

脱口而出的话根本不合时宜，她还不如不说话呢。不管怎么说，这个O啊……怎么说她好呢……她的语速没有计算准确。语言的秒速度理应比脑子的秒速度稍微慢一拍，而无论如何不可以反过来。

大街尽头的蓄电塔楼上，大吊钟洪亮地敲了17下。个人活动时间结束了。I－330要和那个S体形的男号码一起离开。我这才发现，他有一张令人肃然起敬的脸，而且似乎还很脸熟。也许我以前在哪里见过他吧——可现在却一点也想不起来。

道别之际，I脸上依旧挂着X，朝我笑了笑：

“您后天要是有空，来一趟 112 大会堂吧。”

我耸耸肩：

“如果我会收到通知，刚好指定去您说的那个大会堂……”

她却莫名其妙地有把握：

“您会收到的。”

如同发现方程式里一不留神混进了一个不可分解的无理项一样，我的心情也被这个女号码破坏了。其实我更乐意和可爱的 O 单独相处，哪怕只是一小会儿。

我挽着她的手，穿过四条街。到了街角，她该向右走，而我则应该向左拐了。

“我真的好想今天就去找您，拉下窗帘。就在今天，就是现在……”O 怯生生抬起眼睛看我，圆圆的蓝眼睛，水晶般清澈。

她太可笑了。我还有什么好说的？昨天她刚去找过我，而且比我更清楚，我们俩的下一次性生活不会早于后天。这只不过仍然是她的“超前思想”在作怪，正如有时候发动机会提前被点着一样（有时候这是有害的）。

分手时，我两次……不，我还是说得精确些，是三次吻了她那双湛蓝的，没有被一丝云彩玷污的眼睛。

记事 3

提纲：

正装西服。高墙。守时戒条。

我从头到尾看了一遍昨天写的，发现，我写得不够明确。也就是说，虽然我写的所有东西对我们任何一个号码来说，都再明白不过，可是对于从未谋面的你们而言，“**积分号**”飞船会为你们送去我的这本记事，你们也许会看不懂。也许，整部人类伟大的进化史，你们只读到九百年前关于我们祖先的那一页。或许，你们连一些基本常识都没有，不知道什么是**守时戒条**、**个人活动时间**、**为母标准**、**绿色高墙**、**恩威荣主**。现在要解释这所有的一切，让我感到既好笑又非常为难。这就好比，随便找一个哪怕是20世纪的作家，让他在自己的长篇小说里解释，什么是“正装西服”“公寓房”“妻子”，这都是画蛇添足。但是，要是把他的长篇小说翻译成原始野蛮人的语言，却不对“正装西服”做注释，那也会失去意义吧？

我相信，原始野蛮人瞪着“正装西服”四个字时，一定会想：“呵，这东西有什么用？累赘罢了。”所以我觉得，如果我告诉你们，那场**两百年战争**结束后，我们当中任何号码都没有走出过**绿色高墙**，你们一定也会这么干瞪眼。

可是，亲爱的各位读者，脑子还是要稍微动一动的，因为这很有帮助。其实大家都明白一个道理：整个人类历史，就我们所知，就是一部从游牧形式过渡到更为固定居住形式的历史。难道这不正说明，最为固定居住的生活形式（我们现在的）本就该是最完美的生活形式（我们现在的）吗？可以这么说，人们曾在这片大地上从一个地方东奔西窜到另一个地方，那已经是史前的老黄历了。那时候有很多国家，各种战争，形形色色的贸易往来，还曾发现了截然不同的两个美洲。不过这又有什么意义，现在谁还需要这些？

我可以进一步假设：习惯这种定居生活的过程并非一帆风顺，也不会一蹴而就。**两百年战争**期间，条条道路被破坏殆尽，处处杂草丛生。刚开始，生活在一座座被绿色密林彼此隔离的城市里，应该会觉得极不方便。但这又怎么样？就像人刚开始褪去了尾巴一样，也许，他也不是立刻就学会不用尾巴驱赶苍蝇的。最初的日子里，毫无疑问他会因为没有了尾巴而倍感焦虑。可是现在，您还能想象自己长着一根尾巴吗？或者换句话：您还能想象自己现在没穿“正装西服”一丝不挂地逛街吗（也许，您正穿着“正装西服”，还逛得很自在开心呢）？所以说，就是这个道理了。我就没法想象，城市怎么能没有**绿色高墙**围着；我也没法想象，生活怎么能离得开数字化**守时戒条**的紧箍咒。

守时戒条……就在我房间的墙壁上，金灿灿的底板，紫红色的字体，现在正严厉而又不乏温情地望着我。让我不由想起了古人称之为“圣像”的东西。此时的我，竟有了赋诗一首或者写一段祷文的冲动（其实两者是一回事情）。唉，我怎么偏偏不是一个诗人呢，不然就能当仁不让地讴歌赞美你，噢，**守时戒条**啊，噢，**大一统国家**的心脏与脉搏。

我们所有号码（或许你们也一样）在孩提时代，还在上小学的时候，就已经读过流传至今的最伟大的古代文学瑰宝——《列车时刻表》。但如果你们把它和**守时戒条**放到一起比一比，就会发现两者之间是石墨和金刚石的差距。虽然成分同样是C，也就是碳元素，可是金刚石是多么地久天长，多么晶莹透亮，多么耀眼夺目啊。当一目十行噼噼啪啪地翻阅《列车时刻表》时，你们哪一个不是紧张得喘不过气来？可是**守时戒条**却把我们每一个号码实实在在地打造成了恢弘史诗中的六轮金刚之躯[①]。每天清晨，如同六轮驱动一样精准，在同一小时，同一分钟，数以百万计的我们，就像一个号码般同时起床。在同一小时里，几百万号码同时上班工作，又同时下班，结束工作。我们融为一个长着数百万只手的躯体，在**守时戒条**规定的同一秒内，同时把勺子送进嘴里，也在同一秒内出门溜达，在同一秒内去大会堂，去泰勒[②]操练大厅，然后回去睡觉……

我不得不坦白地承认：其实我们还没能绝对精确地解决幸福这一难题。每天两个小时，从16点到17点，还有21点到22点，我们这个统一庞大的有机体会散落成一个个细胞单体。这便是**守时戒条**所规定的**个人活动时间**。这两个小时里，你们会发现，一些号码的房间里会落下象征贞洁的窗帘，另一些号码步调一致地踩着《**进行曲**》的节奏行进在大街上，还有的号码，就像我现在这样，坐在写字桌前。不过我坚信，就算我会被当作理想主义者也罢，幻想家也好，我都坚信，这两个小时迟早有一天也会在总公式里占据自己的一隅，有朝一日，每一个86 400秒钟都一定会

---

① 六轮金刚之躯是指当时生产的六轮跑车。

② 泰勒（1856—1915），美国发明家，工程师。曾发明了泰勒制工业管理制度。其要点是，仔细观察每一名工人劳动，尽量减少在操作中浪费的时间和多余的动作，以期大幅度提高生产效率。

被纳入**守时戒条**。

关于旧时代，我读到听到过许许多多不可思议的故事，那时候人们还生活在自由状态中，也就是野蛮而又无组织的状态。有一点我始终都想不通，在那个时代，尽管当时的政权还处于萌芽状态，可怎么竟能允许人们的生活中没有任何类似于**守时戒条**的规定，没有必须完成的散步，没有精确的用餐时限安排，还任由他们随心所欲地起床和上床睡觉？有些历史学家甚至提到过，似乎旧时代的街上整夜灯火通明，马路上人来车往昼夜不分。

就这一点，我无论如何想不通。就算他们的智慧有限，但也应该明白，这种生活方式无异于真正的全民谋杀，只不过是慢性的，是水滴石穿的。国家（出于人道）倒是禁止了杀死一个人，却没有禁止把数百万人杀死一半。杀掉一个人，相当于把一个人的寿命总共减掉50年，那算是犯罪行为。可是把数百万人的寿命总共减掉5 000万年，反倒不算是犯罪了。哈，这难道不可笑？在我们这里，就连一个十来岁的小号码也能在半分钟内算清这道道德数学题。可他们却做不到，把他们所有的康德[①]捆在一起也做不到（这是因为，没有哪一个康德会想得到，能以加减乘除为基础构建一个科学的伦理体制）。

堂堂一个国家（它竟然厚颜无耻地称自己为国家！）竟能对性生活不加以监控，这难道还不够荒唐透顶。什么人，在什么时间想做爱，想做几次……完全放任自流，一点都不科学，野兽才这样。

而且人人都像野兽一样盲目，想什么时候生孩子就什么时候

① 康德（1724—1804），德国哲学家，德国古典哲学的创始人。

生孩子……这还不够可笑吗？他们其实了解园艺、养鸡业、养鱼业（我们有精准的数据，足以证明他们真的了解这一切），可他们偏偏没有沿着逻辑的阶梯抵达顶点：育儿业。他们竟然没能想到制定我们的**为母**和**为父标准**。

太可笑了，太荒谬了。不过我刚写完这些，就有点担心了：万一，你们这些未曾谋面的读者，会认为我是恶作剧呢？说不定你们会以为，我只不过是想挖苦你们，而且还一脸正经地胡说八道。

可是首先，我并不是一个擅长开玩笑的号码，何况任何一个玩笑都多多少少隐藏着欺骗的目的。其次，**大一统国家**的**科学**已经证实，古时候的人就是这么生活的。而**大一统国家**的**科学**是不可能犯错的。要不然的话，任由号码们直到如今还生活在自由的状态中，就如同一群野兽、一群猴子、一群畜生那样，那国家的逻辑又从何谈起。对古人自然不能有什么苛求，因为即便是现在的我们，从内心的某个角落，从那个遍体茸毛的灵魂深处，依然偶尔会发出原始野性的、猴子的回声。

不过好在那是偶尔的回声，也幸亏这只是不足道的零部件小故障，容易修复，阻挡不了整台大**机器**永恒而又气势恢宏的前进脚步。想要剔除变了形的螺母，我们有**恩威荣主**的妙手铁拳，还有**守护者**的火眼金睛……

哦，对啦，我现在想起来了。昨天那个身体像是被掰成两截的人，就是那个S体形的，我似乎有一次看到他正从**守护局**里走出来。现在终于明白，为什么我对他会有一种本能的敬畏感，为什么那个举止怪异的I当着他的面会略显不自在……这应该说明，那个I……

睡觉的铃声响了：22点30分。明天见。

记事 4

提纲：

野蛮人和气压表。羊痫风。要是。

一直到现在，我生活中的一切都明明白白（我觉得，我并不是无缘无故偏爱使用“明白”这个词），可是今天……我糊涂了。

首先，我真的拿到一张去 112 大会堂的通知单，正如她对我预言的那样。

当然这种概率不是没有——1 500/10 000 000 = 3/20 000（1 500 是大会堂的数量，10 000 000 是号码数量）。其次……不过，还是按先后顺序一件件说吧。

大会堂，是一座巨大的半球形建筑，阳光穿透厚重的玻璃外墙，洒遍每一个角落。一颗颗剃得干干净净的脑袋滴溜滚圆，一圈又一圈优雅地围坐。我稍稍有点紧张地环顾了一下四周。我觉得，当时我应该是在寻找什么。也许在浅蓝色制服的波涛之上，会闪现出那两瓣弯镰般的，可爱的 O 的嘴唇。这不，那儿有两排洁白而又尖锐的牙齿，很像是……不，不对。现在刚好是晚上，21 点整，O 本来就该来找我——所以有在这里遇见她的冲动，也完全合乎情理。

到点，铃响了。我们站起身，高唱《**大一统国家国歌**》。此时的舞台上，已经伫立着一台金灿灿的扬声器，同时也是一台妙语连珠的录音式演讲机。

“尊敬的号码们！不久前，考古学家挖掘到一本20世纪的书。俏皮的作者在书中描述了野蛮人和气压表。野蛮人发现：每一次，当气压表的刻度停在‘雨’字标记上时，就真的会下雨。而当时那个野蛮人正好想求雨，所以他就把水银抠出来一些，让水银面刚好降到‘雨’字标记（屏幕上有个浑身披着羽毛的野蛮人，正往外抠水银。大家哄笑）。你们都在笑，可你们不觉得，那个年代的欧洲人其实更加可笑吗？欧洲人曾和野蛮人一样，也有求雨的时候。只是他们要的‘雨’，是大写的‘雨’，是代数化的‘雨’。可是欧洲人却只会落汤鸡一样站在气压表前束手无措。野蛮人至少还有更大的勇气、能力和逻辑（哪怕就是野蛮的逻辑）。他至少能确认结果与成因之间具有一定的关联。他抠出了水银，就意味着在那条康庄大道之上迈出了第一步，那条大道……”

这一刻（我再次申明：我的写作，没有丝毫隐瞒）——这一刻，我似乎有那么一小会儿变得闭目塞听，对扬声器里滔滔不绝传出的慷慨之声竟然充耳不闻。我突然觉得，我这趟是白来了（怎么会“白”来呢，既然收到了通知，难道还能不来？）。我觉得，一切都变得那么空洞，完全言之无味。当录音式演讲机开始转到主题时，我才艰难地回过神来。原来主题是我们的音乐，是数学式音乐作品（数学家是成因，而音乐则是结果），介绍前不久刚发明的音乐创作机。

“只需转动这个把手，你们当中任何号码都能在一个小时内创作出三部奏鸣曲。可你们的祖先们当时要耗费多大的心血啊。只有整个人都处于‘灵感’爆发的状态，他们才能进行创作，而这正是羊痫风的某种尚不明确的病发形式。现在就请你们各位看一段他们那时最可笑的影像——斯克里亚宾[1]的音乐——20世纪作品。这个黑色匣子（舞台上的大幕向两边拉开，出现一种非常古老的乐器）——他们把这个匣子叫做‘钢琴’或者‘乐器之王’。这也再次证明，他们那时候的音乐有多么……”

接下来说了什么，我又没听进去。很有可能，是因为……嗯，是的，我还是坦白了吧：是因为她——I-330走向了“钢琴”匣子。大概，正是因为她以这样出乎意料的方式出现在了舞台上，让我着实吃惊不小。

她身穿一件样式离奇的古装，一袭黑裙紧紧裹住她的身姿，白皙的双肩和胸脯裸露在外，线条格外清晰。还有那一道，两座……之间的深涧，似乎也散发着热度，随着呼吸而轻微起伏……两排牙齿几乎凶相毕露，尤为刺眼……

笑容——咬人，冲着我——冲着下面。她款款走来，俯身坐下。端坐开始弹奏。曲风野蛮荒诞，急躁虚浮，同彼时人们的生活一样，没有丝毫机械式的理性。所以他们，我周围的号码，理所当然有了正确的反应：大家都哈哈大笑。只有很少一部分人……可是为什么我也……我也？

是啊，羊癫风是一种精神疾病，的确是一种病痛……缓缓的，竟然还带着一丝甜蜜的病痛——似乎又被刺痛了——真希望这刺痛更深一些，更痛一些。此时，太阳缓缓升了起来。然而这并不是我们的太阳，不是均匀穿透玻璃砖墙的水晶般泛蓝的太阳，不是。那是原始野蛮的、恣意狂奔的、炙热灼人的太阳。它

① 亚历山大·尼古拉耶维奇·斯克里亚宾（1871—1915），俄罗斯作曲家、钢琴家，交响乐作曲家和钢琴音乐的大师，毕业于莫斯科音乐学院。早期作品以新的方式继承了俄罗斯古典传统。

正拼命地甩掉身上的一切，把它们摔成碎片。

坐在我身旁的号码朝左边——冲我嘻嘻讪笑一声。不知道为什么，我竟然牢牢记住了这个细节：我看见他的嘴唇间弹出一粒几乎肉眼看不到的唾沫星子，随即便破灭了。这粒唾沫星子让我猛然清醒过来。我，又变成了原来的我。

就像所有号码一样，我只听到琴键在喋喋不休地敲击，荒诞不经，杂乱无章。我也笑了。心情变得轻松而又单纯。看来只是才华横溢的录音式演讲机为我们把那个荒蛮的年代描绘得过于生动了——不过如此而已。

后来我又特别享受地聆听了我们现在的音乐（是在快结束的时候，作为对比播放的）。无穷级数水晶般的半音阶时而交汇，时而又散开，把泰勒公式①和麦克劳林公式②的和弦叠加在一起。毕达哥拉斯三角裤③铿锵有力的方形正步，踏出了全音符。阻尼振荡摆动出忧伤的旋律。而好似夫琅禾费谱线④那样变幻不定的明快休止节拍，其实就是各个星球的分析光谱啊……多么壮观！规律性是那么牢不可破！相形之下，古人那些狂放恣肆而又不受任何约束（除了野蛮的想象力之外）的音乐是多么卑微不堪。

像往常一样，大家整整齐齐地列队，四个号码一排通过宽敞

---

① 泰勒是英国数学家，主要以泰勒公式和泰勒级数出名。泰勒公式即用若干项连加式来表示一个函数，这些相加的项由函数在某一点的导数求得。

② 麦克劳林是苏格兰数学家，著有数学分析、曲线理论和力学等方面著作。麦克劳林公式是泰勒级数的特殊情况，即当 $a=0$ 时，$f(x)$的展开式。

③ 毕达哥拉斯是古希腊数学家、哲学家。毕达哥拉斯三角裤即勾股定理，因该定理画出来像三角裤而获此谑称。

④ 1814 年德国物理学家 J. 夫琅禾费利用自制光谱装置观察太阳光时，在明亮彩色背景上观察到 576 条狭细的暗线，其中最明显的 8 条用 A 到 H 字母标记，这些暗线被称为夫琅禾费谱线。实际上约有 3 万多条暗线。

的大门走出了大会堂。我身边闪过一个被掰成两截的熟悉身影，我恭敬有加地朝他鞠了一躬。

再过一小时，可爱的O就要来找我了。我不由激动起来，那是一种愉悦而又有益身心的激动。一到家，我便赶紧跑去办公室，把一张粉红色的票子塞给值班号码，换回一张拉窗帘权利的许可证。这种权利，我们只有在性交的日子里才会有。要是在平时，我们都生活在透明的房子里，四面的墙就像是明晃晃的空气编织而成，所有号码都沐浴在阳光里，一举一动全部暴露在大庭广众之下。而我们彼此之间本来就没有什么可以遮掩的，况且这样还能减轻**守护者**繁重而又崇高的劳动负担。要不然，保不准就会闹出什么事情。很有可能，正是那些稀奇古怪的不透明住处，才导致了古人画地为牢的可怜心态。还说什么“我的（sic①！）家——我的城堡”，早该动动脑筋想到啦！

到了21点，我拉下了窗帘。也刚好在那一刻，微微气喘的O走了进来。她粉红色的小嘴朝我凑过来，同时递给我一张粉红色的票子。我顺手扯掉了票根，可直到22点15分的最后那一刻，我也没能把她粉红色的小嘴从我身上扯开。

然后，我给她看了自己的《记事》，还聊到了正方形、立方体和直线的优美。似乎我表述得很不错，她听着，整个人都呈现迷人的粉红色。可突然，蓝蓝的眼睛里掉落一滴泪水，第二滴，第三滴——直直掉落在打开的本子上（第7页）。墨水立刻化开了。这下可好，要重新抄一遍了。

---

① sic通常由文章原注于引文后，一般表示原文存在拼写等错误，意为：原文如此。

“亲爱的 Д，只要您开口，要是……”

哈，“要是”什么？“要是”什么啊？她大概又要老调重弹了：孩子。或者，她要说点新的，是不是有关……有关那个女号码？虽然现在这样的场合说这个似乎不太合适……不，这个话题也太荒唐了吧。

记事 5

提纲：

正方形。世界的主宰者。赏心悦目的有益功能。

又不对劲了。未曾谋面的读者，我似乎又在和您用这种方式交流，就好像您……嗯，怎么说呢，就好像您是我的老朋友 R-13。他是个诗人，有两瓣黑人一样的厚嘴唇，而且他的名气家喻户晓。可是，您可能是月球上的居民，或许是火星上的，水星上的——谁认识您啊，您在哪儿啊，您究竟是谁啊。

这么说吧：您想象一下，有个正方形，一个活力四射的美妙的正方形。这个正方形要介绍自己，要讲述自己的生平。您明白吧，原本这个正方形压根就没想过，要讲一讲它的四个角都是相等的。因为它自己早已见惯不怪，因为这对它而言实在太习以为常，太稀松平常。我就长期处于正方形的这种状态。嗯，就比方说那些粉红色的票子，还有与票子相关的所有事情，这对我来说，就像正方形的四个等角一样简单易懂。可对你们来说，理解起来也许要比牛顿二项式[①]更加晦涩呢。

好啦，我继续。有位古代的先贤曾说了一句很聪明的话，他能说出这样的话当然是出于偶然：爱情与饥饿才是世界的主宰者。所以嘛[②]，想要主宰世界，人就必须先征服世界的主宰者。我们的祖先就曾付出了昂贵的代价，才最终征服了**饥饿**。我指的是**伟大的两百年战争**——一场城市与乡村之间的战争。也许，是由于宗教的偏见，野蛮的基督徒们曾顽固不化地把“面包”[③]牢牢抓在自己手里。可是在**大一统国家**建国前的三十五年，我们就已经发明了现在的石油粮食。不瞒各位，地球上只有十分之二的居民因此而存活下来。可是千年来的垃圾被彻底清除了，大地的面貌重又焕然一新。而且，存活下来的十分之二能在**大一统国家**的殿堂楼宇中尽享极乐。

这不明摆着的吗，极乐和嫉妒就是幸福的所谓分子与分母。要是我们的生活中依然存在嫉妒的理由，那么**两百年战争**付出的无数牺牲岂不失去了意义？可嫉妒的理由确实还有，那是因为仍有“蒜头”鼻子和“经典”鼻子（参见我们散步时的对话）的区别，有许多号码谁见了都爱，而有的号码却没人爱。

自然啦，在驯服了**饥饿**之后（代数角度来看，= 所有外在福祉的总和），**大一统国家**又向世界的另一位主宰者——**爱情**——发起了进攻。最终，这一野性的自然力量也被战胜，或者说被组织起来，被数学化了。早在300年前，我们就颁布了具有历史意义的《*性法典*[④]》：每一位号码都可以——像使用性产品一样——对任何另一位号码行使权利。

那么接下来，就全交给技术了。您要先在**性交管理局**的实验室里做一次全面检查，精确化验血液中的荷尔蒙含量，再据此为您详细制定一份相应的性交日程**一览表**。接着您再递交一份申请书，说明自己想在哪些日子里享用某位号码（或者另一位），然后

---

① 即二项式定理，由牛顿提出，该定理给出两个数之和的整数次幂诸如展开为类似项之和的恒等式，也是微积分的基础理论。在俄语俚语中也指难以理解的事情。

② 原文为拉丁语。常用于强调诙谐的语气。

③ 作为文学创作的比喻手法，“面包”这个单词留存至今。可我们并不清楚这种物质的成分是什么。——原注

④ 原文为拉丁语。

就会得到一本票根簿（粉红色的）。这就算办妥了。

清楚无误：任何嫉妒的理由都不存在了，幸福的分母趋近于零，而分数则变成了壮观的无穷大。就是这个爱情，曾经是古人无数愚蠢悲剧的根源，如今也已经被我们驯化为人体一项和谐、令人愉悦而又有益的功能，与做梦、体力劳动、摄食、排泄等等别无二致。由此可见，逻辑的力量是多么强大，能摧枯拉朽般净化一切，乃至一路片甲不留。噢，要是您，未曾谋面的读者，您领教过这种绝妙的力量，要是您甚至还能贯彻到底，那就太好啦。

……令人奇怪：虽然我今天写的是人类历史上最崇高的巅峰，呼吸的也是如山风般最清新的思想，可内心深处却阴霾不散，不但蒙上了蛛网，还压上了一个十字架，活像长着四个爪子的 X。或许，这就是我自己的爪子，因为长期以来在我面前挥来舞去的，正是我那两只毛茸茸的爪子。我不喜欢谈论自己的爪子，我也不喜欢它们，因为它们是野蛮时代留下的印迹。难道，我心里还真有……

我本想把刚才写的都划掉，因为这已经超出了提纲的范畴。不过后来改了主意，还是不删除的好。就让我的记事像最精密的地震仪一样，记录下哪怕最细微的脑波震荡曲线，因为有时候正是这些最细微的震荡才会成为未来的先声……

这句话可真的是胡言乱语了，实在应该把它划掉。因为我们已经把所有自然的本性都纳入正轨，无论如何都不可能再有什么意外事故了。

我现在全都明白了：内心刚才那种奇怪的感觉，源自正方形状态，就是我一开头就提到过的。而且 X 没在我心里（这也是不可能的），我只是担心，未曾谋面的读者，说不定您的心里会留下一个X。不过我相信，您不会对我吹毛求疵。我相信，您一定会理解，我实在太为难了，人类历史上还没有哪个作家像我这样为难。有些作家为当代读者写作，有些为后代留下著作，但还从来没有哪个作家要为祖先写作，或是要为如同远古祖先一样原始野蛮的生命写作……

记事 6

提纲：

突发事件。该死的“明白”。24 小时。

我再说一遍，我认为写作是自己的义务，绝不会有丝毫隐瞒。所以，虽然扫兴，但我也不得不指出，显然，我们的生活即便现在也没有完全定型，没有彻底固定化，离完美的境界还差那么几个台阶。既然是完美的境界（这是很明白的），应该不会发生任何意外，可我们……这不，就有件事儿：今天我在《**国家报**》上读到，两天后**立方体**广场上将举行**裁决**大典。那就意味着，又有哪个号码破坏了伟大的**国家机器**的运转，又发生一件没能预料到的，也无法事先计算出来的事情。

除此之外，我这里也出了点意外。虽说这意外发生在**个人活动时间**内，属于原本就是为了意外事件才安排的时间，可总觉得……

大约 16 点（精确地说，是 16 点差 10 分），我正在家里。突然，响起电话铃声：

“是 Д－503 吗？”是一个女号码的声音。

“是我。”

“您现在有空吗？”

“有。”

“是我，I－330。我这就飞去找您，然后我们一起去**古楼**。您愿意吗？”

I－330……这个I真让我心烦，讨厌，差不多害怕她了。可正因为如此，我才正色答道："好的。"

5分钟以后，我们已经坐上了飞船。五月的天空宛如彩釉般亮蓝，轻盈的太阳也乘坐自己金色的火轮飞船，跟在我们身后，既不赶超，也没有落后。可就在正前方，有一朵形状古怪的云彩，白内障一样白得晃眼，胖嘟嘟的模样像极了古代"丘比特"的脸蛋，看着觉得有些不舒服。前舱盖是被抬起的，迎面吹进来的风，把嘴唇吹得干巴巴，不由得老想去舔它，脑子里也总想着嘴唇。

很快，远远就能看到一片片模糊的绿地。那里已是**高墙**外了。紧接着，心里无法控制地轻微发紧，飞船下降了，下降了，下降了，像是从陡坡上滑落下去。一会儿，我们就来到了**古楼**的门前。

整栋楼看上去奇形怪状，岌岌可危，而且还没有窗户。楼的周围用玻璃封了起来：当然得这么做，不然这栋楼早该塌了。玻璃大门口站着一个老太婆，满脸的皱纹。尤其是那张嘴，周边爬满皱纹，一层又一层的褶皱，两片嘴唇深深地塌陷进嘴里，看上去就像早已长死，根本无法想象她还能张开嘴巴说话。可是，她真的开口说起话来：

"啊，怎么，亲爱的，你们两位是来看我的房子的？"她的皱纹光芒四射起来（嗯嗯，怎么说呢，她的皱纹是呈辐射状的，所以让我有了"光芒四射"的感觉）。

"是啊，老奶奶，我们又想来啦。"I回答道。

皱纹发亮：

"那么好的太阳呢，啊？嗯，怎么啦，怎么了嘛？咳，你可真淘气，咳，真是个淘气鬼呀！我知——道，知道！那好吧，你们自己进去看吧，我还是待在这里，晒晒太阳……”

嗯哼……大概，我的同伴是这里的常客了。我非常想甩掉心里的某些感觉，一些让我不自在的感觉。也许是那块云彩挥之不去的视觉印象吧，就是彩釉般湛蓝天空中的那块云彩。

沿着宽阔而又晦暗的楼梯往上走时，I说：

“我喜欢她，喜欢这个老太婆。”

“喜欢她什么？”

“我也不知道。也许，喜欢她的嘴巴。也或许，没什么理由，就是单纯喜欢她。”

我耸耸肩膀。她还是继续往下说，似乎还微微笑了笑，不过也许，她根本就没笑。

“我觉得自己犯了个大错误。我很明白，其实我不应该‘单纯喜欢’，而应该‘有一个喜欢的理由’。因为所有的自然本性都该……”

“我明白。”我刚一开口，就意识到“明白”二字又脱口而出了，急忙偷偷瞄了一眼I：她不会发现了吧？

她的眼睛看着下面，眼睑像窗帘一样垂落着。

我突然想起，每天晚上22点左右，如果走到大街上，那些灯火通明的方格子当中，就有一些是遮着窗帘的黑方格，而窗帘的后面……那么她的窗帘后面，又是什么？她今天为什么要给我打电话，叫我来又有什么目的？

我推开了一扇不透明的房门，沉重的房门吱呀作响。走进昏暗而又狼藉的室内（古人把这叫做“屋子”）。一架被称为“乐器之王”的乐器就放在里面，造型奇特至极。色彩和外观让人眼花缭乱，就如那时的音乐一样，狂野、无序而又怪诞。顶部是白色的平面，周围的墙壁是深蓝色的，一本本红、绿、橙色硬皮装帧的古书，黄色的枝状青铜烛台和青铜佛像，就连家具轮廓的线条也羊痫风发作般歪歪扭扭，根本无法代入和满足任何方程式。

忍受这样的杂乱无章，让我全身难受。不过看起来，我这位女同伴的体质倒更好些。

“这间屋子——是我的最爱……”她好像突然回过神来——露出咬人似的笑，牙齿又白又尖，“确切地说，这间屋子是所有‘屋子’里最荒唐的。”

“或许，说得再确切一点：所有的屋子都是一个个国家。”我更正道，“是几千个微型的国家，彼此间杀伐不断，冷血无情，就像……”

“嗯，是啊，明白……”看得出，I 的样子很认真。

我们穿过一间屋子，那里放着几张小巧的儿童床（在那个年代，连小孩子们也是私有的）。接着又走过几间屋子，一面面亮闪闪的镜子，一排排阴森森的柜子，一套套花花绿绿的沙发，简直俗不可耐，还有一个硕大的“壁炉”，一张红木大床。我们如今已经普遍使用的玻璃，既美观透明，又恒久耐用，而在那个年代却只能可怜兮兮地缩在方框里被当作脆弱的窗户。

“想想就好笑。这些屋子里曾经有人‘单纯地爱过’，爱得炽烈，爱得痛彻心肺……（她的眼睛又如窗帘般垂了下来）多荒唐，人的精力竟能不精打细算地使用掉，是不是很荒唐？”

她的声音似乎来自我的内心，说出了我的真实想法。但是她的笑容里始终闪烁着那个让人心烦意乱的 X。她眼睛的窗帘后面，似乎正涌动起一些异乎寻常的东西，虽然我看不透，可那东西却正在让我失去耐心。我有一种想要与她争论的欲望，想要冲她大喊（真的想），可嘴上却不得不同意她，因为我无法不同意。

这时，我们走到一面镜子前停下脚步。那一刻我眼里看到的只有她的眼睛。我的脑子里冒出一个想法：人生而俱来的本性也许就像这些“屋子”一样荒蛮无序，因为大脑不是透明的，只有两扇小小的窗户可以通向里面，那就是眼睛。她似乎猜透了我的心思，竟然转过脸来看我：“哈，这就是我的眼睛呀。怎么样嘛？”（当然，这句话她并没有说出口）

在我面前是深不可测的两扇幽暗的窗户，那里面应该存在着一个神秘的世界，有一种陌生的生活吧。可我看到的只有火焰，在只属于她的“壁炉”里熊熊燃烧，还有几个身影，似乎是……

当然啦，这是很正常的，因为我看到了自己在她眼里的倒影。可看起来却不自然，不像是我自己（显然，是这里令人压抑的陈设造成的）。我忽地有了真切的恐惧感，觉得自己被逮住了，被关进了野蛮的牢笼，被卷进了古代生活荒蛮的漩涡里。

“劳驾您，”I说，“请您先去隔壁房间，就一小会儿。”这声音似乎来自她的内心，来自两扇幽暗窗口的后方，来自那座熊熊燃烧的壁炉。

我走出去，坐了下来。墙上的架子上，有一张不怎么对称的鬼脸正对着我，鼻子翘翘的，挂着不易察觉的浅笑，似乎是个古代的诗人（好像是普希金）。我干吗要干坐在这儿，服服帖帖忍受这个笑容，这一切究竟有什么目的。我凭什么要坐在这里，这种尴尬的状态是怎么回事？这个让我心烦的女号码，这个讨厌的女号码，这场诡异的游戏……

那间屋子的柜子门砰的一声响，传来一阵丝绸沙沙作响的声音。我好不容易克制住了想要破门而入的冲动。不过我记不太准确了，也许是想冲过去对她说一大堆不堪入耳的话吧。

然而她却走出来了。身上穿一件古装款式的亮黄色短裙，头戴黑色礼帽，腿上绷着黑色的袜裤。那是件轻质丝绸裙子，我看得很清楚。袜裤很长，比膝盖高出许多。脖子完全裸露，乳沟的暗影……

“好吧，您，显然，您想要标新立异，可是您难道……”

“我明白。”I 打断了我，“标新立异，就是通过某种方式表现得比其他号码更加出众。那么说，成为标新立异的号码就意味着要打破平衡……而古人愚蠢地称之为‘平庸之辈’的，在我们这里则意味着履行义务。因为……”

“是的，是的，是的！太对啦。”我没忍住，“所以您没必要，没必要……”

她走到翘鼻子诗人的肖像前，眼睛的窗帘却拉下了，内心深处那野性的火焰随即也被遮住了。转而，她似乎又变得一本正经（也许，是为了安抚我的情绪），说了一番非常理性的话：

“您难道不觉得奇怪吗，那个时候人们竟然能容忍这样的人，比如这个诗人？而且不仅容忍了，还崇拜他们。真是骨子里的奴性！是不是？”

“明白……我是想说……”（“明白”这两个字实在太可恶了！）

“嗯，是啊，我理解。不过，从本质上来说，这些人其实比他们的帝王权力更大。可帝王为什么没有把他们隔离起来，没有把他们斩尽杀绝？要是在我们……”

“是的，在我们……”我刚想说话。

可她突然爆发出一阵狂笑。我分明肉眼看到了这笑声的模样。那是一条脆响、激昂、柔软而又有弹性的曲线，就像一根鞭子。

我记得当时自己浑身战栗。真该把她抓住，可我却记不得自己……本可以采取些行动的，什么样的行动无所谓，总该做些什么。我机械地打开自己的金制号牌，看清了时间。17 点差 10 分。

“您不认为，该走了吗？”我尽力保持着礼貌。

“要是我请求您，留在这里陪我呢？”

“这怎么可以，您……您知道自己在说什么吗？10 分钟以后，我必须赶到大会堂啊……”

“……而且所有号码都必须去听规定的艺术与科学课……”I 模仿着我的语气。可接着，窗帘却拉开了——她抬起了眼睛。透过幽暗的窗口，壁炉里烈焰依旧：“我有个医生朋友在**医疗局**工作，他就登记在我名下。如果我去请求他，他会给您开具证明，证明您生病了。好不好？”

这下我懂了。我终于懂了，这场游戏的目的何在。

“真没想到是这样！您知不知道，每一个诚实的号码，比如我，出于本分，应该立刻去**守护局**，而且还要……”

“那要是不本分呢，（又是一个咬人似的笑）我倒是很好奇啊，您真的会去**守护局**吗？”

“您想留下？”我握住了门把手。把手是铜制的，而我的声音听着居然也像是铜质的。

“稍等片刻……可以吗？”

她拿起电话，说出了一串号码。而我竟然因为过于激动，没能记住这个号码。只听她大声说：

“我就在**古楼**等您。是的，是的，就我自己……”

我拧动了冰冷的铜制把手：

“能否让我坐您的飞船回去？”

“哦，可以，当然啦！您请便……”

楼门口，太阳底下，老太婆像一棵植物般打着盹。看到她张大了似乎早就长死的嘴巴开口说话，我不免又吃了一惊。

“您的那位，怎么啦，她自己留下啦？”

“就她自己。”

老太婆的嘴巴再次长死了。她晃了晃脑袋。看得出来，就连她那已经老糊涂的脑子也明白了，这个女号码的行为有多荒谬，多冒险。

17 点整，我赶上了听讲座。可此时，我却突然意识到，自己对老太婆撒了谎。因为 I 现在不是单独留在了那里。也许，正是因为我无意间对老太婆撒了谎，所以一整堂课都如坐针毡，没能好好听。是啊，她不是单独留下的呀，这才是问题所在。

21 点 30 分以后，是自由活动时间。其实今天就可以去**守护局**，并提交一份报案声明。可是这件愚蠢的事情之后，我实在太累了。再说，报案声明的合法有效期是两昼夜。明天去也来得及，还有整整 24 小时呢。

记事 7

提纲：

细细的睫毛。泰勒。天仙子和铃兰①。

入夜。我的眼前却是绿色、橙色、蓝色；一架红色的乐器之王；橙子般亮黄的裙子。接着——一尊铜佛，它突然抬起了铜眼皮——眼里竟流出了汁液。黄色的裙子——也流出了汁液，镜面上也淌下一滴滴汁液，大床上渗出了汁液，儿童床也是。而此刻的我自己，竟有了一种致命而又甜蜜的恐惧感……

醒了。淡淡的蓝色光线恰到好处，玻璃墙、玻璃扶手椅、桌子都还闪闪发亮。这下我略感平静，心也不再咚咚跳了。汁液、佛像……这也太荒诞无稽了吧？我明白了：我这是生病了。我以前从不做梦。据说，做梦对古代人来说是最司空见惯最正常的事情。可不是嘛，那个时候的全部生活，本来就是可怕的旋转木马：绿的——橙的——佛——汁液轮番登场。可是我们都懂得，做梦是一种严重的心理疾病。而且我知道，我的脑子迄今为止都是一台精密校准过的仪器，明亮洁净，一尘不染。可现在……可是现在，就在脑子里，我似乎感到有了异物。就像有一根细极了的睫毛，掉进了眼睛里。明明整个身体感觉良好，却一刻也无法忘掉那只掉进了睫毛的眼睛……

随着床头的小铃铛清脆而又神气活现地响起，7 点，起床时间到了。透过一面面玻璃墙，我似乎在左侧和右侧看到了一个个同样的自己，自己的房间，自己的内衣，还有同样被重复过数千次的动作。看着倍感振奋，你会觉得自己是一个庞大、强大而又统一的整体中的一分子。还有，所有动作都如此精准无误，没有一个手势、弯腰和转身是多余的，多么美妙啊。

的确，泰勒毫无疑问是个古时的天才。虽然他没有想到过，要让自己的方法深入普及全部生活，推广到每一个细节中，每天每夜都要遵循，而且他终究也没能把自己的体系从 1 小时拓展到 24 小时。可是不管怎么样，在关于那些个康德之流的著作都能堆满好几个图书馆之后，古人总算发现了泰勒这个眼光穿越了十个世纪的预言家。

早饭结束。全体齐声唱完《**大一统国家国歌**》。四个号码一排整齐地走向电梯。隐隐传来马达的蜂鸣，于是大家快速地坐上电梯随之下沉，下沉，下沉。心却不由微微紧张……

可不知为什么，那个怪异的梦此时此刻又浮了上来，或许梦本来就有这种未知的功能吧。唉，是啊，昨天在飞船上也有过同样的感觉——向下，下沉。不过，这件事彻底结束了，画上句号了。而且我对她的态度既坚决又强硬，我做得很好。

地下轨道的车厢，将我飞速带往“**积分号**”精致的舱体。此刻的它正在装配台上，被阳光照耀得通体发亮。因为还没点火，所以它一动不动，全然没有生机的样子。我闭上眼睛，满脑子数学公式。我又一次心算，“**积分号**”脱离地球所需要的初始速度。每过哪怕一毫微秒，“**积分号**”的重量都会发生变化（因为燃料爆炸的消耗）。演算得到的方程式实在太复杂了，还包括了超越量。

就像是穿越了梦境一样，正当我沉浸在固若金汤的数字世界

---

① 天仙子是一种茄科植物，铃兰是一种百合科植物。

里，有个号码坐到了我身边，还轻轻碰了碰我，说道：“打扰一下。”

我微微睁开了眼睛。首先看见的（是“**积分号**”让我产生了这样的联想吧），是一个似乎正打算快速飞向宇宙空间的脑袋。感觉它飞的速度应该很快，是因为这脑袋的两侧长了一对粉红色大耳朵，像极了翅膀，鼓鼓的。接着就看见后脑勺下垂的曲线，驼背仿佛被折了两次，活像字母S。

透过我代数世界里的玻璃墙，我似乎又看见了那根细小的睫毛，又想起一些不愉快的事情，想起今天我该……

“没关系，没关系，您请便。”我笑了笑，朝他点头致意。他的号牌一闪：S－4711（难怪，为什么见到他的初次印象就和字母S联系在一起。当然啦，那时只是视觉印象，并没有被意识认可）。只见他眼光一闪，两只眼睛就像尖锐的钻头，快速旋转着，越钻越深，似乎眼看就要钻到我的心底，马上就能探到连我自己都……

刹那间，我突然领悟了细睫毛的含义。这个号码应该就是**守护局**的。而且眼下最简单的，就是毫不犹豫，立刻把所有事情都告诉他。

“我，您知道吧，昨天去了一趟**古楼**……”我的声音一下子变得很古怪，薄薄脆脆的，没有了底气。我尝试着咳嗽清清嗓子。

“那又怎样，很不错啊。那里的素材很有教育意义呢。”

“可是，您看，我不是独自去的，是I－330陪我去的，所以……”

“I－330吗？真为您高兴。她很有意思，也很有才华。她的崇拜者真不少呢。”

……怎么连他也……那次逛街的时候，嗯，也许他就登记在她名下呢？不行，不能告诉他，绝对不行，告诉他也没用，这太明显了。

“是啊，是啊！当然啦，当然啦！说得太对啦。”我摆出笑脸，嘴巴咧得越来越宽，笑容也越来越尴尬。连我自己都能感到，这笑容已经把我剥得一丝不挂，让我丑态毕现……

钻头终于钻到了我心底最深处，紧接着，又飞快旋转着，收回到他眼睛里。S不置可否地笑笑，朝我点点头，便一溜烟地消失在门口。

我拿起报纸遮住了脸（我觉得所有号码都在盯着我看），但我很快就忘掉了那根睫毛，忘掉了两枚钻头，忘掉了一切。因为报纸上的一则消息让我异常兴奋起来。有一小段是这么写的：根据可靠情报，至今尚未落网的组织再次有了线索。该组织致力于摆脱**国家**恩重如山的枷锁，以求获得解放。

“解放”？太奇怪了。人类这个物种的犯罪本性居然有那么强大的生命力啊。我说“犯罪本性”是有道理的。自由和犯罪，这两者同样密切相关不可分割。嗯，怎么说呢……就像飞船的运动和速度。飞船的速度为0时，它就不会运动。人的自由度为0时，他当然就不会犯罪，这个道理非常浅显易懂吧。所以让人避免犯罪的唯一手段，就是让他摆脱自由。我们才刚刚（从宇宙的角度来说，几个世纪当然只能算是“刚刚”）摈弃这种“解放”思想，怎么竟又冒出来几个缺心眼的可怜虫……

不，我真的不明白，为什么我昨天没有立刻去**守护局**。今天16点以后一定要去了……

16点10分，我走出了家门，在街角迎头便碰上了O。一看见我，她浑身都散发出潮红的惊喜。“她的脑袋单纯得就像个圆圈，那正好啊，她一定会理解我，也会支持我……”不过，不：我不需要支持，反正我已经下了决心。

音乐制造工厂的号角齐刷刷吹奏着《**进行曲**》，还是那支每天必吹的进行曲。日复一日，周而复始，一切如明镜般清清楚楚，这正是可意会而不可言传的魅力所在啊！

O一把抓住我了我的手。

“散步去吧。”两只圆圆的蓝眼睛瞪得老大，直勾勾看着我。那是两个通往她内心的蓝色窗口。如果我想穿透她的内心，那定会一路畅通无阻。因为在她的心里什么都没有，既没有任何不相干的东西，也没有任何不需要的东西。

“不行，我不能散步。我现在要……”我告诉了她要去哪儿。

可是，她的反应却让我吃了一惊。只见她滴溜圆的粉红小嘴抿了起来，抿成一个粉红色的新月，嘴角耷拉下来，就像被什么酸掉了牙。这下我急了：

“你们这些女号码，都被偏见给腐蚀得无可救药了。你们根本不会抽象思考。恕我冒犯——但这简直就是愚蠢。”

“您这是要去找特务啊……呸，不说这个！可是我刚才在**植物博物馆**还给您摘了一串铃兰呢……”

“为什么说‘可是我’？为什么要加个‘可是’？女号码就是女号码。”我恶狠狠地（我承认，的确发火了）一把揪住了她的铃兰，“哼，看看，这就是您的铃兰，对吧？您闻一下，很香吧？那您的脑子里这点逻辑总该有啦。铃兰的香味很好闻，是吧。可您总不能因为这个，就认定所有气味都好闻或者都难闻，‘气味’本身只是个概念而已啊。不——能——这——么——说，是不是？铃兰有香味，可天仙子的气味就很臭。这两种气味都是气味。古代的国家有特务，我们国家现在也有……是的，特务。说出来也没关系。可显而易见的是，那时候的特务是天仙子，而现在的特务是铃兰。对，是铃兰，没错！”

粉红色的新月在哆嗦。现在想起来，那应该是我的错觉，可当时我却深信，她马上就会哈哈大笑起来。于是我更大声地嚷起来：

“是的，就是铃兰。这没什么好笑的，没什么好笑的。”

一个个圆滚滚光溜溜的脑袋在我们身边游过来，飘过去，都转过头来看我们。O温柔地牵起我的手：

“您今天怎么了……是不是病了？”

梦——黄色——佛像……这一刻我意识到，我应该去的地方是**医疗局**。

“是的，您还真说对了，我病了。”我回答得很开心（可实际心里却是难以名状的矛盾，因为实在没什么可高兴的）。

“那您就该立刻去看医生啊。您又不是不明白：身体健康是您的义务——如果还要别人跟您来证明这一点，就太可笑了。”

“嗯，O，亲爱的。您说得一点没错。完全正确！”

我后来没去**守护局**，没办法，只好先去了**医疗局**。在那里一直待到了17点。

到了晚上（不过，其实都一样，那里到了晚上也会关门下班），晚上O来找我。窗帘没有拉下。我们俩一起解答一本古代习题集里的题目，这能让人神清气闲，心无杂念。O看着习题本，脑袋歪倒在左肩上，舌头在嘴巴里把左脸颊顶得鼓起来。这动作看上去非常孩子气，非常迷人。这一刻我心里很踏实，既精确又简单……

后来她离开了。我独自留下。做了两次深呼吸（临睡前这么做很有好处）。突然，一股气味偷袭了我，让我又想起了不愉快的事情……我很快就找到了。原来那串铃兰就藏在我的被子里。于是早已沉淀了的心绪一下子又被搅得翻腾起来。不，她这么做实在太过分——竟然把铃兰偷偷塞给我。是的，我的确没去**守护局**，没去成。可这又不能怪我，谁叫我病了呢。

记事 8

提纲：

无理根。R－13。三角形。

这件事情，是很久以前的了，那时候我还在上小学，第一次接触到了 $\sqrt{-1}$。当时的场景至今记忆犹新，仍历历在目。明亮的球形大厅里，是几百个小男孩圆溜溜的脑袋，还有扑利亚帕①，我们的数学老师。其实扑利亚帕是我们给它起的外号。因为它实在太破旧了，身体差不多快散架了。每次值日生在它背后插上插座时，它的扬声器总是先“扑利亚——扑利亚——扑利亚——哧——”地一阵响动，然后才开始讲课。有一次，扑利亚帕讲到无理数。我记得我竟然哭了，小拳头捶着桌面，大哭大闹：“我不要 $\sqrt{-1}$！把 $\sqrt{-1}$ 从我脑子里轰出去！”可是这个无理根偏偏在我心里生根发芽了，就像是陌生的异物，让我觉得可怕。它似乎吞噬了我，我无法理解它，也无法阻止它对我的伤害，因为它始终不成 ratio②。

眼下，我又碰到了 $\sqrt{-1}$。我从头到尾又读了一遍自己的记事，我明白了。想要对 $\sqrt{-1}$ 视而不见，我只能掩耳盗铃，只能自我欺骗。什么生病了等等，其实都是微不足道的小事情，可我还是没去那里。我知道，一星期前，我就该毫不犹豫地去了。却一直拖到现在……为什么会这样？

就在今天。16 点整，我站在耀眼的玻璃墙前。头顶上方的“**局**”字招牌在太阳下金光闪闪，每个字母都锃亮如洗。透过玻璃，只见里面的号码们一个个身穿浅蓝色制服，排成长长的队伍。每个号码的脸上幽幽泛着光，宛如古代教堂里的长明灯。这些号码来这里都是为了建功立业，为了把自己心爱的号码、朋友，甚至把自己，送上**大一统国家**的祭坛。我也不例外，我也要一头扎进他们的群体，我也要和他们在一起。但是我却做不到，两脚像被焊在了玻璃地砖上一样，只能呆呆站着，呆呆看着，连动都动不了。

“喂，数学家，怎么走神了啊！”

我吓得一哆嗦。看到了盯着我的那对黑眼珠，灿烂的笑意从眼里溢出来。但见他体形肥硕，两瓣黑人一样厚厚的嘴唇，正是诗人R－13，我的老朋友。可他的身边竟然站着O。

我生气地转过脸去（心里暗想，要不是这两个号码半道横生枝节，我早就把心里的$\sqrt{-1}$一股脑儿连血带肉撕下来扔掉，早就走进**局**里了）。

“我可没走神，我就不能是在欣赏风景啊？”我一点没客气。

“嗯，是啊，嗯，是啊！您嘛，最最亲爱的，做数学家真太屈才了，该做个诗人，诗人，是吧！真的——真的，改行加入我们吧，来做个诗人，好不好？哈，您要是愿意，我立刻就帮忙安排，啊？”

R－13说起话来连吁带喘，词就像从嘴里涌出来一样，从两片厚嘴唇里也不住地喷出唾沫星。每一个“П”③就像打开了喷

---

① 一个机器人。

② 比率、比例的意思。数据中常见的术语。

③ 俄语字母“П”发音近似英文字母“P”，诗人对应的俄语单词以此字母开头。

泉，“诗人”——喷泉开喷了。

“我只为知识服务，现在是，将来也一样。”我沉下脸来：我不喜欢开玩笑，也理解不了玩笑话，可 R－13 偏偏就有爱开玩笑的臭习惯。

“呵，知识算得了什么！您的那些知识，实际上就是懦弱。又有什么了不起的，真的。你们只不过想用一堵破墙把大千世界隔离起来，因为你们害怕往墙外看。哈！只要往外看一眼，就会赶紧闭起眼睛。肯定是这样！”

“墙体，是为了保证所有人性……”我刚开始发表议论。

R 的喷泉就喷了出来，O 也哈哈笑得撑圆了粉红的嘴。我甩了一下胳膊，笑去吧，我无所谓啦。我现在顾不了这些，我得找些事情转移注意力，好赶紧把可恶的$\sqrt{-1}$挤出去。

“要不这样吧。”我建议，“我们一起去我家坐会儿吧，做一些习题（我想起了昨晚宁静祥和的时分，或许，今晚也该这样）。”

O 盯了 R 一眼，圆圆的眼睛又坦然地望向我，两颊微微泛起一抹粉红，柔情万种，春色撩人，就像我们粉红色的票根。

“可我今天……我今天的票子规定是去他家。”她朝 R 点了点头，“可晚上他有事……所以……”

湿乎乎的嘴唇光亮得就像涂了油漆，两片唇宽宏大量地嚅动了一下：

“没什么大不了的，我和她只要半个小时就够了。对不对，O？您的习题——我可没兴致做，还是去我家吧——去我家坐坐吧。”

那一刻我十分害怕独处——或者，确切地说，是害怕和那个崭新的我单独相处。似乎那个我只是由于奇妙的偶然，和我有了同样的号码——Д－503。

于是我去了R的家。说实话，他这个号码向来不讲究精确，没有节奏感，而且逻辑也颠三倒四地可笑，不过我们还是成了好朋友。毕竟三年前我们一起同时选择了这位粉红可爱的O，这使得我们的关系比在中学时代更为亲密了。

后来——在R家里。看上去——他家里和我家完全一模一样：**守时戒条**、玻璃扶手椅、玻璃桌子、玻璃柜子、玻璃床。可R一走进去，一把扶手椅就移了位，接着第二把也挪开了，这么一来，平面效果就乱了套，本来布置得好好的线条轮廓一下没了，变得一点都不欧几里得[①]了。R一点没变，真的一点没变啊。在泰勒管理法和数学方面，他一直都是个拖后腿的家伙。

我们一起叙旧，回忆起了老扑利亚帕。那时的我们还都是小孩子，把写着感谢的小纸条贴满了它每一条玻璃腿（我们很爱扑利亚帕）。又想起了**法律课老师**[②]。**法律课老师**的嗓门特别响亮，每次说话，扬声器里都吹出风来。我们这些孩子就跟着它扯破了嗓门念课文。有一回，天不怕地不怕的R－13把碎纸团塞进了它的扬声器里。它每念一句课文，就喷出一团纸来。当然，R的这种做法太过恶作剧，后来为此挨了罚。不过现在，我们这个铁三角全都在哈哈大笑，这个要承认，我确实也笑了。

"要是它像古代那样，真是个大活人呢，啊？那才真的好笑吧，那才……"厚厚的嘴唇借着"才"字打开了喷泉。

阳光透过天花板，透过四面的玻璃墙，从头顶，从周围照射

---

① 欧几里得（约前330年—前275年），古希腊数学家，几何学之父。

② 这里当然不是指上帝的法律，而是指大一统国家法律。——原注
因为俄语中，神学教师和法律教师是同一个词。——译者注

进来，连地板上也反射着阳光。O坐在R－13的腿上，蓝蓝的眼睛里也闪着星星点点的阳光。我感到周身暖和起来，心情也缓了过来。$\sqrt{-1}$也不再闹腾，不再动弹了……

“喂，您的‘**积分号**’怎么样了？我们很快就能飞去别的星球，教导那里的居民了吧，啊？喂，您可要加油，加油啊！不然拖久了，我们这些诗人给你们写的诗积累太多，连‘**积分号**’也要载不动了。每天8点到11点……”R晃了晃脑袋，又挠了挠后脑勺。他的后脑勺就像一口四四方方的箱子，被结结实实勒在脑后（让我想起一幅古代名画——《在马车里》）。

我兴奋起来：

“啊，你们也为‘**积分号**’写作吗？哈，说说看，写些什么？嗯，比如，就说说今天写了什么。”

“今天吗，什么都没写。我忙着别的事儿……”这次“别”字直接喷到了我脸上。

“什么别的事？”

R皱起了眉头。

“还能有什么别的事！好吧，说出来也没啥，我在写一份判决书。还把它写成了诗歌的格式。有那么个白痴，也是诗人当中的一位……我们两年来一起共事，一直都相安无事。可忽然有一天就不正常了。说什么：‘我是天才，’还说，‘天才是高于法律的。’还胡言乱语写了一大堆……哈，算了不说了……唉！”

肥厚的嘴唇僵住了，眼睛也失了神。R－13忽地站起来，转过身，定定地望着玻璃墙外。我看着他后脑勺锁得密不透风的小箱子，心想：他在小箱子里翻腾些什么呢？

这种不对称的尴尬沉默持续了一分钟。我不明白，他到底是怎么了，不过他身上肯定发生了什么。

“还算好了，以前还有过莎士比亚和陀思妥耶夫斯基之流呢，不管怎么样，那个陈腐的年代已经过去啦。”我故意抬高了嗓门。

R 转过脸来。虽然他还是一如既往地噼噼啪啪唾沫四溅，可我觉得，他眼睛里已经不再有那种油亮欢快的神情了。

“是的，最最亲爱的数学家，幸好，幸好，幸好是这样啊！我们的确是最幸福的算数平均数……用你们的话来说，从零积分可以归于无穷大，从傻蛋积分可以归于莎士比亚……一点不错！”

不知道为什么，我竟然冒出了一个在眼下场合似乎不太合时宜的念头。我又想起了那个女号码，她说话的腔调，似乎像一根看不见的细绳，让她和 R 之间有了某种联系（会是什么细绳呢？）。$\sqrt{-1}$此时又不安分地翻腾起来。我打开号码牌——16 点 25 分。他们离粉红票子规定的时间只剩 45 分钟了。

“哈，我该走了……”我吻了一下 O，握了握 R 的手，走向了电梯。

走到外面，我穿过大街走到对面，回头望了一眼。那幢岩崖般的玻璃大厦依然被阳光照得通体透亮，只是已经有几个小方框掩上了窗帘，变成了蓝灰色，不再透明。那里面应该正上演着泰勒式的幸福协奏曲。我的眼光扫到七楼，找到了 R－13 的小方框，他也已经放下了窗帘。

可爱的 O……可爱的 R……R 的身上也（我不知道为什么要写个“也”字，不过写了就写了吧），他身上似乎也有了一些我不甚明了的东西。可不管怎么说，我、他和 O 是牢不可破的铁三角，就算不是等边三角，但依然是铁三角。我们三个，如果用我们祖先的话来说（各位读者，或许，对外星球的你们来说，用他们的话表述更便于你们理解），我们三个就是一家人。有时候，哪怕在这个结构简单却又坚固的铁三角里稍事休息一下，感觉也万分惬意，可以把自己封存在铁三角里，避开外界所有的……

记事 9

提纲：

大祭祀。抑扬格和扬抑格。钢铁手腕。

这是隆重而又圣洁的一天。这样的日子里，你会忘记自己的脆弱，忘记不确定性和疾病。一切都像我们崭新的玻璃那样，清澈纯洁如水晶，坚固恒久如钻石……

立方体广场。66 个壮观的同心圆，那是观众席。一共 66 排，号码们的脸犹如一盏盏青灯，安详而又熠熠生辉，眼睛里闪耀着蓝天的光芒，或者，也许那也是**大一统国家**的光芒。一朵朵鲜血般红润的鲜花，那是女人们的嘴唇。孩子们坐在前几排，离仪式最近，一张张小脸蛋连成了娇嫩的花串。一片深邃而又肃杀的沉寂，宛如身处哥特式尖顶建筑里。

根据流传至今的材料来看，古人在“神灵供奉仪式”上也有过类似的体验。不过他们供奉的是一位毫无道理而且看不见的**上帝**。而我们信奉的，是不仅很有道理，而且还十二万分真切能看得见的**上帝**。除了无休无止的痛苦探索之外，古人们的**上帝**什么都没有给予他们。他们的**上帝**只是莫名其妙地牺牲了自己，根本没能想出一个更聪明的办法。而我们则把从容沉着的、深谋远虑的、冷静理性的祭品奉献给**上帝**——它就是我们的**大一统国家**。是的，这一天就是**大一统国家**隆重的大祭祀，以纪念**两百年战争**中神圣的日日月月，这是一个所有号码战胜个别号码、总体战胜个体的伟大节日……

此刻，一个号码正立在阳光直射下的**立方体**广场台阶上。惨白的……不，甚至不能说是惨白的，而几乎是没有颜色的，一张犹如玻璃般透明的脸，两片玻璃般透明的嘴唇。只有两个漆黑的瞳孔，活像一对窟窿，要把那个距离诀别只有几分钟之遥的骇人的世界吸进去，囫囵吞下去。他金制的号牌已经被摘走。两只手被紫红色带子一圈又一圈地捆住（这是自古以来的习俗，看来只能做如下解释：这样的仪式在古时候并不是以**大一统国家**的名义执行的，被判有罪的人理所当然会认为自己有反抗挣扎的权利，所以他们的手一般会用链条铐起来）。

而**立方体**广场的上方，一台**机器**的旁边，岿然伫立着一具身躯，一动不动，犹如金属浇铸而成，那就是我们众所周知的**恩威荣主**。从这里往上看去，并不能看清他的脸。只能看到脸部四四方方的轮廓，肃然而又庄严。可是那双手……有时候在照片上也是这样，太近了，甚至占据了照片的主要版面，两只手显得非常大，不但有效地捕获了视线，还当仁不让地遮挡住了其他所有东西。这双沉重的手，暂时还平静地搭在膝盖上。看得出来，这是一双磐石般的巨手，膝盖几乎要承受不住它们的重量……

突然，其中一只大手慢慢地举了起来，举得很慢很慢，但似有千钧之力。随着这只高举的手，一个号码顺从地从观众席上站起，走向**立方体**的舞台。这个号码是**大一统国家**的诗人，他今天抽到了上上签，要用自己的诗歌为节日锦上添花。接着，观众席的上空便如洪钟般回荡起绝妙的抑扬格诗句，字字句句直指那个玻璃眼睛的疯子，而此刻的他就站在那里，站在台阶上，等待着他疯狂举动的逻辑下场。

……大火燃起。楼房在抑扬格的诗句里颤颤巍巍，金黄色的火焰扭摆着，妖冶地蹿上了天空，楼塌了。一棵棵绿树抽搐着，流淌出一滴滴树汁，最后变成了一根根十字交错的焦炭。但是，普罗米修斯[①]来啦（当然，这是指我们）——

他用机器将火焰套住，铸进钢铁，
用律法为无序钉上镣铐。

一切焕然一新，一切都是钢铸铁打：铁打的太阳，铁打的树木，铁打的号码群。可突然就冒出一个疯子，“打碎了镣铐，释放了烈火”，于是一切都被毁了……

遗憾的是，我总是记不住诗歌，不过有一点我记得很清楚：再没有比烈焰的景象更美妙、更具有教育意义的了。

又一个缓慢而又凝重的手势，**立方体**广场的台阶上出现了第二位诗人。一见之下，我几乎欠身站了起来，这怎么可能？黑人般厚厚的嘴唇，不，这就是他……他为什么不早告诉我，他肩负如此崇高的……只见他的嘴唇哆嗦得厉害，已经变成了灰色。我理解，毕竟是当着**恩威荣主**的面，也当着**守护局**整个团伙的面。可是，也不至于那么激动吧……

那是一首扬抑格的诗，如刀剑斧钺般锋利，字字诛心，句句见血。诗里控诉了闻所未闻的罪行——那个疯子居然写了好几篇毁谤**恩威荣主**的诗歌……不，我可没这个胆量在这里复述。

---

① 在希腊神话中，普罗米修斯是最具智慧的神明之一，他不仅创造了人类，给人类带来了火，还教会了他们许多知识和技能。

R－13脸色惨白，目不斜视地（从没见过他这副腼腆的样子）走了下来，坐下。有那么一个微分秒的瞬间，我似乎看到有一张脸在他身边一闪，便不见了。那是一张黑黑的，尖嘴猴腮的脸。而这时，我的眼睛，几千双眼睛，都望向了上方的**机器**。那只非人类的钢铁手腕做出了第三个手势。只见罪犯迈开蹒跚的步子，就像被看不见的风推搡着，慢慢地走起来。一个台阶，又跨上一个台阶，终于迈出了他此生最后一步。他脸朝向苍天，脑袋后仰，躺在了此生最后一张床榻上。

只见**恩威荣主**迈开命运般沉重而又冷酷的步伐，绕着**机器**走了一圈，巨大的手掌搁到了手柄上……全场肃然无声，甚至没有号码呼吸，所有号码的目光都停留在那只手上。这台几十万伏特合成作用力的机器，这门武器，该产生多么猛烈的火力，产生多么惊心动魄的电弧漩涡啊。这是何等伟大的荣耀!

这一秒漫长得像没有尽头。只见那只手，往下一按，接通了电流。一道刺目的电弧犹如锐不可当的刀锋闪过，就像打了个冷战，**机器**的管道里发出一阵极其轻微的噼啪声。伸展开的身躯被明晃晃的轻烟罩住，就在号码们眼前开始融化，融化，以可怕的速度彻底融化了。最终，什么都没了。只剩一摊化学成分纯净的液体，而就在一分钟以前，这摊液体还在一颗心脏里欢快而又优雅地涌动。

这个过程其实很简单，我们每个号码对此都心知肚明。是的，这只不过是物质的裂解，是的，这只是人类躯体中原子的分解。可尽管如此，每一次仍然有如奇迹降临，有如**恩威荣主**非人类大能的再一次彰显。

上方，在**他**的眼前，是十位女号码涨得通红的脸，还有她们因为激动而半张开的嘴巴，和一束束在风中抖动的鲜花[①]。

按照以往的习俗，这十位女号码会用鲜花装饰**恩威荣主**化学液体痕迹未干的制服。**他**迈着最高主教才有的庄严步伐，缓慢地走下来，缓慢地穿过观众席。**他**的身后，女号码们高高举起娇嫩的玉臂，全场响起暴风雨般万众齐声的欢呼。接着，响起一阵同样的欢呼声，这是向**守护局**那伙人致敬。虽然他们隐匿看不见，但此刻他们同样在这里，和我们一起坐在观众席里。谁知道呢，也许，古人们在创作“大天使[②]”既温柔体贴又杀人不眨眼的形象时，预见到的正是**守护局**这一伙人。自出生起，这些号码就被派来监督每一个号码。

是啊，在整场仪式中，有那么一点古代宗教的东西，也有那么一点雷霆暴雨般净化心灵的东西。各位读者，如果你们能读到我的这段文字，是否会有似曾相识之感？要是你们对此竟然毫无所知，那我真的要可怜你们了……

---

① 当然，这些鲜花都是从植物博物馆里搬来的。我自己从不认为鲜花有什么好看的，就像所有属于野蛮世界的东西，早该被驱逐到绿色高墙之外。理性的、有益的东西才算得上美，比如机器、皮靴、公式、食物等等诸如此类。——原注

② 即基督教中的天使长或大天使。在俄语中，这个单词也有警察和宪兵的讽意。

记事 10

提纲：

信件。振动薄膜[①]。毛茸茸的我。

对我而言，昨天一天就像化学家用来过滤溶液的那张滤纸一样。所有的悬浮物，所有没用的杂质都留在了这张滤纸上。早晨下楼的时候，我觉得自己已经被彻底蒸馏过，透明得一尘不染了。

楼下大厅里，女检票员坐在小桌后，时不时看看手表，记录下往来进出的号码。她的名字叫Ю……不过最好还是别提她的号码，因为我担心会写出一些关于她不好的事情。虽然，她实际上是一个德高望重的老妇，可唯一让我讨厌的，就是她微微下垂的脸颊，看上去就像鱼鳃（可似乎这也没有什么大不了啊？）。

她嘎吱嘎吱划响了羽毛笔，我看到那一页上有自己的号码Д－503，而且，旁边还有个小墨点。

我刚想要提醒她注意这个墨点，她却突然抬起头来，把一个微笑犹如那个墨点一样甩到我脸上：

“您有一封信。是的，您会收到的，亲爱的，是，是的，您一定会收到的。”

我知道，这封已经被她读过的信，还要进**守护局**兜个圈子（这么理所当然的程序，我想，就不用多费唇舌解释了吧），不晚于12点整就会送到我手里。可是她的那个微笑却让我不自在，仿佛这滴墨水已经搅浑了我整瓶清澈的溶液。以至于后来在“**积分**

号”施工现场时，我根本无法集中精神，甚至在计算中还出了一个错，这在我而言可是前所未有的。

12点，我又见到了粉褐色的鱼鳃，还是那张笑脸，也最终拿到了我的信。不知道为什么，我没有当场就拆开阅读，而是把信塞进了口袋，加快脚步走进了自己的房间。拆开信，一目十行扫了一遍，我一屁股坐下了……原来这是一份官方通知，我被告知，我已经被登记在号码I－330名下，今晚21点我必须去她那里报到，底下写明了地址……

不，那件事以后，尤其是我已经向她明确无误地断然表态之后，还怎么可能！再说了，她还不知道，我是不是去过**守护局**。而且她也无从知道，我那时候生病了，嗯，是真的情有可原……反正就是没去……

我的脑子里就像有一台发电机在转动，嗡嗡嗡。佛像——黄色——铃兰——粉红的新月……对了，还有呢，我差点忘了——今天O要来找我。要不要把关于I－330的通知给她看？我不知道，她肯定不会相信吧（那是肯定的，她怎么可能会相信？），这事儿和我一点关系都没有，我完全是无辜的……可我知道，我们俩之间又会有一轮艰难、荒唐、绝对没有逻辑性的拌嘴……不，这可不行。还是不管三七二十一，给她寄一份通知单的复印件吧。

我心慌意乱把通知塞进口袋里的时候，一眼看见了自己猴子一样恐怖的手。我想起来，散步的时候，I拿起我的手端详的样子。难道她真的……

---

① 指窃听器中的振动薄膜。

现在差一刻21点。时值白夜[1]。周围绿莹莹的一片，就像罩着一层玻璃。不过那似乎不是我们的玻璃，不是真正的玻璃，而是很容易破碎的那种玻璃，只是一层薄薄的玻璃罩。在这层玻璃罩下，一切都如走马灯一样，穿梭疾驰，隆隆作响……要是此刻一座座大会堂的玻璃罩子变成一团团轻烟，慢慢地升腾而起；要是此刻年老色衰的月亮像今天早上坐在小桌后的老太太那样，甩出一滴墨水般的微笑；要是此刻所有楼里的窗帘一下子全被拉下，窗帘后……我都丝毫不会觉得奇怪……

这种感觉实在诡异，我觉得自己的肋骨变成了一根根铁条，挤住了，真的挤住了心脏，真真切切的压迫感，心脏似乎要被挤出来。我站在玻璃门旁，门上标着金色的号码：I－330。I正背对着我，埋头写着什么。我走了进去……

“这是票……”我把粉红的票根递给她，“我今天收到通知，所以就来了。”

“您真准时啊！稍等片刻，好吗？您先坐吧，我马上就完。”

眼睛又垂了下来，看着纸面。她那双被窗帘遮住的眼睛后面，究竟是什么呢？她会说些什么，下一秒又会怎么做？该怎么探究，又该如何计算？毕竟她从骨子里，都来自那个野蛮而又古老的梦幻国度。

我一言不发地看着她。肋条还是像一根根铁条，压迫着……她说话的时候，脸蛋就像飞速转动的轮盘一样闪闪发光，根本看不清辐条。不过现在，轮盘却没有转。我在她的脸上看见了奇怪的构型。黑黑的眉毛紧贴着两鬓高高挑起，形成一个尖锐的倒三

---

① 白夜即北极地区出现的极昼现象，也是俄罗斯圣彼得堡著名的景观。

角，仿佛在讪笑。两条深深的皱纹从鼻翼拉扯到嘴角，形成一个尖头朝上的三角。两个三角彼此以针尖对麦芒的姿态搭成一个X，像一个大叉，盘踞了整张脸，看着觉得不舒服，心烦意乱。这是一张被刻上了十字架的脸。

这时，轮盘竟转动起来，辐条随之模糊成了一片……

“您是不是没去**守护局**呀？”

“我本打算……没去成，我病了。”

“果然。那我还真猜对了，我就知道，一定会有什么原因让您去不了，是什么原因无所谓了（又是那个咬人似的笑）。不过嘛，您现在终于落到我手里了哦。您还记得吧：‘任何一位号码，只要48小时内不向**守护局**递交声明，就被认作……’”

心脏猛烈地跳动了一下，甚至撞弯了铁条。像个小孩子，我竟然傻得像个小孩子，中了她的圈套，傻愣愣说不出话来。这种感受就像陷入天罗地网，再怎么拳打脚踢地挣扎都没用了……

她站起身来，伸了个懒腰，随手按下了按钮。随着一阵咔咔轻响，四面的窗帘降了下来。这下我被彻底被孤立了，只能独自面对她。

I似乎就在我背后，站在柜子边。一阵窸窸窣窣，制服从她身上滑落，我在倾听，全身心地倾听。我忽然想起……不，这个念头在我脑子里一闪而过，只停留了百分之一秒……

不久前，有人让我周密计算过新型户外薄膜的曲率（如今这些薄膜已经过精巧的伪装，被安装在所有街道上，以便**守护局**对街谈巷议进行录音）。我还记得，那片弯月般粉红色的薄膜，振动起来就像一只奇形怪状的小动物，而这只小动物的全身只有一个器官——耳朵。此时的我，就是那片薄膜。

现在，领口的扣子啪地一响，接着是胸前那颗，再下面一颗。玻璃纸般的丝绸沙沙地滑落两肩，掠过双膝，掉落到地板上。我真切地听见，而且听见的比看见的更为真切，从地板上那堆蓝灰色丝绸里，跨出了一条腿，接着是另一条……

紧绷的薄膜颤动着，记录着静默。可是，心里却有把榔头，一下一下猛烈地击打着铁条，似乎永不会停歇。我听见——我看见，她，在我身后，思考了一秒钟。

一下，柜子门的声音，又一下，什么盖子的声音，接着又是丝绸、丝绸……

“好啦，来吧。”

我转过身。她已经披上了古代款式的轻质丝裙，红里透黄。这比什么都不穿还要邪恶一千倍。透过薄如蝉翼的真丝，两座玲珑的尖峰，犹如两块尚未燃尽的煤，躲在炭灰中发出粉色的幽光。两个圆润娇嫩的膝盖……

她坐在低低的扶手椅里。四脚小桌就摆在她面前，桌上一个长颈小瓶，装着毒药一样绿油油的液体，两只小小的细脚玻璃杯。她的嘴角还吊着一支细细的纸卷，正冒着烟，这应该就是古人所说的抽烟吧（至于这东西叫什么，一时想不起来了）。

薄膜依然在颤动。榔头还在我心里敲击，已经把铁条捶打得通红。我能清晰无误地听见每一次击打……万一，万一她也能听得到？

可她泰然自若地喷着烟，泰然自若地看着我，还有意无意地把烟灰弹到我那张粉红色小票根上。

我强撑着冷漠的态度问她：

“您现在可以解释一下了吧，干吗要登记我？干吗要让我来找您？”

她好像没听见我说话。用小瓶里的液体倒满玻璃杯，喝了一口。

“好美味的甜酒。您也来一点？”

我这才明白，那是酒精饮料。昨天的情形电光石火般一闪：**恩威荣主**磐石般的大手，骇人的光刃。还有，**立方体**广场上那具摊开的躯体，头朝后仰着。我不寒而栗起来。

“我想，”我说，“您应该也知道，任何用尼古丁，尤其用酒精毒害自己的号码，**大一统国家**都会无情地……”

黑黑的眉毛向两鬓高高挑起，又是一个冷嘲热讽的三角：

“快刀斩乱麻地杀几个号码，比起让更多号码可能有自戕、堕落或者其他诸如此类的行为，当然要明智得多。可这种正确，也是下流无耻的。”

“是的……的确下流无耻。”

“哈，要是把那些所谓的真理，光秃秃、赤裸裸地公之于众……哼，您想想……呵，就说那个对我永不变心的崇拜者吧，嗯，您也认识他。您想想，要是他甩掉身上所有谎言的外衣，以真实的面目出现在大众眼前……嚯！”

她哈哈大笑。可我却注意到，她脸部下方的那个三角透露出忧伤。两条深深的皱纹，从嘴角延伸到鼻翼。不知道为什么，看到这两条皱纹，我忽然明白，当她被那个身体被掰成两截的驼背，就是那个招风耳朵的家伙抱在怀里时，就是这种神情……他……

不过，我只是想尽力转述当时自己那种不正常的心情。现在写这些文字时，我已经清楚地意识到，每一个诚实的号码，都应当有享受快乐的平等权利，不然就不公平……嗯，这是很明白的道理。

I笑得十分古怪，她笑了好久。然后她定定地看了看我，目光似乎钻透了我的内心：

“关键是，和您在一起我很踏实。您那么帅气，噢，我确信，您绝不会去**守护局**告我，说我喝甜酒，还抽烟。也许您因为生病，也许因为很忙，我不知道，也许还会有别的原因。还有，我相信，您马上就会和我一起，喝下这杯让人意乱情迷的毒药……”

她嘲讽的语气竟是那样骄横跋扈。我清醒地意识到，这下我又要痛恨她了。不过，为什么要说“这下”呢？我可是一直都恨她的啊。

只见她把一整杯绿色的毒药倒进嘴里，站起了身，粉色的胴体在红里透黄的丝裙里若隐若现。她走了几步，在我的扶手椅后站住……

忽然，一只手臂缠住了我的脖子，嘴唇贴上了我的嘴唇……

不，不是贴上来，而是更深入，更可怕……我发誓，这种情况我完全没有料到，也许，只是因为……我本来就不会啊，虽然现在我对此有了铭心刻骨的体会，但我当时也不可能想要后来发生的结果啊。

嘴唇甜蜜得让人招架不住（我估计，这就是“甜酒”的滋味），我的嘴里被灌进了一口辛辣的毒药，又是一口，又是一口……我的双脚倏地离开了地面，像一颗我行我素的星球，狂野地旋转着，沿着一条没有计算过的轨道，俯冲向下，向下……

接下去的情况，我只能勉强用类似的现象做一个大概的描述。

以前我怎么就从没想到过，不过这也的确是事实，在地面上的我们，其实一直都行走在地心汹涌沸腾的赤色火海之上。只不过地壳的大肚子把它裹住了，而我们也意识不到这一点。要是脚下这层薄薄的地壳变成玻璃的话，我们一眼就能看到……

而此时的我，真的成了玻璃人。我看见了，看见了自己的内心……

我发现竟然有两个我。一个是原先的我，Д－503，是号码Д－503，可另一个……以前他只是从身体的躯壳里稍稍探出过两只毛茸茸的手，可现在整个人都想要爬出来，躯壳正随之瓦解，眼看就要被撑爆，碎得四分五裂。这……这可怎么办？

我拼命抓住椅子的扶手，那是最后的救命稻草了。为了感知自己，感知原先的那个我还在，我问她：

“您……你从哪儿搞到这种……这种毒药的？”

“噢，这个嘛！只不过是一个医生给的，也是我的一个……”

“‘我的一个’？‘我的一个’，我的一个什么？”

可另一个我却在此刻蹦了出来，大声吼道：

“我不允许！我要，不准有别人，只有我可以。谁要是敢，我就杀了他……因为我爱，我爱……”

我看到，两只毛茸茸的手粗鲁地抓住了她，撕扯掉她那件薄薄的丝裙，一口咬住了她。我记得千真万确，就是用牙齿咬的。

可我记不得，I不知怎么竟然滑脱了。一转眼工夫，两只眼睛又被可恶的窗帘遮得密不透风。她站着，背倚着柜子，听我说话。

我记得，我当时跪在地板上，抱住她的腿，亲吻她的膝盖，一连声哀求："现在吧，就现在，立刻……"

尖锐的牙齿，尖锐的而又冷嘲热讽的三角眉。她俯下身，二话不说扯下我的号码牌。

"好啊！来啊，亲爱的，亲爱的。"我急不可耐地动手脱制服。可I还是一言不发，却把我号码牌上的表举到我眼前。时间已是差5分到22点半。

当头一瓢冷水。我知道，超过22点30分出现在外面意味着什么。我的疯癫和痴狂一下子烟消云散。我还是原来的我。不过有一点是明白无误的，那就是我恨她，恨，恨她！

我连个道别也没说，头都不回，冲出了房间。奔跑间，我马马虎虎地别上了号码牌，沿着备用楼梯（我生怕在电梯里遇到其他号码）一步几个台阶地冲到了已经看不到一个号码的大街上。

一切都还是老样子，如此简单，如此平常，如此规范。万家灯火的玻璃大楼，玻璃一样苍白的天空，凝固的夜色依然泛绿。可是在这层静默而又阴冷的玻璃罩下，却有一颗毛茸茸的心在狂奔，它浑身鲜红，无声的步伐犹如狂风骤雨。我就这样，气喘吁吁大步流星地赶路，生怕自己迟到了。

突然，我发现明明别好了的号码牌正在脱落，脱落了，啪一声掉落在人行道的玻璃路面上。我赶紧弯下腰捡起来，却在寂静的一瞬间听到身后传来了脚步声。一转身，似乎有个矮小的家伙，弓着背从街角后面转出来。至少在那一刻，我觉得自己是看见了的。

我使出吃奶的气力奔跑，耳边只有呼呼的风声。到了门口，我停下脚步，表上的时间刚好差1分钟到22点半。我又倾听了一下，身后什么动静都没有。刚才显然是不合理的幻觉，是毒药起了作用。

这一夜实在太难熬了。身下的床一会儿升起来，一会儿降下去，一会儿又升起来，好像在随着正弦曲线漂浮。我一遍又一遍地告诫自己：“夜深了，睡觉是号码的义务。就像工作是白天的义务一样，睡觉也是义务。正因为白天要工作，所以睡觉就是必须的。到了夜里不睡觉，那就是犯罪……”但还是睡不着，睡不着。

我要崩溃了。我已经没有能力履行对**大一统国家**的义务了……我……

记事 11

提纲：

……不，我做不到，那就这样吧，没有提纲也好。

傍晚。薄雾轻罩。天空也隐没在一片镶金的乳白色中，让人看不到更远，看不到更高。古人们认为，那里有他们最伟大最寂寥的怀疑主义者——**上帝**。可我们都知道，那里只有一片水晶般的湛蓝，那里一丝不挂，不堪入目地赤裸裸。可我现在没法确定那里有什么，我真的做不到，因为我知道得太多了。如果有一种认知，坚信自己绝对准确无误，那便是信仰了。我曾经也有过不可撼动的信念，我深信我对自身的一切无所不知。可现在——

我站在镜子前。这是我有生以来头一回这么做，也是有生以来我头一回清楚地看到了自己，那么明白无误，那么纤毫毕现。我惊讶地发现，那其实是个“他”。镜子里的那个他，长着刀劈斧凿般两条浓黑而又笔直的眉毛，眉间犹如伤疤一样，埋着一条垂直的折皱（我不知道，这条折皱是不是以前就有）。银亮浅灰的双眼，周围洇着一圈失眠造成的阴影。而在银亮眼睛的后面……似乎，我还从没了解过，那里到底有什么。从“那里”（这个“那里”既是这里，也是望不到边际的远方）——我从“那里”凝神看着自己，看着那个他。我确信，这个长着刀劈斧凿般两条直眉的家伙是另一个人，是一个我不认识的人，我是有生以来第一次与他遇见。可我才是真实的，真实的是我，而不是他……

不行，不能再这样写下去了。这一切都是蠢话，这些毫无道理的感受，全都是胡扯，全都是因为我昨天中了毒……中了什么毒？是那一口绿色的毒药，还是她？无所谓啦。我把这些都记录下来，只是为了阐明，即便人类的智慧如此精密如此敏锐，仍可能莫名其妙地陷入混乱，误入歧途。而那种智慧，即便用来对付曾让古人百思不得其解的无穷概念，也绰绰有余，只要借助于……

号码机响了一下，显示出数字：R-13。让他来吧，我正巴不得呢，要是再这么一个人待下去……

20分钟后

在铺平的纸面上，是一个二维世界，一行行文字可以肩并肩排列齐整。可是在另一个世界里……我对数字的感觉却正在丧失。20分钟，也许会变成200分钟，甚至200 000分钟。就这样平静而又镇定地字斟句酌，把刚才我和R之间的情景记录下来，实在是一种惊悚的体验。就好像你正坐在自己床边的扶手椅里，跷着二郎腿，好奇地看着你，对，就是你自己，躺在自己床上抽风的样子。

R-13走进来的时候，我已经完全恢复了平静，又回到了正常状态。我怀着真诚的感佩与崇敬，开始向他讲述，他把判决书处理成扬抑格的诗作实在妙不可言，而那个自大狂妄的家伙其实就是被这首扬抑格的诗处死并碎尸万段的。

“……甚至，要是让我来画**恩威荣主**的**机器**草图，我肯定，一定，无论如何都会把您的扬抑格诗句一起画在草图上。”我就这样结束了自己的见解。

可我突然发现，R 的眼神黯然失色了，嘴唇也变得灰白。

“您怎么了？”

“什么怎么了？嗯……我只是厌倦了。大家都在谈论判决书，判决书。可我不想再谈了，真的不想。唉，不想再谈了！”

他眉头紧皱，挠着后脑勺。他后脑勺这只小箱子里装的，全是些让我诧异而又难懂的行李。一阵沉默。他忽然在小箱子里找到了什么，一把扯出来，拆了一会儿，展开了。两眼快活地亮起来，他腾地站起身。

“我还在给你们的‘**积分号**’写诗呢……这才有有趣呢！太带劲儿啦！”

他又变回了原来的样子。两片嘴唇吧唧吧唧，唾沫四溅，每个字有如喷泉般往外喷射。

“您明白吧（‘白’——喷我一脸），有个关于天堂的古老传说……说的其实应该就是我们，是现在。是的！您仔细想想。那两个在天堂里的人曾经可以做出选择，要么要幸福不要自由，要么要自由不要幸福，没有其他选择。这两个家伙，太傻啦，竟然选择了自由。所以下场显而易见，后来的几百年里都对枷锁念念不忘。苦苦思念枷锁啊，明白吧，这才是世界性的悲哀。好几百年呐！

直到我们的时代，才总算想明白该怎么回归幸福……等等，您听我说，听我说下去！古时候的上帝，其实和我们是一个鼻孔出气的。是的！我们帮了**上帝**的大忙，帮他彻底铲除了魔鬼。因为就是魔鬼诱骗人类破坏了禁令，偷尝了自由的恶果，魔鬼就是那条阴险的毒蛇。而我们用大皮靴对准它的头部，奋力一踩——咔！就太平了，天堂又回来了。从今往后，我们又变得像亚当和夏娃那样，憨厚朴实、心思纯良、天真无邪。不用再绞尽脑汁思考什么善与恶的问题，一切都变得淳朴，像天堂一样，像孩子一样简单。**恩威荣主**、**机器**、**立方体**、**气钟**、**守护者**——一切的一切都是庄严美好、崇高磊落、纯洁无瑕。因为正是这一切捍卫着我们的不自由，才成就了我们的幸福。只有古人才会劳神费心地去评判，去品头论足，什么伦理不伦理的……哈，那就这么定了，一句话，天堂的史诗是个好题材，是吧？而且格调也最严肃……您懂的吧？这构想不错，是吧？”

当然啦，我怎么会不懂呢。我记得，以前我对他的看法是：这家伙虽然长得獐头鼠目，怎么看都不对称，可脑子倒是天上点灯——高明得很。难怪他和真正的我才这么亲密无间（我还是认为，过去的我才是真正的我，而现在这种状态，当然只能算是病态）。

R显然看穿了我暴露无遗的小心思，抱了抱我的肩膀，哈哈大笑起来。

“咳，您呐……亚当！哦，对啦，既然说到了夏娃……”

他在口袋里一阵翻腾，掏出一个记事本，哗啦啦翻开。

“后天……不，再过两天，O的粉红票根就轮到您那儿了。您怎么样？还和以前一样吗？您想让她……”

“是啊，那当然。”

“那我就这么告诉她了哦。要不然，您猜不到吧，她还怕羞呢……说起来真好笑！她对我就像粉红票根一样，不过是例行公事，可对您不一样……她就是不肯告诉我，谁会是我们铁三角第四个新成员。到底是谁啊，您还是坦白了吧，色胆包天的家伙，啊？”

我心里的帷幕被猛地吹开了。窸窣作响的丝绸，绿莹莹的长颈瓶，嘴唇……我竟然头脑一热，脱口而出一句本不该说的混账话（我要是能忍住该多好！）：

“请问，您以前有没有尝过尼古丁或者酒精的味道？”

R 抿了抿嘴唇，瞟了我一眼，竟似乎有了敌意。我一清二楚地听到了他此刻的想法：“朋友嘛，你当然是好朋友……可要是……”只听他答道：

“怎么说呢？我自己没尝过。不过我知道有个女号码……”

“I。”我叫出了声。

“怎么……您，您也和她有交往？”随即一阵狂笑，竟然呛住了，眼看又要唾沫四射。

我房间墙上挂着的镜子，要越过桌面才能看到。我坐在扶手椅里，从这里只能看见镜面中自己的额头和眉毛。

于是我，这个真的我，看见镜子里那两道笔直的眉毛已经扭曲，还跳动个不停。紧接着，真的我听到了鬼哭狼嚎般的怒吼：

“什么‘也’？不，‘也’是什么意思？不行，您必须说清楚。”

两片厚厚的嘴唇撑圆了，眼珠子也瞪了出来……而真的我，此刻死死揪住另一个我的领子，那个野蛮而又毛茸茸的我，被真的我勒得喘不过气来。真的我赶紧对 R 说：

“抱歉，看在**恩威荣主**的分上原谅我吧。我现在病得厉害，总是失眠。真搞不懂，我这是怎么了……”

一丝笑意在厚厚的嘴唇上转瞬即逝：

“是——是啊——是啊！我理解，我全都理解！其实这些事情我都熟悉……当然，只是理论上熟悉而已。那我告辞啦！”

走到门口，黑乎乎的皮球又滚了回来，来到桌边，在桌面上扔下一本书：

“这是我新写的……专门送来给您，差点就忘了。别啦……”“别”喷了我一脸，他便快速滚了出去……

我又独自留下了。或者，更确切地说，是我和另一个‘我’面对面独处。我在扶手椅里跷着二郎腿，正从“某个角落”里，饶有兴致地观望着我，对，就是我自己，在床上抽风。

这到底是怎么了，为什么三年来，我和 O 一直都能相敬如宾，可现在只要提到她一个字，提到那个 I……难道爱情、嫉妒这些荒谬的无稽之谈，真的不只在愚蠢的古书里才有？关键是我！方程式、公式、数字，什么都知道，可就是……

在这方面我真的一无所知！一无所知……我明天就去找 R，告诉他……

不行，我不去。明天不去，后天我也不去，我以后再也不去了。我不能，我也不愿意再看见他。完了！我们的铁三角，散伙了。

我还是独自待着。傍晚。薄雾轻罩。天空也隐没在一片镶金的乳白色中。真想知道，云端高处有什么？真想知道，我是谁，我是什么样的人？

记事 12

提纲：

对无穷的限制。天使。关于诗歌的思考。

我总觉得，我迟早会康复，也一定能够康复。这几天睡觉酣甜，再没做过那种梦，也没什么病痛了。明天可爱的 O 要来找我，一切都会简简单单，不偏不倚，像圆圈那样被限制得中规中矩。我不怕说出“限制”这两个字，因为人类最崇高的工作就是理性的思考，而理性的本质正是将无穷不断加以限制，以便把无穷分割为各个易于消化的小份，这也是微分的概念。而我毕生念兹在兹的数学，其无与伦比的美正在于此。而她却偏偏无法理解这种美。不过，我只是顺便这么一说，因为这会儿凑巧就联想到了。

此时，伴着地下轮轨高低起伏铿锵有节的轰隆声，我在心里暗自抑扬顿挫地吟诵 R 的诗作（他昨天送我的书）。突然发觉，背后有个号码似乎正探过肩膀，小心翼翼俯下身，偷偷看我翻开的书页。我甚至不用转身，只用眼角的余光便能看见那对粉红色的招风大耳朵，被掰成两截的身躯……就是他！我并不想惊动他，所以装作没看见。他是从哪儿冒出来的，我不知道。我刚进车厢的时候，好像并没看见他啊。

虽然这个细节本身毫不起眼，却让我的情绪高涨不少，甚至可以说，备受鼓舞。当有号码用一双机警的眼睛，关爱你，守护你，监视你，不让你犯一丁点小错误，避免你哪怕有一小步偏离正轨，这是多么温暖心脾的感受。虽然这话听起来有些自作多情，但我的脑子里确实经常会作类似的比较——古人心目中的守护天使，就是我们的**守护者**。当年古人苦苦追求的梦想，如今有许多在我们的生活中已经被物质化地实现了。

就比如这一刻，当我发现自己背后有一位守护天使时，我的心就被这首题为《幸福》的十四行诗陶醉。我觉得，这话没说错，这的确是一首难得的好诗，既优美又有深度。前四行是这么写的：

> 海枯石烂的热恋是二乘以二，
> 天荒地老被熔铸成激情的四，
> 这世间最情投意合的爱侣啊，
> 莫过于不离不弃的二乘以二……

接下去讲述的，全都是关于乘法口诀表所代表的理性而又永恒的幸福。

任何一位货真价实的诗人，毫无疑问都堪称哥伦布。美洲大陆在哥伦布以前的几个世纪里一直都存在，而只有哥伦布有本事发现了它。乘法口诀表在R－13以前也存在了几个世纪，而只有R－13天才地在数字的原始森林里发现了新的黄金国度[①]。此言不虚哦，哪里还有比我们这个美妙的世界更智慧、更自在舒服的幸福呢？钢铁会生锈；古代的**上帝**创造了古人，也就是动辄会犯错

① 黄金国度指16世纪西班牙殖民者曾在拉丁美洲寻找过的想象中的国家，转义为富庶之邦、神奇之国。

的人，可见连**上帝**自己也犯了错。乘法口诀表就更智慧，就比古代的**上帝**还要绝对，因为它从不，明白吧，从不出错。乘法口诀表里的数字遵循着亘古不变的法则，生活得井然有序，没有谁会比这些数字更幸福了。既不会有任何动摇，也不会有任何谬见。真理只有一个，真理的道路也只有一条。而这个真理就是二乘以二，这条真理之路就是四。如果两个原本幸福而又完美的乘数，开始想要自由了，换言之，显然有了错误的思想，那岂不是要乱套？所以我认为，不言而喻，R－13 天才地抓住了最本质，也最……

此时此刻我感受到，先是后脑勺，接着是左边的耳朵，传来守护天使温暖而又柔和的气息。他肯定已经发现，我膝盖上的书本已经合上了，而我的思绪却已神游天外。好吧，现在即使要我当着他的面打开脑子里的书页，我也一定欣然从命。这将是一种多么祥和而又愉悦的感觉啊。我记得，我甚至转过头去望了他一眼，还恳切地盯着他的眼睛看了一会儿。可他却没有明白，或者不想明白，因为他什么都没问我……我只好把这一切付诸文字向你们倾吐了，我不曾谋面的读者们（现在的你们就如同那一刻的他，对我来说既珍贵又亲切，而且还高不可攀）。

我的思考方式就是这样：以小见大，见微知著。所谓小，是指 R－13 个体，所谓大，则是声势浩大的整体，也就是我们的**国立诗人与作家学院**。我就无法理解，古人创作的文学与诗歌作品显而易见地荒谬滑稽，而他们对此竟然视而不见，从而彻底浪费了艺术所向无敌的巨大力量。太可笑了，每个人想到什么就写什么。同样可笑和荒唐的是，古人眼里的大海，只会没日没夜傻乎乎地撞击海岸，蕴藏在海浪里取之不尽的巨大能量也只是用来描述澎湃的热恋激情。而我们却从波涛绵绵的情话中获取了电力，即便白浪滔天的大海犹如桀骜不驯的野兽，可我们把它驯服成了宠物。现在，就连诗歌野蛮不羁的本性也同样被我们驯化制服。如今的诗歌已经不是恬不知耻的莺歌燕语了，诗歌已经成为国家的仆役，诗歌就该带来好处。

就拿我们著名的《算数口诀表》来说，要是没有乘法口诀表，我们怎么可能从小学起就真诚热切地爱上算术四则运算？有一首古典格式的诗歌《玫瑰刺》里就说过：**守护者**就是玫瑰的刺，守护着娇嫩的**国家花朵**不受粗暴的触碰……看到天真的孩子们嘟着小嘴巴，奶声奶气地祷告一样诵读这首诗，任你再铁石心肠，也会为之动容……“坏小孩摘花一把抓。玫瑰的硬刺扎疼他，小淘气——哇、哇——逃回家。”——等等等等。还有《**恩威荣主**日日颂》呢？有谁读了不会对这位**号码**中的**号码**崇拜得五体投地，不会对他忘我工作的精神膜拜有加？还有谁读了都会不寒而栗的红皮书《**法庭判决**精华集》呢？还有不朽的悲剧剧本《上班迟到的号码》？还有每个号码都必备的《性交卫生诗集》呢？

生活中所有的琐碎与美好，都严丝合缝地嵌进了金石良言中。

我们的诗人已不再于高高的九重天飘忽不定，而是降落到了凡尘。他们也伴随**音乐制造工厂**播放的进行曲，踩着精准的机械节拍，和我们的步调完全一致。只有在清晨电动牙刷的沙沙声中，在**恩威荣主**的机器发出电弧炸裂声时；只有当雄壮的《**大一统国家国歌**》响起时，在光洁透亮的夜壶发出的暧昧铮淙声中；只有窗帘落下响起让人心跳加速的咔咔声时，在最新烹饪手册欢快的介绍声中；只有勉强声闻户外薄膜的震颤时，我们的诗人才会诗兴大发。

我们的神明就在人间，在尘世，和我们在一起——就在**守护局**里，在厨房里，在作坊里，在卫生间里。神明变得和我们别无两样，所以嘛[①]，我们也变得像极了神明。未曾谋面的外星球读者啊，我们一定要去你们那里，去找你们，把你们的生活变得理性而又精准，变得完美，就和我们的一样……

① 原文为拉丁语。

记事 13

提纲：

雾。你。荒诞不经的艳遇。

起床铃响，我起床了，却发现周围的一切完全变了样。透过玻璃天花板，透过玻璃墙，目光所及之处，铺天盖地，全是迷雾。天上的云朵发了疯似的，变得越来越厚重，飞得越来越迅疾，越来越切近，天地之间仿佛没了界限。一切好像都飞了起来，融化了，又纷纷掉落下来，仿佛什么东西都抓不住。楼房再也看不见了，一面面玻璃墙似乎被浓雾冲垮冲散，像一块块撒在水里的盐巴。从人行道上，能看见楼里号码们阴森森的身影，就像悬浮在乳液里奇形怪状的颗粒，先是漂在底部，再升到高处，越升越高，直到十层楼。所有的东西都像是在冒烟，或许，那真是一场无声的熊熊大火。

刚好是 11 点 45 分，我有意识地看了看表，很想把这几个数字牢牢攥在手里，现在能救我的只有数字了。

11 点 45 分，根据**守时戒条**的规定，通常是体力劳动的时间。出门前，我跑回了自己房间一趟。电话铃突然响了，那头传来的声音就像一根长长的针，缓缓刺进了我的心脏。

“啊哈，您在家呀？太好啦。您去街角等我吧。我们一起去……嗯，去了您就知道了。”

“可您明明知道，我现在要去上班。”

“您明明也知道，您一定会照我说的去做。回头见。我 2 分钟就到……”

2分钟后，我站在了街角。我必须让她知道，能指挥我的是**大一统国家**，而不是她。居然说什么“照我说的去做”……听她的口气，还说得那么理直气壮。哼，我倒要和她好好理论理论。

一件件灰色的制服，裹着潮气匆匆与我擦肩而过，转眼融进浓雾中消失不见。我的眼睛没有离开过手表，似乎连自己也变成了那根尖尖的秒针，滴滴答答抖个不停。8分钟，10分钟……差3分了，差2分就12点整了。

显然，上班肯定是迟到了。我真的恨她。但我必须让她知道……

街角白白的迷雾中，出现了一丝血色，仿佛用尖刀切开的一般，那是两片嘴唇。

“看来，我耽误您啦。不过，也无所谓了。反正您也迟到了。”

我真想把她……不过确实，已经晚了。

我一言不发地看着她的嘴唇。女号码都有嘴唇，两片嘴唇。有的粉红圆润，富有弹性，就像一个画地为牢的圆圈，温柔地把整个世界挡在外面。眼前的这两片嘴唇，一秒钟前还不曾存在，可眨眼间就被一把刀划开了，还滴淌着甜蜜的鲜血。

她走上前来，肩膀倚住了我，我们变成了一个整体，她渐渐离开了自己的身体，缓缓注入我身体里。我知道，这是一种需要。每一处神经，每一根发丝，每一次甜蜜到发疼的心跳，都在告诉我，这是一种需要。而被这种“需要”征服，简直让人欣喜若狂。大概，每一块铁都会这样兴高采烈地屈服于精确的法则，心甘情愿地撞向磁石。被抛到高空的石块，也只消一秒钟的动摇，便飞快地坠落，直击地面。人也一样，经历过垂死挣扎后，便呼出最后一口气，死去。

我记得，我茫然地笑了笑，不知所云地说：

“雾……挺大。”

“你喜欢雾？”

“你”是早已被忘却的古代的称呼。古代统治者对奴隶的称呼就是“你”。虽然刺耳，但却慢慢渗透进了我的心。是的，我就是奴才，而且这也是一种需要，感觉也不错。

“是的，不错……”我竟然自言自语地说出了声。可紧接着却对她说：“我讨厌雾。我害怕雾。”

“那么说，就是你喜欢啦。怕它，就是因为它比你强大；恨它，是因为你害怕它；爱它，是因为你无法征服它。因为只有难以征服的，才会是你的真爱。”

是啊，她说得没错。正因为如此，正因为如此我才……

我俩一起走着，浑然一个号码。远远地隐隐约约传来了太阳的欢歌，穿透了浓雾。一切似乎都被染成珍珠白、金黄色、粉红色、红色，满眼盎然的生机。整个世界似乎变成了一个宽容的女性，而我们正孕育在她的胎中，还尚未出生，还在兴致勃勃地萌发。我明白了，深信不疑地明白了，这一切都是为我准备的，太阳、迷雾、粉色、金色——全都是为我准备的……

我没有问，到底要去哪儿。我无所谓，只要能走下去，走下去，一直发育，发育得越来越活力四射……

“到啦……”I 在门口停下脚步，“今天正好是那个号码值班……在**古楼**的时候，我说起过他。”

我小心翼翼呵护着发育中的胚胎，只两眼远远瞟了一下门口的招牌：**“卫生局”**。我全明白了。

玻璃房间里灌满了金色的浓雾。玻璃天花板上吊着五颜六色的瓶瓶罐罐，到处是电线，蓝盈盈的火花时不时在管道里爆闪。

房间里有个骨瘦如柴的号码，看上去就像是用纸裁出来的，不管怎么转身，都只能看到他刀削般的一个侧面。利刃般发亮的，是他的鼻子，两片嘴唇活像一把剪刀。

我没听到，I 对他说了什么。看着她说话的样子，我的眉宇间不由得溢满了幸福的笑容。只见两片剪刀嘴唇刀刃一样闪了一闪，医生说话了：

“好吧，好吧。我理解。这种病最危险，我还不知道有什么比这病更危险的了……”说着便哈哈笑起来。比纸还薄的手飞快地写了些什么，交给了 I。又写了一张，递给了我。

原来那是两张证明，证明我们俩都得了病，不能去上班。我就这样把自己的工作从**大一统国家**偷了出来。我成了贼，我已经够资格躺到**恩威荣主**的**机器**底下了。但这些离我还遥远，无所谓，就像书里写的……我拿过纸条，片刻都没有犹豫。我深知，我的眼睛、嘴唇和双手也深知，这就是我需要的。

在街角几乎空荡荡的车库里，我们坐上一架飞船。I 又像上次那样，坐到方向盘后面，把启动杆推到“前行”，我们便脱离地面，飘了出去。粉色和金色的雾气、太阳、医生薄如刀刃的侧影，全都在身后变得模糊了，我忽然觉得那侧影尤其可爱，极为可亲。以前，一切都在绕着太阳转，可我现在觉得，一切都在围绕着我转，我悠然自得地、幸福地眯起了眼睛……

古楼的老太坐在门口。她那似乎长死了的嘴巴依旧布满射线般的皱纹，看上去非常可爱。也许这些天来，她的嘴巴真的长死了，只是现在才豁然张开，露出了笑容：

“啊——啊，小淘气鬼呀！就是不愿意和别的号码一样去上班……嗯，算啦，去吧！有事我会跑进去，告诉你们……”

不透明的门，带着沉重的吱嘎声关上了，可几乎就在同一时刻，我的心门却在痛苦中打开了，越开越大，彻底敞开了。她的嘴唇成了我的，我吸吮，吸吮，推开她，在沉默中凝视那双望着我的大眼睛，于是又一次……

房间里昏暗不明，依稀有蓝色、红里透黄的光线，有墨绿色的山羊皮革，佛像金灿灿的笑脸，镜子的反光一闪一闪。而我做过的那个梦，此刻变得格外清晰。所有的东西都被耀眼的粉色汁液浸透，眼看就要溢出、喷发……

终于成熟了。我心甘情愿地，犹如铁块和磁石，甜蜜地顺从精准而又无法违背的法则，注入了她的身体。没有粉红票根，没有计时，没有**大一统国家**，也没有了我自己。只有紧咬的两排温存却又尖利的牙齿，只有两只瞪得老大的眼睛，一闪一闪望着我。我不由慢慢走进这双眼睛，越陷越深。什么声音都没有，只有墙角的盥洗盆里，有水珠在滴落，那声音仿佛远在天涯海角。而我就是整个宇宙，随着一滴又一滴的水珠，跨过了几个世纪，穿越了几个时代……

我披上制服，向 I 俯下身去，两眼想把她最后一次吸进心里。

“我就知道会是这样……我早就知道你……”I 的声音很轻。她快速站起身，穿上了制服，脸上露出一如往常的咬人似的笑：“这下好啦，天使堕落了。您现在总算完蛋啦。不是吗，您不害怕？哈，再见吧！您自己先回去，好不好？”

她打开镶着镜子的衣柜门，歪着肩膀看我，等着我出去。我顺从地走了出去。可刚跨过门槛，我就猛然意识到，我非常需要她的肩膀紧紧靠住我，哪怕只一秒钟也好，我便再无奢求。

我立刻冲了回去，扑进那间房间，说不定她还在镜子前扣制服的纽扣。可我跑进去却愣住了。衣柜门上古旧的钥匙圈分明还在晃动，可I却不见了。房间的出口就是那扇门，她无论如何都跑不掉啊，可就是没了踪影。我在房间里找了个底朝天，甚至打开衣柜，把五颜六色的古装衣裙摸了个遍，就是没有找到……

外星球的读者们，给你们讲述这样一个神乎其神的故事，连我自己都觉得不好意思。可事情的经过的确如此，我也没办法。难道不是每一天从清晨起都会充满各种不可思议吗，难道这不正像古时候做梦的疾病？如果真是这样，那就无所谓啦，反正都是不可思议的故事，多一个故事或少一个故事又有什么关系？除此之外，我坚信，迟早有那么一天，我能用一种三段论推理方法，把所有不可思议的事情都归纳起来。这个想法终于让我问心无愧了，我希望，你们读的时候同样会心安理得。

……我好充实啊！你们真的体会不到，我是多么充实啊！

记事 14

提纲：

“我的”。不可以。冰冷的地板。

我还是要接着说昨天的事情。因为临睡前的个人活动时间里，我忙着别的事情，所以昨天我没能写完记事。不过那些事情就像刀刻斧凿一样印象深刻，而且非同寻常，所以，那冰冷刺骨的地板……应该一辈子都忘不掉了……

O应该傍晚来找我，因为昨天是她的时间。我下楼找值班号码要关闭窗帘的许可证。

“您怎么啦。”值班的问，“您今天看上去有点……”

“我……我病了……”

本质上讲，我没撒谎，因为我的的确确生了病。就是因为生了病才会有这些事情发生。我立刻想起来，是啊，我还有医生的证明呢……手伸进口袋摸了摸，证明还在那里沙沙响。那就说明，的确生过病，千真万确地生过病……

我把证明递给了值班号码。我只觉得脸颊发烫，看都不用看就知道，值班号码正吃惊地打量着我……

到了21点30分。房间里左侧的窗帘已经放了下来。而右侧，我还能看到正在埋头读书的邻居。他那光秃秃的脑袋坑坑洼洼，就像长满了草墩子。蜡黄的额头滚圆，活像一条大弧度的抛物线。我心烦意乱地走来走去，走来走去。这件事后，我还怎么，怎么和她，和O在一起？我能明显感觉到，右侧房间里的那双眼睛正盯着我，他额头上的皱纹清晰可见，就像一行行黄色的文字，只是字迹歪歪扭扭难以分辨。可不知为什么，我总觉得那几行字的内容和我有关。

22点差一刻，一股粉红色的旋风兴致勃勃地卷进了我的房间，粉红色的手臂颈箍一样勒住了我的脖子。可是我觉得，颈箍越来越松，越来越松，最后彻底松开了，手臂也垂了下来……

“您变了，您和先前不一样了，您已经不是我的了！”

“‘我的’，这算什么一厢情愿的术语。我从来都不是……”我突然把话噎了回去，一个念头冒了出来。以前不是，真的不是，可现在……可我现在并没有生活在我们理性的世界里啊，那个古老而又荒唐的，那个$\sqrt{-1}$的世界才是我现在的世界。

窗帘缓缓垂下。右侧的玻璃墙后，邻居失手把一本书从桌子上碰落到地板上。就在窗帘碰到地板的最后一刹那，透过那条窄窄的缝隙，我看见一只蜡黄的手捡起了书。那一刻，我的内心是多么想拼命要抓住那只手啊……

“我以为，我本想今天散步的时候和您见个面。我有很多话，我有很多话要对您……”

O很可爱，却也很可怜！粉红色的嘴，两边粉红色的嘴角月牙般耷拉下去。可我又不能把发生的事告诉她，哪怕是为了让她不成为我的犯罪同伙，我也不能告诉她。我心里很明白，她是不会有勇气去**守护局**的，所以……

O躺着。我磨磨蹭蹭地吻着她。我吻着她手腕上天真而又敦实的褶皱，她闭着蓝蓝的眼睛，粉红的月牙嘴却像花儿一样慢慢绽放，完全张开了。我顺势吻遍了她全身。

可我突然意识到，我已经被彻底掏空了，一无所有了。我不能，我做不到。虽然必须做，可我做不到了。我的嘴唇立刻失去了热情……

粉红月牙哆嗦起来，失去了光彩，抽搐得变了形。O抓起被单盖住身体，把自己裹了起来，一头埋进了枕头……

我挨着床坐在地板上，地板冷得让人绝望，我坐着不说话。刺骨的寒意从底下逼上来，渐渐漫过全身。也许，寂寥的星球空间，也是一片蓝色的苦寒吧。

“您别介意，我并不想……”我小声嘟囔，“我千方百计地……”

我没撒谎，那个现实的我，真的不想……可是，我该怎么告诉她呢。该怎么对她解释，铁块是真的不愿意，可法则就是铁律，而铁律难违啊……

O从枕头里抬起脸，闭着眼睛对我说：

“您走吧。”因为被眼泪呛到，听着像是“您滚吧”。不知道为什么，就连这么一个荒唐的细节，我竟然也牢牢记住了。

我浑身冰冷，四肢僵硬地来到走廊里。玻璃墙后，轻飘飘的薄雾依稀可见。可是到了夜里，浓雾还是会降下，严严实实罩住一切。这会是一个怎样的夜晚？

O默不作声地从我身边一闪而过，走向电梯。电梯门砰地关上了。

“等一下。”我大叫。我害怕起来。

可电梯已经隆隆地下坠，下坠，下坠……

她让我失去了R。

她让我失去了O。

可毕竟，可毕竟……

记事 15

提纲：

气钟。明镜的海洋。活该我一辈子焦虑。

刚走上“**积分号**”操作平台，**第二设计师**就迎面走来。他的脸永远都是白白的，圆圆的，活像上了釉彩的陶瓷盘子。说起话来，就像盘子里盛着让人难以抗拒的山珍海味：

“您前些日子病了吧，这里没了您，没了领头的号码，昨天，怎么说呢，还出了事故呢。”

“事故？”

“啊，是啊！下班铃响了，平台往外放号码的时候，您猜怎么着，守门号码抓到一个没编号的号码。他到底怎么溜进来的，难以想象。后来就把他送到**手术局**去了。那里肯定能让这家伙开口，怎么进来的，有什么目的……”（笑容绽放——一盘美馔佳肴）

手术局里有我们最好的资深医生，由**恩威荣主**亲自直接领导。那里有名目众多的器械，而更重要的是，还有一台举国皆知的**气钟**。本质上，这台钟就是古代中学里做实验的器材。把小老鼠放进玻璃罩子里，用气泵将气罩里的空气一点点抽尽……原理也就这么简单。只不过，**气钟**当然要完美先进多了，可以使用各种不同的气体。而且，**气钟**当然不可能仅仅拿手无寸铁的小动物开开玩笑，它肩负更崇高的使命，它必须保障**大一统国家**的安全，换言之，它要保障几百万号码的幸福。大约五百年前，**手术**

局还处于初创起步阶段时，就冒出一帮傻子，竟然把**手术局**比作古代的宗教法庭。这简直太没道理了，怎么能把做气管切开手术的外科医生和光天化日下拦路抢劫的强盗相提并论呢。也许，两者手上都拿着刀，两者的行为动作也一样，都是割开活号码的喉咙。可是，前者是善良的号码，而后者是罪犯，前者的行为应当用＋号标记，后者的行为则应用－号标记……

这道理再清楚不过，只要一秒钟，逻辑的机器转上一圈，就能想清楚。可突然，机器的齿轮却被－号卡住了，逻辑机器的上方竟出现了另一幅景象：仍在衣柜门上晃动的钥匙圈。门显然刚刚关上，可她不在，I不在，不，是消失了。转到这个节骨眼上，逻辑机器再也转不动了。真的是梦吗？可我现在还能感觉到，I紧紧靠住我时，右肩膀传来那一阵莫名甜腻的疼痛，I和我彼此依偎着走在大雾中。“你喜欢雾？”是啊，雾也喜欢……我喜欢这一切，一切生机勃勃的，一切清新怡人的，一切稀奇古怪的，一切——都好……

“一切——都好。”我不由得说出了声。

“好？”陶瓷眼珠子瞪圆了，“这有什么好的？如果这个没编号的号码能有办法……那么，这样的号码就该到处都有，无处不在，一直都有，甚至就在这里，他们可能就在‘**积分号**’周围，他们……”

“那他们到底是谁啊？”

“我怎么知道他们是谁。不过我能感觉到，知道吧？他们一直都在。”

“您听说了吗，现在好像发明了一种新的手术，可以把号码的幻想切除？”（我最近的确听说了一些相关的传闻）

“嗯，我知道。不过和我们这里有什么关系？”

“当然有关系，如果我是您，就去主动申请做了这个手术。”

盘子脸毫不掩饰地露出一副柠檬般酸酸的神情。这可爱的家伙，哪怕一星半点地暗示他可能有幻想，他也会生气……不过这没什么，也许一星期前，换作我也会不高兴。可现在，现在不会了。因为我知道，我有幻想，我病了。而且我还知道，我根本不愿意康复。真的，就是不愿意。我们一起沿着玻璃台阶往上走去，而底下的一切，看上去仿佛尽在股掌之中……

阅读我记事的读者们啊，不管你们是谁，你们都置身于阳光下。如果你们也曾经历过病痛，就像我现在经历的，那你们一定知道清晨的太阳是什么样的，一定知道太阳可能会是什么样的。你们还应该知道，太阳就是一块粉红透明的、温暖的金子。而空气则被微微染上粉色，所有的东西都好像浸泡在太阳温柔的血液里，一切都显得生机盎然。石头有了生命，变得松软；铁块有了生命，变得温暖；号码个个生龙活虎，脸上挂着笑容。可也许再过一小时，这一切都将要消失；也许再过一小时，粉红色的鲜血就要滴尽。但是现在，一切都还有生命力。我看到，**“积分号”**的玻璃液体中，似乎有什么正在搏动，正在翻涌。我看见，**“积分号”**正在思索着它伟大而又凶险的未来，思索着满载幸福的沉重负荷。它将擎着必将到来的幸福腾空而起，去找你们，未曾谋面的读者。你们祖祖辈辈都在寻求幸福，却从来不曾找到。可你们现在有希望啦，你们一定会幸福的，你们有义务成为幸福的号码，这一天已经不会等太久啦。

“积分号”整体已经基本完成。优雅的加长型椭球体，全部采用我们的玻璃制成，如金子般持久耐用，如钢铁般韧性十足。我看见，船体内部不但采用了肋骨式的横梁来加固玻璃体，还纵向安装了长桁。此外，巨型火箭发动机底下还安装了基座。每3秒钟喷射一次，每隔3秒钟，**“积分号”**强大的火尾就向宇宙空间喷射一次火焰和气体。它将飞驰，飞驰，带去幸福的塔梅兰[①]烈焰……

我看见，底下的号码们就像巨大机器的一根根操纵杆，遵循着泰勒法，动作整齐，快速地合着节拍，弯腰，起身，转身。人手一支耀眼的火焰枪，喷射着火焰，要么切割，要么焊接玻璃薄板、弯管、框架、三角板。我看见，一台台面目狰狞的透明玻璃起重机，缓缓地滑行在玻璃轨道上。它们和号码们别无两样，顺从地转身、弯腰，把物品一件接一件地塞进**“积分号”**的大嘴巴里。

这表明，它们是已经人格化了的完美的人类。这是最高层次的美，是摄人心魄的美，这是和谐，是仙音……召唤着我赶紧下去，向他们走去，和他们打成一片！

于是，我和他们融汇成一体，肩并肩，在钢铁的节奏中陶醉……一举一动都有板有眼，弹性十足的圆脸蛋泛着红光，不会有任何胡思乱想的额头镜子般明亮。我遨游在这片明镜的海洋里，怡然自得。

突然有个号码面无表情地转过脸来问我：

“怎么样啦，还好吧，今天感觉好点了？”

“什么好点了？”

“不是吗，您昨天不是没来吗？我们还以为，您遇到不测了

---

① 塔梅兰即帖木儿（1336—1405），是帖木儿帝国的创始人。

呢……”只见他额头闪亮，一脸孩子般无辜的笑容。

鲜血倏地涌上了我的脸。看着这样的眼睛撒谎，我做不到，做不到。我没说话，心沉了下去……

上方的舱门探出一张圆盘脸，白花花的陶瓷般闪着光。

“喂，Д－503！快请过来一下！您快来看，我们的悬臂托架太硬了，节点力矩给出的是方型压力。”

还没等他说完，我就慌慌张张跑了上去。这样落荒而逃实在是很丢脸。我没有勇气抬头看其他号码，脚底下玻璃台阶的光芒晃得我头晕目眩。每踏上一级台阶，我就失去一份信心，像我这样深受毒害的罪犯，根本不配待在这里。从今往后，我再也无法融入精准的机械节奏里，再也无法在明镜般的海洋里遨游。活该我一辈子都要焦虑，像只没头苍蝇一样到处找空子，好把不敢示众的眼睛藏起来，直到拥有足够的勇气跨过这道坎……

可是，一道冰冷的电弧随即击穿了我。我，还是听天由命吧；我，无所谓啦。反正我一定会想她，也一定会要她……

我爬出舱门，站到了甲板上。我不知道现在还能去哪儿，我不知道为什么要到这里来。看了看头顶，辛辛苦苦爬了半天的太阳还在有气无力地往上爬。而底下就是**“积分号”**，灰暗的玻璃舱体，死气沉沉。粉色的血液滴了下来，我心里很清楚，这一切都只是我的幻觉，一切其实都还照旧，同时我也很清楚……

“您这是怎么啦，Д－503？我叫啊，叫半天了……您到底怎么回事儿？”这是**第二设计师**在说话，而且就贴着我的耳朵，看来他真的喊了好久。

我究竟怎么了？我丢失了方向盘。虽然马达声震耳欲聋，虽然飞船抖动着飞速疾驰，可就是没有方向盘。连我自己都不知道，我要疾驰去哪里。往下，会瞬间撞向地面，可往上，却只能飞进太阳，那一团火球里……

记事 16

提纲：

黄色的。二维平面的阴影。无可救药的灵魂。

我好几天没写记事了。自己也记不得到底有几天，因为每天过得都一样。每一天都是同样的黄色，就像干燥灼热的黄沙，没有一小块阴影，没有一滴水，只有一眼望不到边的黄沙。我不能没有她，可她却至今仍没有音讯，就像在**古楼**莫名其妙地消失一样……

那次以后，我只在散步时见过她一回。两天，三天，或许是四天以前，我记不得了，因为每天都一模一样。她只是一闪而过，却在刹那间填满了我空虚的黄沙世界。挽着她胳膊的号码，个头才到她的肩膀，就是那个被掰成两截的S，旁边走着薄如纸片的医生，另外好像还有第四个号码。只记得那个号码的手指，就像从制服袖子里射出的光，纤细得异乎寻常，白皙而又修长。I举起手，朝我挥了挥，又越过S的脑袋向光束手指的号码欠了欠身。我只听到“**积分号**”这个词，四个号码便同时转过头来看我。只一会儿，他们就消失在灰蓝色的天空里，留给我的仍是干涸的黄沙道路。

那天晚上，她应该有来我这里的粉红票子。我站在号码机前，爱恨交织地祈祷，希望号码机咔嚓响起，希望白色的槽孔里尽快出现数码I-330。电梯门一次次打开，走出电梯的有面色苍白的，瘦高个的，面泛红光的，肤色黝黑的，周围的窗帘也一扇接一扇落下。可就是没有她。她还是没来。

也许，正在此刻，22点整，正当我伏案疾书的时候，她已经闭上了双眼，以同样的姿势倚在别的号码肩头，以同样的语气问那个号码："你喜欢吗？"她靠在谁的肩头？他是谁？那个号码，是光束手指，还是厚嘴唇唾沫四溅的R？或许是S？

S……为什么这几天来，我一直听到身后有鸭子般平实的脚步声，啪啪啪的，就像踩着水洼？为什么他这些天总是像影子一样跟着我？前面，两侧，身后，都是他二维平面的灰蓝色影子。号码们从他的影子上经过，踩过，可影子还是原地不动，就在身边，就像是一根看不见的脐带拴住了你。也许，这根脐带就是她——I？我不知道。或许，可能，他们，**守护局**的号码们，已经知道，我……

要是您听说，您的影子能看到您，始终都能看到。您能理解这话的意思吗？一旦真的理解了，恐怕您就感觉不自在了。就连两只手也仿佛不属于自己，总是碍事。我自己就突然发现，太匪夷所思了，我走路时两只手摆动得竟然和脚步不合拍。或者突然，我必须回头看一眼，可却回不了头，无论如何也做不到，因为脖子被铸住了。于是我跑，越跑越快，可却觉得，背后的阴影跑得比我还快，我怎么也摆脱不掉它，无处可逃……

终于可以独自待在房间里了。可偏偏看到了电话，心又悬起来。于是又拿起电话："是的，请找I－330。"又听见电话那头轻微的骚动，有走动的脚步声，似乎走廊里正有号码路过她的房门，接着便没了动静……我扔下电话，受不了了，再也受不了这样了。我要立刻去找她。

这已经是昨天的事情了。我跑去她那里，从 16 到 17 点，在她住的那栋楼附近转悠了一个小时。一排排号码从身边经过。数千条腿踩着节拍，就像一个长着无数条腿的利维坦①，晃动着躯体，从身旁游过去。而我却孑然一身，就像被狂风甩到了无人的荒岛上，两眼在灰蓝的海浪里搜寻，搜寻。

也许此刻，那两根高挑到鬓角的眉毛会不知从哪里冒出来，搭成一个三角，又是一脸尖刻的讥笑。那双黑黑的眼睛就像两扇窗户，而窗户里面是燃烧的壁炉，有晃动的身影。我会毫不犹豫地闯进去，闯到她的眼睛里，对她说“你”，一定要用“你”这个字：“你明明知道，我不能没有你。为什么还要这么做？”

可她却不发一言。我忽然发觉周围没了声音，又忽然听见**音乐制造工厂**的音乐，我明白了，已经过了 17 点。大家早就已经离开，只有我独自留下，我迟到了。周围是一片玻璃世界，是洒满金色阳光的沙漠。我看见，明亮的玻璃墙倒挂在同样是玻璃的平面里，犹如水里的倒影。而我自己，也两脚朝天，样子滑稽地倒挂在那里。

我必须立刻，马上去一趟**卫生局**，开一张生病的证明，不然我就会被抓起来。不过也许，这才是最好的结局。我可以留在原地，安安静静等着号码们发现我，把我送去**手术局**。那样一切就可以了断了，就能赎罪了。

这时，响起一阵轻微的响动，掰成两截的影子出现在我眼前。我看都没看就感觉到，两根灰色的钢钻迅速地钻刺进我的心里。我拼命振作起精神笑了笑，对他说，在这种时刻，必须要说

---

① 利维坦是《圣经》中的巨大海兽。

些什么：

“我……我要去一趟**卫生局**。”

“您有什么事吗？那您为什么还站在这里？”

我感觉自己仍滑稽地倒悬着，两条腿倒挂着。我没说话，却羞愧得浑身发烫。

“跟我走吧。”S严厉地说。

我晃着两条没用的胳膊，就像它们已经不属于我，顺从地跟着走了。我抬不起眼睛，所以始终走在一个乾坤颠倒的古怪世界里。一台台机器的底座是底朝天的，人们的脚也是倒挂着贴在天花板上，更深处则是被封印在厚玻璃路面里的天空。我记得，当时心里最觉委屈的是，这辈子我最后一次看到的所有东西，竟然都是颠倒了的，而并非是真实的。可我还是无法抬起眼睛。

我们停下了脚步。我的面前是台阶。只要跨上一步，我就可以看到穿着白色围裙的医生，还有那台巨大而又无声的**气钟**。

我使出螺钉转动的力气，好不容易把目光从脚下的玻璃上拽出来，却猛然发现，映入眼帘的竟然是金光闪亮的“**卫生局**”三个大字……为什么他把我带到这里来，而不是**手术局**。为什么他会放过我，在那一刻，我甚至都没好好想一想。我飞身一跃，跨上好几个台阶，大门砰地在身后紧紧关上，我终于深深吸了口气。就好像从一大早起，我就没有呼吸过，心脏也没有跳动过，直到现在才有了第一次深呼吸，直到现在心中的闸门才被敞开……

里面有两个号码。一个是小个子，两条腿粗短结实，两只眼睛打量病号码时，就像要把对方活生生挑到犄角上去。另一个身材异常单薄，两片嘴唇就像剪刀，鼻子像利刃……那不就是他嘛。

我就像见到了亲人，朝他扑了过去，几乎要碰到他的利刃。什么失眠、梦境、阴影、黄沙世界，一股脑儿全说了。剪刀般的嘴唇发亮了，堆起笑来：

“您的情况不妙啊！看样子，您有灵魂啦。”

灵魂？这是一个早就被遗忘了的词语，古老而又不可理喻。我们平时会说“同心同德”“铁石心肠”“杀人诛心”，可是灵魂……

“这……很危险吧。”我含糊不清地试探。

“无药可救的哦。”剪刀剪断了我的话。

“可是……究竟，怎么会得这种病？我实在是……想不明白。”

“您看……怎么跟您解释呢……您不是数学家吗？”

“是的。”

“那这么说吧，平面、表面，嗯，就像这块镜面。您和我都站在这块镜面上，您看到了吧，有阳光的反射，我们就会眯起眼睛，还有管道里的蓝色电弧，看到吗，刚才有飞船的影子闪过。不过这都是表面看到的，是转瞬即逝的。可您想想，要是突然有一团火，把这块密不透风的镜面烤化了。那么一切都不会再从表面划过，而是会穿透到它的内部，穿透到镜子的世界里去了。而我们只能像孩子一样好奇地朝里面窥探，请您相信我，其实孩子一点都不笨。这样一来，平面就有了体积，变成了一个立体，变成了一个世界。而这个镜子的内部，也就是您的内心，能容得下太阳，容得下飞船螺旋桨鼓起的旋风，有您颤抖的嘴唇，也有别的号码的嘴唇。您要明白，冰冷的镜面只能反射，把一切都投射出去，可内心却会吸收一切，甚至吸收一切留下的印迹，而且永不忘记。比如，偶然看到谁的脸上有一条难以察觉的皱纹，它就会一辈子留在您的内心；比如，您偶然听到过寂静中的水滴声，那么即便是现在，您也同样能听到……”

“是啊，是啊，说得太对了……”我一把抓住了他的手，“我现在真的能听见，盥洗盆里水龙头在滴水，滴得很慢，周围很安静。而且我知道，这声音我会记住一辈子。可是，到底为什么，忽然就有了灵魂呢？以前没有啊，没有啊，可忽然……为什么别的号码没有，可我就有了呢……”

我更紧地抓住他细瘦的手，唯恐失去这只救生圈。

“为什么？那为什么我们没有羽毛，没有翅膀呢？我们只有几块肩胛骨，那原本是翅膀的基骨呢。因为翅膀用不着了，我们有了飞船，翅膀就是多余的了。翅膀是用来飞翔的，可我们没地方可去，我们已经飞来了这里，找到了我们所需要的。难道不是这样吗？”

我魂不守舍地点了点头。他看了看我，突然大声笑起来，那笑声犹如柳叶刀般尖锐。另一个矮个子听到我们说话，迈着短粗的腿噔噔噔走出办公室，先用眼神把薄纸医生挑到犄角上，然后又把我挑了上去。

“怎么回事？怎么，灵魂？你们是在说灵魂吗？真是见鬼了！再这样下去，我们都会像霍乱一样被传染的。我跟您说过（又把纸片医生挑到犄角上），我跟您说过，必须割除所有号码的幻想……连根割除幻想。只有外科手术一种办法，外科手术是唯一的办法……”

说着，他套上一副大大的伦琴射线眼镜，围着我转来转去，透过头骨仔细观察我的脑子好久，一边看一边在本子上记录下什么。

“实在太，实在太有意思了！请问，您愿不愿意……用酒精浸泡处理？这对**大一统国家**来说，会非常……而且还有助于我们预防传染……如果您，当然啦，如果您没有特殊的理由……”

“您不知道吧。”纸片说，“Д－503是‘**积分号**’设计师，我认为，这么做恐怕会破坏……”

“啊。”短粗腿顿觉扫兴，闷哼一声便噔噔噔回自己办公室去了。

只剩我们两个了。纸片的手轻巧而又亲切地搭在我手上，侧脸向我俯下身，悄声说道：

“我悄悄告诉您，不止您一个号码有这病呢。我的同事刚才提到传染，是有根据的。您回想一下，难道您真的没发现，还有号码也有相似的症状吗，非常相似，几乎一样……”他的眼睛紧紧盯着我。他是在暗示什么吗，或者在暗示谁？难道……

“您是说……”我从椅子里蹦了起来。

可他已经大声转移了话题：

“……至于失眠，还有您做的这些梦，我可以给您一个建议。尽量多步行。您马上就可以开始，明天一早就可以去散步……最好还能去一趟**古楼**。”

他的眼神仿佛再次看透了我的内心，露出一丝极难察觉的笑容。我觉得，我清清楚楚地看透了他那薄如蝉翼的笑容，透过这层笑容的包裹，我看见了里面的单词，那个字母，那个名字，那个唯一的名字……或许，这又是我一厢情愿的幻想？

总算熬到他给我开具了证明，是今明两天的病假证明。我再次紧紧握了握他的手，便转身跑了出去。

心变得轻飘飘，变成了疾驰的飞船，载着我向上，向上腾飞。我知道，明天一定会有惊喜。可会是什么样的惊喜呢？

记事 17

提纲：

透过玻璃。我死了。走廊。

我彻底没了主意。昨天，就在我以为，所有的事情终于都有了头绪，所有 X 都有了答案的时候，我的方程里竟又冒出了新的未知数。

整件事情的坐标原点，当然就是那栋**古楼**。从那个原点开始，我全部的世界不久前刚刚沿着 X 轴，Y 轴和 Z 轴构筑完毕。现在我就沿着 X 轴（就是 59 大街）步行走向坐标原点。在我的内心，昨天的事情仍像五彩缤纷的走马灯，炫目地飞转着。楼房和号码们都被倒悬起来，不听话的手臂让我尴尬得无地自容，亮闪闪的剪刀，盥洗盆里刺耳的滴水声，是的，有一回水滴声确实很刺耳。这一切，就在被烈火烤化的表面之下，那“灵魂”的所在之处，一边飞速地旋转，一边把躯体撕裂得血肉模糊。

出于谨遵医嘱，我特意不走三角形的弦边路线，而是走的两条直角边。没多久就走到了第二条直角边，那是紧挨着**绿色高墙**墙角的环路。**高墙**外是一片绿油油的汪洋大海，树根、鲜花、树枝和树叶竟像人类一样站立起来，又如掀起了骇人的滔天巨浪，向我迎面扑来。我眼看就要被这巨浪吞没，就要从一个最卑微渺小的号码，从一台最精密的仪器，变成……

不过幸运的是，我和骇人的绿色汪洋之间还隔着一堵玻璃**高墙**。噢，这堵墙的阻隔，是多么英明，多么伟大，多么巧夺天工啊！这大概是一项最最伟大的发明了。当人建起第一堵墙时，他就再也不是野蛮的动物了。当我们建起**绿色高墙**时，当我们用这堵**高墙**把机械的完美世界与非理性世界隔绝，与树林、群鸟、动物的丑陋世界隔绝时，号码就再也不是野蛮人了……

透过玻璃，一头不知名的野兽正盯着我，傻乎乎的嘴脸，眼神呆滞迷离，两只黄色眼睛似乎一遍又一遍执拗地向我讲解着一个我无法理解的道理。我们久久地彼此看着对方的眼睛，看着这两口从表面世界通向表面背后世界的深井。我不禁心有所动："这头黄眼睛的畜生，生活在一大堆凌乱肮脏的树叶子里，过着昼夜不分的日子，可说不定，它还比我们幸福呢？"

我挥了挥手，黄眼睛眨了眨，后退几步，消失在了树林里。可怜的畜生啊！我在胡说什么，它比我们幸福！也许，它倒是比我幸福，那也正常，因为我是个例外，我有病啊。

而且我也……我已经看见了**古楼**暗红色的墙，还有老太婆长死了的嘴巴，可爱的嘴巴噢，我拔腿朝老太婆冲了过去。

"她在吗？"

长死的嘴巴缓缓张开了：

"她，她是谁啊？"

"咳，还有谁啊？就是，当然是 I 啊……我们上次一起坐飞船来过……"

"啊——啊，这样啊，这样啊……这样——这样——这样啊……"

就像要看透我内心一样，她唇边的皱纹释放出射线，黄色的眼睛里也发出了光束，越看越深……终于：

"嗯，好吧……她在这里，刚进去不久。"

这时，我发现老太婆的脚边长着一丛银灰色的苦艾（古楼的院子同属于博物馆，作为史前遗迹被精心保护起来），苦艾的一根枝条攀触到老太婆的手，老太婆抚摸着枝条，她的膝盖上还有一条阳光的黄色缘带。有那么一瞬间，我、太阳、老太婆、苦艾、黄眼睛融成了一个整体，仿佛有一些脉络把我们彼此密切地连到了一起，而流经这些脉络的，是同样沸腾而又美好的热血……

虽然我实在不好意思写这样的细节，可我承诺过，会在记事里一以贯之地坦率。于是，我弯下腰，亲了一下她长死了的嘴。感觉软绵绵的，毛茸茸的。老太婆擦了一下嘴，哈哈笑起来……

我跑过几间熟悉的屋子，里面虽然堆了不少东西，但仍有回声。我自己也不知道为什么，居然径直跑向了卧室。就在抓住门把手的那一刻，突然想到："万一她不是独自在里面呢？"我站住了，侧耳倾听起来。可我只听到心脏咚咚的跳动声，不是在我身体里，而是在附近的什么地方，但那真的是我的心跳。

我走了进去。一张没有揉皱的大床。一面穿衣镜。衣柜的门里也嵌着镜子，锁孔里仍旧插着钥匙，吊着古旧款式的圆环。一个号码都没有。

我轻轻唤道：

"I！你在这里吗？"随即把嗓门压得更低，闭上眼睛，屏住了呼吸，就好像已经跪在了她的眼前："I！亲爱的！"

没有声音。只有水龙头往白色的盥洗盆里滴着水，急促而又紧迫。那一刻我没法解释为什么，可这声音的确让我觉得刺耳。我拧紧了龙头，走了出去。很显然，她不在这里。那就说明，她在其他的"屋子"里。

昏暗中，我沿着宽宽的楼梯跑了下去，拽一扇门，拽第二扇，又拽第三扇——门都是锁上的。除了“我俩”屋子的那一扇，其他的门都是锁上的，可那里却没有动静……

我自己也不知道是怎么了，竟然又走了回去。我走得很慢，很艰难。鞋底似乎突然变成了生铁块。我当时有了一个真切的念头：“谁说重力是常数，明明就是个错误。那么说来，我所有的公式也……”

可思绪突然被打断了。只听见最底层有扇门砰地被推开，有号码咚咚踩着地砖迅速走了进来。我的心又悬了起来，就像绒毛一样飘起来，我扑向栏杆，探出身子。正想大声喊出来，只要喊一声，只要喊一个字：“你！”

可我却猛地缩了回来。楼下窗格子正方形的黑影里，飞快地掠过S的脑袋，呼扇着一对粉红色的招风耳朵。

一个未经任何推敲的结论闪电般在我脑海掠过。这个结论没有什么根据（即使现在我也不知道根据是什么）：“不行，绝不能让他看见我。”

我踮起脚尖，紧紧贴住墙壁，溜回到楼上，想躲进那间没上锁的屋子。

可我刚到门边，钝重的脚步声就从底下传了上来，离我越来越近。只要门不出卖我就好！我央求着门，可是没用，门是木头做的。吱嘎一响，发出了尖叫。绿色的，红色的，金色的佛像，顿时天旋地转起来。我在衣柜镜子里看到了自己惨白的脸，惊恐万状的眼睛，还有嘴唇……在血液奔涌的躁动声中，我听到门再次吱嘎响起……是他，他进来了。

我一把抓住衣柜门上的钥匙，环晃动起来。这猛然提醒了我，脑海里又瞬间闪过一个结论，来不及推敲，同样毫无根据，更确切地说，那只是一个念头的碎片："上次I不会是……"我快速打开柜门，闪身躲进了衣柜的漆黑中，随后把门紧紧关上。可我刚移动了一步，脚下竟然晃动起来。紧接着，我便慢悠悠轻飘飘地往下坠去，眼前蓦然漆黑一片，我死了。

后来，当我想把这些诡诞的事件都记录下来时，我在记忆里翻箱倒柜，也在书堆里刨根究底。不过现在，我当然明白了。那只不过是一种暂时死亡的状态。古人对此了解甚多，而据我所知，我们对此竟还一无所知。

我究竟死了多久，如今已经毫无印象，很可能只有五到十秒。不过，没多久我就复活了，睁开眼睛，周围还是漆黑一片，我还在下坠，下坠……我伸出手，想要抓住什么，却在飞速上升的粗糙墙面上蹭破了皮。手指冒出了鲜血，这一切显然不可能是我病态幻觉的作用。那究竟是什么呢，是什么呢？

我听见了自己断断续续的呼吸，还哆哆嗦嗦的（写这个不免羞愧，可我当时的确太意外，脑子里一片空白）。1 分钟，2 分钟，3 分钟，一直在下坠。终于，底下一个轻微的震动，本来脚底一直下坠的东西不动了。我在黑暗中摸索到一个把手一样的东西，一推，门开了，外面灯光暗淡。接着，身后的方形小平台快速地升了上去。我急忙扑了回去，可已经晚了。我被隔绝在这里了……可"这里"是哪里，我不知道。

一条长长的走廊。泰山压顶般的寂静令人窒息。圆形的拱顶上亮着小灯泡，一只挨着一只连成一列，忽明忽灭，仿佛一条虚线战战兢兢地通往看不到尽头的远方。这里很像我们地下交通的

“管道”，只不过窄得多，也不是用我们的玻璃搭建的，用的似乎是另一种很古老的材料。我突然冒出一个念头，据说**两百年战争**时期，有人曾在地下避难，难道就是这个地下通道……无所谓啦，必须往前走了。

估计，我走了有20分钟左右。一个右转，走廊变宽了，灯也亮了许多。隐隐传来了轰鸣声。也许是机器的声音，又像是有人在说话，我不知道，不过我就站在一扇沉重的不透明的门边，而轰鸣声正是从门后传来。

我敲了敲门，又更响地敲了敲。门后没了动静。什么东西叮当一响，笨重的门缓缓向两边打开了。

我不知道，当时我们两个谁被吓得更呆。可站在我面前的，竟然就是瘦如纸片的医生。

“是您？您怎么在这里？”剪刀又啪地把话剪断了。

可我，我好像从来就不会说一句人类语言一样，一言不发，呆愣愣地看着他，根本不明白他在说什么。他应该是在告诉我，我必须离开这里。因为紧接着他便用纸片一样扁平的肚皮把我挤到走廊尽头更亮堂的地方，还从背后推了我一把。

“抱歉……我是想……我以为，她，I－330在……可有人跟踪……”

“你就站在这里。”医生剪断了我，转身就不见了……

终于！她终于出现在我身边，就在这里。“这里”究竟是哪里，现在已经完全不重要啦。那一袭熟悉的红黄色丝裙，蜇人的笑容，窗帘般低垂的双眼……

我的嘴唇在颤抖，双手在颤抖，膝盖在颤抖，可脑子里冒出的却是一个愚蠢至极的想法：

"振动嘛，就是声波。颤抖应该有声音啊。可我为什么就听不到呢？"

她朝我睁开了眼睛，心扉洞开，我走了进去……

"我再也受不了了！您去哪儿了？"我一秒钟也无法脱离她的视线，就像说着梦话，连珠炮一样发问，却又前言不搭后语，也或许，我什么也没说，只是脑子里在想。"我身后有个身影……我刚才死了，从柜子里……因为您的这位……剪刀嘴说，我有了灵魂……无可救药了……"

"无可救药的灵魂！我的小可怜啊！"I 哈哈大笑着，笑声浇了我一身。我立刻不再说梦话了，银铃般的笑声四处散落，宛如熠熠的星光。多么，这一切多么美妙啊。

医生又从拐角处转了出来，瘦成纸片一样的医生，多可爱，多杰出的医生啊。

"这下好啦。"他走到我身边。

"没事了，挺好的！我回头再告诉您。他只是偶然……您去说一下，我再过……15 分钟就回去……"

医生在拐角后一闪就不见了。她等着，一直到听见那边的门重重地关上。于是，I 轻轻地，缓缓地，先是肩膀靠住了我，接着是手，整个身子……就像一根甜蜜的针尖越来越深地扎透了我的心脏。我和她走在了一起，和她一起，我们俩，又成了一个……

我记不清，我们在哪里转了个弯，便陷入了黑暗里。在黑暗中，我们俩拾级而上，一步步似乎走不到头，也一直不说话。虽然看不见，但我知道，她和我走在一起，同样闭着眼睛，仰着头，紧咬着嘴唇，同样在品味我几乎听不见的颤抖的旋律。

古楼院子里有无数隐蔽的角落。我清醒过来时，发现自己已经来到了一个角落里。一截勉强看得出外形的围墙，倒塌的墙体只留下一些裸露的石架和黄砖，横七竖八地插在地里。她睁开了眼睛："后天，16 点。"说完便离开了。

这一些都是真实发生过的吗？我不知道。到了后天就会知道了。真实的线索只有一个，那就是我右手指尖上被蹭破的皮。不过，今天"**积分号**"**第二设计师**却信誓旦旦地告诉我，似乎他亲眼看见，我的手指不小心碰到了磨环，这才是真相。好吧，也许，他才是对的。这也是很有可能的，我不知道，我真的什么都不知道。

记事 18

提纲：

逻辑的丛林。创伤和创可贴。再也不来了。

昨天我刚一躺下，就立刻在梦境的海底沦陷了，就像一艘超载的船万劫不复地沉了底。四周涌动着绿色的海水，漫无边际，无处可逃。我慢慢地从海底浮上来，浮到一半，我睁开眼睛，竟然是我的房间。凝固的清晨，也仍是绿色的。衣柜的镜门上趴着一块阳光的碎片，直刺我的眼睛。这让我没法精确完成**守时戒条**规定的睡眠时间。最好还是去把衣柜打开。可我却像躺在了蜘蛛网里，眼睛也被蜘蛛网蒙住，根本没力气起床……

我终于站了起来，打开了衣柜。可是镜门后竟然出现了I，只见她粉红色的胴体正从裙子里挣脱出来。可我已经司空见惯了最不可思议的事情。只记得，我一点都不觉得吃惊，甚至一句话都没问，便一头扎进柜子里，随手关上了镜门，喘着粗气，手忙脚乱，迅速而又饥渴地和I融合到了一起。可就在这时，我看见柜门的缝隙里，一道尖利的阳光刺透了黑暗，在地板和柜壁上断折成一道利刃般的闪电，而上挑的剑尖寒光逼人，刚好落在I后仰裸露着的脖颈上……这一幕吓得我心胆俱裂，忍不住大叫一声，我又一次睁开了眼睛。

还是我的房间，还是凝固的绿色清晨。柜门上有一块阳光的碎片。我还躺在床上。原来这是一场梦。可是心还在扑扑直跳，在战栗，在迸发。手指尖隐隐作痛，膝盖也隐隐作痛。难道这事真的发生过？但我现在已经分不清，什么是梦，什么是现实。本来牢固而又习以为常的三维空间里，雨后春笋般长满了无理数；本来坚硬而又光滑的平面周围，也变得高低不平坑坑洼洼……

离铃响还早。我躺着，思考着，脑子里奇奇怪怪的逻辑链开始一点点解开。

在平面的世界里，任何方程式、任何公式都对应一条曲线或者几何体。而对于无理公式而言，对于我的$\sqrt{-1}$而言，我们并不了解对应的几何体是什么样，我们也从未见过它们的几何体……但这正是可怕之处，这些看不见的几何体其实真的存在，它们一定存在，不可避免地应该存在。因为在数学中，无理公式就像各种遍身芒刺的古怪阴影，犹如电影画面一样在我们眼前一一掠过。而数学和死亡一样，是从来不会犯错的。如果说，在现实世界里，我们无法在平面上看到这些几何体，那么在平面之外，这些几何体一定拥有一个完整而又恢弘的世界……

还没等到铃响，我就一下子蹦了起来，在房间里急切地团团转起来。我的数学，迄今为止一直都是我已然癫狂的生活中，唯一牢不可破而又安如泰山的岛屿。可如今，这座小岛也脱离了根基，漂浮起来，随着漩涡打起转来。照这么说来，那个匪夷所思的“灵魂”，虽然我一直都看不到它（也许就在衣柜的镜门后面），竟也是现实存在的吗，竟也像我的制服、我的靴子那样实实在在？进一步说，要是靴子不是病，那为什么“灵魂”就是病了呢？

我苦思冥想，却没能找到走出这片原始密林的出路。这一切如**绿色高墙**后面的一片片丛林，人迹罕至而又令人胆寒。这一切又如那些没有语言却会说话的动物，不可思议也不可理喻。透过厚厚的玻璃墙，我仿佛看见，有一只长得像蝎子一样的怪物，躯体无限庞大，同时又无限渺小，它虽然藏起了毒刺，却又时刻能感觉到毒刺的存在，而$\sqrt{-1}$就是这根毒刺……或许，这怪物不是别的，正是我的所谓“灵魂”，就像古代传说中的蝎子，能不顾一切心甘情愿地擎起毒刺蜇向自己……

铃响了。白天了。可这一切并没有死亡，也没有消失，只不过被白天的光芒遮掩起来；正如同看得见的东西，即使没死亡，到了夜里会被漆黑的夜色遮掩起来。我的脑子里是一团轻飘飘涌动的雾气。透过雾气，我看见几张长长的玻璃桌，一个个圆圆的脑袋一言不发，正按着节拍慢慢地咀嚼着食物。远处，节拍器的滴答声透过迷雾传来，伴着这习以为常的亲切节奏，我和所有号码一样，机械地计数到50。50次是每一口食物法定的咀嚼次数。然后，我机械地踩着节奏走下楼，和所有号码一样在离场号码登记册上标记自己的名字。可是我觉得，我其实仍是离群索居的，我还是孑然一身，只不过有一堵柔软的隔音墙阻隔了我，而在这堵墙的后面，才是我的世界……

但问题是，如果墙后的这个世界只属于我自己，那又何苦把它绘声绘色地记录下来？又何苦描写什么荒唐的“梦境”、衣柜、没有尽头的走廊呢？我痛心不已地发现，为了讴歌**大一统国家**，本来想中规中矩地写一部严谨的数学史诗，结果竟写成了一部幻想冒险长篇小说。唉，假如真的只是一部长篇小说倒也不错，可它竟是我如今充满未知X、无理$\sqrt{-1}$和堕落的现实生活。

不过，也许一切都会朝好的方向发展。我未曾谋面的读者们啊，和我们比起来，你们很有可能还是些孩子呢（毕竟我们接受过**恩威荣主**的栽培，已经达到了人类可能企及的巅峰）。也正因为你们还是孩子，我才会将苦药用奇闻逸事的浓稠糖浆精心包装，而你们也定会毫无怨言地一口吞下……

———

晚上：

你们是否熟悉这种感觉，当飞船在蓝天里盘旋着飞速上升，舷窗打开，旋风扑面而来，感觉不到大地的存在了，大地被你忘却，大地似乎变得严谨得像土星、木星和金星一样离你遥不可及？我现在就有了这种感觉，迎面扑来的是旋风，我忘记了大地的存在，我忘记了可爱的、粉红色的O。可是，大地毕竟还是存在的，她迟早会出现在议事日程上，而我也只是掩耳盗铃，对那些**性交日程表**上标注有她名字的日期视而不见，对她的名字O-90视而不见罢了……

可今天晚上，遥不可及的大地提醒了我，它依然存在。

为了谨遵医嘱（我真心地，真心实意地想要康复），我在荒漠般笔直的大街上整整逛了两个小时。按照**守时戒条**的规定，大家此时都该在大会堂，而我却独自待着……老实说，这是一道极其反常的风景线。想象一下，有一根人的手指，从完整的手上被切下的手指，成了一根孤立的人的手指，躬着背，在玻璃人行道上一蹦一跳地跑着。这根手指就是我。而最奇特最不寻常的是，这根手指根本就不愿意和其他手指一起待在手上。他愿意要么就这样超然独处，要么……嗯，嗯，我也没什么好隐瞒的，要么和她，和那个她在一起。再一次通过肩膀，通过紧紧相扣的手指，把自己注入她的身体里……

我回到家时，太阳已经落到了地平线。夕阳粉色的余烬洒在墙的玻璃面上，洒在蓄电高塔的金色尖顶上，也洒在迎面走来号码们的欢声笑语里。这不是有点奇怪吗？夕阳的余晖渐趋黯淡，朝霞的光芒逐渐热烈，虽然两者照射地面的角度完全一样，可视觉印象却完全不同。就比如现在这种粉红色，在夕阳下显得异常宁静，又略带苦涩，而清晨的粉红则嘹亮振奋而又欢欣踊跃。

就在楼下的大厅里，一大堆信淹没在夕阳粉红色的余烬里，女检票员Ю从里面抽出一封信递给我。我再说一遍，这是一位德高望重的女性，我深信，她对我一直抱有极佳的印象。

可尽管如此，每次看到她鱼鳃一样下垂的脸颊，我心里就不自在。

鸡爪子一样的手把信递给我时，Ю叹了口气。可这声叹息只是轻轻撩动了一下阻隔我和世界的帷幔，因为我当时全身心扑在这封在我手中抖动的信上，我丝毫没有怀疑，这封信一定是I写的。

可是，她又叹了口气，这次的叹息明显提高了强度，就像为了强调而特意画了两道杠一样。我只好把视线从信封上移开，只见她两眼下垂，而从那扇羞答答的百叶窗缝里，却透出一个温柔的笑容，灿烂而又炫目。只听她说：

“您好可怜，好可怜啊。”一声叹息，这次画了三道杠。她略微刻意地冲着信点了点头（信的内容她自然早就知道，因为这是她的职责）。

“不，其实，我……您为什么这么说？”

“不，不，亲爱的。其实我比您自己更了解您。我早就已经注意您了，我觉得，您非常需要一个有多年丰富生活经历的号码，和这样的人才能一起携手共度人生……”

我感觉到，她的笑容几乎要完全贴到我身上，就像疗伤的创可贴，要贴住正在我手里哆嗦的这封信可能对我造成的创伤。最后，羞答答的百叶窗又悄声说：

“我会考虑一下，亲爱的，我会考虑一下。您不用担心，要是我觉得自己有足够的力量……不——不，我还是先考虑一下吧……”

伟大的**恩威荣主**啊！难道这是我的报应……难道她想对我说……

我的眼前开始模糊不清，仿佛出现了数千根正弦曲线，手里的信也跳个不停。我循着光线走近玻璃墙。墙外的阳光越来越暗，洒在我身上、地板上、我的手上、信封上的夕阳也越来越浓。那一抹阴暗的粉红，是忧伤的余烬。

信拆开了，我立刻先看署名，我真的受了伤。信不是I写的，不是I，而是……O。我再一次受了伤，因为信纸的右下角有一滴化开的污点，是滴上去的……我受不了污点，不管是墨滴还是其他什么滴……反正我受不了。而且，以前我只是觉得不舒服，看到难看的污点，只是觉得视觉上难受。可现在，为什么这块灰蒙蒙的污点却变成了一块乌云，变得越来越沉重，越来越阴沉？或许，这又是“灵魂”在作怪？

信：

“您知道吗……或许，您是真的不知道，我连信都没法好好写了，不过我还是要告诉您。您现在知道了，没有您，我一天都熬不过去，熬不过一个早晨，更熬不过一个春天。因为，R对我来说只是……当然，这对您来说已经无关紧要。不管怎么样，我非常感激他。这些日子以来，要是没有他，我自己真不知道该怎么办……才短短几个日夜，我却像度过了几乎10年，也许甚至是20年。我的房间好像已经不再是四四方方的，而变成了圆，变得没有尽头，一圈又一圈地走不到头，走来走去都一个样，哪里都找不见门。

我不能没有您，因为我爱您。因为我发现，我也明白，您现在不需要任何号码，这世上除了那个女号码，那个不相干的女号码，您已经不需要任何号码。您会理解我的，正因为我还爱着您，我应该——

我还需要两三天的时间，就可以把支离破碎的我一片一片黏合起来，差不多能勉强恢复成以前的O－90。我自己会去提出申请，要求撤销对您的登记。那样对您更好，您也可以放心了。很抱歉，我以后再也不来了。

O"

再也不来了。那样的话，当然更好，她没说错。可是，究竟是为什么，为什么呢……

记事 19

提纲：

三级无穷小。眉头紧锁的号码。跨过护栏。

就在那条古怪的走廊里，晦暗的灯光忽明忽暗，仿佛一条战战兢兢的虚线……或许不是，不是，不是那里。而是稍后，当我俩已经站在**古楼**院子里的某个僻静的角落，她告诉我："后天。"这个"后天"也就是今天了，一切都像长了翅膀，一天很快就飞走了。我们"**积分号**"的翅膀是真的长硬了，内部已经完成火箭发动机的安装，今天还测试了空转发射。发射时威猛的轰鸣是那么的震撼，对我来说，每一声轰鸣都是对她，对我唯一的她的赞美，是对今天这个日子的讴歌。

第一声轰鸣（= 发射）响起时，发动机的喷射口下刚好站着十来个心不在焉的号码，他们也是我们飞船建造的工作者。这些号码刹那间便灰飞烟灭，除了几块碎片和焦炭，什么也没剩下。我骄傲地记录下这一刻，因为我们的工作进度并没有为此而受到丝毫影响，更没有任何号码大惊失色。我们和我们的机床继续进行着直线和圆圈的动作，保持着一如既往的精确性，就像什么事都没发生过。十个号码，就连**大一统国家**人民群众的亿万分之一都不到，按照应用数学的计算，这属于三级无穷小。只有古人才会因为对算数的无知而心生恻隐，而对我们而言，这种同情心无异于一个笑话。

我现在自己都觉得好笑，昨晚竟会左思右想，为一个不足挂齿的灰斑点劳神，为一个墨滴费心，甚至还记录了好几张纸。这就是所谓“烤化的表面”吧，可表面本该坚硬如金刚，就像我们的墙那样（还是古人说得好：豆子撞墙——一点没用）。

16 点整。空闲时间的散步，我没有去。谁知道呢，也许，她刚好现在想来找我，阳光下的一切是那么的悦耳……

整栋楼里几乎就剩下我自己了。透过洒满阳光的玻璃墙，远远看得到右侧、左侧和底下，一个个空荡荡的房间高挂在空中，就像镜子里的映象，每个房间都一模一样。只有浅蓝色的楼梯，因为照不到太阳显得黯然阴森。有个消瘦的灰影正慢慢向上滑来，已经近到能听见脚步声，透过房间门也能看到身影了。我能感觉到，那张创可贴的笑脸正朝我贴来。然而，身影却晃了过去，顺着另一侧的楼梯走了下去……

号码机响了。我立刻扑向窄窄的白槽，可是……那里却是一个陌生（辅音字母开头的）男号码。电梯声响，门开了。一个随意歪戴帽子的号码站在我面前，帽檐拉低到额头，两只眼睛……初次见面就给我留下了很古怪的印象，就好像说话的是紧锁眉头下的两只眼睛。

“这是她给您的信（眉头紧锁，就像搭了个凉棚）。她请您务必照她信里说的做。”

眉头紧锁，凉棚转了个圈。没号码，真的没有号码，快，把信给我啊！他再次看了看周围，才把信封塞给我，转身离开了。剩下我自己。

不，我不是独自留下。信封里还有一张粉红色票根，微微散发着只属于她的气息。这是她，她会来的，会来找我的。快，快读信，快亲自读完这封信，那样才能彻底确认……

什么？不可能啊！我三两行跳着又读了一遍："票根……请务必要放下窗帘，装作我真的在你家……我必须让所有人都以为，我……非常，真的非常遗憾……"

我把信扯得粉碎。镜子里是我两道七扭八歪的眉毛。我拿起票根，也想撕碎了，就像撕碎那封信一样……

"她请您务必照她信里说的做。"

于是手失去了力气，松开了。票根从手里落到了桌面上。她比我强大，而我，似乎只能照她的话去做。不过……不过，我也说不好，到晚上再看吧，反正还早……票根就躺在桌子上。

镜子里有我两道七扭八歪的眉毛。可今天我怎么就没有医生开的证明呢？不然的话还可以出去走走，围着**绿色高墙**没完没了地瞎逛，然后一头倒在床上，沉入海底……可我还要去 13 号大会堂，我必须全力以赴绷紧神经，整整两个小时，在那里一动不动坐上整整两个小时……虽然心里很想顿足呐喊……

讲座开始了。非常奇怪，今天闪亮的机器里传出来的，并不是往常金属般铿锵的声音，而是一个温和柔软而又略带沙哑的声音。听上去是一个女号码的声音，我脑子里立刻勾勒出说话女号码的样子，像是一个已经去世了的女号码，矮矮的，还驼着背，就像**古楼**门口的那个老太婆。

古楼……一想到它，整个人从下到上就像喷泉一样要爆发了。而我必须拼命绷紧全身的神经，不让我的呐喊淹没整个大会堂。那个温和柔软的声音从我的左耳进，右耳出。只留下一个印象，似乎是在讲孩子的问题，讲怎么培养孩子。我就像照相底片，精确记录着所有陌生的、不相干的和毫无意义的东西。一把金色的镰刀，那是扬声器的反光。镰刀的下方有个小孩子，这幅活生生的插图十分打动人心。孩子动不动就把小制服的衣襟塞进嘴里，小拳头攥得紧紧的，大拇指（更确切地说，是很小很小的手指）陷在拳头里。小手腕上一条浅浅的肉褶子，拖出胖乎乎的阴影。我就像照相底片，忠实记录着。此刻，孩子一条裸露的腿已经跨过了边缘，扇子一样张开的粉红色脚趾已经腾空，眼看着，他就要摔到地上……

说时迟那时快，有个女号码尖叫起来，一件制服裙就像拍打着透明的翅膀向舞台飞去，一把接住了孩子，嘴唇几乎同时贴住了小手腕上肥嘟嘟的肉褶，把孩子移回桌子中央，随即从舞台上走了下来。那一刻，我同时记录下来的还有一张粉红色的嘴，嘴角下垂像个弯月，一双蓝汪汪的圆眼睛。那正是O。而我在那一刻，忽然觉得这种芝麻绿豆般的小事情，似乎也像我解读一个严谨的公式一样，既有必要，也合乎情理。

她走到我身后，在偏左的位子上坐下。我回头看她，她顺从地把视线从桌上的孩子移开，两眼望向我，目光留在了我心里。我再次感到，她，我和舞台上的桌子，形成了三个点，有三条直线把这三个点连在了一起。这个构象似乎昭示着，会有一些未知的事件将要不可避免地发生了。

我沿着暮色中的街道走回家，绿荫里，路灯犹如一只只明亮的大眼睛。我听见，我整个身体都在滴答作响，就像一块表。表的指针仿佛就要跨过某个时刻，而我即将做出的举动，也将会覆水难收。她想要让别的号码以为，她在我家。可我需要的是她，她口口声声的“想要”关我什么事。我不想当别人的窗帘，我不愿意，就是不愿意。

身后是熟悉脚步声，啪啪的，像踩着水洼。我不用回头也知道，那是S。他会跟着我一直走到大门口，然后，或许还会站在楼下的人行道上，两只眼睛钻头一样向上探，钻透我的房间，直到我放下用来遮掩别人罪行的窗帘……

他是**守护天使**，他已决意如此。我也决定说不。我下了决心。

当我上楼来到房间，拧亮灯，几乎不敢相信自己的眼睛，桌子边竟站着O。或许，确切地说，她是挂在那里。就像一条脱下的制服裙，空落落地挂在那里。而裙子底下的她仿佛全然没了弹性，双手没有弹性，两脚没有弹性，就连说话的声音也像吊在空中。

“我想谈谈我的信。您收到信了吧？是不是？我想知道答复，我必须知道，就今天。”

我耸了耸肩，悠然自得地看着她两只眼睛里几乎要满溢的湛蓝，并不急于回答，就好像这一切都是她的错。然后，又悠然自得地把我的话一个字一个字地扎进她的心里：

“答复吗？那好啊……您说对了。一点没错。您说得都对。”

“那么说……（虽然她强笑着掩饰轻微的战栗，可瞒不过我的眼睛）好，太好了！我这就，我这就离开。”

可她仍悬在桌子上方。两眼低垂，手和脚都垂着。桌子上还躺着揉成一团的粉红票根，是那个她的。我迅速地打开《我们》的手稿，用书页遮住了票根（或许，与其说不想让O看到，不如说我更不想让自己看到）。

“看，我一直都在写。已经170页了……还真是有点出乎意料呢……”

她的声音，又似乎是她声音的影子：

“那您还记得吧……我当时在第 7 页上……给您滴了一滴墨水呢……您还……”

茶碟般的眼睛里，那一片湛蓝溢了出来。无声而又急促的泪滴顺着脸颊，流了下来。急促的话语也同时溢了出来：

“我受不了，我这就离开……我再也不来了，就这样吧。可是，我只是想，我应该有一个您的孩子，您给我留一个孩子吧，我立刻就走，马上离开！”

我看见，她整个人在制服裙底下不停地颤抖。我觉得，我也立刻要……我把两手背到背后，笑了笑：

“怎么？真的想试试**恩威荣主**的**机器**吗？”

这下子，她的话简直如同决堤的洪水，把我淹没了：

“我不怕！毕竟我会有感觉，我会感觉到他在我肚子里。哪怕只有几天也好……我只要看见，只要看见一次他的肉褶，就长在这里，就像那天，桌上的那个孩子。哪怕一天也好！”

三个点，她，我，还有那天桌子上长着肥嘟嘟肉褶的小拳头……

记得小时候，我们有一次被带去了蓄电高塔。在最高处的塔桥上，我弯腰把身子探到玻璃护栏外。看着底下的号码们变成了一个个的小点，我的心猛然兴奋地一跳：“要是跳下去，会怎么样？”那时候，我只是更紧地抓住了扶手。可是现在，我真的要一跃而下了。

“您真的愿意？您明明知道……”

仿佛直面阳光一般，她闭上了眼睛。脸上的笑容湿润却又明媚。

“是的，是的！我愿意！”

我从手稿里抽出了粉红票根，就是那个她的，转身奔下楼去找值班号码。O抓住了我的手，大叫了一声。可是，她喊叫了些什么，我回来的时候才明白。

她坐在床沿上，膝盖紧紧地夹住双手。

“这……这是她的票吗？”

“这还有什么关系。嗯，她的，是她的。”

似乎有什么东西脆声断裂了。应该是O动了一下吧。她坐着，两只手夹在膝盖中间，一句话不说。

“这下好啦？快……”我粗鲁地攥住她的双手，她的手腕上出现了红斑（明天会变成乌青），就在长着孩子般胖乎乎肉褶的那个地方。

这就是最后的细节。随后，灯拧灭了，思想也灭了，一片黑暗，闪过几颗火星……我纵身跨过护栏，一跃而下……

记事 20

提纲：

放电。思想材料。零度峭壁。

放电是最恰如其分的定义。我现在发现，这和放电简直一模一样。最近几天，我的脉搏变得越来越干燥，跳动愈发频繁，压力也越来越大。就好像阴阳两极靠得越来越近，已经噼啪冒出火花，只要再靠近 1 毫米，轰地就炸了，然后就什么都没了。

现在我的心里既平静又空虚，就像这幢楼一样，所有人都离开了，唯独我自己病恹恹地躺着，倾听着思绪清晰而又铿锵的敲打声。

或许，这种“放电”把我治好了，我也终于借此摆脱了烦人的“灵魂”，又变回了和我们大家一样了。至少，我现在想象着 O 走上**立方体**的台阶，想象她坐在**气钟**里，心里没有一丝痛苦的感觉。如果她在**手术局**里把我供出去，我也不会在乎。这辈子的最后一刻，我定会心存感恩，虔诚地亲吻**恩威荣主**惩一儆百的手。接受惩罚是我在**大一统国家**应有的权利，我绝不会把这个权利拱手相让。我们任何一个号码，都不应该也不允许拒绝这个属于自己的权利，这是我们唯一的权利，因此也是最珍贵的权利。

……可是，思绪仍在悄悄地，却又铿锵清晰地敲打。似乎有一架神奇的飞船正把我带往高空，而那里是我喜爱的抽象思维的蓝天。我发现，即便在这空气最为稀薄的纯净空间，我关于“有效权利”的论断，仍像充气轮胎一样，噗的一声轻响，破裂了。

我清醒地意识到，这只不过是古代荒谬偏见的反刍，是古人关于“权利”想法的再现。

有的思想是黏土捏成的，而有的思想则是用金子或者我们珍贵的玻璃锻造的，生生世世坚固无比。想要鉴定制成思想的材料，只需滴一滴强酸。其中有一种酸叫做*彻底还原*①，古人了解这种试剂，他们好像也是这么叫的。可是古人害怕这种有毒试剂，他们更喜欢看到哪怕就是用黏土捏成的天空，宁愿要玩具一样的天空，也不愿要一无所有的清一色湛蓝。可是我们，感谢**恩威荣主**，我们是成年号码，我们不需要玩具。

这么说吧，如果把强酸滴到“权利”思想上，就能鉴定其本质。即便是古时候，最老练的人也知道，权利的来源就是力量，而权利则是力量衍生出来的功能。就好比有两个砝码盘，一个盘子里是 1 克，另一个砝码盘里是 1 吨。前者代表“我”，而后者就代表“我们”，代表**大一统国家**。这样就一目了然了吧，如果要允许这个“我”在**大一统国家**享有一些“权利”，或者说允许 1 克能够和 1 吨抗衡，这两者的性质其实是一样的，那么必然就会有这样的分配：把权利交给 1 吨，而义务则赋予给 1 克。这也是从微不足道走向千秋伟业的必由之路，必须忘掉自己是 1 克，必须意识到自己是 1 吨的百万分之一……

你们这些胖乎乎满面红光的金星人啊，你们这些黑乎乎铁匠一样的天王星人啊！我都能在蓝色的寂静中听见你们在抱怨。你们要明白，一切伟大的都是简单的；你们要懂得，只有算数四则运算才是永恒的金科玉律。只有建立在四则运算基础上的道义，

---

① 原文为拉丁语。

才是伟大的，才会永远正确，流芳百世。这就是终极智慧，也是几百年来，号码们汗流浃背拼命尥蹶子呼哧直喘也要奋力登攀的金字塔顶端。站在这个顶峰往下看，残留在我们内心的祖先原始野蛮本性依然像卑微的蠕虫会蠢蠢欲动。但在这个顶峰面前，每个号码都一样。违法的母亲O也好，杀人犯也好，还有那个胆敢写诗挑战**大一统国家**的疯子诗人也好，他们全都一样。等待他们的，也是同样的下场——古已有之的死刑判决。这也是住在砖头房子里的古人们曾经梦寐以求的绝妙审判。虽然那时的历史才刚起步，古人每天清晨都沐浴在玫瑰般幼稚的朝霞中，可他们的**“上帝”**同样把毁谤**神圣教会**的行为，视作与杀人同罪。

天王星人啊，你们长得黝黑且内心残忍。你们和古代西班牙人一样，聪明地学会了用火刑把人烧死。虽然你们不说话，可我觉得，你们和我想的一样。但是我听见，粉红色的金星人似乎对酷刑和死刑议论纷纷，在讨论要回到荒蛮时代。亲爱的金星人们，我可怜你们，因为你们不擅长哲学而又数学地思考。

人类历史的发展就像我们的飞船，是螺旋上升的。虽然每一圈都不一样，有时金色辉煌，有时血色淋漓，可一切都毫无例外被360度分割。我们就这样从零度开始往前走，10，20，200，360度，便又回到了零度。是的，我们回到了零度，没错。可是我脑子里的数学思想明确地告诉我，这会是改头换面的另一个零度，一个新的零度。要是从零度开始向右转，我们就会回到了左边的零度，原来正方向的零度，就被我们负方向的零度所取代。你们能明白我的意思吗?

这个**零度**在我的眼里，就像一座沉默不语的巨大峭壁，犹如刀剑般狭长而又尖利。在浓重狰狞的黑暗里，我们屏息凝神地驶离了**零度峭壁**夜色漆黑的那一面。几个世纪以来，我们这些哥伦布漂啊漂啊，绕了地球整整一圈，最后，终于，万岁！震天响的礼炮声中，所有人都爬上了桅杆。此时出现在我们眼前的，正是未曾见识的**零度峭壁**的另一个侧面啊。这里现在被**大一统国家**的极光照得通明，浅蓝色的巨大冰块，五彩斑斓的火花，太阳——仿佛有几百个太阳，数十亿条彩虹……

虽然只有薄如刀刃的**零度峭壁**把我们和另一侧的黑暗隔开，可这又有什么关系。刀剑是人类最坚固、最不朽，也最天才的创造发明。刀剑曾是断头台，刀剑曾是解决所有症结的万能方法。所有的悖论都有如行走在刀刃之上，这正是勇者唯一的无畏正道……

记事 21

提纲：

作者的义务。泡胀的冰。最艰难的爱。

昨天是她来找我的日子，可她，又一次爽约，而且又送来一张字条，语焉不详，也没有解释任何原因。不过我已经放下了，彻底放下了。要是我依然按照字条里叮嘱的去做，要是我依然把票子给值班号码送去，然后再拉下窗帘，独自坐在房间里，那……当然啦，绝不是因为我没有勇气违背她的意愿。可笑！当然不是。那只是因为，窗帘能挡住所有疗伤创可贴般的笑脸，这样我就能安安静静地写这些文字，这是其一。再者，或许是因为我生怕会失去藏在她心里的，藏在 I 心里的，那把破解所有未知之谜的钥匙（比如衣柜的故事，我暂时的死亡，等等）。而我觉得，哪怕仅仅因为我是这部记事的作者，我现在也该义不容辞地破解这些谜题。更何况，未知的事物对人类而言根本就是有害的，智人[①]之所以能成为完全意义上的智人，正因为他的语法中根本不会有问号，而只有惊叹号、逗号和句号。

于是，就像我自己觉悟到的那样，我肩负起了作者当仁不让的义务。今天 16 点，我坐上一架飞船，再次奔赴**古楼**。狂风迎面袭来，飞船仿佛艰难地穿梭在气流的丛林里，不断被看不见的树枝吱嘎剐蹭着，噼啪抽打着。城市就在身下，看上去犹如一块又一块巨大的蓝冰。突然飞来一块云，从斜刺里迅速掠过，冰块立刻蒙上了铅灰色，看上去仿佛泡胀起来。就像春季来临时，眼巴巴站在岸边等着，盼着看到冰块破裂、翻涌，最后转着圈顺流而去。可是一分钟又一分钟过去，冰块依然还在，自己却有了泡胀起来的感觉，心跳越来越不安，也越来越快速。(可是，我为什么要写这些呢，这些古怪的感觉又是从哪儿来的？因为还没有哪一艘破冰船能碾碎我们最透明最牢固最纯净的生活呢……)

古楼的门口看不到一个号码。我绕着楼转了一圈，发现看门的老太婆正在**绿色高墙**边，手搭凉棚往上看。只见**绿色高墙**上有几只锐角三角形的黑色鸟儿，呱呱叫着俯冲下来，胸脯撞到牢固的电波屏障，便弹了回去，只好又飞回**绿色高墙**。

老太婆黝黑的脸上长满皱纹，鸟儿的斜影在她脸上飞快掠过。我看见，她迅速扫了我一眼。

“没号码，没有号码，没有号码来过！是的！进去了也没意思。真的……”

为什么说没意思？而且这话也太奇怪啦，好像我只是其他号码的跟屁虫一样。也许，你们自己才是我的跟屁虫呢。我难道没有把你们写进记事吗，不久前还只是几张四四方方的白纸呢。要不是我，那些被一行行密密麻麻文字吸引的人们上哪儿去了解你们？

当然啦，这些话我都没告诉她。根据我自己的经验，让一个号码最苦不堪言的，莫过于使他产生心理暗示，觉得自己并不是现实的存在，至少不是三维空间里的真实存在，而是存在于其他的维度里。所以我只是淡淡地告诉她，开门是她分内的事。于是，她开门把我放进了院子。

---

① 原文为拉丁语。

里面果然空荡荡，无声无息。墙外的远处传来风声，如同那天一样。我俩当时融合成了一个，肩倚着肩，从地下的走廊走出来。当然，如果那一切都是真实发生过的话。我穿过几座石砌的拱门，脚步声撞击到潮湿的拱顶，又跌落到我的身后，就像另外有个号码一直如影随形跟着我一样。黄色的颓墙上，粉刺般嵌着红色砖块，透过黑魆魆的正方形窗口注视着我的一举一动，盯着我吱呀地推开板棚的门，注视着我探头探脑地查看各个角落、岔道和过道。围墙上的篱笆门和那一小块空地，应该见证过**两百年战争**。裸露的石条一根根插在土里，墙体破裂成獠牙大口，古时候的炉灶还直挺挺地举着烟囱，就像一艘永远石化了的舰船，定格在红黄相间的石浪砖滔中。

我觉得，好像在哪里已经见过这些黄灿灿的断砖，可实在记不清了，记忆就像没入深不可测的水中，沉到了水底。于是，我开始搜寻。跌跌撞撞陷进一个又一个坑里，在石块堆里磕磕绊绊，生了锈的钩爪勾住了我的制服，又咸又涩的汗水大颗大颗地顺着额头滑落，流进眼睛里……

哪里都没有！无论如何都找不到那次从地下走廊出来的出口，就是找不见。不过，真要是没找到，或许还是件好事，因为这样就更说明，这一切只是我的一个荒唐的“梦”。

我累了，浑身上下粘着蜘蛛网，满身尘土。我推开了篱笆门，想回到大院子里。突然，身后一阵响动，传来啪啪的脚步声，紧接着，两只粉红色的招风耳朵便出现在我眼前，掰成两截的S满脸笑容。

他眯起眼睛，目光像钻头一样钻进我的身体，接着便问道：

“您在散心呢？”

我没说话，两只手已经不听使唤了。

“那么，您现在感觉好点了？”

“是的，多谢您费心。感觉，快恢复正常了。”

他放过了我，抬起眼睛看天。头朝后一仰，让我第一次看到了他的喉结。

并不高的天空里，50米左右的高度，传来飞船马达的轰鸣声。飞船飞得很低，底下还吊着几根黑色的长筒望远镜，我认得出，那是**守护局**的飞船。但是飞船的数量却不像通常那样，只有两架或三架，而是十架甚至十二架（可惜，我只能说个大概的数字）。

“今天为什么有那么多飞船？”我恢复了镇定，斗胆问道。

“为什么？哼……真正的良医在患者还处于健康状态时，就应该着手救治。而疾病可能明天、后天甚至过一星期才真正发作。预防措施嘛，哈！”

他点了点头，踩着院子里的石砖地面啪啪啪走了。走不多远又回过头，侧着肩膀叫我：

“您要多加小心！”

他把我独自留下了。无声无息，空空荡荡。**绿色高墙**的上空，鸟儿在盘旋，风儿在徘徊。他想暗示我什么呢？

飞船随着气流迅速飞远了。云彩投到地面的阴影时而轻快，时而沉重。一座座浅蓝色的穹顶，一块块巨大的玻璃冰川，渐渐变成铅灰色，泡胀起来……

傍晚：

我摊开了手稿，本想写几页关于**万众一声节**的想法，我觉得这些想法会（对你们读者而言）大有裨益。这个节日很快就要到了。可我发现，我却无从下笔。耳朵始终在倾听，狂风呼扇着漆黑的翅膀拍打玻璃墙；眼睛始终在张望，期待着。期待什么呢？不知道。所以，当每天抬头不见低头见的红褐色鱼鳃来到我房间里时，我真的很高兴，这是真心话。她坐了下来，腼腆地把沦陷在膝盖之间的裙褶拉扯平整，随即便飞快地向我抛来一个又一个媚笑，就像一片片创可贴，贴住了我身上每一处裂开的伤痕。有号码和自己祸福与共，我的心情变得相当愉快。

“您看，我今天刚进教室（她在儿童教育工厂上班），就看见墙上有一幅漫画。是啊，是啊，我说的是真的！他们把我画成一条鱼的样子。也许，我真的像……”

“不，不，您别这么说。”我赶紧抢过话头（说实话，身边现在真的没什么东西是长得像鱼鳃的，至于我那些关于鱼鳃的话，说出来也不得体啊）。

“其实说白了，那也不是什么要紧的事情。可您是知道的，行为本身才是关键嘛。我嘛，当然就把**守护局**的号码叫来了。我很爱孩子，我认为，最艰难的爱，最高境界的爱，就是残忍。您能理解我吗？”

那怎么能不理解！这和我的想法简直不谋而合啊。我一时没忍住，就给她念了记事第 20 章的片段，开头就写道：“思绪仍在悄悄地，却又铿锵清晰地敲打……”

我看都不用看就知道，她红褐色的脸颊在哆嗦，而且凑得越来越近，干巴巴硬邦邦的手指已经钻进了我的掌心里，甚至有点扎疼了我：

“给我吧，把这个给我！我要做成录音，强迫孩子们一字不差地背下来。与其说您的金星人需要读这个，不如说我们自己更需要，我们现在、明天、后天都需要。”

她四下望了望，把声音压到最低：

“您听说没有，有号码说，**万众一声节**那天……”

我跳了起来：

“什么，有号码说什么？**万众一声节**那天会怎么样？”

舒适的隔离墙不见了。我似乎一下子被抛到了外面，狂风在楼顶的天空怒号，昏暗的乌云斜斜地扑面压来，越来越低……

Ю一把搂住了我的肩膀，既果断又坚决（虽然我发现，她手指的骨节在颤抖，和我的激动产生了共振）：

“坐下吧，亲爱的，不要激动嘛。管其他号码怎么风言风语呢……再说了，只要您需要，到那天我就来陪着您。我会把孩子从学校接出来，送到别的号码那里，就过来陪您。因为您，亲爱的，其实您也还是个孩子呢，您也需要……”

“不，不用。”我慌忙摆手，“千万别！那样您真的会以为，我还是个孩子，一个人对付不了……千万别！（此刻我意识到，那天我会有其他的安排）”

她笑了笑，而笑容背后的潜台词显然是：“咳，这孩子脾气真倔！”她随即又坐下来，垂下了眼睑，羞答答地把再次沦陷在膝盖之间的裙褶拉扯平整，换了个话题：

“我觉得，我该做个决定了……为了您……不，求您，不要催我，我还要再想想……”

可我并没催她。其实我也明白，我应该有幸福感，因为没什么能比使其他号码晚年沐浴爱河更加光荣的了。

……整个夜里，我都梦见了翅膀，而我两只手抱紧脑袋四处躲避着翅膀。后来又梦到了一把椅子。可那椅子却不是我们这个年代的，而是古代的样式，用木头做的。我像马一样轮换着手脚（右前脚和左后脚，接着是左前脚和右后脚），椅子却自己跑向了我的床，还爬了上去。我竟然还挺喜欢这把木头椅子，虽然坐着不方便，而且还硌得屁股疼。

真是奇了怪，难道就不能想个办法彻底治疗好这种做梦的毛病吗？或者把这种病转变成理性的，甚至是有益的也好啊。

记事 22

提纲：

僵住的巨浪。一切都在完善中。我是个细菌。

你们想象一下，站在岸边，波涛本来错落有致地拍打着堤岸，可忽然巨浪掀起，却在半空中停住了，凝固了，僵住了。这种情况该有多不得了，多不正常。假如有一天，我们按照**守时戒条**散步时，队伍突然散了，乱了，脚步停下了，这绝不会亚于僵住的巨浪带来的震撼。据编年史记载，最后一次类似情况还是发生在 119 年前，当时有一颗陨石呼啸着，挟着滚滚浓烟，从天而降，坠落在稠密的散步号码群中。

我们当时如同往常一样，走在街上，就像亚述人古迹上雕刻的士兵一样。虽然脑袋有一千个，腿却只有融合统一的两条，甩开的胳膊也只有统一的两条。大街尽头，蓄电高塔正威严地轰鸣着。从那里迎面走来一队方阵，前后左右都有卫兵押解，当中押着三个号码。他们的制服上已经没有了金制的号码牌，这让人不寒而栗的阵势，已经说明了一切。

高塔顶上巨大的表盘活像一张脸，低下头张着嘴从云端里把一秒又一秒的时间往下啐，冷漠地等候着。刚好在 13 点 06 分时，方阵里出现了一阵混乱。当时发生的这一切离我太近了，我甚至能看到每一个最细微的细节，而且清清楚楚地看到了一个细长的脖颈，还有鬓角突起的浅蓝色青筋。那青筋一根根纵横交错，宛如画在一张地理地图上的河流，而那地图原本应该属于一个看不见的小小的世界。然而现在，这个看不见的世界，看起来，是一个年轻号码。大概，他在我们的队列里发现了谁，于是踮起脚，伸长脖子，停下了脚步。一个卫兵见状，抄起电鞭一挥，年轻号码的身上便滚过一串蓝盈盈的火花。只听他像幼小的狗崽子一样尖声叫起来。接着，又是一声清脆的挥鞭，大约每隔2秒钟一次，尖叫声，挥鞭，尖叫声。

我们没有受影响，依然迈着齐整的步伐，像亚述士兵那样行进。看着电火花优美的弧形，我心想："人类社会的一切都在无休无止地完善和发展，而且也应该这样完善下去。古人的鞭子多丑陋，可现在的鞭子有多美……"

可就在这时，像从正常运行的机器上冷不丁蹦出一个螺帽一样，一个女号码瘦小却又敏捷的身影从我们的队伍里飞了出去，一边大喊："住手！不准打号码！"只见她径直扑向了方阵。她的出现，犹如119年前的那颗流星。散步的队伍顿时停了下来，我们的队列也像灰色的巨浪，瞬间被寒潮冻住了。

足有一秒钟，我和其他所有号码一样，如置身事外般看着她。而此刻的她，已经不能算是一个号码了，她只能是一个人。而这个人的存在，也只能像一个脱离现实的实体，令**大一统国家**蒙受耻辱。可是当她扭腰向左转身时，这个动作却叫我倏地眼前一亮。我认识，我认识这个柔软的，柔软如柳枝般的身躯。我的眼睛，我的嘴唇，我的双手都认识它。那一刻，我对此全身心地确认无疑。

两个卫兵迅速迎上来，要截住她。眼看，就在玻璃地面一个依然还在反射着强光的点上，双方的轨迹马上就要相遇，眼看她就要被抓住了……我的心一沉，停止了跳动。我已经来不及判断，可以还是不可以，荒谬还是理性，我向反光点猛扑了过去……

我感到有几千双瞪圆了的眼睛把惊恐错愕的目光投到了我身上。但这只是让我身体里那个手臂上长满了毛的野蛮家伙更加受到鼓舞，更有了破罐子破摔的勇气，他从我体内窜了出去，跑得越来越快。还剩两步的距离时，她转过了脸来……

我看到的是一张战栗的脸，水花般溅了一脸的雀斑，红棕色的眉毛……不是她！不是I。

心中的狂喜不由得喷薄而出。我很想大声喊些什么，比如："她活该！""抓住她！"却只听到自己的小声嘀咕。而此时，一只有力的手已经搭在了我的肩上，我被抓住了，我被带走了，可我还想努力解释清楚……

"别误会啊，你们怎么就不明白，我还以为是……"

但是，我又怎么解释得清楚自己所有的行为呢，又该怎么解释记录了好几张纸的病情呢。我蔫了，只好乖乖地跟着走了……冷不丁一阵风，从树上落下一片叶子，听天由命地往下掉，可半路上却不停地旋转，漫无目的地想要勾住每一根熟悉的树枝、枝杈和枝头。我此刻就想勾住每一个沉默不语的圆脑袋，勾住冰块一样透明的玻璃墙，勾住蓄电高塔顶端直插云霄的浅蓝色针尖。

就在那一刻，眼看厚重的帷幕就要把我和整个世界完全隔离，我看见，不远处有个号码贴着光洁的玻璃地面朝我飞速滑了过来。只见他那两只粉红色的大手翅膀一样呼扇着，硕大的脑袋瓜十分眼熟。接着便听到一个耳熟的声音干巴巴地说：

"我认为我有义务出面证明，Д－503 抱病在身，无法调整自己的情绪。而且我相信，他一定是不自觉地陷进了愤怒情绪而无法自拔。”

“是啊，是啊。”我抓住了救命稻草，“我甚至还叫了，‘抓住她！’”

背后却有人说：

“您什么都没叫。”

“可是，我确实想喊的。我向**恩威荣主**发誓，我想喊的。”

一瞬间，我被他两眼中冰冷的钻头钻透了。我不知道，他是否看透我说的（几乎）是真话，或者他有其他不可明说的目的，所以才临时饶了我。只见他写了一张字条，交给一个押着我的卫兵，我竟然因此而重获自由了。或者，更确切地说，我再次被关押进整齐而又望不到头的亚述士兵的队伍里。

长满雀斑的脸和画着浅蓝色青筋地图的鬓角被方阵带走了，转过街角就不见了，永远地消失不见了。我们还在继续前行，数百万颗头颅属于同一具躯体，每个号码心里充满了被驯服的快乐。大概，分子、原子和吞噬细胞的生活都是这样快乐的。古时候的世界，基督徒作为我们（虽然那时候他们还很不成熟）唯一的祖先，都懂得这个道理：驯服即美德，骄傲即罪恶；“我们”皆来自上帝，而“我”必是魔鬼后代。

虽然，我的步伐现在和大家完全一致，可内心仍是离群的孤家寡人。因为刚才的激动，我仍在瑟瑟发抖，就像一辆古代铁皮列车刚从桥面隆隆驶过，余震未息。现在的我能感觉到自我。但是，只有落进异物的眼睛、肿得化脓的手指和疼得钻心的病牙才会有自我意识，才会意识到自我个体的存在。而健康的眼睛、手指和牙齿是不会有这种感觉的，甚至也意识不到自身的存在。个体的意识只是一种病态，这个道理难道还不够显而易见吗?

也许，我已经不是那个能够利索而又从容地吞噬普通细菌（比如那个浅蓝色鬓角和雀斑）的吞噬细胞了。也许，我已经变成了一个普通的细菌，又或许，这样的细菌在我们中间已经成千上万，只不过他们都像我一样，把自己伪装成了一个吞噬细胞……

也许从本质上来说，今天发生的事情并不是那么重要。可是，万一这件事只是一个开头，只不过是第一块陨石，而随即会有无数滚烫的石头千军万马地呼啸而来，铺天盖地砸落到我们的玻璃天堂，那将会怎么样？

记事 23

提纲：

鲜花。晶体消融。只要。

据说，有些花一百年才会开一次。那肯定也会有一千年，甚至一万年才开一次的花吧。而我们一直都不知道这种事情有可能发生，也许是因为直到今天，千载难逢的大好事才真正从天而降了。

于是，我心花怒放乃至如痴如醉地顺着楼梯走到楼下，去找值班号码。目光所及之处，周围的一切都仿佛等候了千年的花蕾一样，迅速而又悄无声息地绽放。扶手椅、靴子、金制的号码牌、电灯泡、过路号码们的浓眉黑眼、护栏的棱边立柱、掉落在台阶上的头巾、值班号码的小桌子，还有桌子上方 Ю 那张缀满小斑点的奶油咖啡色脸颊，都鲜花般争芳斗艳。一切都那么的不寻常，一切都焕然一新，柔情万种，姹紫嫣红，神清气爽。

Ю 接过我的粉红票子。透过玻璃墙，似乎有一根神奇的树枝，将一轮素洁而又芬芳扑鼻的圆月挂在了她的脑袋上方。我洋洋得意地指着月亮说：

“月亮，看见了吧？”

Ю 打量着我，然后又仔细看了看票子。我又看到她做出那个熟悉而又优雅的动作：腼腆地把膝盖之间的裙褶拉扯平整。

“亲爱的，您的气色不正常，得了病的样子。不正常和得病其实是一回事，您这是在毁掉自己，这话谁也不会告诉您，谁也不会。”

当然，这个“谁”说的正是票子上的号码I-330。可爱心善的Ю啊！您说的当然都对，我确实不慎重，我确实有病，我有了灵魂，我是个细菌。但是，鲜花盛开难道就不是病？花蕾绽放时，难道就没有疼痛感？难道您不认为，精子就是最可怕的细菌？

我回到了楼上自己的房间里。I已经安然坐在宽宽的扶手椅里。我在地板上，抱住了她的腿，我的脑袋枕着她的膝盖，我俩谁也不说话。静静的，只有脉搏在跳动……就这样，我这块晶体，在她，在I的身体里一点一点地消融。我清醒而又真切地感到，我身上被打磨过的棱角，平时一直在空间里约束着我，而现也在逐渐消融。就连我自己也在消融，消融在她的膝盖里，她的身体里。我变得越来越渺小，可与此同时，也变得越来越宽广，越来越伟岸，越来越卓越非凡。因为她已经不是她，而是整个宇宙空间。就在这一瞬间，我和床边这把浸透了快乐的扶手椅融为了一体。**古楼**门口老太婆灿烂的笑容，**绿色高墙**外神秘莫测的原始密林，躺在黑土地里像老太婆一样永远打着瞌睡的银亮的废墟，还有那扇在千里之外砰然关上的门……这一切都涌上了我的心头，和我一起，倾听着狂跳的脉搏，带着我风驰电掣般穿过这妙不可言的一瞬间……我语无伦次，结结巴巴，前言不搭后语。我想告诉她，我就是一块晶体，所以我的心里才会有扇门，所以我才会觉得，扶手椅有多幸福。可是我说出的话却驴唇不对马嘴，所以只好闭嘴，我惭愧得无地自容，我——可突然……

“亲爱的I，我很抱歉！我彻底晕了，我说的都是些什么蠢话啊……”

“你怎么能这么想，蠢话难道不是好事？如果人类的愚蠢也能像智慧那样，被精心呵护培育几百年，说不定就能产生非凡的价值呢。”

“是啊……（我觉得她说得对，现在这种时候，她怎么可能有错？）”

“正因为你干的蠢事，就是你昨天散步时干的蠢事，我才更爱你，更爱你。”

“那你为什么还要折磨我，为什么不来找我，为什么让别的号码送来票根，还让我一定……”

“也许，我需要考验一下你呢？也许，我需要知道，我想让你做的事你都会做到，你已经完完全全是我的人了？”

“是的，完完全全！”

她捧住我的脸，就像把我整个人都捧在了手心里，她抬起我的头：

“喂，那您口口声声的‘每一个诚实号码的义务’怎么办，啊？”

尖尖的白牙甜得发腻，她笑了。她像一只小蜜蜂一样蜷在宽大的扶手椅里，身上有毒刺，也有蜜。

是啊，义务……我在心里暗暗翻阅最近的记事，还真是的，哪里都没写到过关于义务的想法，虽然，我本应该写的……

我无话可说。一脸崇拜地（大概，很傻的样子）笑着，看着她的双眸，从这个瞳孔看到另一个瞳孔，每个瞳孔里都能望见自己。在她的瞳孔里，我只有一丁点大小，1 厘米都不到，仿佛我已经被囚禁在这个小巧而又五彩缤纷的牢笼里。接着，就是蜜蜂，就是嘴唇，就是绽放时甜美的疼痛……

对我们每一个号码来说，在每一个号码的心里，都有一台看不见的节拍器在悄悄地滴答作响，我们甚至不用看钟表，便能以误差不到5分钟的精确度判断时间。但是，我心里的节拍器却停了下来，我不知道已经过了多久，吓得赶紧从枕头底下拽出了带表的号码牌……

感谢**恩威荣主**，还有20分钟呢！可每一分钟都短暂得滑稽可笑，就像短尾巴的兔子，跑得飞快。而我却有很多话要向她倾诉，倾诉一切，倾诉关于我的所有事情。比如O写的那封信；就在那个可怕的夜晚，我给了O一个孩子；不知道为什么，还想告诉她我的童年趣事，我们的数学老师扑利亚帕，还有$\sqrt{-1}$，还有我小时候第一次参加**万众一声节**时失声痛哭，因为在那么重要的日子里，我的制服竟然沾上了墨斑。

I仰起头，支起了胳膊。嘴角两边各有一条又深又长的线，高挑的眉毛也架起一个黑黑的锐角，分明是一个十字架。

“也许，有那么一天……”她停顿了一下，眉毛拧得更浓了。她抓起我的手，紧紧地握住，“告诉我，你不会忘记我，你永远都会记得我吗？”

“你怎么了？你在说什么？I，亲爱的？”

I不再说话，她的目光掠过了我，穿透了我，望向更远的地方。我忽然听见，狂风犹如巨大的翅膀正拍打着玻璃（当然，其实风一直都在吹，只不过我自己才刚听见），不知为什么，我又想起了**绿色高墙**上那几只尖声嘶叫的鸟儿。

I甩了甩头发，抖落下了什么东西。只1秒钟的时间，她整个身体再次触碰到了我，就像飞船降落到地面时的一个轻弹。

“喂，把长袜递给我！快点！”

长袜就扔在我的桌子上，盖住了记事本敞开的页面（第 193 页）。我一时手忙脚乱，碰掉了记事手稿，纸张便随之撒落了一地。这下，再也无法按顺序叠起来了，关键是，就算能叠起来，也做不到原来那样真正的整齐，也会留下参差不齐的页边、坑洼的页面和折印。

“这样我做不到。”我激动起来，“你，现在就在这里，在我身边，可却像还在不透明的古墙之外。就算听得到墙后的响动和说话声，却听不清在说什么，不知道墙后究竟发生了什么事。这样我受不了。你一直都欲言又止，从来不告诉我，我在**古楼**掉进了哪里，那些走廊是怎么回事，为什么医生也在那里……或许，是不是，这一切都没有真的发生过？”

I 把两只手搭在我肩上，缓缓地，深深地走进我的眼睛：

“你真的想知道一切？”

“是的，我想。我也应该知道。”

“你就不害怕吗，不管跟我去哪里，不管我带你去哪里，你都会跟我去？”

“是的，不管去哪里！”

“好啊。我向你保证，节庆结束后，只要……唉，对了，你们的‘**积分号**’怎么样了，我总是想不起来问，就快竣工了吧？”

“不行，什么叫‘只要’？又不说明白？‘只要’是什么意思？”

她（已经走到门口）：

“到时候你就知道了……”

我独自留下了。她留下的，只有依稀可辨的气息，很像是**高**

墙外飘来的无名的黄色花粉，既甜蜜，又干燥。还有，一个又一个问号钩子一样牢牢勾住了我的心，那钩子就像古人用来钓鱼的那种（**史前博物馆**里有）。

……为什么她突然问起了“**积分号**”？

记事 24

提纲：

函数的极限。复活节。全都划掉。

我就像一台运转负荷已经超出了极限的机器。轴承烫得吓人，再过一会儿，金属材质就要熔化成液体滴下来，轴承也就要彻底报废了。快浇一盆冷水吧，快来一点逻辑。我一桶一桶地往轴承上浇逻辑的凉水，可是逻辑却在灼热的轴承上发出嘶嘶的声响，变成抓不住的蒸汽，升腾消失了。

是啊，的确如此，道理很简单。想要确定函数的真实值，必须先框定它的极限。同样也很简单，“消融在宇宙空间里”的荒唐昨天，如果框定极限，那就是死亡。因为，所谓死亡其实就是我自身在宇宙中的彻底消融。由此可知，如果用 L 代表爱情，而 C 代表死亡，那么 L = f（C），也就是说，爱情与死亡之间存在函数关系……

是的，就是这样，正是如此。所以我才会害怕 I，我一直在和她斗智斗勇，可我并不愿意这样。但是在我的内心，为什么“我不愿意”和“我很想要”竟然能同时共存呢？这才是可怕之处，因为我很想要再次体验昨天妙不可言的死亡感觉。这才是可怕之处，即便是现在，即便逻辑函数已经完全求得了积分，足以证明她就是死亡的阴影，可是我还是甘愿用嘴唇，用双手，用胸膛和身上的每一毫米要她……

明天就是**万众一声节**。她，当然会去，我一定会见到她，但只能远远望见。远远望见，会让我痛苦，因为我想要，不可遏制地想要，想要和她在一起，想要她的双手，她的肩膀，她的发丝……就连这种痛苦我也想要，我也不在乎了。

伟大的**恩威荣主**啊！想要痛苦，这是什么鬼话。难道还有人不明白，痛苦就是负数，会减少我们所谓幸福的总和。所以说……

好吧，没什么“所以说”的。干干净净，无牵无挂。

到了傍晚。

热情洋溢的粉红色晚霞妖娆地穿透大楼的玻璃墙，让人心神慌乱。我把扶手椅转了个方向，不愿正面直视这一抹粉红。翻看着记事，我发现，我又忘记了。我写的都不是给自己，而是给你们看的。未曾谋面的读者们啊，我既爱你们，也可怜你们，因为你们还在遥远的低级时代举步维艰。

还是说说**万众一声节**吧，这是一个伟大的日子。从孩提时代起，我就一直热爱这个节日。我觉得，对我们而言，这个节日有点类似于古人的“复活节”。我记得，每当节日前夕，我都会私下编一个时刻表，然后庄重地划掉一个又一个小时。每划一次，离节日便近了一个小时，便少等待一个小时……要是我能确信不会被别的号码发现，说实话，现在我也会随身带一份这样的时刻表，而且会随时关注，离明天还剩多少时间，还有多久就能看到她，哪怕远远望见……

（有号码进来打断了我，送来了裁缝店刚做好的新制服。按惯例，我们每个人都会发放新的节日制服。走廊里脚步声不断，热烈的欢呼声，喧闹不已。）

我继续写。明天我就会看到年复一年激动人心的盛况，而且每一年都会花样翻新，万众一心的强大圆阵，虔诚的手臂高举林立。明天就是**恩威荣主**一年一度的大选之日。明天，我们将再次把万世永固的幸福堡垒的钥匙交付给**恩威荣主**。

当然，这和古人乱哄哄缺乏组织的选举一点也不像。说起来就可笑，他们事先甚至连选举结果都不知道。在被彻底忽略了的偶然性的基础上建设国家，这不是盲目又是什么，还有什么比这更愚蠢的？可是不管怎么样，要明白这个道理，也得花上几百年时间呢。

还用得着说吗，现在在这个问题上，就和其他方面一样，我们再也不会允许有任何偶然性和不确定性因素的存在。确切地说，大选本身只具有象征意义，可以提醒我们，我们是一个统一的、由数百万细胞组成的、强大的有机体。用古代《福音书》里的话来说，我们就是统一的教会。因为**大一统国家**有史以来，还没有一个声音胆敢在这个庄严的日子里破坏气势磅礴的和谐旋律。

据传，古人的选举似乎是秘密进行的，偷偷摸摸，就像在做贼。我们有些历史学家甚至考证过，古人在大选庆典上会精心伪装自己（我想象中，那应该是一个阴森森的诡异场景：深夜，选区广场，一个个身穿深色披风的身影蹑手蹑脚贴着墙根溜来，火炬通红的火苗被风吹弯了腰……）。这种神秘感到底有什么用，至今都无法解释清楚。很有可能，那时的选举和某种神秘主义、迷信的观点，甚至是犯罪的仪式有关联。但我们既没什么可隐瞒，也没什么不好意思，我们就在光天化日之下，堂而皇之而且光明磊落地欢庆选举。我能看到，所有号码是怎么投票选举**恩威**

荣主的；所有号码同样能看到，我是怎么投票选举**恩威荣主**的。难道还有别的可能吗，既然“所有号码”和“我”是整体的“我们”？比起古人的畏首畏尾和鬼鬼祟祟来，我们要优雅、真诚和高尚得多，而且也合理得多。退一万步说，假设竟然发生了不可能的情况，也就是说，司空见惯的单音旋律里竟然出现了不谐和音，那么还有看不见的**守护者**等着呢，他们就在我们的队列里。他们会立刻查明谁是误入歧途的号码，并及时施以援救之手，让他们迷途知返。这样也就拯救了大一统国家不受他们的破坏。最后，还有……

透过左侧的墙看去，有个女号码正站在衣柜的镜门前手忙脚乱地解开制服。刹那间，我似乎朦朦胧胧地看到了那双眼睛，嘴唇，两座尖尖的粉色玉峰。紧接着，窗帘便降了下来，昨天的一切猛地涌现在脑海里。我不知道“最后，还有一点”该写什么，可我不想写这个，不想！我想要的只有I。我想让她每一分钟，每时每刻，永永远远和我在一起，只和我在一起。刚才我写下关于**万众一声节**的文字，那全都是空话，废话。我很想全都划掉，撕碎，扔掉。因为我知道（即便这话算是亵渎，却是我的真心话），只有和她在一起，只有当她在我身边，和我并肩相依偎时，才是真正的节日。如果没有了她，那么明天的太阳只不过是一块圆铁皮，天空只是一块刷成蓝色的大铁皮，而我自己也……

我抓起了电话：

“I，是您吗？”

“是的，是我，您怎么那么晚！”

“也许，还不算晚。我想请求您……我想，明天您能和我在一起。亲爱的……”

“亲爱的”几个字说得几乎听不见。不知道怎么了，我脑子里突然闪现出今早在操作平台上的一幕。有号码开玩笑地把一块手表放到百吨重的锤子底下，呼的一下，一阵风掠过脸颊，百吨重的锤子软绵绵轻飘飘地触到了松脆的手表。

一阵寂静。我似乎觉得，我听见了I的房间里有其他号码说话的声音。接着就听她说：

“不，不行。您又不是不知道，我自己也想……不，不行。为什么？明天您就知道了。”

夜深了。

记事 25

提纲：

从天而降。史上最大灾难。已知的都结束了。

盛典开始前，大家全体起立，国歌犹如巨大的帐幔庄严肃穆地在号码群头顶徐徐拂过，那是**音乐制造工厂**数以百计的管号和数百万号码的引吭高歌。有那么一刻，我忘记了一切，忘记了I说过的话，尽管她那些关于今天节日的话令人不安，甚至也忘记了她是谁。我此刻变成了当年的那个小男孩，会因为制服上沾了一滴只有自己才看得见的小墨滴而痛哭流涕。尽管周围的号码谁也发现不了，我身上已经有无法洗刷干净的黑斑，可我自己心里一清二楚，像我这样一个犯了罪的号码，在坦荡如砥的号码群中是没有立足之地的。啊，我现在就该站起身，喘着粗气高声坦白一切，哪怕会因此而万劫不复，我也在所不惜！但是在那一刻，我一定会觉得自己仍是一个纯洁无邪的号码，就像孩子般无瑕的蓝天。

所有号码都抬起眼睛向上望去。清晨明净清澈的蓝天里，夜幕残留的泪滴仿佛还没有干透。只见天边出现了一个难以分辨的小斑点，时而暗淡无光，时而又光芒万道。那就是**他**，新时代的**耶和华**，坐着飞船从天而降来到我们中间。他和古代的**耶和华**一样英明，既仁爱又残忍。时间一分分过去，**他**离我们愈来愈近。百万颗心腾空而起向他迎去，而**他**也已经看到我们啦。试想，如果我和他一起从高空俯瞰，地面上的观众席就是一圈又一圈细细的浅蓝色虚线画成的同心圆，就像蜘蛛网上一道又一道的丝线，网上洒满了一个又一个亮晶晶的小太阳（那是号码牌在闪闪发光）。蜘蛛网的正中央，坐着一只英明的白色**蜘蛛**，那是身着一袭白衣的**恩威荣主**。正是他用一张张尽善尽美的幸福蛛网把我们手拉手脚碰脚地连在了一起。

少顷，**他**从天而降的隆重仪式结束了，国歌的铜号也没了声音，大家齐齐坐下。我突然意识到，眼前的一切的的确确是一张薄薄的蜘蛛网，这张紧绷的网正微微颤抖，似乎马上就会被捅破，马上就会发生不可思议的事情……

我稍稍欠起身，看了看周围。在我眼前晃过的，是一张又一张的脸庞，一道又一道敬爱而又诚惶诚恐的目光。这时有个号码举起了手，手指还不易察觉地晃了晃，向另一个号码发出了信号。那号码收到信号，也晃了晃手指。接着又有号码……我明白了，他们全都是**守护者**。我明白了，他们正躁动不安，而紧绷的蛛网也在颤动。于是，我心里就像被设置了同样的收音机波长，开始有了共振。

舞台上，有个诗人正在朗诵大选颂歌，可我却一个字也听不进去。只有那六音步扬抑抑格[①]的大钟摆在慢条斯理地晃着，每摆动一次，距离指定的时刻就更近。而我依然发疯一样在号码队伍里一个又一个地寻找那张脸，就好像在一页又一页地翻书，却总也找不见那张独一无二的脸。必须尽快找到，因为钟摆一旦滴答一声，就要……

---

① 希腊古诗的一种格律，也是俄罗斯的一种摹古诗体。

他，当然是他。只见底下的舞台旁，一对粉红色的招风大耳朵贴着闪闪发光的玻璃地面飞快地滑了过去，掰成两截的身体在跑动中仍保持字母 S 的形状，映出一个漆黑的锁扣。他飞奔的目标是观众席上纵横交错的过道。

S 和 I 之间，似乎连着一根线（对我来说，他们之间一直就有一根线。虽然我不知道是什么样的线，但我迟早有一天会把它解开）。我的眼睛紧盯着他，只见他像个线团一样滚出老远，身后似乎还真的拖着一根线头。不消一会儿便停了下来，停住了……

我仿佛被闪电的高压电击中，击穿了，蔫成了一个焦煳的绳结。就在我们这一排，离我也就 40 度的地方，S 停下了脚步，俯下身去。我竟然看见了 I，而在她身边的，竟然是长着黑人般厚嘴唇的 R－13，这个面目可憎的家伙现在笑得一脸得意。

我第一个想法就是冲过去，大声斥责她："你为什么和他在一起？为什么不让我陪你？"可是尽善尽美的无形蛛网却牢牢绊住了我的手和脚。我牙关紧咬，僵硬地坐着，视线却一刻不放过他们。此时此刻，心里感到了真实的物理性剧痛。我记得那时在想："如果并非物理性的原因，却引起了物理性的疼痛，那显然……"

遗憾的是，这个结论我最终没能构思完。我只记得，脑海里"灵魂"二字一闪而过，似乎还飞快地闪过一句毫无意义的古代成语——"失魂落魄"。我呆住了，六音步扬抑抑格的诗歌也朗诵完了。现在就要……就要什么？

按照以前的惯例，应该有五分钟的选前休息。按照以前的惯例，休息的五分钟内要保持缄默。可是现在的静默，却根本不是往常那种虔诚和景仰的静默，倒很像是古人所说的电闪雷鸣前的寂静。那时候的天空还桀骜不驯，时不时地雷电交加，而古人对我们的蓄电高塔还没有概念。

空气就像是用透明的生铁铸成的。我特别想要呼吸，想张大了嘴巴呼吸。紧张到疼痛的听觉还在记录，身后传来像老鼠啃咬一样紧张的窃窃私语。我虽然没有抬起眼睛，却始终能看见那两个号码，看见I和R，看见他们坐在一起，肩膀挨着肩膀。我的两只手搁在膝盖上，毛茸茸的，仿佛连我自己都觉得陌生，灌满了仇恨般抖动着。

所有号码手里都举着带手表的号码牌。一、二、三……五分钟……舞台上响起一个沉着而又斩钉截铁的声音：

“谁‘赞成’，请举手。”

要是我能像以前那样直视着**他**的眼睛，心怀坦荡而又忠心耿耿：“这就是我的全部，我的所有，你拿去吧！”但现在我胆怯了。全身的关节好像都生了锈，可我还是铆足劲举起了手。

几百万只手齐刷刷地高举起来。却似乎听见一声低低的呻吟“啊！”我感到，有什么事情已经发生了，犹如溃堤般迅速发生了，可我不明白到底是什么事。我没有力气，也没有勇气去看一眼……

“有谁‘反对’吗？”

这个环节始终是节日里最振奋人心的一刻。所有号码一动不动地继续坐着，一个个低垂脑袋，满心欢喜地接纳最伟大的号码**恩威荣主**所赐予的裨益无穷的枷锁。可这一刻我又听见了一阵响动，不由心惊胆战起来。那声音极其轻微，就像一声叹息，可却听得比刚才铜号吹奏的国歌还要真切。就好像是人临终前呼出的最后一口气，几乎令人无法察觉，却让周围的号码顿时脸色煞白，额头上渗出了大滴的冷汗。

我抬起了眼睛，看到……

差不多只有百分之一秒，稍纵即逝的一瞬。我看见，竟然有几千只手猛然向上一挥——“反对”——刷地便落下了。我看见，I那张刻着十字的脸变得惨白，她也举起了手。我的眼前一黑。

又是稍纵即逝的一瞬，没有号码说话，一片寂静，只听到心跳声。可紧接着，就像有个发了疯的指挥发出了号令，所有观众席上骤然响起了崩塌断裂的咔嚓声，叫喊声，一件件制服狂奔起来，旋风般漫天飞扬，**守护者**惊慌失措东奔西跑的身影，一只只高跟鞋在我眼前飞来飞去，一张张嚎啕大哭的嘴巴咧开了在我面前晃来晃去，却听不见哭喊声。不知道为什么，这一幕在我心里留下了深深的烙印，几千张大喊大叫的嘴，竟然听不见声音，活像一部骇人的恐怖电影。

不远处的下方，也像镜头一闪而过似的，我似乎瞟见了O没有血色的嘴唇。她紧紧贴住过道的墙站着，两只手交叉着捂住自己的肚子。可一转眼，她也不见了，就像被冲走了。也许是我自己忘了她，因为……

但这已经不是银幕上的画面了，而是发生在我脑海里，在我缩紧的心里，在我怦怦急跳的太阳穴里。就在我头顶左上方的一张长条凳上，R－13突然跳了起来，满嘴泡沫，脸涨得通红，已经疯了一样。他两手抱着脸色苍白的I，她的制服从肩膀到胸口已经被撕裂，雪白的肌肤上是猩红的鲜血。她紧紧勾住他的脖子，只见他跨着大步，从一张长条凳跳到另一张长条凳，抱着她向上突围。那样子活像一头面貌丑陋，动作却非常敏捷的大猩猩。

这一幕就像古时候的火灾，四周一片通红的火海。我要做的只有一件事情，跳过去，截住他们。现在连我自己也解释不了，那时候哪来那么大的力气。我就像一柄撞锤一样，冲开了号码群，踩着号码们的肩头，直奔长条凳。眼看离得比较近了，我一把揪住 R 的衣领：

“放肆！不许放肆。立刻放开她（幸亏那时候听不见自己的声音，因为所有号码都在大呼小叫，所有号码都在奔跑）。”

“谁啊？怎么啦？怎么回事？” R 回过头来，唾沫四溅的嘴唇哆嗦个不停。大概，他还以为自己是被**守护者**逮到了。

“什么怎么回事？我就是不答应，我不允许！把爪子拿开，立刻放开她！”

可是他只是气哼哼地甩了甩嘴唇，晃了晃脑袋，又向前跑去。这下我不干了——记录下这样的场景，实在让我羞愧难当，可是我觉得，我还是应该，应该都写下来。这样才能让你们，未曾谋面的读者们，能够彻底研究我的病史——我猛地挥起拳头打中了他的脑袋。你们明白吗，一记老拳啊！对此我记忆犹新。我还记得，这一拳下去，我犹如获得了解脱，浑身轻松。

I 刷地从他手里滑脱了。

“快走吧。”她对着 R 喊道，“您也看到了吧，他……快走吧，R，快走啊！”

R 龇着黑人一样雪亮的牙齿，带着唾沫星子往我脸上喷了一句不知道什么话，便纵身跳了下去，消失在人群里。我双手抱起了 I，紧紧把她搂在怀里，跑了起来。

我的心脏跳得厉害，膨胀得难受，仿佛每跳动一次，就会激射出一股滚烫沸腾而又无比幸福的热血。哪怕此刻心脏炸裂成碎片，我也绝不后悔！我只要这样抱着她，抱着她，抱着……

晚上。22点整。

我的手连羽毛笔都握不住。今天早上发生了那么多让人瞠目结舌的事件，我已经累得不想动了。难道**大一统国家**世代永固的大墙就这么倒塌了，不再拯救我们了？难道我们要再度流离失所，和久远的祖先们那样生活在野蛮的自由状态？难道不会再有**恩威荣主**了？反对……竟然在**万众一声节**——反对？我真心为他们感到羞耻，感到痛心，感到可怕。不过，“他们”到底是谁呢？而我自己又是谁呢，我算是“他们”还是“我们”，难道我……我糊涂了。

那时，她就坐在被太阳晒得发烫的玻璃长条凳上，是我把她抱到了观众席最高的地方。她的右肩和下方，本来是妙不可言的美妙曲线开始的地方，现在完全敞开了，一道细长的鲜红血迹像蛇一样匍匐在上面。她仿佛没有发现自己在流血，胸口也敞开着……不，肯定不是，她肯定注意到了这一切，可这一切正是她现在需要的，要是她的制服扣子现在依然扣着，她一定会扯开，她……

“可明天……”她如饥似渴地呼吸着空气，两排闪亮的尖牙紧紧咬在一起，“可明天……就不知道会怎么样了。你明白吧，不但我不知道，任何号码都不会知道，无法知道！你还不明白吗，我们知道的一切已经结束。新时代是不可思议的，更是史无前例的。”

底下的号码们还在沸腾，飞奔，大喊大叫。但他们离我们已经很远了，而且越来越远，因为她正盯着我看，她缓缓地把我拉近自己，让我穿过那对窄窄的金色眸子，进入了她的心里。就这样，一言不发，过了好久。不知道怎么就想起，曾有一次，我也这样透过**绿色高墙**和一对神秘莫测的黄色瞳孔对视过，**高墙**之上还有盘旋的飞鸟（不过这也许是另一次）。

“听我说，要是明天不出任何意外，我就带你去那里，你明白吗？”

不，我没明白。可我还是一言不发地使劲点着头。我融化了，变成了无限渺小的……一个点……

可是不管怎么说，即便是变成了一个小点，也会有自己的逻辑（今天的逻辑）。一个小点反而有着最多的未知可能，只要这个点运动起来，开始移动，那么它就可能化为数千条形态各异的曲线，变作数百个物体形态。

可我现在一动都不敢动，我要是动了会变成什么？而且我觉得，所有号码都和我一样，害怕做出哪怕最微小的举动。就在我写记事的此时此刻，大家都把自己锁在玻璃笼子里，安静地坐着，等待着将要发生的事情。此时走廊里听不到往常电梯的嗡嗡声，听不到笑声和脚步声。偶尔即便有三三两两的号码在走廊里走过，也都蹑手蹑脚，时不时回头张望，窃窃私语……

明天会怎么样？我明天又会变成什么？

记事 26

提纲：

世界依然存在。斑疹。高烧 41 摄氏度。

一大早。透过玻璃天花板，天空一如既往地强壮、丰满，像一张通红的脸蛋。可我觉得，要是我在头顶看到的是一颗不同寻常的四方形太阳，或者身着五颜六色动物毛皮的号码们，或许还有不透明的砖石墙，我倒反而更不会大惊小怪。那么，这样说来，这个世界，我们的世界，还依然存在吗？或者现在只不过是惯性，就像发动机已经关掉，而齿轮还在呼哧呼哧地转动。两圈，三圈，直到第四圈才会彻底熄火……

你们有过这样奇怪的体验吗？半夜里醒来，在一片黑暗中睁开眼睛，却突然觉得自己迷了路，想要尽快，尽快地熟悉周围的环境，找到一些手感熟悉的坚硬的东西，诸如墙壁、小灯、桌子之类。我正是在这种状态下，摸摸索索地在**大一统国家报纸**上搜寻，尽快，尽快地，噢，找到了：

“昨日民众期盼已久的**万众一声节**庆典如期举行。届时，曾多次证明其英明绝无可能撼动的**恩威荣主**第 48 次万众一声地当选。因遭到与幸福生活为敌者的蓄意破坏，庆典上发生了些许骚乱。而**大一统国家**新一届政府于昨日正式就职后，这些号码也将理所当然地丧失成为政权基础砖石的权利。任何号码都清楚得很，如果把这些号码的选票也计算在内，将是多么荒唐的事情。这正如把患者偶尔在音乐会上发出的咳嗽声，也当作雄壮的英雄交响乐的一部分……”

噢，英明啊！难道说，不管怎么样，我们还是得救了啊？其实，也该如此，对最最纯洁的逻辑三段论怎么可能提出异议呢？

后面，还有两行字：

“今天 12 点整将召开**行政局**、**医疗局**及**守护局**的联席会议。近日将颁布一项重要的**国家法令**。”

不，一堵堵墙依然矗立不倒，看得到，我也能触摸到。这下我不再有奇特的感觉了，不会再觉得自己迷了路。看到蓝天和圆圆的太阳，我也丝毫不会吃惊了。大家也都和往常一样，出门上班去了。

沿着大街一路走去，我的脚步格外坚定，格外振奋。我觉得，所有号码都是这么走路的。可走到十字街口，刚一转弯，我就看见，所有号码的举止都很古怪，似乎都尽量绕开楼角走，就好像那楼的墙里刺出了一根管子，向外面滋着凉水，以至于人行道没法通行了。

又走了五步、十步，我也感到了当头滋来的凉水，冲得我一个趔趄，退到了人行道之外……就在墙上 2 米左右的高度，贴着一张四方形纸片，上面用毒药一样的绿色墨水写着：

梅菲[①]

① 歌德小说《浮士德》中魔鬼梅菲斯托菲尔的缩写及小称。

纸片下方有个号码，被掰成两截的背影看上去像个字母 S，透明的招风耳朵也许出于愤怒，或许是因为激动，像两个翅膀一样呼扇着。只见他高高举起右手，左胳膊却无可奈何地垂在背后，就像一只被打伤负痛的翅膀。他蹦蹦跳跳地向上够，想扯掉那张纸，却够不着，实在差太远了。

也许，每一个路过的号码都在想："周围那么多号码，要是只有我一个号码过去帮他，他会不会以为，我可能犯了什么过错，所以才会帮他……"

我承认，当时我也这么想过。可我想起来，他曾多次充当我名副其实的守护天使，又好多次救过我，于是便鼓起勇气走过去，伸出手，扯下了那张纸片。

S 转过脸来，钻头般的眼神又快又准地钻透了我，直直钻到心底，还似乎真的从那里钩出了什么。接着，他的左侧眉毛往上一挑，冲着墙上刚才挂着"**梅菲**"的地方使了个眼色。随即又笑着瞥了我一眼，这让我着实吃了一惊，因为那笑容竟然非常开心的样子。不过，这又有什么好惊讶的。虽然疾病潜伏期缓慢上升的体温非常折磨病人，可医生总是更喜欢一览无遗的斑疹和 40 摄氏度的高烧。因为，那样至少能轻而易举地确诊是什么病。而今天贴在很多墙面上的"**梅菲**"，就是斑疹。所以我能理解他开心的笑容……①

走进地下铁，脚下洁净的玻璃台阶上，也贴着一张纸片"**梅菲**"。底下的墙上，长条凳上，车厢的玻璃窗上（看来，贴的时候

---

① 我不得不承认，直到好几天以后，我经历了一连串无法想象的奇事怪事，这才真正明白那个笑容意味着什么。——原注

十分匆忙，贴得马马虎虎，歪歪斜斜），到处都能看到同样的白纸，令人不寒而栗的斑疹。

寂静中，飕飕的车轮声就像沸腾的鲜血在流淌，听得尤为真切。有号码的肩膀被碰到，他便哆嗦一下，失手掉下一卷纸。我的左边有个号码，正在读报纸，可他的目光一直盯着一行字，只盯着一行字，就一行字，手中的报纸还些许有些颤抖。我觉得，在车轮里，手里，报纸里，甚至在睫毛里，处处都有加快速度跳动的脉搏。也许，今天和 I 一起赶到那个地方时，我的体温就会上升到 39、40、41 摄氏度，直逼体温计上的黑色刻度……

操作平台上同样寂静无声，只有螺旋桨在看不见的远处嗡嗡作响。一台台机床愁眉不展，默默地站着。只有起重机发出轻微的响动，就像踮着脚尖一样小心翼翼地滑来滑去，屈臂弯腰，挥舞着巨型钩爪，大块大块地抓起浅蓝色的冷冻空气，装进**“积分号”**的船舱里。我们已经在进行试飞的准备工作了。

“怎么样，一个星期就能装完了吧？”

这是我在问**第二设计师**。他的脸活脱一个陶瓷盘子，描着甜甜的浅蓝色小花朵和温柔粉色的小花朵（那是他的眼睛和嘴唇），可是今天这些小花朵却像遭了大雨的冲刷，褪去了颜色。我们两个出声地计着数，可我数到一半突然停住了，张大了嘴巴，目瞪口呆。高高的圆顶下，起重机吊起的一大块浅蓝色空气上，居然隐约也有一张白纸，是贴上去的白纸。我浑身都哆嗦起来，也许是因为觉得好笑吧。是啊，我自己都能听见自己在笑（自己能听见自己在笑，你们一定熟悉这种感觉吧？）。

“噢不，您看……”我对他说，“您想想看，要是坐在古代的飞机上，高度计显示 5 000 米，可突然机翼，机翼折断了，您翻着筋斗往下掉，一边掉还一边计数：‘明天，从 12 点到 2 点……从 2 点到 6 点……6 点用餐……’难道这不好笑？这应该就是我们现在的处境吧！”

浅蓝色的小花朵扭曲了，瞪出来了。如果我是个玻璃人，而且他还能看透我，能看到差不多再过三四个小时我要……他会怎么样……

记事 27

提纲：

没有任何提纲——不行。

没有尽头的走廊里只有我一个号码，就是那里的走廊。头顶是封闭的混凝土的天空。水滴在角落里敲打着石头。那扇熟悉的门，依旧厚重，不透明。门后传来沉闷的轰鸣声。

她说过，16 点整一定会来见我。可是现在已经 16 点过了 5 分钟，10 分钟，15 分钟，还是不见她。

有那么一刻，原先的我现了身，我害怕，万一那扇门被打开……最后再等 5 分钟，如果她还不出现……

依然只有水滴敲打石头的声音，一个号码都没有。虽然等得不耐烦，可我仍高兴地想，总算要得救啦。我慢慢地沿着走廊往回走。天花板上的小灯连成一条虚线，忽明忽暗，越来越暗，越来越暗……

可突然，背后的门咣当一声被迫不及待地推开了，急促的脚步声响起，回声轻柔地在天花板上弹开，在墙上弹开。是她啊，飞奔而来，一边跑一边娇喘，张开嘴喘着气。

“我就知道，你一定会来的，一定会来找我！我就知道，你——你……”

标枪一样的长睫毛向两边闪开，把我放了进去。嗯，当她的嘴唇触碰到我的嘴唇时，我该怎么描述古代这种荒唐但又让人销魂的礼仪呢？我又能用什么样的公式来描绘心灵正在经受的风暴呢？这场风暴把我的内心涤荡得一干二净，唯独把她留了下来。是啊，是啊，留在了我的心底。尽管笑话我吧，你们开心就好。

她费力地慢慢抬起眼睑，努力地一字一顿说：

“不，好啦……下次吧。现在，跟我来。”

门开了。台阶破旧得不能再破旧。各种让人无法忍受的嘈杂声、哨声、灯光……

———

现在已经过去差不多一昼夜，我的心情也稍稍平复，但我还是很难做一个哪怕比较准确的描述。只觉得当时脑子里就像点爆了一颗炸弹，一个个嘴巴张得老大，数不清的翅膀，大呼小叫，树叶到处飞，号码们叫声鼎沸，遍地石块……这一切都发生在你眼前，混作一团乱麻，一个接着一个地看不过来……

我记得当时第一个想法便是：“快逃，拼命逃，逃回去。”我还以为，就在走廊等候的时间里，他们不知道用了什么办法，炸毁了**绿色高墙**，现在墙塌了。墙外的世界铺天盖地涌了进来，刹那间淹没了我们这个久已不受野蛮低级世界侵扰的城市。

或许，我当时把这个想法对 I 做了大致表述。可她却哈哈大笑起来：

“怎么会啊！我们现在只不过——来到了**绿色高墙**的外面……”

于是我睁大了眼睛，眼前蓦然一切纤毫可辨，那是一个我们号码一辈子都未曾见过的世界。而那道混沌昏暗的**高墙**把这个外面的世界缩小了一千倍，掩盖了它，把它变得毫不起眼。

太阳……这里的太阳和我们的不一样。我们的阳光处处均匀地洒在洁净的镜面道路上，而这里的太阳却是一块块生机勃勃的碎片，到处都有不住欢蹦乱跳的光斑，照到眼睛就会刺痛，头也会跟着发晕。这里的树木就像一根根蜡烛，直插蓝天；或像蜘蛛，骨节粗大的爪子牢牢扎进土壤里；或像哑然不语的绿色喷泉……眼前的一切似乎都在抽搐、摇晃、沙沙作响，脚下有一只毛茸茸圆溜溜的东西似乎受了惊吓，仓皇滚了过去。可我却僵在原地，一步都迈不动，因为脚下已经不是平地了，你们懂不懂，不是光滑的平面了，而是恶心而又柔软的东西，一踩就会陷进去，似乎是有生命的、绿色的、有弹性的东西。

我被眼前的一切震撼得几乎要晕倒，喘不过气来，也许，这是最恰如其分的修辞。我站着，两只手牢牢攥住一根摇摇晃晃的树枝。

“没关系，没关系！只是一开始会不适应，很快就会好的。勇敢些啊！”

这片令人头晕目眩的绿色天地里，I的身旁似乎出现了一个单薄身影，薄得活像是纸片剪出来的……不，不是似乎，我认识这个号码。我知道，他就是那个医生，不，不，我非常清醒自己在说什么。我还知道，他们俩一左一右挽着我的胳膊，嘻嘻哈哈地拖着我往前走。可是我的两条腿磕磕绊绊，还不时打滑。寒鸦聒噪，青苔遍地，草丘零落，鹰啼嘹唳，枝枝丫丫，盘根错节，羽翼翩翩，绿叶成荫，长啸破空……

树林渐渐向两旁闪开，眼前出现一片明亮的空地，空地上有一群——应该是人吧……但是我真不知道该怎么描述他们，也许，更确切地说，那是一群野生的动物。

这种情形，要表述清楚是最难的了，因为已经超出了所有可以预见的极限。我现在总算明白了，为什么I总是刻意回避我的问题。因为我是无论如何都不会相信的，哪怕就是她亲口说的，我也不可能相信。也许，到了明天我连自己都不会相信了，不相信我亲笔写下的这一切。

空地上，有一块像头骨一样光秃秃的石头，周围热热闹闹地聚拢着300，或许是400……人，就先把他们叫做“人”吧，我实在不知道还能叫做别的什么。如果是在人头攒动的观众席上，你第一眼找的肯定是自己熟悉的脸。就像现在，我第一眼看到的只有灰蓝色的制服。可一转眼，我就清晰而又轻而易举地在制服中发现了乌黑的、红褐的、金黄的、深褐的、亮灰的、白色的人们，看起来，真的是一群人。可他们全都没穿衣服，每个人身上只有短短的毛发，在阳光下闪闪发光，看上去就像**史前博物馆**里骑在标本马上的那个尽人皆知的女人。只是，雌性们的脸也是那样，真的，真的，真的一模一样，和我们的女号码没什么差别，柔嫩粉红，也没有长满毛发。同样没有毛发的，还有她们的胸脯，几何形状浑圆、坚挺、美不胜收。雄性们只有脸的一部分没有长毛，和我们的祖先一样。

此情此景实在太不可思议，太让人难以置信，以至于我呆呆站着，心中竟平静得没有一丝涟漪。绝非戏言，我真的呆呆站着，看着。就像一杆天平，如果一个秤盘里已经超重，那么往这个盘子里无论再添加多少砝码，天平的指针也不会再动一动……

突然，我又独自剩下了。I已经不在我身边，不知道她什么时候走开了，又是怎么走开的。身边只有这些人，身上的毛发锦缎般在阳光下柔光四溢。我抓住一个人黝黑的肩膀，触到手只觉滚烫而又坚硬：

“请问，看在**恩威荣主**的分上，她去哪儿了？刚才她还在，就刚才……”

两条乱蓬蓬凶巴巴的眉毛向我转过来：

“嘘——嘘——嘘！小声点。”乱蓬蓬的眉毛又指向了那块头骨一样黄色石块的中央。

就在那块石头上，在人群的头顶上方，在众人之上，我看见了她。太阳光从对面射来，直刺眼睛，她整个人就像镶嵌在蓝色的天幕上，轮廓线条分明，通身如煤炭般漆黑，宛如蓝幕上墨色的剪影。低低地飘来几片云彩，可那似乎又不像云彩，倒像是石块。而她就站在石块上，身后则是人群。空地仿佛扁舟般悄无声息地飘动起来，脚下的土地也轻快地随之越飘越远……

“弟兄们……”这是她的声音，“弟兄们！你们大家都知道，**高墙**之内的城市里，正在建造‘**积分号**’飞船。你们也知道，摧毁这堵**高墙**的时刻终于到来了，我们要摧毁所有隔墙，让绿色的和风从天涯吹到海角，吹遍大地的每个角落。可是‘**积分号**’还要把这些隔墙带上天，带向宇宙，带给数千个星球。今天夜里，这些星星会透过夜幕中昏黑的树叶，用星光拨响你们的心弦……”

人群沸腾的声浪犹如携着狂风，撞向石块：

“‘**积分号**’滚蛋！滚蛋！”

“不，弟兄们，不必让它滚蛋。可‘**积分号**’应当为我们所用。飞船腾空而起首航太空之时，登船的人将是我们。因为‘**积分号**’的**设计师**和我们在一起。他已抛弃了隔墙，和我一起来到这里，加入你们中来。**设计师**万岁！”

转眼间，我便被抛到了空中，身下是一个个脑袋，脑袋，脑袋，个个张大嘴巴高喊着，手臂高高举起又放下。这是一种难以名状的奇妙感觉，让人如痴如醉。我感觉自己成了人上之人，我变成了真正的我，是一个独立的人，拥有自主的世界，我不再如通常那样是整体的一部分，而成了一个单独的个体。

后来，我浑身被揉搓挤压成皱巴巴的一团，幸福得就像刚刚沐浴了爱河一样，被放了下来，站在石头旁。头顶的阳光，人群的喧哗——I 的笑脸。走来一位金发女子，浑身闪烁着柔滑的金光，散发着芳草的清香。她手里端着一个小碗，看上去是木头做的。只见她红唇微启，啜饮了一小口，便递给了我。我闭上眼睛，如饥似渴地喝起来。就像要浇灭胸中的火焰，我大口喝着甜美却又火辣辣的液体，看着碗里冰凉的液体碎成四溅的火星。

过了一会儿，我体内的血液和整个世界便以上千倍的速度涌动起来，脚下的大地也羽毛般轻飘飘地飞走了。我觉得一切都那么轻松、简单、一目了然。

这时我才发现，原来石头上有两个我早已熟悉的大字：“**梅菲**”。但不知道为什么，这两字好像至关重要，犹如一根线，简简单单就把一切牢牢地串在了一起。也许就在那块石头上，我还看见了一幅线条粗犷的画，画了一个长着翅膀的年轻人，通身透明，本来心脏所在的位置，却格外醒目地画着一块殷红灼烫的煤。还是那样，我能理解这块煤……准确地说，不是理解，而是能感受到它。就像我虽然听不见她说话，却能感受到她说的每一个字（她站在石块的高处说话），能感受到所有人共同的呼吸，所有人一起飞走的愿望，就像**高墙**上的那些鸟儿……

这时，身后稠密的呼吸声中，有人大声嚷道：

“可这也太疯狂了吧！”

好像，那是我，是的，我想，那正是我自己嚷的。我纵身跳上石块，面对着阳光，众人的脑袋，和映在蓝天上一排绿色的锯齿，我大叫：

“是的，是的，太疯狂啦！大家要一起发疯，所有人都必须发疯，而且越快越好！这是必须做到的，我知道。”

I站在我身边，她在微笑，两道深深的印痕从嘴角向上延伸。而我的心在这一刻变成了燃烧的煤块，虽然只是一瞬间，却感觉浑身轻松，微微有些痛楚，妙不可言……

可后来，我的脑子里就只剩下了一些残破的记忆碎片。

我记得，一只鸟儿低低地飞过，飞得很慢。可它活力四射的样子，让我觉得它就和我一样，而且它，竟像人一样，向右转过头，又向左转过头，那双又圆又黑的眼睛锥子般刺进了我的心里……

我还记得，有个人毛茸茸的脊背反射着太阳光，泛着古旧象牙的光泽。一只翅膀透明的黑色小昆虫在他背上爬着，他扭了一下脊背，想甩掉小虫子，又扭了一下……

我还记得，树叶在地上编织出罗网般的阴影。有人躺在树荫底下，嘴里嚼着像是古代传说中的食物，长条形的黄色果实，还有黑黑的块状物。有个女人把这东西塞到我手里，我觉得有点好笑，也不知道我能不能吃这些东西。

我再次看见了人群，众人的脑袋，腿，手和嘴巴。忽而能看清人们的脸，转眼却又不见了，就像泡沫般破碎了。突然，或许，只是我的错觉，我看见一对透明的招风大耳朵飞了过去。

我死死地抓住了I的手臂。她转过头来：

“你怎么啦？”

“他在这里……我好像看到了……”

“你说谁？”

“那个S……就刚才，在人群里……”

煤炭一样乌亮的细眉向两边的鬓角伸去，搭成一个锐角三角形，她莞尔一笑。我不明白，这有什么可笑的，她怎么还笑得出来？

“你不明白吗，I，你还不明白吗，这意味着什么，要是他，或者他们的号码就在这里。”

“你真滑稽！**高墙**那边的号码怎么可能想得到，我们在这里。想想你自己，难道你以前会想得到，现在这一切有可能发生？他们只会在**高墙**里面抓我们，就让他们抓去吧！你是在说胡话呢。”

她轻松地笑着，笑得很开心，于是我也笑了。大地醉了，大地也轻松而又愉快地，飘走了……

记事 28

提纲：

她俩。熵[1]与能量。人体不透明的部位。

打个比方说吧，要是你们的世界和我们远祖的世界差不多，那你们不难想象，如果有一天你们误打误撞地发现了世界第六或者第七大洲，就比如说亚特兰蒂斯[2]，而那里是你们从未见过的城市迷宫，每个人都可以不借助翅膀或者飞船在天上飞来飞去，用眼神就能把石头高高托举起来，总而言之，那是你们即便得了做梦的病也绝不可能想得到的情景。而我昨天的经历就是如此。你们明白了吧，因为自打**两百年战争**以后，就从来没有一个号码去过**高墙**的另一边，这情况我跟你们说过。

我知道，未曾谋面的朋友们，我的义务是向你们讲述昨天看到的世界，把这个奇特而又不可思议的世界尽可能详尽地告诉你们。可是我现在的状态仍不足以做到这一点。发生的事情一件比一件新奇，犹如暴雨中的雨点，想要一件不漏地写下来，我实在力不从心。就算撑开衣襟去接，张开双手去捧，可仍有大桶大桶的水从身边被泼掉，而落到这些纸面上的，只不过寥寥数滴而已……

一开始，我听见房间门外有号码大声吵嚷，立刻就听出是I，她的声音活泼而又铿锵有力，而另一个号码的声音则像一把木头尺子那样死板，显然是Ю。接着，房门呼啦一下被推开，她俩就像子弹一样射了进来。一点不夸张，是射进来的。

I 把手搭在我的扶手椅背上，向右侧着脑袋，露出一口白牙，冲着 Ю 笑。换作是我，我也不会喜欢这种高高在上的笑容。

“您说说看。”I 把矛头对准了我，“这个女号码，好像觉得有责任把您像个小孩子一样保护起来，不让您接触我。这是您让她这么做的吗？”

于是，另一个抖动起了鱼鳃：

“是的，他就是个孩子。是的！就因为他还是个孩子，所以看不清，您的所作所为都只是为了……这本来就是一场闹剧。所以，所以我有义务……”

刹那间，我在镜子里看见自己扭曲的眉毛直直地跳了起来。我也蹦了起来，好不容易克制住自己，不让身体里那个哆哆嗦嗦挥着毛茸茸拳头的自己冲出来，我使劲从牙缝里挤出每一个字，扎扎实实地喷到鱼鳃上：

“马——上——给——我——滚——出——去！马上滚！”

鱼鳃鼓了起来，涨成紫红色，随即又瘪了下去，变得惨白。她张大了嘴，想要说什么，却什么也没说出来，砰地摔上门，出去了。

我扑向了 I：

“我不会原谅自己，永远不会！她怎么敢这么对待你？可你不会以为，我真的想，想……她……这都是因为，她想要登记我，

---

① 熵的概念由德国物理学家克劳修斯于 1865 年提出。最初为用来描述“能量退化”的物质状态参数之一，在热力学中有广泛的应用。熵定律，即热力学的第二定律。克劳修斯表述为：热量不能自发地从低温物体转移到高温物体。熵的本质是一个系统“内在的混乱程度”，亦被社会科学用以借喻人类社会某些状态的程度。熵的概念在控制论、概率论、数论、天体物理、生命科学等领域都有重要应用，熵在这些领域都是十分重要的参量。

② 古希腊传说中大西洋的大岛，后因地震沉没。

可我……”

“还好啦，她肯定来不及登记你了。哪怕有一千个像她那样的女号码，我也不会放在心上。我知道，你不会相信那一千个女号码，你只会相信我一个。因为昨天之后，我已经向你敞开了一切，正如你所愿，毫无保留。我已经任你摆布，只要你愿意，可以随时……”

“随时，什么意思？”可我立刻就明白了，她说的是什么。鲜血立刻喷射到我的耳朵里，脸上，我大叫起来：“不要说这个，永远不要说这个！你又不是不明白，那是过去的我，以前的我，可我现在……”

“谁知道你呢……人嘛，就像长篇小说，不读到最后一页，就不会知道最终的结局。不然也不值得读了……”

I 抚摸着我的头。我看不见她的脸，可根据她说话的声音可以判断，她正凝神望着远处，两眼勾住了一片云彩，随着它无声无息地，缓缓地，不知道往何处飘了去……

突然，她推开了我，温柔却又不可抗拒：

“对了，我是来告诉你，也许，这是我们最后的几天了……你知道吧，从今晚开始，所有大会堂的活动都取消了。”

“取消了？”

“是的，我来的时候路过，看见大会堂楼里都在忙忙碌碌，摆放了好多桌子，还有好多穿白大褂的医务号码。”

“可这能说明什么？”

“我不知道。现在谁也不知道。这也是最糟糕的。我只是感觉到，电流已经接通，火花也已迸发，如果不是现在，那么明天也一定……不过，也许，他们不会来得及。”

我早就已经分不清，谁是他们，谁又是我们。我分不清，我想要的究竟是什么，希望他们来得及呢，还是希望他们来不及？只有一点我很清楚，I正在走在危险的边缘，眼看就要……

“这可是疯狂的举动啊。”我劝她，“你们和**大一统国家**针锋相对。这不就是用手掌捂枪眼吗，还以为能挡住子弹。这也太疯狂了啊！”

她笑了：

“所有人都必须发疯，而且越快越好。这话好像昨天有人刚说过。你不记得了吗？那里……”

的确，这话被我写在记事里。所以毫无疑问，那是真实的。我一言不发地看着她的脸，她脸上那个阴森森的十字架此刻显得格外清晰。

“I，亲爱的，现在还不算迟……要是愿意，我可以抛掉一切，忘掉一切，和你一起去**高墙**另一边，去找那些……我不知道，他们是什么人。”

她摇了摇头。透过她黑洞洞的眼睛，我看到，她的心底的炉火已经点燃，火星四溅，火苗蹿得老高，成堆成堆干燥的柴火在火焰中滴着焦油。我终于明白，为时已晚，我的话已经起不到任何作用了……

她站起身，准备离开。也许，已经是最后的几天，也许，更是最后的几分钟……我抓住了她的手。

“不要！哪怕就一小会儿，只为……只为……”

她慢慢抬起我的手，举到光线下。我的手毛茸茸的，我自己都讨厌。我想要挣脱，可她捏得很紧。

“你的手……你是不知道的，而且知道的号码并不多。这边城市里的女号码们，经常会爱上那边的男人。你的身体里，恐怕，真的有几滴阳光森林的血液呢。或许，我因此才爱你……”

沉默。真是奇怪，沉默，空虚，什么都没有，可我的心却剧烈地跳动起来。我大叫：

“哈！你还不能走！还没告诉我他们是谁，你就不能走，因为你爱……他们，可我甚至不知道，他们是谁，他们从哪里来。”

“他们是谁？那是我们遗失的另一半啊。就像是 H_2 和 O，要想得到 H_2O，想要得到溪流、大海、瀑布、波涛、狂风暴雨——就必须让这两个一半结合到一起……”

她的一举一动令我印象深刻。我记得，她从我的桌子上拿起了玻璃三角尺，就在我说话的时候，她不断用尺子尖锐的棱边按压脸颊。脸上便出现一条白色的印痕，随着粉红色的血液上涌，很快就消失不见了。太奇怪了，我竟然不记得她说的话，尤其是刚开始说的，脑海里只留下一些单独的片段和色彩。

我只记得，一开始她说的是**两百年战争**。印象深刻的是，她说绿油油的草地被染成腥红一片，黑土地和暗青色的雪地上，处处血流成河，怎么都干涸不了。后来，青草被烈日晒得枯黄，面黄肌瘦的人们衣不蔽体，个个蓬头垢面，就连狗也一样蓬头垢面。身边就是浮肿的尸体，或许那是狗的尸体，也或许，是人的……当然，这一切都留在了墙外，因为那时城市已经大获全胜，城市里吃的也已经是如今司空见惯的石油食品了。

天地之间，几乎到处是黑乎乎沉甸甸的烟柱，层层叠叠地四处飘浮，树林上空，树冠之上，一根根烟柱缓缓地移动着，势焰熏天。哀号遍野，黑压压的人们被成群成群地押赴进城，他们面临的是暴力的救赎，被强制学会幸福。

"这些你差不多都知道吧？"

"是啊，差不多。"

"但你有一点不知道，也只有为数不多的号码才知道，他们中有一小部分人竟然九死一生，留在**高墙**之外，活了下来。他们赤身裸体躲进了树林。他们在那里向树林、野兽、飞鸟、鲜花和太阳学习生存之道。他们浑身长出了浓密的毛发，可毛发也使他们鲜红的热血得以留存。可你们却糟糕得多，你们身上长出的是数字啊，而且像跳蚤一样爬满了全身。现在应该把你们身上的一切彻底剥掉，把你们一丝不挂地赶进树林去。人就该学会害怕得发抖，兴奋得发抖，怒发冲冠时发抖，冻彻肌骨时发抖，人该学会向火焰祈祷。而我们，**梅菲**，我们想要……"

"不，等一下，什么是'**梅菲**'？'**梅菲**'是什么意思？"

"**梅菲**吗？这是一个古老的名字，是——那个……你还记得石头上那个年轻人的图像吧……算了，我还是用你的语言解释吧，那样你会更明白。你看，世界上有两种力量，熵和能量。前者追求极乐的宁静，倡导幸福的平衡；后者则一心破坏平衡，崇尚痛苦而又无休无止的运动。熵，就受到我们，或者更确切地说，一直受到你们祖先——基督徒们的顶礼膜拜，就像膜拜**上帝**那样。可我们，我们是反基督的，我们……"

就在这时，响起了敲门声，可声音轻得就像在说悄悄话。只见一个歪戴帽子的号码闯了进来，帽檐拉低到眼睛，挡住了额头。正是那个不止一次替 I 给我送信的号码。

他跑到我们跟前，停下脚步，像一台风箱一样呼呼直喘，喘得连一句话都说不出来，看样子是拼了命跑来的。

"说话啊！出什么事儿了吗？"I 抓住了他的手。

"他们来了，朝这儿来了……"风箱终于喷出了一句话，"警卫……和他们一起的还有，嗯，那个……看上去驼背的号码……"

"S？"

"嗯，是的！已经到了，就在楼里。马上就过来了。快，快跑！"

"不值一提！来得及……"她笑了，眼里迸出了火花，那是兴奋的火苗。

现在还笑，要么是昏了头，要么就是匹夫之勇，不过或许还有不为我所理解的其他原因。

"I，看在**恩威荣主**的分上！你别犯糊涂，这可是……"

"看在**恩威荣主**的分上。"又摆出一个尖锐的三角形的笑容。

"好吧……那就算为了我……求你了。"

"哦，对了，我还要跟你说件事……好吧，没关系，那就明天吧……"

她开心地（是的，真的很开心）朝我点点头。那个号码也从额前的凉棚下微微露了露脸，点了点头。于是又剩了我一个。

我片刻都没有迟疑，赶紧坐到桌前。我摊开记事，拿起羽毛笔，想让那些号码看到，我正在为**大一统国家**笔耕不辍。可突然，我的头发全都倒立了起来，每一根竟然不听话地晃动起来：

"怎么办，要是那些号码看到我写的这些文字，尤其是最近写的，哪怕看到一页？"

我坐在桌前，一动不动，看着墙壁在震动，手里的羽毛笔在哆嗦，眼前的文字也晃晃悠悠地粘连到一起……

藏起来吗？可是藏到哪儿去呢，周围全是透明的玻璃。烧了吗？可走廊里和相邻的房间里都能看得到。更何况，虽然这本记事让我饱受磨难，可它或许已成为我自身最珍贵的一部分，我已经不能，也没有勇气毁掉它。

走廊里，人声和脚步声已经愈来愈迫近。我只来得及抓起一叠纸，塞到了身下。这下我全身都被牢牢焊在了摇摇晃晃的扶手椅里，椅子里的每一个原子都哆嗦个不停，脚下的地板也像船上的甲板一样，上上下下起伏不定……

我全身缩成一团，躲在前额下，如临大敌般偷偷张望：他们从走廊尽头开始，一个房间接一个房间挨个地搜查过来，越来越近。一些号码像我一样，呆呆地坐在房间里；而有些号码则跳起来，敞开房门欢迎他们。真是幸福的人啊！我要是也能这样该多好……

“**恩威荣主**，就是全人类最最完美的消毒剂，所以在**大一统国家**的肌体里，不可能有任何蠢蠢欲动的……”羽毛笔在手里跳动得厉害，可我好歹压住它写下这么一句毫无意义的话，接着便趴到桌面上，头压得越来越低。可是脑子里却像一个乱了套的锻造车间，我用背部就能听到，门把手被咣当拧开，一阵风扑了进来，扶手椅也开始跳起舞来……

这时，我才费力地把脑袋从纸面上抬起来，转过头去（演好一出闹剧可真不容易……哈，今天谁跟我提到过闹剧？）。S走在最前面，一脸阴沉，一言不发，眼神像两把锥子飞快地钻透了我，钻透了我的扶手椅，也钻透了我手掌下抖个不停的纸张。接着，门口闪过几张天天都能见到的熟悉的脸，可其中有一张脸却不甘寂寞地跟了进来，粉褐色的鱼鳃一鼓一鼓的……

我下一子想起来半小时以前在房间里发生的事情了，我意识到，她现在要……我全身都缩进了那个部位里（幸亏那个部位不是透明的）狂跳不止，而且我还用那个部位遮挡着手稿。

Ю走到S跟前，小心地碰了碰他的衣袖，轻声说：

“这位就是Д－503。‘**积分号**’的**设计师**。也许您听说过他？他一直都是这样子，废寝忘食……根本不懂爱惜自己！”

……啊，是在说我吗？多么了不起，多么好的女号码啊。S一个箭步滑到我身后，从肩膀上探过头来看桌面。我下意识用胳膊肘挡住了纸面，只听他厉声呵斥：

“您藏了什么，请马上拿出来！”

我从头顶羞愧到了脚底，连忙把纸递给了他。我看见，他读完后，眼里泛起了笑意。只见那笑意顺着脸颊往下一窜，轻轻晃着小尾巴，在右嘴角边一屁股坐下……

“虽然有点词不达意，不过还算不错……那好吧，您继续写。我们就不再打扰您啦。”

说完，他便像小叶轮啪啪拍打着水面一样，向门口走去。他每向外走一步，我的腿、手和手指就恢复一份活力。终于，七魂六魄又均匀地分散到我整个身体，我能呼吸了……

最后，Ю在我房间里逗留了一会儿。她走到我跟前，俯身凑到我耳边，悄悄说：

“遇到我，您算走运了……”

不明白，她说的是什么意思？

傍晚，再晚些时候，我听说，他们带走了三个号码。

不过，这件事情就像其他所有事情一样，根本没有被任何号码再提及（隐身藏匿在我们当中的**守护者**果真能起到教育作用）。大家谈论的，主要是气压骤然下降和天气变化的话题。

记事 29

提纲：

脸上的线条。萌芽。反自然压缩。

真是奇怪，气压表的刻度不断下降，可就是不起风，一片寂静。天上，在很高很高的高空，已经刮起了我们还无法听到的暴风。乌云正加足马力席卷而来，只是暂时还不多，只有零星几块四分五裂的碎片。看那架势，就像苍天要扔下来一整座城市，墙垣和塔楼会肢解成碎片，飞速下坠，而且以惊人的速度越变越大，越飞越近。只不过，要穿透无尽的苍穹，碎片还要飞上几天，才最终砸到我们，砸到地面。

地面上，一点声音都没有。空气里仿佛飘浮着一丝丝几乎看不见的细线，不知道那是什么东西。每年秋天，这些细线都会从**高墙**那边飘来，缓缓地飘浮在空气里，你的脸上可能会突然觉得沾上了异物，却什么也看不见。你想伸手拂去，却做不到，拂也拂不去，怎么都摆脱不掉……

要是走在**绿色高墙**附近，那样的细线就尤其密集。我今天早晨就路过那里。因为 I 约了我在**古楼**里见面，就在我俩的那间“屋子”里。（当我老远就依稀看见了红色**古楼**那不透明的伟岸身躯时）却听见身后传来细碎的脚步声，慌慌张张，呼吸急促。回头一看，竟是 O 在后面追我。

她浑身上下好像变了个样，变得简直完美无缺，弹性十足，丰满圆润。她的手臂和乳房，她的整个胴体，我本来了如指掌，现在却胀圆了，制服被绷得鼓起来，身体仿佛马上就要撑破薄薄的布料，迫不及待地冲破束缚，去迎接太阳，去拥抱光明。我不由联想到，春天绿色的丛林里，幼芽也同样锲而不舍地冲破泥土，想要尽快开枝散叶，尽快鲜花绽放。

她沉默了几秒钟，蓝色的眼睛格外明亮。

“我看到您了，就在那天，**万众一声节**上。”

“我也看到您了。”我马上想起，她那天就站在下面，站在窄窄的过道里，紧紧贴住墙壁，两手捂着肚子。我不由自主地看了看她制服下面隆起的肚子。

她显然注意到了我的眼神，立刻全身都变得粉嫩，鼓了起来，就连笑容也红扑扑的：

“我太幸福啦，太幸福啦……我好充实，您能理解吗，浑身上下充实得不能再充实。现在，我就连走路也听不见周围的声音，我时时刻刻都在听身体里的动静，自己身体里……”

我没说话。我的脸上似乎真的沾上了异物，感觉不自在，却又无论如何甩不掉它。突然，她出其不意地抓住了我的手，目光愈发变得亮蓝。我感到自己的手触到了她的唇……这，还是生平第一次。这种古人才有的温情是我至今为止从未体验过的，而且竟来自她，瞬间涌上心头的羞愧和心疼让我（也许，甚至还很粗鲁）猛地抽回了手。

“您怎么回事，犯什么傻！傻不傻倒还是小事，您这么做根本就是……您还高兴得起来？难道您忘了，这么做会有什么下场？就算现在没事，可再过一个月，两个月……”

她顿时泄了气，身上鼓起来的部位也立刻瘪了下去，显出高低不平的轮廓。可油然而生的怜惜之情却让我的心为之一缩，十分压抑甚至心痛的紧缩感（心脏果真像一台完美驯服的泵。只要一压、一挤，就会把血液吸进去。这个技术过程看上去非常滑稽，由此可知，所有能引发心脏压缩的情感，比如“爱情”“怜悯”等诸如此类，从本质上来说都是滑稽、反自然，而且病态的）。

我们谁也不说话了。左侧是**高墙**模模糊糊的绿玻璃，而前方就是暗红色的伟岸身躯。当这两种颜色在我心里相互对等地叠加在一起时，我想出了一个自以为十分绝妙的主意。

“有了！我知道该怎么挽救您。我不会让您有危险，您不但会看到孩子出生，而且也不会被处死。您可以把他养大，懂吗，您可以一直关注他，看着他在您怀里成长，越长越胖，像果实一样越来越茁壮……”

她浑身战栗起来，一把抓住了我。

“您还记得那个女号码吗……嗯，就是那时候，很早以前，在散步的时候。就是她，她现在就在这里，在**古楼**里。我们去找她吧，我保证，我一定妥妥帖帖地安排好。”

我仿佛已经看见，我和 I 一起陪着她穿过一条条长廊，她转眼也置身于花丛中，被青草和树叶包围……可她却放开了我，朝后退了一步，粉嫩的半月形嘴角哆嗦着，耷拉下来。

“就是那个女号码吧。”她说。

“什么意思……”我竟然不好意思起来，“嗯，是啊，就是她。”

“您还想让我去找她，让我去求她，让我……想都别想，您再也别跟我提这件事！”

她低下头，快速地离开了我。可突然像想起了什么，又转过身对我大喊：

“死就死了吧，我，不怕！也不关您什么事，您本来就不会在乎吧？”

周围什么声音都没有。蓝色塔楼和墙垣的碎片以吓人的速度往下坠落，眼看变得越来越大。或许碎片还要几个小时，甚至几天才能穿透苍穹的深渊。看不见的细线静悄悄地飘浮着，落到我的脸上，却怎么也拂不去，无论如何也摆脱不掉。

我慢慢地走向**古楼**。心里，是滑稽而又痛楚的紧缩感……

记事 30

提纲：

最后的数字。伽利略的失误。岂不更好？

这就是我和 I 的谈话内容。就在昨天，在**古楼**里，红的、绿的、黄褐的、白的、橙的各种色彩，晃得人眼花缭乱，根本没法进行逻辑思考……还有那个长着翘鼻子的古代诗人，他那副永远凝固在大理石上的笑容也让人如坐针毡。

我只字不差地再现这段谈话，是因为我觉得这段谈话对**大一统国家**的命运具有重大的，乃至决定性的意义，不仅如此，恐怕还会影响到整个宇宙。还有，我未曾谋面的读者们啊，你们读到这段文字，或许，真的就能体谅我的苦衷……

I 没有做任何准备，就劈头盖脸告诉了我一切：

“我知道，后天你们的‘**积分号**’就要进行第一次试飞。那天，我们一定要把它夺过来。”

“怎么夺？后天吗？”

“正是。你先坐下，别激动。我们一分钟都不能浪费。昨天**守护者**胡乱抓捕的几百个号码中，有 12 个是我们的**梅菲**。再耽搁两三天，他们就没命了。”

我没说话。

“为了监督试飞过程，他们会派去电工技师、机械师、医生和气象专家。12 点整，记住，午饭铃声一响，大家都会去食堂，那时候我们就留在走廊，把所有号码都反锁在食堂里。这样‘**积分**

号’就是我们的了……你要明白，我们必须这么做，不达目的绝不会罢休。在我们手里‘**积分号**’就是武器，能帮我们一劳永逸地了断这一切，既快速，又不会有痛苦。至于他们的飞船……哈！只是一群无头苍蝇围攻雄鹰罢了。再说了，如果实在无法避免一战，也可以把发动机的喷火口对准地面，只要一点火就……”

我跳了起来：

“这也太匪夷所思！太荒唐啦！难道你心里不清楚，你们现在策划的，就是革命啊？”

“是的，就是革命！这有什么荒唐？”

“当然荒唐，因为不可能再有革命了。因为我们的革命，不是你说的革命，而是我说的革命，我们的革命已经是最后一次革命。每一个号码都懂得这个道理……”

两条眉毛搭起一个尖尖的三角，一脸嘲讽：

“我亲爱的，你可是数学家哦。不仅如此，你还是个学数学出身的哲学家呢。你来告诉我，最后一个数字是多少？”

“什么意思？我……我不明白，什么叫最后一个数字？”

“嗯，就是最后一个数字啊，最顶尖的，最大的那个数字。”

“可是I，这话太滑稽了。数字明明是无穷无尽的，你怎么能说有最后一个？”

“那你怎么说是最后一次革命呢？不可能有最后一次，革命，同样会是无穷无尽的。说最后一次革命，那是骗骗小孩子呢。小孩子害怕无穷无尽，为了让他们夜里睡得踏实，才不得已这么说的……”

“可又有什么意义，看在**恩威荣主**的分上，这么做又有什么意义？既然所有号码都生活幸福，这么做还有意义吗？”

"就算是……嗯，好吧，就算是你说的那样。那以后又会怎么样？"

"可笑！这问题简直孩子气。就像不管你对孩子说什么，说得多么透彻，他们也总会打破砂锅问到底：以后会怎么样，到底为什么？"

"孩子们才是真正大无畏的哲学家。无所畏惧的哲学家也一定有颗童心。所以就应该像孩子们那样，始终要问，也必须问：以后会怎么样？"

"没有什么以后啦！都结束啦。整个宇宙里，一切都是均衡的，到处都是一样的……"

"啊哈，均衡，到处！这才是熵的真正含义呢，是熵在心理上的含义。你作为一个数学家，难道不明白？只有差异，温度的差异，只有热量的反差，只有存在差异的地方才会有生命。要是宇宙中到处都是一样热，或者一样冷的星体……那就该让它们撞击，把它们点燃、爆炸、烧个天崩地裂。我们就是要让它们撞击。"

"但是I，你别犯糊涂啊，别忘了，**两百年战争**期间，我们的祖先就是这么做的……"

"哈，他们做得对呀，百分百地完全正确。只不过他们犯了一个错误，后来他们竟然坚信不疑，自己是最后一个数字，可自然界里不存在最后一个数字，没有啊。伽利略也犯了同样的错误，虽然他说得对，地球的确绕着太阳转，可他不知道，整个太阳系也一样围绕着某个中心在转动。他不知道，地球真正的非相对运动轨道根本不是幼稚的圆形……"

"那你们呢？"

“而我们至少知道，最后一个数字并不存在。或许，我们今后会忘记这一点。不，等到我们上了年纪，甚至可能真的会忘掉，所有号码都会老的。到了那时候，我们也会像秋日的落叶，不可避免地面临凋零飘落的结局，就像后天你们……不，不，亲爱的，不是说你。你和我们在一起，你是我们的人啊！”

她全身心地拥抱了我，就像一股火花四溅的旋风，热辣辣地把我裹住。我消失了……最后，她牢牢盯住我的眼睛，神情坚定：

“你可要记住，整 12 点。”

于是我说：

“好，我记住了。”

她离开了。把我独自留在让人眼花缭乱的色彩噪声里：蓝的、红的、绿的、铜黄的、橙色的……

好的，整 12 点……可突然，我莫名其妙地觉得，脸上似乎沾上了异物，怎么也拂不去。突然，我又想起昨天早上，IO 来找我，她冲着 I 大喊大叫的样子……她为什么要喊？我在胡思乱想什么。

我三步并作两步走到外面，得赶紧回家，赶紧回家……

高墙上鸟儿脆亮的鸣叫从身后传来。而眼前，一轮焰火般纯洁无瑕的夕阳，染红了一座座穹顶，宏伟的立方体大楼也在熊熊燃烧，蓄电塔楼上的尖顶犹如一道凝固在空中的闪电。可是这美不胜收的一切，如此完美无瑕的几何学美景，我竟然要，竟然要亲手……难道就别无出路，没有别的办法了吗？

走过一座大会堂时（记不得号码了），看见里面堆放着一大摞长条凳，会堂中央摆着几张桌子，都铺着雪白的玻璃被单，绯红的阳光像一块块血斑，洇在白被单上。这一幕的背后似乎隐匿着一桩未知的事情，而正因为未知，所以才显得惊心动魄，那就是明天。这真是不合乎自然常理，明明是一个会思考而又耳聪目明的号码，却只能置身于毫无规则可言的生活中，被无数未知的 X 包围。这就好像你的眼睛被蒙住了，你不得不摸索着前行，虽然脚下磕磕绊绊，可你心里却明白，绝望的悬崖就在咫尺之遥，只要再向前一步，你就会摔得粉身碎骨，变成一块惨不忍睹的肉饼。现在不正是同样的情形？

……可要是不再优柔寡断，主动一头扎下去呢？会不会是现在唯一正确的出路，也就一了百了了？

记事 31

提纲：

了不起的手术。我宽恕了一切。列车相撞。

有救啦！眼看到了最危急的时刻，眼看一切都已经无可挽救，眼看大势已去……

这就好像，你已经沿着台阶一步步爬上了**恩威荣主**那台威严的**机器**，玻璃罩子咔嚓一声脆响把你完全罩住，而你也在生命的最后一刻，饥渴地，用两眼吞咽着那一片蓝天……

可突然，这一切原来只是“梦”一场。粉红色的阳光依旧欢快，墙壁——伸手抚摸冰冷的墙壁是何等快意，枕头——脑袋在白色枕头上留下的小坑，是让你永远沉醉的源泉……

我今天一早读了《**国家报**》后，心中大悲大喜的跌宕落差便大致如此。那是一场可怕的噩梦，但是梦已经结束。而我实在是懦弱，而且没有信仰，居然脑子一根筋地想到了死亡。现在读着昨天写的这些文字，我深感羞惭。但是没关系，文字还是保留下来吧，就当作纪念这个难以置信的故事，它本来真的可能发生，可现在不会啦……是的，再也不会发生啦！……

《**国家报**》的第一版十分醒目：

“欢呼吧！

因为，你们从今往后，会变得完美无缺！直至今日，你们所创造的机器，都比你们自身完美。

完美在哪里？

发电机的每一个火星，都是最纯粹的理性的火星；每一个活塞冲程，都是纯洁无瑕的三段论。可你们的理性不也一样分毫不差吗?

起重机、压力机和泵的哲学就是尽善尽美的，就像圆规画的圆一样，是明白无误的。可你们的哲学难道就不如圆规中规中矩吗?

机械的美，就在于钟摆一样始终不变的精确节奏。而你们，自小就接受泰勒系统熏陶，难道还不如钟摆精确吗?

原因只有一个：

机械没有幻想。

你们何时见过，泵缸那张苦瓜脸在输送的时候会毫无来由地浮现出如梦似幻的微笑？你们可曾听说过，起重机每天夜里停运的时候，会辗转难眠唉声叹气?

没有!

可你们呢，你们应当脸红！**守护者**越来越频繁地发现你们又是笑又是叹气的。你们找个地洞钻进去吧，就连**大一统国家**的历史学家都纷纷申请退休，不愿意记述这段可耻的史实。

不过这也不能全怪你们，因为你们得了病。这种病的名称就是：

幻想。

这种病就是蠕虫，会在你们的额头上啃咬出一条条黑色的皱纹。这种病就是头脑发热，会驱使你们走向遥不可及的远方，殊不知这“远方”的开始，正意味着幸福的终结。这种病就是通往幸福之路的最后一道路障。

但你们现在可以欢呼了：路障被炸毁啦。

道路畅通无阻啦。

国家发明局有了最新发现：幻想的中枢就是位于瓦罗里耶夫桥[①]的一个脑神经节，没有任何价值。只需用 X 射线对这个神经节进行三次烧灼，你们的幻想就能彻底治愈——

永不复发。

那样你们就完美了，你们就和机器一样了，通向百分百幸福的康庄大道畅通了。大家赶紧来吧，不管老人还是孩子，快来接受这个**了不起的手术**吧。快来大会堂吧，**了不起的手术**就在那里进行。**了不起的手术**万岁！**大一统国家**万岁，**恩威荣主**万岁！”

……要是这一切，你们不是从我这本像古代荒诞小说一样的记事里读到的，要是你们和我一样，哆哆嗦嗦的手里也攥着一份墨香尚留的报纸，要是你们像我一样意识到，这一切都是再真实不过的现实，而且不是今天就是明天即将发生，你们会不会和我有同样的感受呢？难道你们不会和我现在一样头晕目眩？难道瘙痒难忍的鸡皮疙瘩不会爬满脊背和手臂，既觉得甘之如饴，又寒气逼人？难道你们不觉得自己已然是顶天立地的阿特拉斯[②]，只要挺直腰身，脑袋就会猛地撞到玻璃天花板？

我一把抓起电话：

“I－330……是的，是的，找 330。”接着我便迫不及待地大叫，“您在家吗，啊？您——读了吗——您在读啊？这真是，真是……这真是太棒了啊！”

---

① 即脑桥。

② 希腊神话中的宇宙神。

“是啊……”长久而又阴郁的沉默。电话那头轻到几乎听不见的嗡嗡声，她在思考着什么……“我今天一定要和您见个面。是的，16点在我这里。不见不散。”

她好可爱！她简直——简直太可爱啦！“不见不散”……我感到，我一直在笑，根本停不下来，我要就这样把笑容带到外面去，像一盏灯高高举过头顶……

到了外面，大风直扑面颊。不管大风怎么疾旋如流，猎猎呼啸，还是割面如刀，都让我更加笑逐颜开。呼啸吧，嘶吼吧，不要紧，反正你再也吹不垮大墙了。头顶的乌云灌了铅似的翻涌倾泻而下，那也没关系，反正你们最终遮不住阳光。我们已经用镣铐把太阳永生永世锁在了天顶，就是我们，我们就是约书亚[①]。

在街角，已经密密麻麻正站着一群约书亚，大家都把额头紧紧贴住玻璃墙。而里面白得刺眼的桌子上，已经躺着一个号码。白色罩单下，两只光脚板呈八字向外翻开，几个一身白色的医务号码向床头弯下腰，一只戴着白手套的手，把装满试剂的针管递给了另一只手。

“你们怎么了，不进去吗？”我谁也没问，或者确切地说，我问的是所有号码。

“那您呢。”一个圆滚滚的脑袋朝我扭过来。

“我——以后再去。现在我还得先……”

我有些不好意思起来，赶紧离开了这些号码。我真的要先去见她，去见I。可为什么一定要“先”去见她，连我自己也回答不上来……

---

① 《圣经》中摩西的仆人和继承人。

操作平台。通体蓝钻般晶莹的**“积分号”**一闪一闪，一亮一亮。发动机机械的嗡嗡声，似乎在温情脉脉地重复着同一个字眼，不厌其烦地重复着，似乎，正是那个我熟悉的字眼。我弯下腰，摸了摸长长的发动机管道，触手冰凉。真可爱……真是太可爱了。明天，你就会生机勃发，明天，当炙热的火焰从你腹中喷出时，你就会迎来生命中的第一次震颤……

要是一切都依旧如昨，我还会以什么样的眼光看待这个强悍的玻璃怪物呢？要是我早知道，明天12点我就会出卖它……是的，出卖它……

背后有号码小心翼翼碰我的手肘。转过身去，是**第二设计师**扁扁的圆盘子脸。

“您已经知道了吧。”他说。

“知道什么？**手术**？嗯，不是吗？怎么——那么多事，还都凑到一起了……”

“不是啊，不是手术。试飞取消了，推迟到后天了。全都是因为这项**手术**……我们加班加点都白忙了，白费了力气……”

“全都是因为**手术**……”好笑，真是井底之蛙。在圆盘子脸以外的地方，他就什么都看不到了。他哪里知道，如果没有**手术**，他明天12点恐怕就会被锁在玻璃笼子里，像热锅上的蚂蚁一样，急得团团转呢，说不定还会爬墙……

在我房间里，15点30分。进门的时候，我竟一眼看见了IO。她坐在我的桌子后面，骨骼分明的身体挺得笔直而又僵硬，一只手还牢牢撑着右脸颊。她应该等了我好久，因为跳起来迎接我的时候，脸颊上明显还留着五个指印。

我脑子里有那么一瞬间想起了那个倒霉的早晨，同样是在这里，在桌子边，她和I站在一起，怒气冲天……但也只是那么一瞬间，不愉快立刻被今天的朝霞一扫而光。有时候的确会这样，如果在阳光明媚的时候走进房间，还心不在焉地顺手拧开了开关，虽然灯被点亮，可还是会觉得灯没有亮，因为灯光在阳光下显得太可笑、可怜、微不足道……

我根本没有细想，便向她伸出手去，我已经宽恕了一切。可她却一把抓住了我的两只手，牢牢地攥紧，捏得我生疼。只见她松弛下垂的两颊兴奋地抖动，就像古代的装饰品：

"我等您等了……只有1分钟……我只是想告诉您，我太幸福了，我太高兴啦，真为您高兴！您看啊，明后天，您就彻底康复了，您要——重获新生啦……"

我发现桌子上有一张纸，那是我昨天刚写的记事，足足写了正反两页。昨天写完我就放在那里，一直没动过。要是她已经读过我写的那些……不过，也无所谓啦。现在这一切都已经成了历史，现在这一切已经成了滑稽的远景，就像倒过来看望远镜一样……

"是啊。"我说，"我跟您说，我刚才走在大街上，有个号码走在我前面，他的影子，就投在地面上。而且，那影子还很刺眼。可我觉得，应该说我确信，从明天起，就不会再有什么影子了，没有一个号码会有影子，没有一样东西会有影子，阳光会穿透一切……"

她的语气变得既温柔又严肃：

"您真是个幻想家！要是我学校里的孩子们，我绝不会允许他们说这样的话……"

她顺势又说了些关于孩子的事情，比如怎么毫不迟疑地把孩子们成群地赶去做了**手术**，到了现场又怎么迫不得已把他们捆绑起来，还说什么“爱嘛，就是要绝不手软，是的，绝不手软”，后来，似乎还说，她已经下定了决心……

只见她整理好两腿间灰蓝色的裙子，不再说话，却飞快地撒来一个渔网般大大的微笑，不由分说地罩住了我，随即便离开了。

幸好，今天的太阳没有停下脚步，而且还跑得挺快，很快就到了16点。我敲门的时候，心脏也在一起敲击……

“请进来！”

就在地板上的扶手椅边，我抱住她了的两条腿，仰起头，来回看她的眼睛，从这只眼睛看到那只眼睛。她的每只眼睛里都有一个我，一个幸福得无与伦比的囚徒……

而在那里，墙的那一边，却是疾风骤雨。那里，乌云也越来越凝重，管它呢！我脑子里千头万绪，想要说的话犹如决堤的洪水般泛滥肆虐。我嘴里滔滔不绝，身体却和太阳一起不知飞向何处……不，现在我们都知道会飞向哪里……而我的身后就是一颗颗星球啊，是一颗颗喷射着烈焰的星球，上面开满了炙热的鲜花，一朵朵嘶吼着喷出火苗。也有一颗颗死气沉沉的蓝色星球，一块块理性的顽石搭建成有序的社会，就和我们地球一样，已经到达了绝对百分百幸福的巅峰……可是，头顶上方一个声音却突然说道：

“可你不觉得，所谓的巅峰，不就是那几块被用来搭建有序社会的顽石吗？”脸上的三角形变得愈发锐利，愈发阴沉：

“但是幸福……怎么说呢？我们都知道，欲望是会折磨人的，我没说错吧？那就很明白了，想要得到幸福，就必须彻底消除欲望，连一丁点欲望都不留下……可我们至今都认为在幸福之前是个+，这是个多严重的错误，多滑稽的偏见啊。而绝对的幸福之前，显然应该是个-——一个神圣的-。”

我记得，当时很心虚地嘟囔了一句：

“绝对负值是零下273摄氏度……”

“负273，太对了。有点冷吧，可这难道不是一回事，同样能证明，我们已经登峰造极了。”

一如以前那样，她就像在替我说话，说出了我的心里话，把我的思想彻底暴露无遗。可是她说的话里似乎有一些惊心动魄的东西，让我受不了。于是我拼命挤出一个“不”字。

“不，”我说，“你……你是在开玩笑……”

她哈哈笑起来，笑声响亮，而且太响了。可是很快，眨眼间，笑声似乎达到了极限，立刻收住，跌落下来……没声音了。

她站起身。两手搭住我的肩膀。久久地，专注地望着我。接着，便一把将我拉进怀里，一切都消失了，只有她火辣滚烫的嘴唇。

“永别了！”

这一声道别，似乎从很远的地方，从天上传来，并没有马上传到我的耳朵里，或许，已经过去了一分钟，两分钟，我才听到。

“干吗要说‘永别’？”

“因为你生病了啊，你因为我而犯下了罪，难道你没有为此而饱受折磨？现在好了，可以做**手术**了，你治愈后就能摆脱我了。所以，永别了。”

“不。”我叫起来。

尖锐的黑三角在惨白的脸上显得冷酷无情：

“怎么？莫非你不想要幸福？”

我头痛欲裂，两辆逻辑的列车轰然相撞，彼此碾压，刺耳的断裂声，粉身碎骨……

“好吧，那么，我等你回答，你选吧：要么**手术**和百分百的幸福，要么……”

“我不能没有你啊，我不要你离开。”我不知道，这句话究竟是说出了口，还是留在了心里。可I却听见了。

“是啊，我知道。”她回答。接着，她的两手依然搭住我的肩膀，眼睛也紧紧盯着我的眼睛：“那么，明天见。明天，12点，你记得吧？”

“不行。要推迟一天了……是后天……”

“那样对我们更好。那就后天，12点……”

我独自走在黄昏的街道上。大风像纸片一样把我刮得东倒西歪，裹挟着我，驱赶着我。天空阴沉的碎片还在疾飞，疾飞。还有一天，两天，碎片就要穿透深渊……迎面而来的制服时不时蹭到我，可我还是独自一个。我心里很明白，大家都会得救，可我却已经没救了，因为我不想得救……

记事 32

提纲：

我不信。拖拉机。木屑般的身影。

你们信不信自己会死？是啊，人类都不免一死，我也是人类，所以……不，我不是这个意思。我知道你们明白这个道理。不过我想问的是，你们有没有相信过，是毫无保留地相信，——不是用脑子相信，而是用身体本能的直觉就能感受到——你们现在拿着这一页纸的手指，将来有朝一日终会变得蜡黄，变得冰冷僵硬……

不会，当然啦，你们当然不会相信。所以你们直到现在也没有从十楼一跃而下砸向路面，所以你们直到现在还在吃饭，还在一页页地翻阅，还在刮胡子，微笑，还在接着写……

我也一样，是的，我今天真的，也是如此。我知道，表盘上那根黑色的小指针很快会移到这里，向下，直指半夜，然后会慢慢抬升，最后跨过某个刻度，让人难以置信的明天就到来啦。我明白这一点，可就是还不愿意相信，又或许，是我觉得，这二十四小时已经变成二十四年。正因为还有时间，我还能做些什么，抓紧赶去什么地方，回答一些问题，沿着绳梯爬上**“积分号”**。我还感觉到，**“积分号”**已经在水面上随波起伏，我明白，此时此刻应该牢牢抓住扶手，手心会触到冰凉的玻璃。我还看见，一台台透明的吊车生龙活虎地勾起仙鹤般的细脖子，伸长了喙，温柔而又关爱备至地把恐怖的发动机爆破食品一口接一口喂进**“积分**

号”。底下的河道里，水面被风吹起一道道蓝色条纹和褶皱，格外醒目。可意外的是，这一切就像画在纸面上的平面图纸，和我完全脱离了关系，我倒成了局外的号码。可奇怪的是，平面图纸竟然变成了**第二设计师**扁平的脸蛋，突然说起话来：

“那么，我们给发动机装多少燃料？如果按三……嗯，就算三个半小时……”

在我眼前，是图纸上的投影，那是我握着计算器的手，对数换算表，显示着数字 15。

“15 吨。不过，最好还是装……嗯：装 100 吨吧……”

这是因为，毕竟我心里清楚，明天会发生什么——我从侧面看见，换算表在我手里开始不易察觉地抖动。

“100 吨？装这么多干吗？这都够用一星期了吧。还不止一星期呢，能用更久啊！”

“以备万一吧……谁知道呢……”

“明白了……”

风呼呼地吹，空气似乎被什么看不见的东西塞满了，一直堆到天顶。我觉得呼吸困难，举步维艰。街角蓄电高塔上大钟的指针同样艰难地爬着，爬得很慢，却一秒也不停留。高塔顶上的尖针插在乌云里，晦暗不明地发着蓝光，喑哑嘶吼着，不断吮吸云中的电。**音乐制造工厂**的号角也在齐声呼号。

和往常一样，号码们四个一排地走着。可是今天却走得有些松散，也许是风太大，把号码们吹得摇摇晃晃，东倒西歪。而且队伍越来越散乱。突然，似乎在街角撞到了什么，队伍猛地向后退去，大家顿时停下脚步，挤作了一堆。号码贴着号码，个个呼吸急促，慌作一团，每个号码一下子都变成了长脖子鹅。

“看哪！不，看那边，快看啊！”

“他们！是他们啊！”

“……要是我，绝不会去！绝不，还不如在**机器**上掉脑袋呢……”

“小声点！疯了……”

街角的大会堂，大门洞开，走出一列队伍，大约五十个号码，脚步笨重而又缓慢。不过说他们是“人”，恐怕名不符实：他们的腿不是腿，倒更像是被无形的传动装置固定住的轮子，沉重而又缓慢地朝前滚动；他们不是人，更像是具有人形的拖拉机。一面白色的旗帜在他们头顶迎风招展，旗帜上绣着一轮金色的太阳，四射的阳光里写了一行题词：“我们是先驱！我们动了手术！加入我们吧！”

他们虽然走得慢，却以横扫千军之势在号码队伍中压出一条路来。毫无疑问，如果挡道的不是我们，而是墙壁、树木、楼房，他们同样也能一步不停地碾压过去，在墙壁、树木、楼房中压出一条路来。现在，他们已经压到了路中央。只见他们就像斜拧的螺丝那样相互挽起了手，把队伍拉成了一根链条，面对着我们。而我们则紧张地挤成一团，个个伸长了脖子，呆愣愣地等着。一群伸长细脖子的鹅，漫天的乌云，呼啸的狂风。

突然，链条的两翼从左侧和右侧同时快速包抄过来，向我们逼近，而且速度越来越快，就像重型的汽车顺坡碾下，把号码们严严实实地圈起，向大会堂敞开的大门挤压，要把号码全都挤进门里，逼进大会堂……

有人撕心裂肺大叫起来：

“他们要围堵我们！快跑啊！”

一切都乱了。好在墙边还有一扇可以通行的窄门，所有号码便脑袋冲前，一头扎了过去。刹那间，每个号码的脑袋都变得像楔子一样尖利，胳膊肘、肋骨、肩膀和侧面全都被磨平削尖。大家像消防水龙头喷出的水柱一样从窄门激射出去，一下子呈扇面状散开，一时间杂沓纷乱的脚步声四下响起，手臂和制服满天飞舞。就在那一瞬间，掰成两截的S的身影，和他那对透明的招风大耳朵不知从哪里冒了出来，在我眼前一闪而过，可一眨眼又不见了，仿佛钻进了地缝。我独自置身于闪烁不定的手脚之间，我也跑了……

我闪进一个门洞里，后背紧紧贴住大门，刚喘息稍定，只见一个小巧的身影，像被风卷起的木屑般向我飘来。

“我一直都……我要跟您走……我不愿意，真的，我不愿意。我同意……”

一双肉嘟嘟的小手拽住了我的衣袖，我看到了一双蓝色的圆眼睛，原来是O。可她整个身体却站不住，顺着墙壁滑了下去，跌坐到地上。只见她在冰冷的台阶上几乎缩成了一团，我居高临下看着她，抚摸着她的头，她的脸，我的手心湿漉漉的。那样子，就像我的形象非常高大，而她却小得可怜，小到了几乎可以成为我身体的一部分。而这种感觉和我对待I完全不一样。我现在想起来，那种感觉应该和古人对待私有儿童的情感有点类似。

只见她在地上，双手捂住脸，透过指缝说的话几乎听不见：

“我每天夜里……要是他们治好了我，我会受不了的……我每天夜里，独自在家的时候，总会在黑暗里想到他，他会是什么样子，我会把他怎么样……到那时我连自己的生活都没有着落啊，您明白吗？所以您应该，您应该……”

这种感觉很荒唐，可我偏偏就自信起来：是的，是应该自信。说荒唐，是因为我应该要履行的这个义务，又是一项罪行。说荒唐，是因为白的不可能同时又是黑的，义务和罪行也不可能等同。或许，生活中既没有什么黑，也没有什么白，所谓色彩只取决于基本的逻辑出发点。可如果出发点是，我非法地让她怀了孩子……

“嗯，好吧。不过先别这样，不要这样……”我说，“您听好了，我要把您送到I那里去，就是我先前建议过的，让她……”

“好的。”（声音很轻，双手依旧捂着脸）

我扶着她站起来。我俩谁也不说话，都在想着自己的心事，或许，我们想的是同一件事情。走在昏暗的街道上，穿梭在阴森无言的楼宇间，任凭疾风枝条般迎面抽打……

可突然，清醒而又紧张的我，在呼啸的风声中听到了身后传来熟悉的脚步声，啪啪的，就像踩在水塘里。我在拐角处回头一瞥，只见疾驰如飞的乌云倒映在灰蒙蒙的玻璃路面上，而云层中竟出现了S的身影。顿时，我的两只手变得不听使唤了，凌乱无章地甩动起来，一边还大声对O说，明天……是啊，就是明天，**“积分号”**第一次试飞，这可是前所未有的奇迹呀，太厉害了呀。

O大吃一惊，两只蓝蓝的圆眼睛瞪大了看我，看着我没了章法而且甩得极为夸张的两只手。可我不能让她开口说话，我一直不停地说啊说。但是心里，一个只有我自己才听得见的想法却在激烈地敲打，敲得我脑袋嗡嗡响：“不行……要赶紧想办法……绝不能把他引到I那里……”

本来应该左转，我却向右走去。一座桥奴才一样拱着脊背，驯服地面向我们三个：我，O，还有身后的S。桥对岸是一幢幢灯火通明的大楼，无数灯光撒向水面，碎成亢奋跳跃的点点繁星，连成一片四处飞溅的白色泡沫。风呜呜地低吟，就像低空架起了一根绷紧的低音粗弦。而透过低吟的风声，身后的动静却始终没有消失……

到了我住的地方。O在门边停下了脚步，刚开口说：

“不行！您保证过的……”

我马上截住了她的话头，急急忙忙把她推进了门。我们进了楼，站在大厅里。检票桌的后面，仍是那两片熟悉的脸颊，松松垮垮地垂着，而此时却激动地发颤。一群号码把桌子水泄不通地围住，好像在争执着什么。二楼也有不少号码把脑袋探到栏杆外，接着便一个个跑了下来。不过这事情，以后吧，以后再说了……而此时，我赶紧把O带到远处一个角落里，背靠墙坐下（而就在墙外，我看见一个大脑袋的黑影，正在人行道上前前后后地晃动），掏出了小本子。

O慢慢陷进了扶手椅里，仿佛她的身躯正在制服底下蒸发，在融化，逐渐只剩下一条空落落的制服裙，只剩下两只空洞的大眼睛，犹如蓝色的无底深渊。她有气无力地问：

“您干吗把我带到这里来？您是不是骗了我？”

“不是……小声点！您看那边，墙外，看到了吗？”

“看到了。有个影子。”

“就是他，一直都在跟踪我……我不能，懂吗，我不可以这么做。我这就写两句话，您拿着字条自己去。我知道，那个号码会留在这里看着我。”

她制服底下丰满的身体又活跃起来，肚子看上去也更圆了一点，两颊如拂晓的朝霞般起了血色。

我把纸条塞进她冰冷的手指，用力握住，最后一次把她湛蓝的眼睛深深地定格在脑海里。

“永别了！也许，以后还能……”

她抽出手，低下头，慢慢走去，可刚走两步，又猛地回过身来，再次回到了我的身边。她的嘴唇抖动着，她的眼睛、嘴唇，甚至整个人都在对我重复着同一句话，一遍又一遍地重复着。她的微笑让人不忍直视，那么伤心欲绝……

然后，就见木屑般小巧的身影弓着背，走到门口，在墙外轻巧地一闪，头也不回地走了，走得很快，越走越快……

我走到Ю的桌子跟前。她怒气冲冲地鼓起两片鱼鳃，激动不已：

“您听听，大家是不是都发了疯！这个号码还一口咬定，说亲眼在**古楼**附近看到有个人，不但光着身子，全身还长着毛……”

怒发冲冠的号码挤作一堆，冒出一个声音：

“是的！我再说一遍，我看见了，真的看见了。”

“哈，你们都听到了吧，啊？说的什么梦话！”

“梦话”这两个字，她说得如此斩钉截铁，不留丝毫余地。我不禁自问：“最近发生在我身上的一切，还有我身边的种种怪事，难道真的不是梦吗？”

可是，我看了一眼自己那双毛茸茸的手，便想起了她的话：“你的身体里，恐怕，真的有几滴阳光森林的血液呢……或许，我因此才爱你……”

不，幸亏这都不是梦啊。不，不幸的是，这真的不是梦。

记事 33

提纲：

（这篇没有提纲。匆忙赶写的。最后的。）

这一天最终还是来到了。

赶紧读报。或许，报纸上……我用眼睛读着报纸（真的是用眼睛读，我的两只眼睛现在就像羽毛笔，像计数器，可以拿在手里，感觉就是握在手里的身外之物，是工具）。

整个第一版用大号字体醒目地写着：

“与幸福为敌者从不会打盹。你们要用双手捍卫幸福！明天起，一切工作停止，所有号码必须进行**手术**。缺席者，将被送上**恩威荣主**的**机器**。”

明天！怎么可能有明天，难道还会有什么明天吗？

出于每天惯性的动作，我把手（其实是工具）伸向书架，想把今天的报纸和其他报纸一样，塞进烫金硬皮夹子里。可手却在半空停住了：

“有必要吗？不都一样吗？反正，我再也不会回这里，回到这间房间了，再也不会了……”

于是手里的报纸跌落到了地板上。我站着，环顾四周的一切，一切，环顾整个房间。我手忙脚乱地收拾起所有不舍得抛下的东西，神经质地想把一切都塞进一个无形的行李箱里。桌子、书籍、扶手椅。这把扶手椅里曾坐过I，而我曾在地板上，仰望着她……还有床……

过了一分钟，两分钟……我似乎还在可笑地期盼着奇迹会发生，或许电话铃会响，也或许，她会让我……

没有，没有奇迹……

我要走了，要走向未知了。这是我写的最后几行字。永别了，未曾谋面的你们，我亲爱的，是你们陪伴我经历了那么多页的记事。我这个有了灵魂的患者，已经向你们袒露了我的全部，甚至连最后一颗磨坏的小螺丝，和最后一根崩断的弹簧，也没有对你们隐瞒……

我走了。

记事 34

提纲：

获释的奴隶。阳光明媚的夜色。无线电瓦尔基里女神[1]。

噢，要是我真能把自己和所有号码都砸个粉碎，要是我真的能和她一起置身于**高墙**之外，与龇着黄色獠牙的野兽待在一起，要是我真的从此再也不能回到这里，那我一定会感到一千倍的，不，是一百万倍的轻松。可是现在，现在该怎么办？干脆去扼杀了灵魂吗，可这样真的能管用吗？

不，不，不！Д－503，你要振作起来。你应该把自己牢牢拴在逻辑的轴心上，哪怕只有一点时间，也要使尽全力压住杠杆，就像古时候的奴隶一样，转动三段论的磨盘，直到把发生的一切仔细想清楚，并且记录完整……

我走进“**积分号**”的时候，大家都已经集齐，每个号码各就各位，蜂窝式玻璃舱的所有舱房都已经填满。透过玻璃甲板，可以看到底下的号码都小得像蚂蚁，一个个守在电报、发电机、变压器、高度计、阀门、道岔、发动机、泵机、管道等等各处。休息室里，几个号码正俯身查看图纸和仪器，大概是**科学局**派来的，身边还站着**第二设计师**和他的两个助手。

这三个号码乌龟一样把脑袋缩进肩膀，脸色灰不溜秋，就像被秋霜打蔫的茄子，没有光泽。

“喂，什么事啊？”我问。

“是这样……有些不妙……”其中一个灰不溜秋的蔫茄子笑了

笑，“也许，还不确定能降落到哪里。而且，根本就没法确定……”

我平时看到他们就觉得恶心。这几个号码，再过一小时，我就要用自己的两只手，亲自把他们从**守时戒条**优越感十足的数字中永永远远地抠出去，把他们从**大一统国家**慈母般的胸膛上彻彻底底抹掉。他们让我想起了《三个获释的奴隶》中的悲剧形象，这个故事我们每个小学生都知道。故事里，三个号码被当作实验对象，获得了一个月不工作的自由。他们可以想干什么就干什么，想去哪里就去哪里[②]。可这三个倒霉的家伙还是守着平常工作惯了的地方，在附近无所事事地逛来逛去，贪婪的眼神时不时朝里面张望。他们经常在广场上停留，好几个小时不停地重复着劳动的手势和动作，这些手势到了一定的时间，已经成为了他们身体的本能需求。他们对着空气又是锯又是刨，举着无形的榔头来回叮当地敲，捶打看不见的铸铁块。最后到了第十天，三个家伙终于熬不下去了，于是手牵着手走进了河里，伴随着《**进行曲**》的乐声，他们越沉越深，直到河水彻底解脱了他们的痛苦……

我再说一遍：看到他们我就心烦，所以我想赶紧离开。

“我只要再检查一下机器内部，”我找了个借口，“然后就可以发射了。”

几个号码又提了一些问题，比如发射点火需要设置多少电压，补给舱需要灌注多少压舱水，等等。我体内早就有一台留声

---

① 瓦尔基里女神是挪威和日耳曼神话中奥丁的侍女们，她们帮助英雄们战斗，并将阵亡战士的灵魂引入瓦尔加拉宫飨以酒宴。又称“寻找英灵者”。她们是日耳曼神话中的神灵，也是身披闪亮盔甲，骑着骏马在天空中飞行的少女战士。

② 这是很久以前，守时戒条实行后三百年的事情。——原注

机，能替我既迅速又精确地回答所有问题，而心里，却一刻不停地打着自己的算盘。

突然，狭长的走廊里出现了一张脸，我顿时心头一震，明白在这一刻，行动真正开始了。

狭长的走廊里，闪过几个穿灰色制服的身影，都阴沉着脸。只一瞬间，我看清了其中一张脸，长发低低地遮住了前额，眉头紧皱，目露凶光——正是以前见过的那个。我意识到，他们已经在这里了，我自己也已经没有了退路，而且时间也所剩无几，只有几十分钟了……我哆嗦起来，这种细微如分子般的颤抖刹那间遍及全身（而且没有中断过，一直持续到整个事件结束），就像身体里放置了一台马达，而我的身体也变成了一栋楼，只是这楼的分量太轻，以至于所有的墙壁、隔板、缆线、梁柱、灯泡都颤动起来……

我还不清楚，她是否也在这里。不过现在已经没工夫细想，他们派了号码来找我，让我赶紧上楼去指挥甲板，该发射了……可发射到哪儿去呢?

还是那几张灰不溜秋没有光泽的脸。底下水面蓝色的波纹鼓得像上足了发条。天空中的厚厚的云层沉重得像灌了铅。我的手臂也像灌了铅一样，举起指挥话筒的时候几乎抬不起来：

“向上，45 度！”

一声沉闷的爆破，猛地推进，尾部补给舱里的水掀起骇人的巨浪，就像一座泛绿的小山丘，脚下的甲板似乎要逃走，变得像橡胶一样软绵绵的，一切都留在了下面，连同全部的生活，永远地留下了……就在所有的东西都像被卷进漩涡般越陷越深的时候，周围的一切也瞬间被压缩了。城市变成了一张晶莹透蓝的浮雕图纸，圆圆的穹顶变成了一个个气泡，阴森森的蓄电塔尖也成了一根孤零零的手指。紧接着，周围瞬间出现了乌云厚厚的棉帐，我们穿越了云层，飞向太阳，直击蓝天。过了几秒钟，几分钟，飞出了几英里，蓝天很快变得生硬起来，最终完全被黑暗笼罩，只剩下一颗颗闪亮的星星，仿佛一滴滴冰冷的汗珠……

眼前，是一幕让人震撼的夜色，既亮得炫目，却又漆黑一片，既星光灿烂，却又阳光明媚。就好像你突然之间聋了，虽然依旧能看见铜管在拼命吹奏，然而也仅仅能看见而已，因为听不到铜管，听到的只是寂静。当时的景象也是如此，太阳是无声无息的。

当然这其实很自然，也本是意料之中的事，因为我们已经冲出了地球大气层。但这一切发生得实在太快，太出其不意，身边所有号码都被吓坏了，大气不敢出一声。而我，在这一轮如梦如幻又无声无息的太阳下，倒反而觉得轻松了。就好像我经历了脱胎换骨般的痛苦，已经跨过一道必经的门槛，我的身躯已经留了下来，留在了下面，而我自己则飞行在一个全新的世界里，这里的一切都应该完全不一样，应该颠覆想象……

“保持状态。”我朝机舱大喊，也许这不是我，而是我身体里的那台留声机在喊。留声机机械而又蛮横地把话筒塞给了**第二设计师**。而我，虽然全身的分子还在颤抖不停，振动的声音只有我自己能听得见，可我跑下了楼，我要去找……

一扇门通往休息室，就是这扇门，再过一小时，这扇门就会咣当一声重重地关上……门边站着一个陌生面孔的矮个子号码，这张面孔如果走在成百上千个号码里，根本就不会被注意到。但是他的手臂却异乎寻常地长，几乎要超过膝盖，就像在组装的时候一时着急，错配了另一个人体上的部件。

长手臂伸了出来，挡住了去路：

“您要去哪儿？”

我心里很清楚，他其实并不知道我已经知晓一切。不知道正好，也许就不该让他知道。于是我故意居高临下地呵斥：

“我是‘**积分号**’的**设计师**。试飞由我指挥，明白啦？”

手臂抽走了。

休息室里。几个号码正低头看着仪表和地图，脸上的胡子全都如灰鬃毛一样绕了一圈，这几个号码的脑袋要么头皮发黄，要么谢顶，要么干脆没有头发。我只迅速扫了一眼，便看清了他们，于是我退了出来，穿过走廊，沿着舷梯跑到下面，直奔机舱。那里不仅很热，还有滚烫的管道因爆破而发出的巨响，一根根锃亮的曲柄像喝醉了酒一样上上下下忘我地摆动，仪表盘上的指针一刻不停地微微颤抖着……

终于，我在测速仪旁边看到了那个号码。他的帽檐拉低到眼睛，把头埋在记录本里……

“喂……（轰鸣声太大，不得不对着他耳朵大叫。）她在这里吗？她在哪儿？”

他在阴影里皱起眉头笑了笑：

“她吗？在那儿，无线电通讯室……”

我赶紧跑了过去。那里有三个号码，都戴着头盔，两根天线翅膀一样竖着。她看上去似乎比平时高出一头，像极了古代的瓦尔基里女神，两根天线夺目生辉，仿佛展翅欲飞。天线针尖上那一片耀眼的蓝色火花，似乎就是从她身体里激发出来的，而舱内那股清幽寡淡的雷电臭氧气息，似乎也来自于她的体内。

“来个号码帮忙……不，就您了，也行啊……”我上气不接下气（那是因为跑的），“我要和下面联系，和地面，操作平台……一起去吧，我来口授……”

设备舱的旁边有一间小盒子大小的隔间。我和她一起坐在桌子边。我抓住她的手，使劲握了握：

“现在怎么办？有什么打算？”

“我不知道。你看，多么美妙啊，没有方向，飞呀，不在乎去哪儿……就快到12点了，你还不知道会发生什么？到了午夜……我们俩会在哪儿？也许，在草地上，在枯树叶上……”

看着她发射的火花，闻着她身上的雷电气息，我全身战栗得愈发激烈。

“记录下来吧，”我大声对她说，喘得更厉害了（还是因为跑的），“时间，11:30。速度，6 800……”

羽翅般的头盔下，她专注地盯着纸面，小声说：

“……她昨天拿着你的字条来找我了……我知道，我全都知道，你什么也别说。但是孩子毕竟是你的吧？所以我把她送走了，她已经在**高墙**那一边了。她会好好地活下去……”

我再次回到指挥室。眼前还是梦呓般深沉的灿烂星空，刺目的太阳，深夜。墙上挂钟的指针像个瘸子一样，从一分钟跨到下一分钟。周围的一切似乎都被笼罩上一层瑟瑟发抖的薄雾，似有似无的震颤着（只有我一个人能察觉得到）。

我毫无理由地觉得，假如这一切不是发生在这里，而是在下面某个地方，离地面更近，似乎会更好。

“停机。”我对机器喊道。

飞船依然在前行，那是出于惯性，不过速度减慢了，越来越慢。很快，**“积分号”**像是被一根细细的发丝绊住了，悬停了一秒钟后，发丝便断了，于是**“积分号”**就像石头块一样掉了下去，速度越来越快。就这样在寂静中，过了好几分钟，过了好几十分钟，能听到脉搏的跳动，眼看指针越来越逼近12点。我心里很明白，我就是石块，而I就是地面，我是一块被扔到半空的石头，迫切地需要下坠，啪的一声砸到地面，摔得粉身碎骨……可是，如果……眼看下面就是蓝烟般稠密的云层了啊……如果……

可是我身体里的留声机却像拧动的螺栓一样，精确地拿起了话筒，发出一条指令：“减速”。石块不再下坠了。四根排气管一下子就泄了气，只是突突喷着火，两根位于补给舱，两根位于前舱，这样就能抵消**“积分号”**的重量。**“积分号”**轻轻颤抖着，像被一根锚拖住了一样，牢牢固定在了空中，这时距离地面大约有1公里。

大家都涌向了甲板（现在刚好12点，午饭时间），扶着玻璃舷缘，急不可待地探出身子，如饥似渴地吞咽着底下那片从未见过的凝固的大地。琥珀色、绿色、蓝色，那是秋日的森林、草地和湖泊。一个蓝色盘盏的边缘，散着一堆黄色的残垣，一根枯瘦的手指耀武扬威地竖着，那应该是奇迹般留存至今的古教堂塔楼吧。

“看哪，快看哪！看见了吗，那里，右边一点！”

在那边空旷的绿地上空，有个棕褐色的阴影正飞速盘旋。我手里的望远镜，不由自主地举到眼前。只见齐胸高的草丛里，一群棕色的骏马撒着欢奔跑跳跃，甩着尾巴。马背上正是那些肤色各异的人，深褐色的、白色的、乌黑的……

就听我身后有号码说：

“早就告诉过你们，我真的看见过人脸。”

“您就别再胡说了！谁会相信您！”

“还不信啊，呐，给您望远镜……”

但马群已经消失不见了。只剩一片无边的绿色空旷……

可是，这片空旷逐渐被震耳欲聋的铃声淹没了，同样被淹没的还有我和其他所有号码。午饭时间到了，再过1分钟就到12点。

世界也在这一瞬间被震得四分五裂。不知道谁的金制号码牌脆声掉在台阶上，可我管不了那么多，我的高帮鞋底踩了上去，只听脚下咔嚓一声。有号码说话：“我就说嘛，真的是脸！”休息室敞开的门就像一个黑洞洞的方框。两排尖利的白牙咬得紧紧的，漾着笑容……

就在那一刻，大钟开始敲响，缓慢的一声接着一声，让人觉得那钟声几乎永不会停止，让人窒息，前面的队伍也开始移动……门框边突然出现了一双熟悉的手，蓦地拦住了去路，那双手显得异乎寻常地长：

“站住！”

几根手指用力扎进了我的手心，这是I，她竟然就在我身边：

“这是谁？你认识他？”

“什么……难道他不是你们的……”

他站在号码群的肩膀上，高高在上俯视着一百多张脸，而他那张在成百上千个号码里根本不起眼的脸，现在却成了唯一备受瞩目的脸：

“我代表**守护者**……你们，我敬告你们，你们都听好了，每个号码都给我听好了，我敬告你们：我们早就知道了。虽然还不知道你们的号码，可我们对这件事情一清二楚。‘**积分号**’不会落到你们手里！试飞我们要进行到底，可是你们，从现在起你们不准轻举妄动，说的就是你们，你们要亲手完成试飞。以后嘛……好啦，我说完了……”

没有号码说话。脚底下的玻璃地砖变得像棉花一样软绵绵的，我的脚也像棉花一样软。我紧挨着她，只见她脸色惨白，头顶蓝色的火花格外刺眼。她凑着我的耳朵咬牙切齿地说：

“哦，原来是您干的？您真的‘履行职责’了？哼，那好吧……”

她的手从我的掌心里抽走了，瓦尔基里女神一样振翅欲飞的头盔发射着愤怒，朝前走去，远远甩开了我。我独自愣住，一句话也说不出来，跟着大家一起走进了休息室……

“可这不是我干的啊，不是我啊！这件事我从没跟任何号码提到过，没告诉过任何号码，除了这些不会说话的白纸……”

我的内心在绝望地大吼大叫，我在对她大声喊叫，可是却发不出声音。她隔着一张桌子，坐在我的正对面，甚至连看都没看我一眼。她身边有一颗蜡黄的秃脑袋，老成持重的样子。只听见说话的声音（是I的声音）：

“‘高尚’？可是亲爱的教授，就算用最简单的语言学知识分析这个单词，也看得出来这是曲解，是古代的余孽，是封建时代的流毒。可我们还……”

我觉得，自己的脸都吓白了，而且惨白得会让所有号码都发现……但我体内的留声机依然按照规定，对每一块食物做着50次咀嚼运动。我似乎已经躲进了自己的体内，就像躲进了古时候不透明的房子里，用砖块把门封死，再把窗帘拉上……

后来，我又拿起了指挥话筒。在冰冷和最后的焦虑中，飞船穿过云层，坠入冰冷而又星日相辉的夜空。几分钟，几小时。可是我心里，那台只有我自己才听得见的逻辑马达，显然还在歇斯底里地全速运转。因为我脑海中突然电光石火般一闪，看见了我的写字桌，而 IO 那两片鱼鳃脸颊正看着桌面上的纸张，那正是我忘记收起来的记事。于是我一下子明白过来，除了她之外，不可能有别人，我全都明白了……

啊，我要，我一定要去无线电通讯室……展翅欲飞的头盔，还有蓝色雷电的气息……我只记得，我对她大喊大叫了些什么，只记得她看着我，就像看着一个透明的玻璃人，她的声音仿佛遥不可及：

“我很忙，我在接收地面的消息。您去向她口授吧……”

盒子大小的隔间里，我思索片刻，便果断下达了指令：

“时间，14 点 40 分。降落！关停发动机。试飞结束。”

指挥舱。**“积分号”**的机器心脏已经停跳，我们正在下沉，而我的心脏却不着急下沉，不但跟不上下沉的速度，相反，越来越提到嗓子眼。先看到的是云彩，接着便是一块遥远的绿斑，绿斑越来越绿，越来越清晰，到最后旋风般朝我们扑面而来，这一切马上就要结束了……

第二设计师凑了过来，那张白色陶瓷脸已经扭曲得变了形。大概是他恶狠狠地推了我一把，我的脑袋撞到了什么，眼前一黑，倒了下去，最后只隐隐听到：

“补给舱，全速前进！”

向上一个猛冲……便再也不记得什么了。

记事 35

提纲：

被箍住。胡萝卜。杀人。

我彻夜未眠。整夜都在想一件事情……

昨天以后，我的脑袋就被牢牢地用绷带缠住了。不过，那其实不是绷带，而是头箍，是玻璃钢制作的冷酷无情的头箍，用铆钉结结实实箍住了我的脑袋。可一个挥之不去的念头始终在我脑子里转着圈：我要杀了 Ю。杀掉了 Ю，我就能去找她，对她说："怎么样，现在总该相信我了？"最让人恶心的是，杀人的勾当本来就既肮脏又原始，一想到还要用什么工具把脑袋砸裂，我就莫名其妙地犯恶心，嘴里竟也有了甜丝丝的感觉。我没法咽下这甜丝丝的唾液，止不住地往手帕里吐唾沫，嘴里异常干燥。

我的柜子里有一截断裂的活塞杆，是铸造时遗留下来的，分量很重（我本来需要用显微镜观察一下断裂结构）。我把记事卷成筒状（让她读懂我整个人吧，一个字母都不要放过），从活塞杆的断裂口塞了进去，然后便向楼下走去。楼梯似乎望不到尽头，一级级台阶好像倒满了液体，滑溜溜的让人反胃，我自己也止不住地用手帕擦嘴。

到了楼下，我的心猛地胀起来。我停下脚步，随即掏出了活塞杆，走向检票桌……

可是 Ю 不在，只有冷冰冰的空桌面。我想起来了，今天一切工作都被取消，所有号码都必须去做手术。原来是这样，那她的确没必要，也没什么可登记了……

到了外面，刮着风。飞速移动的乌云像一块块阴沉的铁板，铺满了天空。于是，就像昨天的某一时刻，整个世界都裂成了一块块难以弥合的碎片，每一块碎片都带着锋利的棱角，向地面飞速砸来，随即在我眼前只稍稍悬停了一秒钟，便在空气里蒸发得无影无踪。

如果，这页纸上真实的黑色字母突然之间漂移起来，就像受到了惊吓那样四处逃窜，那么词语就不成其为词语，句子也失去了含义，就像这样：吓——处——逃。而此时街上的情景正如字母四散，号码们不成队列，拥挤不堪，有的向前，有的向后，有的想斜穿，有的要横越。

等到街上没了人影，我撒腿拼命跑了片刻，却猛然呆住了。只见一栋楼的第二层，悬在空中的一个玻璃方格里，有一个男号码和一个女号码，正在接吻。女号码的腰身仿佛折断般，整个身体朝后仰去。这是永恒的瞬间啊，是最后一次……

走到一个街角，人头攒动，看上去像一丛带刺的灌木。半空孤零零飘着一面旗帜，上面写着：“**机器**滚蛋！**手术**滚蛋！”于是我自顾自地（因为这个我脱离了现实的我）冒出个念头：“难道每个号码都有那么强烈的痛苦，只有连同心脏一起剜出来，才能彻底解脱？所以每个号码都必须采取一些行动，趁着还没……”猛然间，我觉得这世界上什么都没有了，唯独剩一只野兽般的（我的）手，还有手里攥着的重如铁铅的记事纸卷……

这时我看到了一个小男孩，鼓足了全身的力气向前奔跑，嘴唇下方有一块阴影，因为他的下嘴唇向外翻着，就像向外翻卷的衣袖，整个脸蛋扭曲变了形，哇哇大叫着，拼命逃离抓他的号码，而身后噼啪的脚步声已经响成一片……

看到这个孩子，我又想起了I-O：“是啊，I-O现在应该就在学校里，我要抓紧时间了。”我快步跑进最近的一个地下入口。

可门口却听到有人大喊：

“没车！今天没有列车！那里……”

可我还是走了下去。地下全然已是一派噩梦般的光景。一片片晶莹剔透的棱面犹如无数个太阳般刺眼。站台被一个个脑袋挤得水泄不通。然而列车的车厢却空空荡荡，死气沉沉。

静默中响起了一个声音。看不见说话的女号码，可是我熟悉这个声音，这个清脆而又柔韧的声音，就像挥舞的皮鞭，拍打着所有号码。那里分明有两道扯向鬓角的眉毛搭成一个锐角三角形……我大叫起来：

“让我过去！让我到那里去！我要……”

可我的手臂和肩膀却像被虎钳死死钳住，用钉子钉住了。

只听那个静默中的声音说道：

“……不，你们快上去吧！你们的病会治好的，你们会饱尝自由的幸福，而且，吃饱喝足后你们会安安稳稳地打盹，还会有条不紊井然有序地打呼噜，难道你们还没听见呼噜声的宏伟交响乐？你们真可笑，他们想让你们摆脱蠕虫一样扭曲的问号，摆脱蠕虫一样无数让你们抓耳挠腮的问号。可你们却还在这里听我说话。赶快去吧，上去吧，快去做**了不起的手术**吧！我独自留下，和你们有什么关系？我不想让别的号码替我希望，这和你们又有什么关系？我想自己希望，如果我希望的是不可能实现的……”

这时响起了另外一个声音，缓慢而又凝重：

“啊哈！想要不可能实现的？就是说，您想要追求愚蠢的梦想，想让梦想像尾巴一样在眼前晃来晃去诱惑你？那可不行，我们一定要把尾巴踩住，然后嘛……”

“然后，你们就吞掉这根尾巴，接着开始安心打呼噜，可眼前毕竟还是需要一根新尾巴的吧。听说，古时候有一种动物，叫做驴子。要想让驴子不停地朝前走，一直朝前走，会把胡萝卜拴在车辕上，挂在它鼻子前面，但不能让它抓到。要是被它抓到了，就会一口吞了胡萝卜……”

突然，虎钳松开了，我一头撞进号码群，冲向了她说话的地方。可就在这时，号码群一下子乱了，你推我搡，只听后面有号码大喊：“他们来啦，朝这里来啦！”灯光突地一闪，便熄灭了，是电线被割断了。于是号码群乱了，叫喊声、喘息声、一颗颗脑袋、一根根手指……

我不知道，我们在地下甬道里这样连滚带爬了多久。最后终于摸到了台阶，捕捉到了昏暗的光线，一点点越来越亮，就这样我们又来到外面，呈扇面状向四面八方逃散而去……

又剩下我自己了。风还在刮，阴沉的暮色低低的，几乎要压到我的头顶。潮湿的玻璃人行道上，倒映着灯光、墙壁和两脚倒立移动的身影，仿佛潜入水底的景象，深不可测。我手里的纸卷竟感觉重如千钧，几乎要拖着我下坠，坠落到深渊的底部。

到了楼下，桌子后面依然没有 I-O，她的房间也是空空的，黑着灯。

我上楼来到自己房间，打开了灯。只觉得被头箍勒紧的两鬓怦怦直跳，我就像逃不出头箍一样，在房间里团团转：桌子、桌面上白色的纸卷、床、桌子、白纸卷……左侧房间的窗帘是放下的。右侧房间里，头顶满是疙瘩的秃子在看书，前额就像一根硕大的抛物线。额头上的皱纹就像一行行黄色的文字，潦草难以辨认。有时候我们的眼神会对视，每次都会让我觉得，那些黄颜色的文字写的就是关于我的事情。

……21 点整时，出事儿了。Ю 来了，她自己来的。只有一点清晰无误地留在了我的记忆里：当时我呼吸的声音特别大，连自己都听得到是怎么呼吸的，虽然千方百计地想轻一点，却没能做到。

她坐了下来，整理好膝盖上的制服裙。褐色的鱼鳃微微泛红，晃动起来：

“呀，亲爱的，原来是真的，您受伤了啊？我刚听说，就立刻来……”

桌子上的活塞杆就在我眼前。我一跃而起，呼吸声更响了。她听见了，话到嘴边却又咽了回去，也莫名其妙地跟着站了起来。我已经瞄准了她头上的一个部位，可嘴里却泛起了恶心的甜味……手帕呢，没找到手帕，便一口啐到了地板上。

右侧玻璃墙后的那个号码，不仅蜡黄的皱纹记录着我的事情，而且此刻还聚精会神地盯着。绝不能让他看见，要是让他这么看着，我会更加觉得恶心……我按下了按钮，就算我现在没这个权利，难道现在还顾得上这个，窗帘降下了。

她显然觉察到了什么，明白过来了，慌忙朝门口扑去。但我快一步挡住了她，大声呼吸着，目光一刻都没离开她头上那个部位……

“您……您疯啦！您不能……”她朝后退去，一屁股坐下，确切地说，是跌倒在床上。浑身哆嗦着，用膝盖夹住了合十的双手。我全身弹簧一样紧绷着，两眼始终死死地盯着她，让她丝毫动弹不得。我的一只手慢慢伸向桌面，确实只有一只手在动，一把抓起了活塞杆。

“求求您！一天，只要一天！我明天，明天就，就把事情全都办妥……”

她在说什么？我奋力抡起了……

我真的认为，我杀了她。是的，我未曾谋面的读者啊，你们，你们有权把我叫做杀人犯。我知道，要不是她大叫一声，我的活塞杆早就砸中了她的脑袋：

“看在……分上……我同意啊……我……这就。”

只见她两只手哆哆嗦嗦地扯掉了身上的制服裙，一大堆黄澄澄的肥肉，晃晃悠悠地倾倒在床上……这时我才明白过来，原来她以为，我放下窗帘是因为，是因为我想要……

这实在太出其不意，太滑稽了，以至于我忍不住哈哈大笑起来。我身体里紧绷到极限的弹簧一下子断了，手里也没了力气，活塞杆咣当掉到了地板上。这一刻的亲身经历让我明白了一个道理，笑声才是最可怕的武器，因为笑声可以杀灭一切，甚至杀灭谋杀。

我坐在桌子边哈哈大笑，笑得癫狂，就像人生最后一次开怀大笑。如此荒谬的境地，我甚至想不出任何办法圆场。要是就这样顺其自然下去，我真不知道这一切会如何收场。好在突然又有了新情况，出现了外界的干预因素，电话铃响了。

我赶紧冲了过去，把话筒牢牢捏在手里，会不会是，她？可电话那头传来了一个陌生的声音：

“请稍等。”

电话里永不停歇的嗡嗡声让人心烦意乱。由远及近地传来了脚步声，越来越切近，回声越来越响，越来越沉闷，终于：

“是 Д－503 吗？嗯哼……我是**恩威荣主**。请立刻来我这里！”

叮——电话挂断了——叮。

Ю还在床上躺着，闭着眼睛，笑容把她的鱼鳃泡得浮胀。我从地板上一把抱起她的制服裙，咬牙切齿地扔到她身上：

“给！快穿上，快点！”

她胳膊肘支起了身子，两个乳房哗啦歪到了一边，眼睛瞪得溜圆，整个人看上去成了一尊蜡像。

“怎么啦？”

“没什么。快啊，请您快穿上！”

只见她蜷缩成一团，紧紧攥住制服裙，服服帖帖地说：

“那您转过去……”

我转过身，额头贴住了玻璃墙。漆黑潮湿的镜面上，隐隐晃动着灯光、身影和火花。不，这是那个真实的我，是内心深处的那个我……**他**找我干吗？难道**他**已经全都知道了，知道她的事，也知道我的事？

Ю已经穿好了衣服。我两步跨到她跟前，死死地捏住她的双手，仿佛这样就能从她手里一滴一滴挤出我想知道的事情：

“快说……她的名字，您知道我说的是谁，您说了她的名字？没说吗？我只要实话，我一定要知道……我什么都无所谓，我只要听实话……”

“没说。”

“没有吗？还说没有，您都已经去过那里，还汇报了……”

她的下嘴唇突然朝外翻了出来，就像那个小男孩，大滴大滴的眼泪从脸颊上，顺着腮帮子流下来……

“因为我……我害怕，她要是有个好歹……您就会……你就会不再爱……噢，我不能啊，我做不到啊……”

我明白了，她说的是真心话。荒唐而又可笑，但这就是真实的人心！我打开了门。

记事 36

提纲：

空白页。基督教的上帝。关于我的母亲。

这件事情说来奇怪，我脑子里竟然一片空白，就像一张洁白的纸。我是怎么走到这里的，怎么等候的（确实等了，这我知道），全都不记得了，不记得任何声音，不记得任何一张脸，不记得任何一个手势。就像连接我和世界的导线被全部割断了一样。

等清醒过来时，我已经站在了**他**面前，我吓得连头也不敢抬。我只看见**他**那双铸铁般巨大的手放在膝盖上。这双手一定也经常压迫**他**自己，连膝关节都有点变了形。**他**慢悠悠地摆动着手指，脸就像罩在雾气里，高高在上。也许正因为如此，**他**的声音才让人觉得是自上而下传来，不过这声音并不像隆隆的滚雷，也没让我吓破胆，倒更像是一个普普通通的号码在说话。

"那么说，您也参与了？您，就是'**积分号**'设计师吧？您，本来注定要成为一名了不起的征服者。您的名字，本该在**大一统国家**的史册上开启全新的辉煌篇章……可是您呢？"

血猛地涌上了我的脑子，涌上了脸颊，可脑子里竟然又是白纸一张。鬓角怦怦直跳，说话的声音回声般自上而下，可我却一个字都没记住。直到声音停止，我清醒过来，这才发现，那只手已经气势如虹地举了起来，而且还慢慢举到了我眼前，最后一根手指定定地指住了我：

“怎么了？您怎么不说话？您是不是这样认为的，我是刽子手？”

“正是。”我唯唯诺诺地回答。接下去的每个字，我都听得一清二楚。

“怎么？您觉得我害怕这个词？您有没有想过，如果扯掉这个词的外衣，看一看它的内涵，会发现什么？我现在就来告诉您。您还记得这个场景吧：一座昏惨惨的小山丘，十字架，人群。山丘上有几个人，浑身溅满血渍，正忙着把一个人钉上十字架；还有一些人在山丘下，泪如雨下地看着这一幕。难道您不认为，其实山丘上那几个人的角色才最难扮演，也最重要啊！要不是那几个人，怎么可能上演这一出流芳千古的悲剧呢？虽然蒙昧的人群向他们喝倒彩，可是这出戏的始作俑者就是**上帝**啊，**上帝**应该更慷慨地奖励那几个人才对吧。基督教的**上帝**是最慈悲为怀的吧，可他却把不顺服的人在地狱慢慢烧死，这难道不是刽子手行径？难道被基督徒烧死在火堆上的人比被烧死的基督徒少吗？可尽管如此，您想过没有，这个**上帝**竟然几百年来一直被当作爱神一样称颂。不荒唐吗？不，恰好相反，这种用鲜血写就的理性是人类专有的，也是绝不可能根除的。甚至早在茹毛饮血的年代，人类就已经意识到，真正的、代数般严谨的爱一定不会有人性。真理应有的标志就是其残酷性。这就像火，火应有的标志就是烧灼。您看过不会烧伤人的火？哈，您来论证吧，来反驳我吧！”

我怎么可以反驳？我还能怎么反驳，这原来（以前）就是我的思想。只不过我从来不会用如此坚固而又五彩绚烂的盔甲来美化它。我一句话也说不出来……

“如果您不说话，就意味着同意我的看法，那么，我们好好谈谈吧。就像小孩子都去睡觉了，成年号码面对面，可以毫无保留地畅所欲言。我来问您：从呱呱坠地开始，人们就祈祷、梦想、饱受折磨，他们究竟想要什么？无非是想要有人一了百了地告诉他们，什么是幸福，然后再用镣铐把他们和幸福铐在一起。我们现在做的，不正是这件事情吗？古人梦想中的天堂……您应该记得，天堂里的人是没有欲望的，他们没有恻隐之心，没有爱心。天堂里的人个个心满意足，都被摘除了幻想（正因为如此才心满意足啊），他们都是天使，是**上帝**的奴仆……可正当我们追上了梦想，正当我们一把逮住了它（**他**的手攥成了一个拳头。要是此刻手里是一块石头，也许会被捏得滋滋地射出水来），只要把这个猎物剥去皮，切成碎块就万事大吉了……可是在这紧要关头，您……您却……”

沉闷的声音戛然而止。而我浑身火热，就像一块躺在铁砧上的铁锭，承受锤子砰砰的敲打。可锤子却不出声地悬空停住了，等着锤子砸下来，这种感觉更……可怕……

可突然：

“您贵庚？”

“三十二。”

“您恐怕比十六岁的孩子还要天真一倍呢！您想想，难道您真的从没意识到，他们，虽然我们还不知道他们的名字，可我相信，您会亲自告诉我们，他们需要您，仅仅因为您是‘**积分号**’的设计师，仅仅是为了利用您……”

“不要！不要这么说。”我大叫起来。

……就好像子弹迎面射来时，不但想用两只手挡住它，还对它大声呵斥，听到“不要”连自己都觉得好笑。可子弹已经把你射穿，你已经倒在地上抽搐了。

“是的，是的。因为我是‘**积分号**’设计师……是的，是的……”这时，我脑海里浮现出 IO 怒气冲冲的脸，紫涨的鱼鳃哆嗦个不停。那天上午，她们两个都在我的房间里……

我记得特别清楚，当时我竟然哈哈大笑起来，抬起了眼睛。这才发现，坐在我面前的是一个秃子，苏格拉底式的光头，光秃秃的头顶渗出细密的汗珠。

原来那么平凡啊。正如有人说过，一切伟大其实都平庸简单到了可笑的地步。

我笑得喘不过气，笑意一团一团地喷涌出来。我连忙用手掌捂住嘴巴，慌不择路地冲了出去。

一级级台阶、大风、灯火和号码的脸在潮湿地面上跳动的碎片。我边跑边想：“不！我要见她！只要再见一面！”

这里又是一页空白。我只记得一双双脚。没有身体，而只有脚。几百双脚似乎是从天而降，掉到地面上，就像下了一场腿脚的大雨，杂乱无章地踩踏着地面。传来一首欢快而又俏皮的歌，还听到喊叫声，这应该是在叫我：“喂，喂！过来呀，到我们这里来！”

后来，出现了一片空旷的广场，狂风猎猎刮得天昏地暗。中央摆放着一个笨重的庞然大物，威严矗立，阴森可怖，那正是**恩威荣主**的**机器**。看到它，我心里就像出其不意发出了回声，想起了洁白雪亮的枕头，枕头上仰躺着一颗眼睛半闭的脑袋，露着两排甜蜜而又尖利的牙齿……这种联想似乎很荒谬，而且和这台**机器**联想到一起更加令人不寒而栗。其实我知道怎么会产生这种联想，可我既不愿意看到这一幕，也不想说出来，真的不愿意，不要啊。

我闭上了眼，坐到向上直达**机器**的台阶上。应该是在下雨，我脸上湿乎乎的。隐隐听到远处传来沉闷的叫喊声。但谁也听不见，谁也听不见我的呼喊：快来救救我，救我离开这里吧！

如果我像古人那样，有个母亲，一个只属于我的，真正的母亲，那该多好。对她而言，我不是“**积分号**”的设计师，也不是编号 Д-503，也不是**大一统国家**的一个分子，而只是一块从她身上掉下来的血肉，是一个被践踏、被碾碎、被抛弃的普通人……不管是我把别人钉上十字架，还是我被别人钉上十字架，也许，两者都一样，她都能倾听我不能对任何其他人说的话，她那被一条条皱纹封死的嘴唇，那只有老太婆才有的嘴唇能亲吻我……

记事 37

提纲：

鞭毛虫。末日大骚乱[①]。她的房间。

早晨在食堂里，左边邻座的号码心惊胆战压低了声音提醒我：

“您快吃啊！他们盯着您看呢！”

我使出吃奶的力气笑了笑。只觉得脸上似乎裂开了一条口子，越是微笑，口子就撕裂得越宽，疼痛感也随之越发强烈……

接着就有了下面一幕。我刚勉强用叉子叉起一块食物，叉子却在手里一哆嗦，咣当掉进了盘子。可就连桌子、墙壁、餐具和空气竟然也立刻跟着颤抖起来，震响起来。就在这时，外面传来一声巨响，震天动地的巨响，冲击波随之势不可当地呈环状扩散开来，越过了头顶，穿过了楼宇，一直散到很远的地方，才像水面的波纹一样，减弱到了几乎不易察觉。

在那一瞬间，我看见一张张脸苍白得没了血色，一张张嘴巴就像在全速运转时突然被踩了刹车，一把把叉子也僵在了空中。

随后场面便一片骚乱，一切都脱离了亘古不变的轨道。大家全都跳了起来（连国歌也没唱完），惊慌失措，根本顾不上什么节拍，嘴巴里没等嚼完就梗着脖子咽了下去，彼此抓住对方：“怎么了？出什么事儿了？怎么了？”这台曾几何时是如此严谨有序的伟大**机器**，竟在一瞬间土崩瓦解，碎作了齑粉。大家向楼下逃散而去，奔向电梯。楼梯上，台阶、踩踏、片言碎语，就像一封被撕碎的信，被大风席卷得四处纷飞。

邻近的楼里同样乱作一团。不一会儿，大街上的景象宛如显微镜下的一滴水，无数鞭毛虫被锁在晶莹透明的水滴中，慌不择路地四处奔逃，往两侧、上方、下方左冲右突。

“啊哈。”猛然响起一个欢天喜地的声音。我的眼前出现了一个后脑勺，一根手指直直地指向天空。我记得非常清楚，他的手指甲黄里透红，指甲的根部有一块白斑，像极了从地平线上探出头来的半个月亮。这个动作犹如指南针，引得几百双眼睛顺着他的手指望向天空。

天上，乌云似乎在被什么看不见的东西追捕，正四下夺路而逃，争先恐后，彼此推搡踩踏。在乌云的掩映下，飞来几艘黑沉沉的**守护局**飞船，挂着黑色长筒望远镜。可是在西边更远的地方，却出现了一些很像是……

一开始，谁都没明白发生了什么。即便我事先比其他号码知道的多（真不幸啊），可就连我也没明白。看上去那好像是黑压压的一大群飞船，因为飞得实在太高，所以无数快速移动的小点只能依稀可辨。等到越飞越近，天上传来了嘶鸣声，咕咕声，越来越密集。最后，我们的头顶出现了一大群鸟。只见数不清的黑色三角形遍布天空，头朝下，尖叫着，飞快地俯冲下来，原来是强大的气流把鸟儿们压向地面，逼得它们不得不降落到穹顶、屋顶、电线杆上和阳台上。

“啊哈——哈。”欢天喜地的后脑勺转过身来，我这才发现，原来竟是那个眉头紧锁的家伙。不过此刻，眉头紧锁只能作为他

---

① 这个词来源于《圣经》，意为世界末日。

过去形象的代名词了，他似乎从紧锁了一辈子的眉头中完完全全钻了出来。只见他的脸上，眼睛周围，嘴唇周围，阳光像一簇簇毛发般散开。他竟然在笑。

“您明白了吧。”他在狂风的呼啸声中，在翅膀的拍打声中，在鸟儿的聒噪声中大声对我叫道，“您明白了吧，是**高墙**啊——**高墙**被炸掉啦！明——白——了——吗？”

背后有几个闪闪烁烁的身影，个个伸长了脑袋，飞快地跑进了楼里。道路的中央，潮涌般跑来一群动过手术的号码，踩着迅捷的步伐，不过看上去又很缓慢（因为实在太沉重了），往西边去了。

……嘴唇和眼睛周围的阳光犹如一簇簇毛发般散开。我一把抓住了他的手：

“告诉我，她在哪儿，I 在哪儿？在**高墙**那边，还是……我必须知道，告诉我吧？快说啊，我不能……”

“就在这里！”他醉汉一样对我大喊，开心地露出了坚固的大黄牙，“她就在这里，在城里啊，她在行动。噢呵，是我们在行动！”

我们是谁？我又是谁？

他的周围大概有五十来个号码，似乎都和他一样，刚从阴沉的眉头里钻出来，个个说话声音响亮，快快乐乐，一口坚固的牙齿。只见他们长大了嘴巴，大口吞咽着狂风，手里舞着外观温和而且一点也不吓人的触电器（奇怪，他们是从哪里搞到的？）。这些人尾随着动过手术的号码去了，只不过他们绕了路，走的是另一条平行的 48 街。

左冲右突的大风就像织成的软绳，把我绊得步履踉跄，可我还是向她跑去。去干吗？我也不知道。我跌跌撞撞地奔跑着，所有街道都空荡荡的，荒蛮的景象让这座城市变得陌生。鸟儿弹冠相庆般无休无止的噪鸣处处可闻。一片末日大骚乱的惨况。透过玻璃墙，我看见（强烈的视觉冲击）几栋楼里竟然有女号码和男号码正在不知羞耻地交媾。甚至连窗帘都没拉下，也没有什么票根，光天化日之下……

到了楼下，是她住的楼。大门茫然惊慌地敞开着，楼下检票桌边也没有号码。电梯不上不下地卡在了升降井里。我气喘吁吁地沿着望不到尽头的楼梯跑了上去。到了走廊里，门上的数字像轮胎的辐条一样在我眼前转过：320，326，330……I－330，就是这里！

透过玻璃门，只见房间里一片狼藉，东西随处散落，乱得不成样子。一把慌乱中被撞翻的椅子，脸朝下四脚朝天趴在地上，活像一头倒毙的畜生。床也被移开了墙，歪斜的样子很狼狈。被踩踏过的粉红色小票根散了一地。

我弯下腰，捡起一张，又捡起一张，第三张……所有的票根上都是号码 Д－503，全都是我啊，是我被激情烧熔后溢出溅出的一滴又一滴。而现在，就只剩下这些了……

我突然觉得，不能让它们就这样在地板上躺着，任人践踏。我抓起了一把，放到桌上，小心翼翼地抚平，仔细看了看，不由……哈哈大笑起来。

我以前不明白这个道理，现在我懂了，你们也该知道：笑声是多姿多彩的。笑声只不过是内心爆炸后在远处听到的回音而已。也许这笑声是节日的礼花，有红色、蓝色、金色；也可能这笑声就是人体爆炸后飞溅到半空的血肉碎片……

忽然，几张票根上跳出了一个全然陌生的名字。我不记得号码是多少，但记住了字母：Ф。我一把从桌面上把票根全都撸到地上，两脚踩了上去，就像践踏自己一样，用脚跟碾，狠狠地踩，踩。随后便走了出来……

我坐在走廊里的窗台上，面对着门，我还在痴痴地等着，傻傻地忘了时间。左边传来脚步声，走来一个老头。他的脸就像被扎破了的气囊，皱巴巴空落落地垂下来，扎破的孔里似乎还流出些许透明的液体，缓缓地往下淌。慢慢地，我才模模糊糊地意识到，那是泪水。等到老头子走出好远，我才踉踉跄跄地冲了过去：

“请问，请问，您认不认识，号码I-330……”

老头子转过身来，绝望地摆了摆手，便一瘸一拐地走开了……

我回到自己家里时，已是黄昏日暮。西边的天际每过一秒钟就痉挛似的亮起一抹惨淡的蓝光，随之便有一声喑哑而又沉闷的轰鸣从那里传来。远近的楼顶都像被覆上了一层熄了火的黑色焦炭，全都是鸟。

我刚一躺倒在床上，睡意便立刻野兽般扑了上来，死死压住了我……

记事 38

提纲：

（不知道该写什么样的提纲。

也许整个提纲可以一言以蔽之：扔掉的烟头。）

醒来时，只觉光线分外地刺眼。我不由眯起了眼睛，脑子里似乎有一团足以吞噬一切的蓝色烟雾，什么都记不得了。透过烟雾：

“可是，我没开过灯啊，怎么会……”

我一跃而起，桌边竟然坐着 I，一只手撑着下巴，正一脸嘲笑地看着我……

我现在就坐在这张桌子边写记事。虽然那几乎被最紧的发条拧死了的 10 到 15 分钟已经无可奈何地过去许久，可我仍觉得，她刚刚随手带上了门，我还能追出去赶上她，抓起她的手，而她或许还会笑哈哈地对我说……

看到 I 坐在桌边，我冲了过去：

“你，你！我去过，去了你的房间，我以为，你……”

可是说到一半却被她长矛般尖锐的睫毛顶住了，看着纹丝不动的矛尖，我停住了。我想起来，在**“积分号”**上时候，她就用这种眼神看过我。我应该刻不容缓地、以最快的速度告诉她一切，让她相信我，不然就再也没机会了……

“听我说，I，我应该……我要告诉你一切……不，不，我这就，我先喝口水……”

嘴巴里干燥得就像敷了一层吸水纸。我倒了一杯水，却喝不下去。于是便把杯子放到桌子上，两只手牢牢捧起了长颈水瓶。

我这才看清，那一缕蓝色的烟雾是卷烟在燃烧。她把卷烟送到嘴边，深吸一口，吞下烟雾时的贪婪模样，就像我喝水一样。只听她说：

“不用了。什么也别说了。没关系，你也看见了，我这不是来了吗。楼下还有号码在等我。你想不想，在我们的最后几分钟里……”

她把烟头甩到地板上，身子挂住椅子的扶手向后仰去（那里墙上有按钮，不容易够到）。我清晰地记得，扶手椅晃了一下，两条腿随之跷了起来。窗帘落下了。

她走过来，紧紧环抱住了我。透过裙子，我感受到了她的膝盖，就像毒药，慢慢地，柔情地，温暖地浸润了我的全身……

可突然……有时候真的会这样：就像本来已经完全沉浸在温馨甜蜜的美梦里，可突然间被刺痛，猛然一个哆嗦，眼睛又睁得老大……此刻也是这样：她房间地板上被踩踏过的粉红色票根，其中有一张是字母 Φ，还有几个数字……这些在我心里突然乱成了一团，就连现在我也说不清，那是一种什么样的感觉。我不由用力一挤，她竟然疼得一声尖叫……

这十到十五分钟里，又有一分钟过去了。洁白雪亮的枕头上，她半睁着眼睛仰面躺着，露着两排尖利而又甘甜的牙齿。这一幕总是在我脑海里挥之不去，总是莫名其妙而又痛苦地让我想起一些不可以去想，现在也没必要去想的事情。于是我更动情地，也更残忍地掐她，手指在她身上留下了更清晰的淤青……

她开口说话了（我注意到，她没睁开眼睛）：

“听说，**恩威荣主**昨天召见了你？是真的吗？”

“是，是真的。”

于是她的眼睛一下子睁大了。我心满意足地看着她的脸迅速变得苍白，变得模糊不清，最后消失，只剩下两只眼睛。

我把一切都告诉了她。只有一件事没说，我自己也不知道为什么不说……不，不对，其实我知道为什么，我只瞒了她这一件事，就是**他**最后说的那几句话，说他们需要我只是因为……

渐渐的，就像泡在显影液里的照片，她的脸又清晰立体起来：脸颊，洁白的牙齿，嘴唇。她站起身，走到柜子的镜门前。

我又感到口干舌燥。我给自己倒了杯水，却恶心喝不下，于是又把杯子放到桌上，问：

“你来找我，就是想要打听这件事？”

她从镜子里望着我，两道眉毛又高高地挑向鬓角，搭起一个尖尖的三角，满脸的讥诮。她转过头，想对我说什么，却又什么都没说。

她也不用说，我都知道。

应该和她告别吧？我迈开自己那两条不属于我的腿，还绊倒了椅子，椅子脸朝下倒地，死了过去，就像她房间里的那把椅子。她的嘴唇冰凉。曾几何时，就在这里，我房间床边的地板也是同样的冰冷。

她离开后，我一屁股坐到地板上，低头看她扔掉的烟头……

我写不下去了……我再也不想写了！

记事 39

提纲：

结局

这一切，就像在饱和溶液里丢进了最后一颗盐粒，很快就长出刺来，接着又延伸出针尖般的晶体，变硬，凝固了。当时我的心里很清楚，一切都已经无法挽回了，明天一早我就要做个了断。这和杀了我自己没有什么区别，可是，或许只有这样我才能重生。因为只有先被杀死，才能重生。

西边的天空依然痉挛着，每过一秒就蓝光一闪。我的脑袋发烧一样疼，太阳穴怦怦地跳。我就这样坐了整整一夜，直到早上七点才睡着，黑夜的魅影已经隐去，天空渐渐泛青，被鸟儿占据的楼顶也一一开始显露。

我醒了。已经 10 点钟（显然，今天闹铃没有响）。

桌子上还放着昨天那杯水。我饥渴地一口喝干，便跑了出去。我必须尽快了断，越快越好。

天空犹如被暴风雨洗劫一空，荒凉得只剩一片湛蓝。地上的阴影仿佛就是秋日蓝天的剪影，棱角突兀分明，显得纤薄，似乎一碰就会碎裂，变成玻璃尘渣四处飞溅。可连这，我也不可以去想，不要去想，不要去想，不然的话……

所以我没去想，甚而有可能，我都没有真正看见什么，只不过是下意识地留意到而已。比如，路面上的树枝不知是从何处掉落，上面还挂着绿色、琥珀色和深红色的树叶。又比如，头顶的鸟儿和飞船彼此纵横穿插，快速地飞来飞去。还比如，一颗颗张大了嘴巴的脑袋，一双双挥着树枝的手。而这一切景象都该伴着声音，比如大呼小叫，呜哝啁啾，嗡嗡轰鸣……

接着，我看见一条条空旷如鼠疫肆虐过后的街道。我记得，什么柔软却没有弹性的东西绊到了我，竟一脚能陷进去，心里直犯恶心，那东西躺着一动不动。我低头一看，是一具尸体。他仰面朝天地躺着，两条弯曲的腿像女性号码一样大大咧咧地叉开。脸上……

我认出了那两瓣黑人一样的厚嘴唇，此时似乎仍在笑哈哈地喷着唾沫星子，露着牙齿。两只眼睛紧紧地眯起，他真的还在对我笑。可只片刻停留，我便一步跨过他的尸体，跑开了。因为我已经无法停留，我必须尽快了结这一切，不然，我感觉自己就像超载的铁轨，就要被压垮，就要折裂了……

幸好，我还有二十几步就到了，已经能看到招牌，看到金光闪闪的大字“**守护局**”。跨过门槛时，我站住了，用尽全身力气深吸了一口气，便走了进去。

楼里。走廊里是看不到头的长长队伍，号码们一个个跟着前面的后脑勺，手里拿着几张小纸片，或者厚厚的小本子。队伍缓慢地前行，挪个一步、两步……五步，便又停下来。

我在队伍旁前前后后地乱窜，脑袋像要裂开一样，随便抓住谁的衣袖，就连声哀求他，活像病人渴求一剂良药，情愿用片刻痛不欲生的折磨换取一了百了的解脱。

走过来一个女号码，制服裙的腰带系得偏高，还勒得很紧。她那两瓣浑圆的臀部高高撅起，尤为引人注目，走起路来不住地左摇右晃，仿佛那就是她的两只眼睛。只见她鼻子冲我出气：

“他肚子疼！快带他去厕所，就在那里，右边第二扇门……”

大家哄笑起来。听到笑声，似乎有什么东西涌上了我的嗓子眼，我眼看就要大叫出来，或者……或者……

突然，身后有人一把抓住了我的胳膊。我一回头，是那对透明的招风大耳朵。可那耳朵并非往常那样粉红色，而是鲜红的。脖子上的喉结一上一下地滚动，似乎马上就要刺破薄薄的皮肤弹出来。

“您来这里做什么？”他问，锥子又钻透了我。

我一把抓住了他，便不肯再松手：

“快去，快去您办公室……我要把一切，马上！能告诉您本人，太好啦……也许，把这事情告诉您本人会很可怕，不过也好，也好……”

他本来就认识她，想到这个我就觉得痛苦，不过，也许他听了以后也会大惊失色。这样一来，杀死她的就是我们两个，而我在生命的最后时刻也不会再孤单了……

门砰地关上了。我记得，有张纸在门缝底下卡住了，关门的时候抓挠着地板。过了一会儿，似乎被一个罩子罩住了，房间里就像真空一样出奇的安静。要是他此刻哪怕说一个字，说什么都无所谓，只要说一个无关紧要的字，我会立刻一股脑儿地全说出来。可他没说话。

我全身的神经越绷越紧，甚至出现了耳鸣，于是我说话了（眼睛没看着他）：

“我觉得，我一直都恨她，从一开始就恨她。我矛盾了好久……不过，不是，不是，我胡说的。我能不救治的，本来也不愿意救治的，我本来想殉难，这对我比任何东西都珍贵……我说的不是去死，而是想让她……就算现在，就算现在，虽然我已经知道了一切……您知道吧，您知道吧，**恩威荣主**召见过我？”

“是的，知道。”

“可是，**他**对我说的……我不骗您，就好像，您脚底下的地板被冷不丁抽走，您整个身体和所有的东西，比如这张桌子，还有桌上的纸啊，墨水啊就全都……墨水也泼出去了，还溅得到处都是……”

“说下去，说下去！请抓紧时间。外面还有号码等着呢。”

于是，我上气不接下气，驴唇不对马嘴地把所有事情，所有发生的事情，所有记录下来的事情都和盘托出。说出了关于现实的我，说了那个浑身长毛的我，还说了她怎么评价我的手。当然啊，一切不正是从那次相遇开始的嘛。还说了我当时怎么不愿意履行自己的义务，怎么欺骗了自己，她又是怎么办理的假证件，我又是怎么一天天腐朽堕落，还说了地底下的长廊，还有**高墙**那一边……

我就这样气喘吁吁地颠三倒四，语无伦次地说着，感觉连语言都不够用了。而他扭曲成两截的嘴唇竟露出一丝讥诮，在我卡壳的时候，时不时替我递上一句话。而我连连点头：是的，是的……到了后来（这算怎么回事儿？），到后来竟是他在完全替我说了，而我却成了听众：“是啊，后来……太对啦，就是这样的，是的，是的！”

我感觉就像吸进了乙醚，从脖子根周围，对，就是那里，开始渐渐发凉，不由得心虚地问：

“怎么会这样，您又无从得知……”

他讽刺的笑意——当然没说话——越来越夸张……接着：

“您看，是您想要对我隐瞒些什么吧？您刚才说出了**高墙**外看到的每一个人，可有一个人您忘了说啊。您想要否认吗？难道您真不记得，那里有个人在您眼皮底下一闪而过，您明明看见了的……就是我啊？是，是的，就是我。”

停顿。

突然，我的脑子里就像划过一道闪电，顿时在可耻中醒悟过来：原来他，他也是他们的人……我整个人，我所有的痛苦，我千方百计历尽艰辛送到这里来的，本想用来立功赎罪的，却原来都是一场可笑的恶作剧。这就像古代那个关于亚伯拉罕和以撒的笑话。当亚伯拉罕全身冷汗直冒，对着儿子高高挥起利刃时，他的头顶突然冒出一个声音：“不用啦！我开玩笑的……”①

我两眼定定地盯着那个越来越扭曲的讥笑，两手紧紧压住桌边，慢慢地，慢慢地连身体带椅子一起推开，接着猛地抱住自己，冲破号码们的大呼小叫，越过台阶，把一张张张大的嘴巴抛在身后，慌不择路地跑了。

我不记得自己是怎么到了地下，又是怎么进了一间地下轨道车站的公共厕所里。那里，上面的世界，史上最伟大最理性的文明正在毁灭，在崩塌，而这里，不知道有谁开了个玩笑，却一切依旧如初，依旧美好。可再想一想，这里恐怕也会注定难逃一劫，被荒草彻底淹没，最后只能成为“神话”中的故事……

---

① 取自于《圣经·旧约·创世记》的情节：他们到了神所指示的地方，亚伯拉罕在那里筑坛，把柴摆好，捆绑他的儿子以撒，放在坛的柴上。亚伯拉罕就伸手拿刀，要杀他的儿子。耶和华的使者从天上呼叫他说：“亚伯拉罕，亚伯拉罕！”他说：“我在这里。”天使说：“你不可在这童子身上下手。一点不可害他。现在我知道你是敬畏神的了；因为你没有将你的儿子，就是你独生的儿子，留下不给我。”

我大声呻吟起来。这时，突然感觉有号码在温柔地抚摸我的肩膀。

定睛一看，原来是坐在我左边座位上的号码。此人额头宽大，像一条光溜溜的抛物线，额头上是龙飞凤舞的皱纹，就像一行行潦草的文字，写着我的故事。

“我理解您，完全理解。”他说，“劝您还是冷静一些吧，没必要啊。一切都会恢复原样的，一定会回来。只不过我的新发现要让大家知道，这才是大事。我第一个告诉您吧，我已经计算出来了，无穷大并不存在！”

我又惊又怒地瞪了他一眼。

“是的，是的，我不骗您，无穷大真的不存在。假如世界真是无穷大，那么物质的平均密度就应该等于零。既然物质密度就如我们知道的那样，不会是零，那么就能得出结论，宇宙是有终点的，宇宙应该是球状的。宇宙半径的平方 y^2 等于平均密度乘以……嗯，我就差算清这个系数的数值了，那样一来……您看，一切就都有尽头了，就简单明了，一切都能计算了。您看，这样我们不就能在哲学上无往而不利了吗？可是您，尊敬的号码，您这么大呼小叫的，妨碍我完成最后的运算啊……”

我不知道，究竟是什么更打动了我，是他的新发现呢，还是他在这个《启示录》般的时刻[①]坚如磐石的信心。他手里（我刚注意到）攥着一个记事本和对数换算表。我立刻醒悟到，即便一切

① 启示录般的时刻出自《圣经 · 新约 · 启示录》，意为世界末日时刻，或者末日大审判时刻。

都要毁灭殆尽，我也有义务（为亲爱的你们，各位未曾谋面的读者）留下一本有完整结局的记事。

于是我问他要了几张纸，就地记录下了这最后几行……

我本想画上句号，就像古人把死人的尸体推进墓穴后，再插上十字架一样，可突然手里的铅笔一哆嗦，从指间滑落了……

“请问，”我扯了一把邻座，“听到没有，我在问您呢！您倒是，你倒是告诉我啊，您的宇宙终点到底在哪里啊？终点外面又是什么啊？”

他没来得及回答我，由地面沿着台阶往下响起了脚步声……

记事 40

提纲：

事实。气钟。我深信不疑。

白天。阳光明媚。气压 760。

难道我，Д-503，竟然已经写了 220 页？难道我曾意识到过，或者曾自命不凡地这样意识到过？

笔迹确实是我的。而且接下去写的笔迹也一模一样，不过幸好，相同的只有笔迹而已。以后不会写什么梦话了，不会有任何荒谬的隐喻，也不会有任何情感了，有的只是事实。因为我康复啦，我完完全全绝对地健康啦。我笑容满面，我没法不笑啊，就像脑袋里的刺终于被拔出来了，现在脑子里轻轻松松，空空如也。更确切地说，不是完全空空如也，可已经没有了任何不相干的想法，也没什么再能妨碍我微笑的啦（笑容才是正常号码的正常状态）。

事实就是这样的。那天晚上，那位厕所里发现宇宙终点的邻座和我一起，还有当时和我们在同一个地方的所有号码，都被当作未持有**手术**证书者抓了去，并带到最近的一座大会堂（大会堂的号码似曾相识，是 112）。我们就在那里被绑到桌子上，接受了**了不起的手术**。

到了第二天，我，Д-503，谒见了**恩威荣主**，并向他讲述了一切，包括我所知道的有关与幸福为敌的号码的所有事情。可为什么以前我会觉得这么做很艰难呢？真不可理喻。唯一的解释就是：我以前得过的病（灵魂）。

当天晚上，我和**他**同坐一桌，和**恩威荣主**同坐一桌，我（是第一次）就坐在名震天下的**气钟室**里。带进来一个女号码。她应该当着我的面招供，可她却顽固地一句话不说，只是笑。我发现，她有两排尖锐的牙齿，洁白如雪，看上去还真是挺漂亮的。

接着，她被拖进了气钟。她的脸蓦地变得非常非常白，再加上她的眼睛原本就又黑又大，愈发显得美丽动人。当气钟开始往外抽气时，她的头猛地向后一仰，两眼半睁，双唇紧闭，这一幕让我觉得似曾相识。她看着我，双手死死地抓着椅子的扶手，一直这么盯着我，直到两只眼睛彻底合上。于是便把她拖了出来，在电击作用下很快让她苏醒过来，又一次让她坐进气钟。这样重复了三次，可她还是守口如瓶。和这个女号码一起被带进来的其他几个号码就诚实多了，不少号码第一次就松了口。明天这些号码都会一级台阶一级台阶地爬上**恩威荣主**的**机器**。

局势紧张，已不能再拖延了。西边的街区还处在持续的混乱中，嚎哭声不断，四处尸体横陈，野兽到处乱窜。遗憾的是，背叛了理性的号码数量极为可观。

不过，40 大街上已经成功筑起一道临时的高压电波拦截大墙。我真心希望，我们会胜利。不，应该说，我坚信，我们一定会胜利。因为理性必胜。

1921 年

僻县

1. 四四方方

父亲没完没了地唠叨：“好好读书啊你，好好学啊，不然以后就和我一样，只能给人缝靴子。”

可好好学哪有那么容易，点名册里头一个就是他的大名[①]，每回只要一上课，就会被拎起来：

“巴雷巴，安菲姆。请您来回答吧。”

安菲姆·巴雷巴满头大汗站起来，本来就低的额头，这下更是压扁了两道眉毛。

“又是一窍不通啊？啊——呀——唉，小家伙，你也老大不小了，已经成年了，都可以讨老婆了啊。坐下吧，哥们儿。”

于是巴雷巴乖乖地坐下。他每一年级都稳稳当当地坐了两年。就这样不急不躁、不紧不慢地，巴雷巴总算磨蹭到了最后一年级。

那时候他已经年满十五岁，说不定还更大些。嘴巴上的胡髭就像大雪后的庄稼，长得又浓又密。他喜欢和别的孩子们一起厮混，经常跑去射手湖边偷看女人们洗澡。事后兴奋得整夜睡不着，一闭上眼睛就做火辣辣的梦，满脑子男欢女爱极尽快意之遐想，简直……

第二天早上起床，巴雷巴满脸倦容，一整天都心神恍惚。于是就在修道林里泡到大半夜。上学？哈，管它呢，见它的鬼去！

晚上父亲逮住他就往死里打：“又逃学，不听话，没出息的东西！”可不管怎么揍，他都是一脸死不悔改的执拗，牙关紧咬，就是不吭气。只是那张俊俏的脸蛋上，所有肌肉都鼓起来，顶出一个个棱角。

说到棱角，他倒是实至名归。县里小伙伴们给他起的外号就是熨斗。宽大的下颚骨铁打一般坚硬，嘴巴四四方方，前额狭长，看上去神似熨斗，鼻子还向上翘起。兼之巴雷巴身材又高又大，虎背宽肩，说起话来像打雷，身体各个部位也都是敦敦实实的直角长方形。就像绝望的尽头总会迎来希望一样，虽然身体的各个部件彼此冲撞，但总体看上去倒还顺眼。或许有些蛮，或许有点凶，可确实挺顺眼。

小伙伴们都有点害怕巴雷巴，他发起火来生猛得像一头野兽，一拳能把人砸进地里去。大家都喜欢背地里拿他取笑，但起码要躲开他一俄里[2]以外才敢这么做。除非巴雷巴饥肠辘辘，大家投喂他小圆面包时，才敢放开胆子尽情地逗他。

“来，巴雷巴，给你半个小面包，把这个咬碎。”

说着塞给他一把小石头，还故意挑出几块最硬的。

“少啦，”巴雷巴忿忿地闷声讨价还价，“要一整个面包。”

“见鬼了，你还真能吃啊！”不过一整个面包还是不缺的。于是巴雷巴在小伙伴们的哄笑中开始嚼石块，只见他压榨机一样的钢牙把石块磨得粉碎——尽管拿石头来！用这样的办法逗小伙伴们开心，也算是少见了。

不过玩笑归玩笑，一旦考试来临，再逗趣闹腾的人也不得不老老实实坐下来看书，平白辜负了户外郁郁葱葱的五月。

当月十八号，为庆祝历史上亚历山德拉女皇加冕，律法考

---

① 他的名字以俄语中的第一个字母 A 开头。
② 1 俄里约为 1.6 公里。

试[1]被排在毕业考的第一场。一天傍晚将近，父亲放下手里的蜡线和靴子，摘下眼镜，对他说：

“安菲姆卡[2]，你记住，你给我牢牢记住了。你要是这回再考不好，我就把你赶出这院子。”

其实原本还是有希望的，还剩三天复习的时间。可是小伙伴们却像存心捣乱一样，劲头十足地玩起了抛硬币的游戏，哈，这游戏实在太好玩了！安菲姆卡头两天运气一直不好，把自己的老本输得一干二净：整整七十戈比，外加一条带扣环的新腰带。他气炸了。到了第三天，老天爷总算开了眼，不但赢回了老本，还净赚了五十多戈比。

到了十八号，巴雷巴毫无悬念地被第一个叫上了考场。同县的人一声不吭，都等着看好戏——哈，这下傻小子要出洋相啦。

巴雷巴抽到考题，直勾勾地瞪着白白的考卷。或许是考卷颜色太白，也许是出于恐惧，他竟然觉得有点恶心了，脑子里的话被吓得落荒而逃，一个字都没留下。

几个坐在前排的人念经一样小声提示：

“底格里斯河和幼发拉底河……花园里有……美索不达米亚。美索——不——达……聋啦！”

巴雷巴终于说话了，活像推石头一般，一个接一个地把字推出来，既艰难沉重，又稀稀拉拉：

“亚当和夏娃。底格里狮虎……和……那个……幼发拉狮虎……之间……天堂是个好大好大的花园。花园里养了一群没手

---

① 这里指东正教律法。
② 安菲姆的爱称。

臂大蟒[1]。还有其他动物……”

牧师点了点头，尽可能保持温柔的神态。巴雷巴似乎受到了鼓舞。

“那，没手臂大蟒是个啥呢？啊，安菲姆？你倒是给我们解释解释，小安菲姆。”

“没手臂大蟒嘛……就是那种……大洪水以前[2]的动物啊。很凶很凶的。它们就住在天堂里。那时候还有……”

牧师终于忍不住笑了，躲在翘起来的络腮胡子后面发出了猪叫声。小伙伴们早已笑趴在课桌上。

巴雷巴没回家。他知道，父亲向来说一不二，说出的话绝不会唾沫星子那样说没就没了。既然说出了口，他一定会做到。说不定还会额外赏他一顿皮带，把他抽成猪头。

---

① 听错了美索不达米亚。
② 指《圣经》中的大洪水时代以前。

2. 与狗为伴

很久以前，有一户姓巴尔卡申的人家，全家从商，受人尊敬。祖祖辈辈在自家工厂里埋头煮啊煮啊，煮酒曲。可有一年突降霍乱，全家人一个接一个地死掉了。有人说，在很远的大城市里有他们家的财产继承者，可却一直没人来。找不到继承人的大房子就这么凄惨惨地空着。木头塔楼渐渐歪了，一扇扇窗户也用十字木条封上了，院子成了杂草的乐园。巴尔卡申家的院子里，时不时会有人隔着围墙扔进来几只瞎了眼的小狗小猫，街上的流浪狗经常在围墙底下刨吃的。

这时候，巴雷巴住了进来。他一眼就相中了破旧的奶牛棚，除了运气不错，门没有上锁以外，牛棚里还有一个木板钉起来的食槽，这不就是现成的床吗？这下巴雷巴总算天遂人愿，不用去上学了，想干吗就干吗。牙齿冻得咯咯响之前，可以在河里想泡多久就泡多久，还能一整天跟着流浪风琴师满镇子跑。修道林白天说去就去，夜里照样拔腿就走。

本来一切都挺好，可是吃的很快就没了。身边总共不到一卢布，这能撑得了多久？

于是巴雷巴开始往来于菜市场揩油捡便宜。他手长，算得上具备了野兽的敏捷，可动作却十分不协调。他东躲西藏不和任何人打招呼，皱着眉头探头探脑。经过嚼着燕麦的马群，他就在高高的白色车辕之间上蹿下跳；遇到热衷于闲聊而又永远不知疲倦的婆娘们，他便来回穿梭于其间，趁着妇人稍不留神打个哈欠，他就得了手。巴雷巴就这样猎获自己的口粮。

要是菜市场解不了燃眉之急，巴雷巴就去射手镇的集市。在房后，在打谷场外，在菜园子周围，他该走就走，该爬就爬。苦蒿的气味最烦人，刺激得鼻孔发痒，可上帝保佑，打喷嚏是万万不能的。女主人就在那儿呢，就在那儿，在垄上除草，红头巾在绿油油的菜地里忽隐忽现。赶上手气不错，巴雷巴能带回来不少土豆和萝卜。到家——也就是巴尔卡申家的院子——就点火烤，顾不得滚烫就往嘴里送。就是没有盐，不过也能填饱肚子。已经算不错了，不求长膘，但求活命吧。

要是出门不顺，赶上运气不好的日子，巴雷巴就只好忍着饥饿，狼一样羡慕地看着那几条狗。看着它们把骨头啃得嘎嘎响，看着它们欢蹦乱跳地玩骨头。巴雷巴看着……

就这样熬过几天，几个星期，几个月。唉，在巴尔卡申家院子里陪伴饿狗的日子实在过不下去了！巴雷巴憔悴了，变得一脸凶相，头发也长了，脸也黑了。因为瘦了的缘故，颚骨和脸颊骨的棱角更加凸出，脸也越发僵硬，越发显得四四方方。

这种狗日子什么时候能熬到头啊。好想过人的日子，像像样样的正常人的日子，能喝一杯热乎乎的茶，能裹着被子睡觉。

有时候，巴雷巴整天都躺在自家的奶牛棚里，脸朝下趴在干草堆里。也有些时候，巴雷巴可以在巴尔卡申家的院子里转悠一整天，想找个人出来，哪怕能找出一些有人气的东西也好。

旁边院子里住着一户开鞋铺的人家。每天一大早，院子里全是围着皮革围裙的制革工人，赶车的一车又一车往来运送皮革。有人就看见围墙上的小洞里有个滴溜溜转的眼珠子，便用皮鞭杆捅过去：

“喂，谁在那儿？”

“哟，巴尔卡申家的院子里还有土地小鬼[①]啊？”

巴雷巴赶紧狼一样三蹦两跳逃回奶牛棚，一头扎进干草堆，便躺着不动了。哼，别让老子再碰见这些赶车的，不然让你们……不然把你们……

到了中午，鞋铺人家的院子里响起乒乒乓乓刀子切菜的声音，厨房里飘出销魂的油烟气味。巴雷巴不由浑身颤抖，守着自家围墙的缝，一步都舍不得挪开，直到隔壁人家午饭结束。

等到隔壁人家吃完了饭，他心里的石头仿佛才放下了。吃完了饭，鞋铺老板娘独自艰难地踱出门来，满脸通红，蹦蹦跳跳好一阵——吃得太饱，几乎走不动了。

“哦——嚯……”巴雷巴恨得咬牙切齿，两排钢牙磨得咯咯响。

每到节日假期，波克罗夫教堂的大钟就会在胡同上空响起，也顺势淹没了巴尔卡申家的院子。巴雷巴被钟声折磨得愈发仇恨难耐。大钟敲啊，敲啊，震得耳朵嗡嗡响，当当当……

“对呀，干吗不去修道院，去找叶夫谢啊！”钟声终于让巴雷巴豁然开朗。

还是很小的时候，要是有个跌打蹭伤，巴雷巴就会跑去找叶夫谢。每次他都会倒上一杯热茶招待巴雷巴，还给他吃修道院自己做的八字形小面包圈。看他吃着喝着，叶夫谢就在一边不着边际地自说自话，也只是为了安慰他：

---

① 俄国传说中镇守家园的小鬼，住在土地里。

“唉，小家伙啊！前些天，修道院长一把揪住我的圣发[1]，我还……唉，你还小……你会大哭大叫吗？”

想到这里，巴雷巴兴冲冲地一路小跑直奔修道院。终于要摆脱巴尔卡申家的狗啦。

“叶夫谢神甫在吗？”

见习修道士手捂着嘴巴呵呵笑：

“来的真是时候！就算牵着猎狗都找不到他啦。叶夫谢神甫现在天天喝着小酒，已经在射手镇上晃了一星期了吧。”

叶夫谢不在。完蛋了，没地方可去了。只好又回到巴尔卡申家的院子……

---

① 指修道人士专门的发型。

3. 小鸡崽子

每次晚祷结束，或者做完弥撒，波克罗夫教堂的神甫都会追上鞋铺老板娘，晃着脑袋告诫她：

“这样下去可不好哦，女施主。要多走动，要多散散步才好。不然，你看看，肉都要掉下来啦。”

坐在敞篷马车上的鞋铺老板娘一听，身体就像松软的面团一样散了开来，两片嘴唇抿到一起：

“根本就不行呀，神甫，动一动，心就噗噗跳个不停啊。”

鞋铺老板娘乘车扬尘而去。敞篷马车被她一个人塞得满满当当，缓慢而又笨重地远去，弹性十足的身体在马车里起伏有致。话说鞋铺老板娘不坐车、两条腿走路的样子，还从没有人见过。其实鞋铺和桑拿房近得才几步之遥（皮革厂和用来做生意的桑拿房都是丈夫留给她的），可每逢周五婆娘们聚会的日子，她也照样坐着敞篷马车过去。

这辆敞篷马车，拉车的黄斑马，还有一个名叫乌尔万卡①的马车夫，都是鞋铺老板娘的钟爱。尤其是乌尔万卡，一头鬈发，力大无比，天晓得怎么会有那么大力气，一身黝黑的皮肤，没准是个吉卜赛人，倒也难说。他不但皮肤熏得乌黑，整个人也敦敦实实，浑身青筋暴突，看上去就像一个用上好的粗绳打的结扣。大家都说，呵呵，他在鞋铺老板娘那里干的可不光是车夫的活。当然啦，那都是有人背地里偷偷地嚼舌头，谁也不敢明目张胆地说。万一被乌尔万卡逮着，兄弟，一顿痛揍是逃不掉的，而且……乌尔万卡最喜欢做的事情，就是把人打个半死。因为他自已以前当偷马贼的时候，就被人这么往死里揍过。

不过，乌尔万卡这样的人也有爱心。他爱马，也爱鸡。不但成天守着马儿刷呀刷，有时候不惜用铜刷子给马儿梳理鬃毛，甚至还会说着谁都听不懂的话和马儿交流谈心。说不定，他真是个异教徒？

乌尔万卡喜欢鸡，那是因为开春后的小鸡崽子们黄绒绒的，捧在手里一团团绵绵软软的特别可爱。他会满院子追着小鸡崽子们跑："啾——啾——啾！"爬到运水车下面，肚子贴地钻进门廊底下，要是逮到机会，他最喜欢把鸡崽子放到手心里，暖着小鸡崽，他的心里也暖和。只不过，平日里谁也不曾看到过他伺候小鸡崽子时的那副嘴脸，也许只有上帝才见过。常人恐怕真的想象不到，和小鸡崽子在一起的时候，乌尔万卡竟然很可爱！

算是巴雷巴注定要倒霉，他竟然胆大包天看上了乌尔万卡的小鸡崽子。不过他喜欢的是鸡崽子的味道，因为太好吃了，竟然还偷上了瘾。今天少一只，明天又少一只，乌尔万卡当然很快就发现了。小鸡崽子们还能跑到哪儿去，想了好久都没想明白。难不成招来了黄鼠狼？

午后，乌尔万卡躲进了大棚，躺倒在推车上。酷热的天气，让人直打瞌睡。小鸡崽子们也纷纷躲进了大棚，靠墙找个阴凉的地方蹲下休息，合拢了半透明的眼皮，小嘴也一啄一啄地瞌睡起来。

这些小可怜们没看见，身后的木板已经被移走，一只手从墙洞里慢慢地，慢慢地向它们伸过来。倏地一下，有只小鸡崽刚来

① 大名是乌尔万。

得及尖叫一声，便在巴雷巴的拳头里被捏成了肿胀的肉球。

说时迟那时快，只见乌尔万卡一跃而起，大喝一声，纵身飞过了围墙：

“抓住他，抓住他，有小偷啊！”

巴雷巴像被逼急的野兽般死命奔逃。一跑进院子，巴雷巴就倒退几步，翻身藏进了食槽，钻进了干草堆里。可还是被乌尔万卡一举擒获，将他猛地拖出来，拎着甩到地上。

“哼，看你往哪儿逃！竟敢偷我的小鸡……”

说着便揪住他的衣领，拖去见鞋铺老板娘。该怎么罚他，听老板娘做主吧。

4. 饶了他

鞋铺老板娘赶走了厨娘阿尼西娅。干吗赶走她？赶走了省心，免得她老是勾引乌尔万卡。人是赶走了，可自己也手忙脚乱，只恨分身乏术。镇上找不出一个像样的厨娘，所以只好雇了一个名叫波尔卡的女孩子，可这女孩子实在太不中用啊。

将近晚祷时分，波克罗夫教堂的大钟当当当地响了。波尔卡照着老板娘教她的，把喝剩的茶叶渣子撒到地板上，在客厅里拖起了地板。老板娘自己就坐在印花呢沙发上，无聊得几乎要咽气，两眼直愣愣盯着玻璃捕蝇罩。捕蝇罩里放着一杯克瓦斯①，几只苍蝇也因为寂寞无聊，奋不顾身投进克瓦斯淹死了。老板娘不由得打了个哈欠，赶紧在嘴上划个十字："噢，上帝我的父啊，发发慈悲吧……"

上帝果然发了大慈悲。只听门厅里响起杂沓的脚步声，伴着一阵吵嚷，只见乌尔万卡把巴雷巴推进了屋。一眼看见了鞋铺老板娘，巴雷巴不由慌得手足无措，甚至忘记了挣扎，只有两只眼睛还在老鼠一样滴溜溜转，扫遍了所有角落。

听完小鸡崽子的事情，鞋铺老板娘顿时火冒三丈，唾沫星子四处飞：

"敢向小鸡崽子下黑手，那是上帝的小天使啊，竟敢下黑手？啊，恶棍，啊，坏蛋！波留什卡②，拿笤帚来。去拿，快去，我不听他解释！"

乌尔万卡咧着嘴龇着牙，抬起膝盖在身后猛地一顶，巴雷巴便立刻跌倒在地。巴雷巴张开嘴巴乱咬，蛇一样拼命挣扎，可他根本就不是大力士乌尔万卡的对手。只见乌尔万卡掰开他的两条腿，跨到他身上，一把扯去破破烂烂的裤子，只等着老板娘开口，便一顿好打。

可老板娘竟突然笑起来，笑得连话都说不出来，哈哈笑个不停。眼睛好不容易使劲撑开一条缝：这俩人怎么在地板上愣愣地没了动静？

眼睛终于睁开了，也笑不动了，她弯下腰，凑近了仔细看巴雷巴紧绷的肌肉，果然野兽般结实。

“喂，你出去，出去，乌尔万。爬下来，听见没，快爬下来！让我来好好问问他……”老板娘眼光躲躲闪闪，没正眼看乌尔万卡。

乌尔万卡慢慢地爬下来，走到门边又回头看了看，随后便使足了劲砰地把门带上。

巴雷巴这才跳了起来，着急慌忙找裤子。老天爷，裤子已经被撕得粉碎！行了，头也别回快逃吧……

可老板娘却牢牢抓住了他的手：

“您是哪家的孩子，啊？”

说话的时候，她的下嘴唇鼓了出来，本来说的是“孩子”，可听上去却像“盒子”，而且已经没有了威严的架子，这让巴雷巴嗅出了异样。

“鞋——鞋匠家的，我是……”话刚出口，便回想起了自己的种种遭遇，不禁悲上心头，嚎啕大哭起来，“考——试……考砸……爹

---

① 一种用面包发酵而成的低酒精浓度的俄罗斯传统清凉饮料。
② 波尔卡的爱称。

把我赶出来，我住——住在……巴尔……巴尔卡申……”

老板娘两手轻轻一拍，拿腔作势甜甜地骂道：

“啊呀，是个苦命的孤儿呀，唉，好可怜呐！赶出家门，还是亲生儿子，啊？这爹是怎么当的……”

她一边咿呀抱怨，一边牵起巴雷巴的手往里走去，巴雷巴虽然浑身不自在，却也驯服地跟着。

“……所以没人教你学好，就学坏了吧，看，学会了偷，还偷小鸡崽，是吧？”

到了卧室。偌大一张床上，羽绒被子堆得有小山高。亮着一盏小油灯。几幅圣像上，法衣闪闪发亮。

巴雷巴被她一把推倒，跌坐到一块地毯上。

“跪着，你跪好了。祈祷吧，安菲姆什卡[①]，快祈祷吧。上帝慈悲，会宽恕你的。我也会饶了你……”

说着，自己便坐到身后，喘着粗气激动地轻声嘟囔起祈祷文来。跪在地上的巴雷巴呆住了，一动不敢动，心想：“站起来逃吧，快逃吧，站起来……”

“你这像什么样嘛，啊？怎么教你祷告的啊？”老板娘一把抓起巴雷巴的手，“看，要这样，看。先额头，再肚子……”便从身后贴住了他，直往他脖子里吹气。

突然，连巴雷巴自己都觉得意外，猛地转过身，咬紧牙关，把手深深插进了面团一样软绵绵的……

“呀，你怎么这样，啊？你要干吗，干吗，啊？嗯，好吧，看你是个孤儿，我就造一次孽吧。”

---

① 安菲姆的爱称。

巴雷巴就这样淹没在滚烫而又甜美的面团里。

夜里，波尔卡在门厅的大箱子上给他铺了一条毡子。巴雷巴使劲晃了晃脑袋：世上真的有神迹啊。他睡熟了，饱足而又得意。

5. 小日子

是啊，这里和巴尔卡申家的院子真是天壤之别，这里才叫生活。一切都是现成的，安安静静，柔软的羽绒可以躺着坐着，房间都用麦秆烧得热烘烘。可以一整天享受美妙的无所事事。黄昏时分，可以守着忘乎所以打着呼噜的小瓦夏[①]，蜷缩在小炕上。整天吃得饱饱的。哈，这小日子!

吃，就要吃到通身上火，吃到大汗淋漓，要从早吃到晚，要把肚子泡在食物里。这就是鞋铺老板娘的规矩。

早晨起床喝茶，加了炼乳，还就着乳清黑麦松饼。老板娘穿着短下摆的白睡裙（看上去实在不合身），头上包着方头巾。

“您干吗老包着头巾？”巴雷巴一脸好奇。

“看看你都学了些什么哦。不知道女人不戴头巾不能出门吗？上茶！我已经不是姑娘家了，真是罪过。茶！以前男人在的时候，我戴的是帽冠呢。那些不戴头巾的，都是放荡的……”

要不然就随意聊些有助于消化的话题：做了什么梦，关于《圆梦详解》，关于马丁·扎德卡[②]的故事，说过哪些预兆，还有各种五花八门的灵异故事。

聊聊这聊聊那，一抬头，哇，已经十一点多了。该吃午饭了。肉冻、菜汤、鲇鱼肉，要么就是盐渍野鲤、油炸香肠配荞麦粥、肚片拌蒜、泡过的西瓜或苹果，反正吃的东西从来不少。

正午时分，不能在河边睡觉，也不能下水游泳，因为正午时分的小鬼会把人抓去做水鬼。但是睡意难敌，迷迷糊糊着了魔一样，让人不停地打哈欠。

于是寂寞难耐的巴雷巴便跑去厨房找波尔卡。这妞笨是笨了点，但好歹还算个可以说话的人。巴雷巴一逮住波尔卡心爱的小猫，便把它塞进靴子里。尖叫声便响彻厨房。于是波尔卡就像疯了一样，前前后后来回乱窜。

“安菲姆·叶果里奇，安菲姆·叶果里奇，看在上帝分上，您就放了小瓦夏吧！”

安菲姆卡龇着牙，更用力地把猫往里塞。于是波尔卡只好转而央求小瓦夏：

“小瓦夏呀，乖，不哭哦，忍一下，乖孩子，忍一忍啦！很快，马上就放你出来啦。”

猫叫得声嘶力竭。波尔卡眼睛瞪得溜圆，后脑勺的小辫子甩到了胸前，伸出柔弱的手臂拽巴雷巴的袖子：

“滚开——啦，不然拿靴子啪啪打你脑袋啦！”

巴雷巴这才放手，连靴子带猫往墙角一扔，便开怀大笑起来，笑声犹如推车在坑坑洼洼的地上碾过。

* * *

晚饭吃得比较早，八点多就开始了。波尔卡刚把饭菜端上来，老板娘便赶紧打发她去睡觉，眼不见就心不烦。接着，从玻璃橱柜里取出一个长颈瓶。

“喝一点吧，安菲姆什卡，再喝一小杯。”

两人喝着酒，谁都不说话。小油灯吱吱地响，冒起了烟。很

---

① 小瓦夏是猫的名字。

② 十八世纪著名的隐士，曾离群索居三十多年，《圆梦详解》的作者，1769 年去世前预言过土耳其和伊斯兰世界未来的命运。

长时间，竟然没人发现。

“油灯冒烟了啊。要不要告诉她？”巴雷巴暗想。

这念头打消不掉，却也说不出口。因为老板娘不断给他添上酒，也给自己添酒。愈发昏暗的灯光下，她的脸模糊成灰蒙蒙的一块斑。只有她那张贪婪的嘴巴清晰可辨，还能听到她的叫喊，像一个鲜红而又湿润的洞穴。整张脸似乎都变成了大嘴巴，她黏糊糊的身体带着汗味，越来越靠近巴雷巴。

过了好久，油灯才悲悲切切地走向熄灭的终点。餐厅里飘起雪片般的黑灰。呛人的烟味。

卧室里小油灯还亮着，箔金的法衣闪着幽幽的光。床已经收拾好，被子掀开了，老板娘跪在一旁的地毯上，鸡啄米一样磕着头。

巴雷巴明白，磕头次数越多，她赎罪的愿望就越强烈，夜里折磨他的时间也会越久：

“能躲起来就好了，能像蟑螂那样找个地方躲起来就好了……”

可是没地方躲，不但门上了锁，而且窗也被黑暗封死了。

* * *

平心而论，巴雷巴干的活的确不容易。不过，老板娘倒是一天比一天更宠爱他。他几乎被宠上了天，老板娘现在满脑子想的只有一件事情，就是千方百计讨安菲姆什卡开心。

“安菲姆什卡，再吃一盘……”

“啊，现在外面怎么那么冷哟！安菲姆什卡，我给你织一条围巾好不好，啊？”

“安菲姆什卡，呀，肚子又疼了吗？可遭罪呀！拿着，伏特加和芥末酱，放了盐的，快喝了它，喝下就好了。”

肥大锃亮的皮靴，挂在脖子上的银链表，崭新的胶套鞋……仪表堂堂的巴雷巴在鞋铺家院子里进进出出，开启了生活的新篇章。

“喂，说你呐，乡下人，赶车的，你把皮革卸哪儿了？我吩咐你放哪儿的啊？”

二话不说，便罚了他两戈比的铜板。那汉子心疼得一个劲儿揉搓破了洞的帽子，一边还不断鞠躬。

只有一个人，巴雷巴始终躲开一俄里的距离，那就是乌尔万卡。不然，平时就连鞋铺老板娘都要让自己三分呢。但他忍受着老板娘，忍受着，可有时候，夜里的幸福实在让他生不如死……早晨醒来，脑袋里昏昏沉沉，真想立刻逃到天涯海角。于是巴雷巴只好整天把自己锁在客厅里，像一头困在笼子里的野兽，焦躁不安地转来转去。

老板娘一屁股坐下，定了定神，便招呼波尔卡：

“波留什卡，快去，去看看，他在干吗？没啥事叫他来吃饭。”

波尔卡跑了，很快就嘻嘻哈哈回来：

“他不来呢。闹脾气，闹脾气呢，还——还在，在屋子团团转！”

于是老板娘守着午饭等了一个小时，两个小时。

竟然连吃饭都要等，本来雷打不动的吃饭的规矩都破坏了，这只能说……

6. 在丘里洛夫的小酒馆里

作为替老板娘发号施令的心腹，又成天大鱼大肉，巴雷巴很快长了膘。

有一回，邮递员切尔诺贝利尼科夫竟然在贵族街[1]遇到了巴雷巴。老熟人见面，两手一摊：

“简直认不出来了呀。你现在是个体面的商人啦！”

切尔诺贝利尼科夫好生羡慕：小伙子过上好日子啦。不管怎么说，他巴雷巴总该招待朋友上小酒馆吃喝一顿吧。反正对他来说也值不了什么，有钱人嘛，这么做值啊。

于是百般怂恿，好一番恭维小老弟。

将近七点，按照事先的约定，巴雷巴来到了丘里洛夫小酒馆。哈，这地方好热闹，噢，上帝，太热闹了！欢声笑语，热热闹闹，灯火通明。身穿白色制服的酒保在眼前晃来晃去，醉汉们的大呼小叫就像车轮子上的钢丝辐条，在耳边轮番起伏。

巴雷巴的脑袋晕了起来，走了神，无论如何都找不见切尔诺贝利尼科夫。

可切尔诺贝利尼科夫却在他背后叫他：

“喂，老板，这边来！”

切尔诺贝利尼科夫邮递员制服上的扣子闪闪发亮，可他身边另外还有一个人。

那人小个子，尖鼻子，坐在椅子上。可看上去却不像是坐着，倒像是一只麻雀在小横梁上蹦蹦跳跳。

切尔诺贝利尼科夫朝麻雀点点头。

“这是季莫沙，裁缝。平时特别爱说话。”

季莫沙笑了笑，尖尖的脸上就像拧亮了一盏小油灯：

“是的，我是裁缝。专门替人缝补脑子。”

巴雷巴张大了嘴，刚想问什么，背后却有人推了一下肩膀。只见酒保正一只手悬空把托盘举到脑袋边，利索地把啤酒放到了桌子上。周围吵吵嚷嚷，听不清到底谁在说话。一个红头发的小市民，大家认得是个马贩子，只见他站到桌子上大叫：

“米契卡②，喂，米契卡，愁眉苦脸的家伙，到底还上不上酒啦？”

接着竟唱起歌来：

“你那宽阔的街道哟，
我最后一次漫步……”③

听说巴雷巴是县里来的，季莫沙喜笑颜开：

“是那个神甫吧，那么说，就是他让你倒了霉？哈，当然啦，我认——识他，认识。还给他做过衣服。他一点也不喜欢我，恨死我啦！”

“他为啥不喜欢你？”

“他嫌我话太多。前些天，我对他说：——你说，我们的圣贤们，他们在天堂过的是什么日子啊？季莫菲④够仁慈吧，他是我的

---

① 根据作者的构思，贵族街应该是因坐落于该处的贵族厅而得名。贵族厅指当时只有贵族和有钱人才能去的娱乐场所。

② 德米特里的爱称。

③ 摘自俄罗斯四句式民谣。

④ 季莫菲是季莫沙大名，这里指古代名叫季莫菲的圣徒。

同名天使，照理说该保佑我吧。万一我犯了罪，下了地狱受酷刑，他要是看到了，肯定不能只顾自己在天堂开心地吃苹果吧？他要这么做，还算什么仁慈，算什么圣灵心肠！可他不可能看不到我，也不可能不知道我啊，因为教义手册上说他应该无所不能啊——哈，神甫没话说了，也不知道该说什么了。”

“说得漂亮！”巴雷巴解气地叫好，哈哈大笑起来。

“‘你啊，’神甫说，‘你还是多做些好事吧，总比要嘴皮子强。’我就对他说，‘凭什么要我做好事？我还是做个坏人的好。我做坏人对我家里人有好处啊，《福音书》上就写着，上帝会因为我作的恶，在天国里一百倍地奖赏我家里人呢……’喔，神甫把我一顿骂！”

“就该这么教训他，那个神甫，就该这么对付他。”巴雷巴觉得十分痛快。此时此刻，就因为这，就因为季莫沙痛痛快快地教训了神甫，巴雷巴也许真的，真的会喜欢上他。可是巴雷巴此刻觉得头痛欲裂，已经喝得太多了，根本顾不上去好好喜欢一个人。

另一张桌子边，一个红头发小市民把杯子砸得叮当响。长满红色毛发的拳头擂鼓一样拼命捶桌子，只听小市民大喊：

“啊，快，你说啊？啊，快，你再说一遍？啊，说啊，快啊？”

引得邻桌的人都凑了过来，伸长了脖子。哈，这里的人们都喜欢看热闹，只要有热闹看，不给饭吃都行。

一个长脖子的大个儿从烂醉的人群后面转出来，走到桌前，和切尔诺贝利尼科夫打招呼。胳肢窝下夹着带帽徽的大檐帽：

“有好戏看……大家都像羊一样，全凑过来看热闹啦。”他的声音细得像鹅，满脸鄙夷地噘起了嘴。

说着便坐下，却正眼不看季莫沙和巴雷巴，只和切尔诺贝利尼科夫一个人说话。邮递员嘛，好歹也算个官儿啊。

季莫沙却没有片刻迟疑，大声向巴雷巴介绍说：

“他是财务主管的女婿。财务主管让他娶了自己嫁不出去的小女儿，还给他安排了一个位置，在财务处当文员，瞧他神气活现的样子。”

财务女婿仿佛没听见，依旧自顾自和切尔诺贝利尼科夫说话，还提高了嗓门：

“稽查刚结束，他就被调去做十二级文官了……”

切尔诺贝利尼科夫立刻改容相敬，声音都拉长了：

“十——二——级——啊？”

季莫沙实在看不下去，便插话道：

“邮递员切尔诺贝利尼科夫，你还记得吧，前些天县警察局长把他从贵族厅……撵着屁股推出来？”

“你插什么嘴……想说话，要有礼——礼貌地请求！”财务女婿没好气地训斥他。

可季莫沙不买账，自顾自继续说：

“……‘呸，你进不去！’‘呸，我进得去！’哈，上次这家伙和别人你一句我一句争得不可开交，还正儿八经打起了赌。后来他真就溜进了贵族厅，那时财务主管和警察局长正在里面打台球。而我们这位花花公子跑到岳父大人跟前，凑着耳朵说了几句悄悄话，就好像真有什么正经事儿找他一样。说完就站在那里不走了。可警察局长却不给面子，操起台球杆装着瞄准球，故意一步步后退，后退，最后愣是装着不小心把他推了出来，球杆子正好顶在他屁股上。噢，老天爷，大家看到都乐坏啦！”

巴雷巴和切尔诺贝利尼科夫笑得前仰后合。

财务女婿气得看都不看他们一眼，拔腿就离开了。

“没关系，他不会真生气的。”季莫沙继续说，“他以前是个不错的人呢。可现在，额头上不过多了颗帽徽，脑袋里就全是酒糟了。”

7. 橙树

傻妞波尔卡从不穿鞋子。厨房里只有一扇窗户，而且窗户玻璃还发了霉，更由于年代久远，已经变得五颜六色。可是窗台上却放着一个小罐子。

很早以前，大概足有半年了吧，波尔卡就在小罐子里埋下一颗橙子籽儿。如今，瞧瞧，几乎长出一棵小树来，数一下，一片、两片、三片、四片叶子。每一片都油光嫩绿，小巧玲珑。

在厨房里忙活一阵，锅碗瓢盆一阵敲打之后，她便走到小树苗跟前，嗅一嗅叶片的清香：

"真奇妙。原来只是颗种子，可现在……"

波尔卡精心照料着小树苗。有人出主意，说肉汤能让小树长得好，于是她就用平时喝剩的肉汤浇灌小树苗。

巴雷巴很晚才从小酒馆回来，次日起床后满脸凶相，简直一副穷凶极恶的样子。他一口咽下一杯茶，便立刻去了厨房，想排遣一下心情。波尔卡现在对巴雷巴极为巴结，称呼他为老爷。

波尔卡刚好在窗边，围着心爱的小树苗忙前忙后。

"猫呢？"

波尔卡忙得顾不上转过身，便怯生生回答：

"老爷，猫都跑了呀。大概，全都在院子里吧，还能去哪儿呢？"

"你在做什么好吃的吗？"

她吓得停下了手里活，不说话了。可手里还端着一碟子肉汤。

“肉——汤？你拿来浇草？你怎么那么傻，肉汤就是让你这么糟蹋的？快拿过来！”

“那，那个，老爷，这是橙子啊……”

波尔卡害怕得哆嗦起来。噢，他会不会发火啊？

“我让你浇橙子！傻妞，用肉汤浇，啊？”

巴雷巴一把举起了橙树罐子。波尔卡厉声尖叫起来。这么个傻妞，和她有什么好废话的？只见巴雷巴一把将橙树苗连根拔出，呼地扔出了窗外，顺手放下了罐子。简直不费吹灰之力。

波尔卡叫得撕心裂肺，眼泪哗哗直流，在脸上刨出一道道脏兮兮的印子，只听婆娘放声大哭：

“我的橙子呀，哎——呀，上帝呀，没了你叫我怎么活——活呀……”

巴雷巴幸灾乐祸地在她背后加了把劲，她就一骨碌滚出了门，滚过了院子，径直滚进酒窖里去了。

就像以前咬碎石头一样，在这儿欺负了波尔卡，毁掉了橙树苗，这些都让巴雷巴心情大好。巴雷巴陶醉了一样，龇牙笑了。

可眼看窗外波尔卡跌进了酒窖，他的脑子竟然像沉重的磨盘一样缓慢地转动起来，心里也随之蓦地一动。

于是他走到院子里，看了看四周，一闪身跟进了酒窖，随手紧紧地关上了门……

从大太阳底下一下子钻进黑暗，眼前犹如瞎了一般。他摸索着潮乎乎的墙壁，磕磕绊绊朝里走。

“波尔卡，你在哪儿？傻妞，你到底在哪儿，躲哪儿去了啊？”

能听见波尔卡吸溜吸溜的啜泣声，却找不见人……

酒窖里宛如坟墓，潮乎乎阴森森。他一路走去，两只手摸索着土豆、木桶，还碰落了瓦罐上的一只小木杯。

终于找到了波尔卡。只见她坐在一堆土豆上，正抹着满脸的泪水。头顶有个小洞，一束狡黠的阳光偷窥似的钻进来，切断了波尔卡用破布条扎起的半截辫子，在她的手指和脸颊上留下了光印。

“好啦，好啦，别哭啦，眼泪擦了！”

巴雷巴轻轻一扑，她便倒下了。她全身就像布娃娃一样，乖乖地配合着，只是哭得更厉害了。

巴雷巴感到嘴里异常地干燥，连舌头都转不动。为了分散她的注意力，让她不去想自己正在做的事情，巴雷巴便满嘴胡说起来：

“喂，你看你，什么好东西，不就是橙子嘛！有啥好哭的？我们不要橙子，好不好，我们给你买老鹤草[①]……老鹤草……那种……就是那种……香香的……”

波尔卡浑身哆嗦着，哭个不停。这倒反而让巴雷巴感到了异常甜蜜的亢奋。

“好吧，好——吧！哭吧哭吧，哈，使劲哭吧。”巴雷巴的兴致越发高起来。

* * *

把波尔卡送出去后，巴雷巴仍独自留在酒窖里，四仰八叉躺在土豆堆上休息。

---

① 天竺葵的民间称呼。

突然，他大嘴一咧笑了，一副得意洋洋的样子。仿佛对着老板娘示威一样，大声说：

“怎么样，破褥子，知道我的厉害了吧，啊哈？”

他在黑暗中说着，一边从握紧的拳头里伸出了拇指。

走出酒窖时，灼热的阳光刺得他眯起了眼睛。他望了望大棚，那里正有个人背对着他忙忙碌碌，是乌尔万卡。

8. 季莫沙

坐在小酒馆里喝茶的时候，季莫沙一直打量着巴雷巴：

“我看着，你气色不好啊。是不是，打你了，没说错吧。”

“打了，当然打啦。”巴雷巴哈哈笑起来。打我，这话听起来甚至像恭维呢，现在就来打我啊，倒是来试试看。

“看看，你现在有多任性。没心没肺，你的良心和母鸡一样了……”

接着便开始大谈自己关于上帝的观点：虽然说上帝不存在，可人还是要按照上帝的规矩生活。还谈了信仰，谈了书。尽管巴雷巴不习惯转磨盘似的长篇大论，也觉得季莫沙这些让人费解的话十分无聊，可他还是像一辆笨重的推车一样，尽量跟上季莫沙的节奏。谁的话都可以不听，但季莫沙的话还是值得听的，毕竟这小伙子有头脑。

而季莫沙已经驶入了自己的主题：

“哈，我有时候觉得，这世界是真实的。可再仔细一想，一琢磨，其实什么都不存在。真的什么都不存在，没有上帝，没有土地，没有水，乾坤之间只有一片混沌。所以我们现在看到的全是幻象。”

季莫沙麻雀一样晃了晃脑袋，就像要把想说的话挤出来：

“全是幻象。领悟到这一点还不是最重要的！不，人要真的成天生活在幻象里，把空气当饭吃。兄弟，这才真够呛……”

这时，他发现巴雷巴心不在焉，脑子似乎已经卡住，跟不上节奏了。

季莫沙挥了挥手：

“喂，你怎么回事！跟你说这个没用，除了吃，你啥都不懂……就连上帝对你来说都是可以吃的。”

两个人走出了小酒馆。六月的夜里并不炎热，椴树飘香，草地里蟋蟀的叫声响成一片。可季莫沙竟然披上了棉外套，哈，是不是傻了！

“你这是干吗，季莫沙，穿那么多不热？”

“啊，是啊！你还是别问的好。肺——结——核——哟，兄弟。医院里的医生说了，万一我感冒了，老天都救不了。”

——原来是这样，他的身体够糟糕呀。巴雷巴在那一刻切实地感受到了自己野兽般健壮的身体。走路的步伐也变得有力而又得意。踩一脚泥土都觉得舒坦，他使劲踩住，把泥土踩结实，就这样踩！就是这样！

到了季莫沙家里，房间里的墙纸破破烂烂，没漆过的桌子边坐着三个孩子，一个个脸上还都长着雀斑，小鼻子尖尖的。

“老妈在哪儿？”季莫沙大声问，“又不在家。”

“去官府了，刚才有人来。”小女孩怯生生地答了一句，便坐到角落里穿起了短靴。毕竟家里来了陌生人，光着脚有些不合适。

季莫沙皱起了眉头。

“芬卡[①]，把稀粥拿来。门口那瓶酒也拿来。”

“我妈不让喝酒。”

“别管你妈说什么。快，快去啊！巴雷巴，你坐吧。”

---

① 芬妮亚的爱称。

两个人坐下。头顶的洋铁皮灯罩下，油灯嘶嘶作响。灯罩上挂满了死苍蝇。

芬卡刚要从盆子里往小木头碗里给那两个孩子倒稀粥。季莫沙便冲她吼道：

“怎么回事？连亲爹都嫌弃了吗？是你妈这么教的吗？哼，等她回来，看我怎么教训她！不知道去哪儿瞎逛了……”

孩子们只好从盆子里大口大口喝粥，喝得老大不愿意，无精打采。季莫沙挤眉弄眼地笑了笑，告诉巴雷巴：

“你看，我倒要考验一下上帝呢。医院里说，她也许，容易传染上，那个什么痨病。哈，我倒要看看，会不会传给孩子们？上帝会不会向孩子们下手，真的心肠那么硬，会向孩子下手吗？”

这时有人敲窗户，声音很轻，似乎很胆怯。

季莫沙急忙一把推开窗，故意恶狠狠地呵斥：

“啊——啊，你回来啦？”

接着便回头对巴雷巴说：

“哈，兄弟，快收拾一下走吧。我这儿没啥好待的了。我要和老婆说说正经事儿啦。”

9. 雷神节[①]

雷神节前夕的傍晚，气氛与往日大不相同。教堂的钟鸣也不同于往日。大礼拜堂里要搭起高高的供桌，修道院里也会摆放供桌。不但家家户户的厨娘忙着烘烤为次日准备的馅饼，就连雷神伊利亚也在天上忙着张罗雷电交加的天气。而雷神节前夕的天空却万里无云净如洗，就像过节前收拾得一尘不染的小木屋。大家都匆忙赶去各自的教堂，雷神节的祭祷是万万不能迟到的，不然一整年都要泪如雨下，自古以来雷神节就是这样的规矩。

要说真的有人迟到，那肯定不会是鞋铺老板娘。她是波克罗夫教堂最虔诚的信徒。提前很早——很早，乌尔万卡就已经把马车套好了。

套上马车后，乌尔万卡在院子里逛着，恰巧走过酒窖。不经意一瞥，发现门是开着的。乌尔万卡便骂道：

“这些不知羞耻的畜生，连门都没关严实。别人都去祷告上帝，可他们倒好，真不要脸！”

随即便骂了一句更难听的。本想把门关上，却突然改了主意。想了想，便又幸灾乐祸地笑了笑。

乌尔万卡来向老板娘报告：好了，马车都准备好了。

“不过，我觉得，您还是从后门出去的好……”说完，乌尔万卡熏黑的脸上堆起了笑意，就像打了个绳结，那意思仿佛在说：好好看看，猜猜看，我为啥这么笑。

“你搞什么鬼，乌尔万卡！”老板娘嘴上虽这么说，可咖啡色绣花丝绸裙却不由自主窸窸窣窣地浮了起来。

只见她气喘吁吁地一步步走下台阶，走近酒窖。

“没看见门没关好吗，你就不知道关一下？这还要我手把手教……”老板娘可是个有地位又顾家的女人，这样的女人看到门敞开着会视而不见？就算没必要，她也会把门关上。

“那他们怎么办，就这样把他们锁在里面？”

“他们，谁啊？”

“那还有谁？应该是安菲姆，就是那个叶果里奇和波尔卡吧？要不，把他们也叫上，一起去做通宵祷告？”

“胡说，你个下流坯！我这辈子都不会相信，安菲姆怎么会和她……”

“要是我有半句假话，明天就让雷神劈死我。”

“不许乌鸦嘴！”

乌尔万卡闭嘴了。看样子，他说的是真的。

老板娘的脸刷就白了，浑身哆嗦，就像满满一桶刚发酵好的面团，几乎要晃荡出来。乌尔万卡暗想：这下该大哭大闹了吧。可是并没有，看来她没忘记，自己还穿着丝绸裙呢。只见她端庄地噘起了嘴，就像什么事都没发生一样：

“乌尔万，你把门关上吧。我们该出发了，该去教堂了。”

“遵命，太太。”

门闩随即被插上，马车解开了绳套，鞋铺老板娘那辆尽人皆知的敞篷马车便一路扬尘而去。

* * *

---

① 俄国旧历7月20日，东正教圣伊利亚的节日。

老板娘像平日一样，站在唱诗班的右侧靠前。只见她两只手搭在肚子上，目光却凝神地射向一个目标——辅祭右脚的靴子。靴子上粘了一张纸片，而辅祭就站在老板娘面前的讲道台上，这张纸片让老板娘着实心神不宁。

——身心交病的，还有哀痛欲绝的……[①]原来，我就是那个哀痛欲绝的呀。哈，上帝啊，安菲姆卡，好你个下流坯啊！

她弯腰磕头，可靴子上的纸片依然在眼前，依然在她眼前晃来晃去。

辅祭总算离开了，可感觉却变得更糟糕。可恶的安菲姆卡还在脑袋里，无论如何都赶不走。她把他伺候得那么好，难道不是吗？

一直到"……赞美吧"[②]，老板娘的心情才好起来，稍稍忘记了巴雷巴。——不对，你看呐：辅祭的那位奥利古妮亚[③]，好歹是受过教育的呢，竟然像根柱子一样站着！看看，这还是受过教育的人呐，做什么事都随心所欲，就是要显得和别人不一样。不——不行，这事我可得好好说说辅祭……

穿着退役士兵制服的守门人开始挨个熄灭教堂里的蜡烛。辅祭给鞋铺老板娘端来一盘小面包。老板娘毕竟是模范教民，敬畏上帝，供奉的钱也多。

老板娘拽住辅祭的袖子，把他拉到身边，在他耳边小声说了好久关于奥利古妮亚的种种不是，边说还边摇头。

* * *

---

① 源自东正教圣徒约阿萨夫的祷文。
② 唱到"赞美"一词时，应该鞠躬或下跪。
③ 奥莉加的爱称。

乌尔万卡一使劲，拔掉了门闩。巴雷巴像遭了烫一样窜了出来。

“请您去喝茶呢。”乌尔万卡得意地冷笑。

——他不会告了密吧？巴雷巴心里直打鼓。

鞋铺老板娘坐在桌边，依然穿着那件浆得笔挺的丝绸裙子，一脸拒人千里的神情，正掰着辅祭送的小面包，吞药丸般一块接一块送进嘴里。那当然，圣餐面包谁也不会细嚼吧？

——喂，快说话呀。巴雷巴等着她开口，心里既紧张又沮丧。

“要不要吩咐拿炼乳来，好喝茶呀？”老板娘看了一眼巴雷巴，语气温柔。

“是挖苦我？或许，她真的还不知道？”

“可现在，还能上哪儿去找波尔卡呢？小姑娘真是可怜，都快瘦成皮包骨啦。您呐，安菲姆什卡，该照看着她点才好呀。”

就这样，老板娘若无其事地，似乎什么都没说，继续一块接一块吞咽小面包，很快就连桌面上的圣餐面包屑也清扫干净，撒进嘴里。

——原来是真不知道啊，上帝果然英明啊。巴雷巴在这一刻几乎确信无疑了。于是他心情大好，对着老板娘绽放出自己独有的微笑，接着便哈哈大笑着讲述，那个傻妞波尔卡竟然用肉汤浇橙树苗。

西沉的太阳宛如一块烧红的黄铜，看来明天雷神真的要降下雷雨来。桌上白色的盘盏也被照得通红。老板娘一言不发地端坐着，旁若无人般，连笑都没笑一声。

* * *

卧室里，巴雷巴快活地在老板娘身边跟着磕头，真心感激那些从没见过的圣徒们显了灵：没事啦，过去啦，乌尔万卡没说！

小油灯熄灭了。雷神节的前夜既闷热又凝重。卧室里漆黑一片，那张如饥似渴的嘴巴张得老大，呼吸急促得就像一头走投无路的野兽。

巴雷巴的心脏似乎停止了跳动，眼前晃动起无数绿色的光点，湿漉漉的头发粘在了额头。

“你这是怎么了，疯啦？”他吓得要从她怀里挣脱出来。

可她却像蜘蛛一样，死死缠住他：

“不——不行，亲爱的，不——行，伙计！你跑不掉，跑不掉！”

黑暗中，她不堪入目的柔情显得狰狞可怕，让巴雷巴感到了陌生和窒息。只听她不停地啜泣哽咽，眼泪泡湿了巴雷巴的脸。

* * *

一直折腾到了早晨。巴雷巴终于在顽石般的梦境里听到了教堂的钟声，已经将近雷神日祷时分了。在梦里，他似乎听见有人唱歌，刻板的曲调在脑子里转来转去，他努力想要理清思路。

等到真正清醒过来时，歌声已经结束了。他立刻蓬头垢面地蹦了起来。——刚才是神甫在客厅唱祷词啊！

赶紧穿好衣服，上下眼皮直打架，脑袋也还不听使唤。

神甫已经走了。老板娘独自坐在客厅的印花沙发上。身上还是那件丝绸裙，衬里向外直挺挺竖着，只是头上多了一顶华丽的花边头冠。

“睡过头了呀，安菲姆·叶果里奇，雷神祷告都错过了呢，啊？”

也许真的是因为睡过了头，毕竟已经是中午了，也或许是因为客厅里神香的烟味，巴雷巴感到有些不自在。

“坐吧，安菲姆·叶果里奇，坐下吧，我们聊聊。”

停顿了片刻后，她便闭上了眼睛，看上去不像一张脸的样子，倒像一块胖胖的馅饼。只见她一歪头，甜甜地说道：

“本来嘛，我们都是罪孽深重的。祷告都不够用了。不过在天国，天父上帝可都记得呢。天父上帝一定会在硫黄地狱，把干过蠢事的人都——都烧成灰。”

巴雷巴说不出话来：她到底想干吗？

猛然间，老板娘瞪圆了两眼，喷着唾沫星子大吼起来：

“你这个下流坯，你怎么不说话了，嘴巴里灌水啦？哼，你以为，我不知道你和波尔卡勾勾搭搭？竟然糟蹋人家女孩子，你个下流坯，色狼，你下贱不下贱？”

被骂傻了的巴雷巴虽然说不出一句话来，却来回晃着下巴想到：昨天才宰了一口小猪崽，应该是今天午饭打算吃的吧。

看巴雷巴一言不发，老板娘更加火冒三丈。她恨得直跺脚：

“滚，滚出我家！阴险的毒蛇！我把他在怀里焐热，可他呢，看看呐！竟然抛下了我，对波尔卡下了手，啊？”

巴雷巴什么都没有听进去，脑袋里一片混乱，呆呆地坐着，不知道该说什么才好。看着鞋铺老板娘，心想：看呐，唾沫星子，唾沫星子使劲喷，啊？

清醒过来时，乌尔万卡已经进了客厅，幸灾乐祸地笑着对他说：

“哈，没关系，兄弟，没关系啦。滚就滚吧。兄弟，反正你来的时候也是两手空空。”

说着，便从身后把便帽低低地拍到巴雷巴头上。

* * *

伊利亚雷神大显神威前，依然烈日灼烤。麻雀、树林和石块都在期待倾盆的甘霖。一切都被烤得焦枯，奄奄一息。

巴雷巴傻了似的，在镇里闲逛了好久，贵族街上的长条凳被他坐了个遍。

“现在可怎么办，啊？现在可怎么办？去哪儿呢？”

他不停地摇着头，可是巴尔卡申家的院子、牲口食槽、饿狗抢骨头打架……却无论如何也没法从脑子里甩出去。

不知不觉逛到了岔路上，两边是绿油油的草地。刚好一辆运水车经过，一个轮子的轮胎已经松脱，一路响个不停。巴雷巴这才意识到，自己已经很渴了。于是他上前讨水喝，一口气喝了个饱。

北面修道院的上空，已经浓云密布。天空仿佛裂成了两块，一半湛蓝欢快，一半阴森可怖。而阴森的那一半正在膨胀得越来越大。

似乎是鬼使神差，巴雷巴不知怎么竟然走到了丘里洛夫小酒馆门口的廊檐下。大雨瓢泼而下。门檐下几个婆娘挤作一堆，扯着衣襟擦头发。伊利亚雷神终于发作了。唉，无所谓啦，来吧，雷电大作吧，大雨倾盆吧！

似乎一切都是那么顺理成章，巴雷巴决定去季莫沙家里过夜。而季莫沙竟然一点都不惊讶，就好像巴雷巴本来就是每天睡在他家的一样。

10. 修道间的黄昏

夏日里的下午四点，是当地最安静的时刻。正经人都待在屋子里，连鼻子都不会探到外面来，因为街上实在酷热难当。百叶窗板都遮起来，人们填饱了肚子睡得香甜。只有一阵阵灰蒙蒙的小旋风，大白天扮鬼似的，偶尔在空旷的街面上蹦蹦跳跳。要是这时候邮递员来敲栅栏门，敲呀，敲呀，哈，敲不开，别生气，肯定不会有人出来开门的。

既无所事事又寄人篱下的巴雷巴，此时此刻却在外面一路晃悠。他似乎自己都不知道该去哪里，但两只脚却拖着他走向修道院。是啊，他还能去哪儿呢？离开季莫沙家，就只能去修道院找叶夫谢；离开叶夫谢，就只能去季莫沙家。

雉堞上长满了青苔。入口的岗棚酷似狗窝，就在包了铁皮的大门边上。只见看门的修道士小阿尔先季从岗棚里走出来，他手里托着一个小杯子，傻乎乎地笑着，手舞足蹈，就像犯了癫痫。看门人是凑过来募集捐赠的，赶都赶不开。

“嚯，缠人的家伙，讨厌啊！”

巴雷巴递给他一枚二戈比的铜币，便踩着晒得火烫的白地砖走了进去。只见两旁全是镇里名门望族的墓碑，一座座用金光闪闪的栅栏围起来。显贵们都喜欢葬在这里，觉得长眠在修道院里是一件足以引以为荣的事情，因为大大小小的天使们可以日夜不停地为他们祷告。

巴雷巴敲了敲叶夫谢修道间的门，却没人回应。于是他推开了门。

只见桌边坐着两个人，都没有穿紧袖长袍，只穿着白裤子和衬衫。正是叶夫谢和英诺肯季。

叶夫谢不高兴地朝巴雷巴发嘘声："嘘——嘘——嘘！"接着依旧目不转睛地盯着自己面前的茶杯看，呆滞的眼睛瞪得溜圆。而英诺肯季长着两片厚厚的嘴唇，秀气的脸像个女人，只不过长了胡子，也愣愣地看着自己面前的茶杯。

巴雷巴僵在了门框边，看了一眼，又看了一眼。他们这是怎么了，傻了吗，还是怎么了？

另一侧的门框边站着见习修道士萨夫卡，头发泛着油光，笔直地垂到两肩，两只手红得像大虾。

萨夫卡恭敬地把脸转向一边，干脆利落地作了介绍：

"呵——呵！看吧，苍蝇看样子要掉到叶夫谢神甫的杯子里了呢。啊，看呐，没看见啊？"

巴雷巴没听懂，一个劲儿地眨巴眼睛。

"怎么，还没明白？这是他们俩现在最喜欢的游戏啦。玩五戈比的，下十戈比的注，然后就等啊，等啊。哪位神甫杯子里掉进第一只苍蝇，那么，就算他赢啦。"

萨夫卡很喜欢和俗人交谈。他说话的时候，为了表示敬意，总是用通红的手掌捂住嘴巴。

"看呐，看呐，叶夫谢神甫他……"

只见叶夫谢紫涨了脸，弯腰低头凑向杯子，咧开了嘴巴，越咧越开，巴掌猛然啪的一声拍了一下膝盖：

"太好啦！看呐，太棒啦！五戈比归我！"随即便挑起手指从杯子里捞出了苍蝇，"哈，小家伙，你差点让我赔钱了哦。刚才差点就把我的小苍蝇吓跑了，我的小心肝。"

说罢，他走近了巴雷巴，两只玻璃大眼珠子盯住他，连珠炮似的数落道：

“小家伙，我们呐，可不愿意见你啊。听人说，你现在是个废物了。大家都觉得，你这辈子要死在婆娘身上了。那鞋铺老板娘啊，她可不是个好惹的婆娘哟，多少男人都不够啊！”

说着便让巴雷巴坐下喝茶，自己把刚才捞出小心肝小苍蝇的那杯茶喝完了。但既然见了面，哪有不喝伏特加酒的道理？于是叶夫谢便拿出了小瓶装的伏特加酒①，摆到桌面上。

萨夫卡又捧来一个茶炊。此时桌子上放着几枚铜币，一本《祷词圣诗集》，几块小甜面包圈，几只杯脚已经砸坏了的小酒杯。

一杯伏特加下肚，英诺肯季显得有些失落，眼皮已经开始打架，即便用拳头撑着，脑袋也磕头似的时不时朝桌面砸。可冷不丁却哀哀怨怨地唱起了《安宁的尘世》②。叶夫谢和萨夫卡随即配合地伴唱起来。萨夫卡唱的是男低音部分，一边朝旁边咳嗽，一边用通红的手掌捂住嘴巴。巴雷巴想了想：“唉，无所谓了！”于是也倒苦水似的开始低声乱嚎。

突然，叶夫谢打断合唱，大叫起来：

“等等，停下，我叫你别唱了！”

可萨夫卡仍然刹不住车地唱。叶夫谢扑上前，一把揪住他的脖子，压得他靠住了椅背动弹不得，那凶狠的神情就像个傻子，或者野蛮的原始人。眼看就要把对方掐死了。

---

① 当时流行的小瓶装伏特加酒，每瓶 250—300 毫升。

② 《安宁的尘世》是东正教晚祷仪式中重要的保留节目，其歌词大意为讴歌降临人世的救世主基督耶稣。

只见英诺肯季站起身来，驼着背，迈着老太婆一样的小碎步走到叶夫谢的背后，挠了挠他的胳肢窝。

叶夫谢不由痒得哈哈大笑，嘴里发出一阵咕噜声，挥起手来，像一架醉醺醺的风车，放开了萨夫卡。接着，他便一屁股跌坐到地板上，放声唱起来：

身心伤残之人何其——苦呀，
想了个法子杀了——人呐……[1]

几个人于是都不再说话，和刚才唱《安宁的尘世》一样，又卖力地伴唱起来。

醉意浓重的修道间里已经暮色昏暗，人物开始变得恍惚不定，模模糊糊。却没人点灯。英诺肯季缠着每一个人，大发牢骚，愈发像个长了灰白络腮大胡子的小老太婆。他觉得自己似乎呛到了什么，可其实只是有什么东西卡在了嗓子眼里。于是他用手指抠啊，抠啊，却抠不出来。

“喂，喂，你，萨乌什卡[2]，亲爱的，你用手指试试吧？也许，你能摸得到。”

萨夫卡便把手指伸了进去，然后在紧袖长袍的下摆上擦干净手指。

“没事了，大人，没了。您只是喝醉见了鬼了。”

叶夫谢蜷起身躺在床上，躺了很久，没有丝毫动静。可突然

---

① 此时叶夫谢唱的已经不是祷词圣歌，而是俄罗斯四句头民谣，内容一般非常低级粗俗。

② 萨夫卡的爱称。

又跳了起来，使劲抖了抖乱蓬蓬的头发：

“伙计们，我真想去射手镇啊，舒舒服服地玩，开开心心的逛。巴雷巴，小家伙，啊，你想和我一起去吗？现在去哪里借些钱来才好，修道院财务会不会给一点？你觉得呢，萨夫卡，啊？”

萨夫卡站在门边，本来不起眼，听他这么说便忍不住马一样哈哈大笑起来。巴雷巴心想：也好，去玩玩解解闷，至少能忘掉那些烦心事儿。

“你要是明天就还给我……我这里可就剩下最后一点钱了。”他对叶夫谢说。

叶夫谢听说，立刻生龙活虎来了精神，狗一样兴奋地直晃脑袋，无神的眼珠子瞪了出来：

“当然啦，我向上帝发誓，明天一定还！其实我有钱啊，只不过藏的地方很远。”

于是四个人结伴穿过墓地。一轮弯月半死不活地在云层后躲躲闪闪。英诺肯季的紧袖长袍被栅栏挂住了，心里害了怕，赶紧划了个十字，转身回去了。剩下三个人则特意从墙上撬下几块砖头，然后踩着砖洞翻过了墙。

11. 布洛卡尔小瓶子[①]

又是一个炎热难熬的午后，燥热让人无处藏身。修道院小路上的白地砖，椴树林荫路，蜜蜂的嗡嗡声。

叶夫谢戴着高筒黑僧帽走在最前面，乱哄哄的头发用水抹平整。现在应该轮到他主持晚祷仪式。巴雷巴走在他身后。走着走着，突然心有所动，一时没忍住，又咧开门框一样四四方方的嘴笑了。

“叶夫谢，我实在看不下去，你戴高筒帽的样子太难看了。庄稼汉的小毡帽，或者毛皮高帽，也许更适合你呢。”

“是啊，小家伙，我本来想当贵族士官的呢，可后来不知怎么就开始酗酒了。所以只好进了修道院。”

嗨，叶夫谢啊！你要是当个红脸紫鼻子的哥萨克大尉，那该有多威风啊。哪怕在镇里当个文员也好，天天和庄稼汉平起平坐，喝得酩酊大醉。可现在呢，也许，这也是上帝的旨意吧……

“叶夫谢，你昨天在射手镇干吗疯了一样又唱又跳，啊?

当了修道士一名，
买了茶炊一大堆……”[②]

叶夫谢听了，呵呵一笑，便要耸着肩膀跳起舞来。可却跳不起来，这一身婆娘般的打扮，还怎么跳得起来？昨天的情形是这样的：他用绳子捆住衬衣，像个乡巴佬一样，高高地缠在胳肢窝下，裤子是一道道蓝白相间的，褐红的络腮胡子又宽又密，两只眼珠子就像随时都要瞪出来，完全一副乡村野鬼的模样，手舞足蹈欢蹦乱跳。逗得射手镇上那些村姑笑得合不拢嘴！

走到了教堂又破又旧的门边，巴雷巴站了一会儿。叶夫谢先走了出去，紧接着便打了个手势让他过去。

“好啦，过来，小家伙，过来。这里没人，守门的也不知道去哪儿了。”

这座低矮的老教堂，以古代圣贤伊利亚的名字命名。它宛如一个智慧的长者，目睹过抗击鞑靼入侵。据说，费奥多尔·罗曼诺夫③大人曾在此间挂名修行，法名费拉列特。栅栏窗的外面，便是一棵棵沧桑的古椴树。

可戴着高筒僧帽的“哥萨克大尉”叶夫谢依然不肯消停下来，连珠炮般大声嚷嚷。墙上圣像中的古圣先贤个个瞪大眼睛，紧紧贴住墙壁，似乎在躲闪着声如洪钟的大胡子叶夫谢，免得被他挥舞的手打到。

叶夫谢跪到地上，用手在供桌底下一阵摸索。

“找到啦。”他说着，便取出一个用来装化妆油的布洛卡尔小瓶子，瓶子上已经厚厚一层灰。打开了瓶盖，掏出几张二十五卢布的纸币来，蘸了些唾沫，数了数。

巴雷巴熨斗般的脑袋惊讶地晃起来。

“嚯，你这个精明鬼！这得有十来张吧，说不定还更多呢。他藏这些钱有鬼用？”

---

① 布洛卡尔是法国裔俄罗斯化妆品企业家。于1837年生于巴黎，1900年卒于莫斯科。一生喜爱收藏油画和艺术品。瓶子的款式以他的名字命名。

② 指修道士是被禁止喝酒的。

③ 费奥多尔·罗曼诺夫（约1551/1560—1633），俄罗斯正教会牧首，沙皇米哈伊尔·费奥多罗维奇的父亲，沙皇费奥多尔·伊万诺维奇的亲信。

只见叶夫谢扯出了一张纸币：

“剩下的，要么给我自己以后办丧事用，要么，索性我全都拿去给射手镇的村姑们，就当请她们喝酒啦。”

修道院小道上铺着白白的地砖，蜜蜂嗡嗡地在椴树丛中飞来飞去。巴雷巴醉醺醺的脑袋在酷热中越发晕眩。

“他要这些钱有啥鬼用？”巴雷巴心里有了主意。

12. 年迈的修道士

离伊利亚教堂不远，被太阳烤得发热的石条凳上，坐着一个年迈得不能再年迈的老修道士。他身上的法衣已经褪了色，甚至有些霉绿，就连灰白的络腮胡子都透出一些绿意，双手和脸上斑斑驳驳。就好像他原先是一口被埋在老橡树底下的百宝箱，后来被人发现，便挖出来，放到了太阳底下晾晒。

“哟，老爷子，你多大岁数？”巴雷巴不禁好奇。

“嗯——嗯，亲爱的，我自己都不记得了。不过嘛，你们的季洪，那个姓扎东斯基的，我倒是一直记得。那位神甫工作很尽心。”

巴雷巴一直围着发霉的神甫转来转去，不断地献殷勤。噢，他居然没白费力气！

“我们走吧，老爷子，我们到教堂里面去吧，我帮你去扫地。”

两个人走在穹顶下昏暗的阴凉地里。老修道士一路精心地拜扫着老教堂，和墙上的圣徒们一一小声寒暄。每点燃一根蜡烛，便会驻足，慈祥地注视一会儿。

“要是吹一口气，不但会灭了蜡烛，连老修道士也会灭了吧。”巴雷巴心想。

他亦步亦趋地跟在老修道士身后，一会儿递个什么东西，一会儿又帮忙接住。老修道士喜欢上了巴雷巴。现在的人，都已经不懂得尊重别人，旧传统忘得一干二净，找个人说几句心里话都难。可这个小伙子……

“老爷子，晚上一个人在教堂过夜，大概挺吓人吧？”

“嗯——嗯，你说什么呢，别乱说，在教堂里呢，你说，能有啥好怕的？”

“老爷子，我来陪你过夜吧？”

老修道士张开嘴巴，像一个深不见底的树洞，正色道：

“四十年来，都是我一个人在教堂里过夜。除了我，谁也不会在教堂过夜。再说了，大半夜的，教堂里总该有人看着，万一……”

那你就守教堂去吧，勤勤恳恳守着去吧。说得也对，万一大半夜里老教堂出点什么事儿呢？

“好吧，那我就再等等。”巴雷巴继续亦步亦趋地跟着。

季洪·扎东斯基主持的通宵祷告着实把老修道士累得够呛。来的人多得数不清。老修道士带着巴雷巴不停地收拾，收拾个不停，好不容易才挨到结束。

老修道士最后又仔细查看了每一扇门，连生了锈的门闩都检查了一遍，这才坐下休息一会儿。可他实在太老了，刚坐下便像一根熄灭的蜡烛，歪头睡去了。巴雷巴等了一会儿，还故意咳嗽了一下，随即走到他跟前，碰了碰老修道士的袖子——真的睡死了。巴雷巴以迅雷不及掩耳之势扑向了祭坛，一弯腰便把手探进供桌底下摸索起来。摸呀，摸呀——找到了。

老修道士睡得很沉，他早就习惯了睡得像死人一样，打雷也吵不醒他。老修道士根本什么都听不见。

13. 阿普罗西尼娅的小木屋

贵族街的尽头，只有小售货亭和路灯还依稀亮着。再往前去就是射手湖了，周围的老枝杈和藤条长得密密麻麻，木筏平台长满青苔，滑溜溜的。婆娘们在木筏码头上弯下腰，用小圆棍啪啪敲打衣服，成群的小鸭子们在水中嬉戏。

在湖边，紧靠射手镇边境的一侧，就是阿普罗西尼娅的小木屋。看上去还不错，里面既暖和又干燥。屋顶呈月牙形铺着一层修理整齐的稻草，小窗户里只剩冰雕般的玻璃碎渣。阿普罗霞[①]独自带个小男孩，过日子也不用太讲究吧？她把两人份的土地交给了租户，此外，还时不时能收到丈夫节日里寄来的小礼物，也有个三五卢布。常常还有这样的来信：

“再次向吾妻阿普罗西尼娅·比得洛夫娜表示爱意与深深的敬意……另告知，我们每人今年又加饷三卢布。所以我和伊留沙[②]再次决定留下超期服役……”

一开始，阿普罗霞还朝思暮想，当然啦，毕竟她还年轻。可时间长了，就渐渐没了那心思，也把超期服役的丈夫给忘了。丈夫的形象仿佛变成了信封上的邮票或者邮戳，看到邮戳和邮票，便觉得那就是丈夫，再没别的了。阿普罗霞就这么安安稳稳过着日子，皮肤慢慢变得粗糙，除了在菜园子里种种地，就是给孩子缝缝补补，洗洗涮涮。

巴雷巴就在这个阿普罗霞的小木屋里租下一间房间。巴雷巴第一眼就觉得很称心，感受到了家庭气氛，一切都干干净净。一番讨价还价，最后以四个半卢布成交。

阿普罗霞也很满意，房客仪表堂堂颇有风度，不像是个酒囊饭袋，而且看上去还很有钱。听他的谈吐，也不像是没出息的草包，更不像狂妄之徒。这下，她要照顾两个人了。不但要照顾自己的孩子，同时还要照顾巴雷巴。整天忙得不歇脚，皮肤越发粗糙，举止越发干练，整个人就晒得黝黑，乳房坚挺，看着就招人喜欢。

就这样安静、美好、清净地度日。巴雷巴渐渐摆脱了过去。他睡得香，不做梦，钱也够花，怎么还会不知足？吃起饭来稳当踏实，吃得既多又饱。

“嗯，还不错，看来他对我还满意。”阿普罗霞暗想。

巴雷巴买了一大堆小人书。虽然都是些木版连环画，非常便宜，内容却很吸引人。有《大砍刀——列别姜的强盗》，有《罪恶的修道士与他的宝藏》，还有《西班牙王后的马车夫》。巴雷巴舒舒服服地躺着，一边嗑着葵花子，一边看书。他现在哪儿都不想去。和邮递员切尔诺贝利尼科夫和财务女婿在一起，他感觉有点不自在，而且他们两个现在也许都已经听说了他的事情。至于婆娘们，他现在根本懒得看一眼，鞋铺老板娘的事情之后，至今仍心有余悸。

他有时去田边散心，那里有人在割草。傍晚的天空中是缎锦般的霞光，金灿灿的麦穗低垂，衬衣被汗水浸得透红，镰刀飞舞声声悦耳。劳作完毕，便去取来盛着克瓦斯的小瓦罐，打开盖子，咕嘟咕嘟喝，任凭水滴挂在胡子上。啊，这么干活才叫尽

---

① 阿普罗西尼娅的爱称。
② 伊利亚的爱称。

兴呢!

巴雷巴遐想着：我要是能这么干活该多好。这么一想，健壮的手臂便开始发痒，咬肌也不由得使劲挤压起来……“可财务女婿呢？他要是看到会怎么说？……”

“你瞎想什么呢，怎么还能当个大老粗。总不能再去给皮革厂运皮革吧？绝不……”巴雷巴不由嘟囔着生起自己的气来。

可再怎么琢磨，也总得想出一个办法。照这样下去，天天无所事事，不要说叶夫谢的钱很快就会花光，再多的钱也会坐吃山空。

巴雷巴想了又想，想了又想，终于说服自己去财务女婿那里试试。万一能当个文书呢，给财务女婿当个帮手也好啊。说不定真能穿上制服，顶个帽徽呢，也让人瞧瞧咱的本事!

傍晚时分的天气闷得让人难以呼吸，可巴雷巴竟然套上了丝绒坎肩（鞋铺老板娘那里衣食无忧生活的残留），棉衣领，“出客”才穿的裤子，径直向贵族厅走去。除了那里，别的地方大概也找不到财务女婿了。

见到了财务女婿，对方当然端足了架子。他长腿瘦高个儿，活像衣服架子，谁都不放在眼里，手里还挥着手杖。似乎对巴雷巴说：“你算老几？看，我可是当官的，穿制服的，还顶着帽徽呢。”

只见财务女婿一脸不屑地对巴雷巴笑笑：

“啊——啊，是您呐！求我办事儿啊？嗯哼——嗯哼。”

得知了对方的来意，财务女婿便兴奋起来，一边勒紧了裤子，整理好衣领，立刻感觉自己变成了平易近人的领导人：

“好吧，我会转告的，好的。我一定尽力而为。嗯，别客气，当然啦，老熟人了嘛。”

回家路上，巴雷巴心里琢磨：

“哼，真想甩你一个大嘴巴子，一脸臭德行。不过说实在的，他的举止的确算得上得体。他的领子不错哦？该是正宗亚麻布做的吧，看上去，经常换新的呢。”

14. 快活的红酒流干了

主管财务的修道士米特罗凡太混账，他不但早就对叶夫谢在射手镇上的胡闹行为有所觉察，而且还相信了那些有鼻子有眼的传闻。当然，也许是叶夫谢本人没管住自己的嘴，不但四处宣扬，而且还添油加醋地炫耀。这么一来，主管财务的修道士就连细枝末节也了解得一清二楚：叶夫谢是怎么穿着衬衫兴致勃勃地跳舞，腰带还绑到胳肢窝下，还有那首《当了修道士一名》的歌，还知道他是怎么坐着加急马车[①]在射手镇上疯了一样撒欢。主管财务的修道士理所当然向院长做了汇报。院长把叶夫谢叫了来，几乎要把他大卸八块，吓得叶夫谢仓皇出逃，就像被桑拿房顶层的长条板烫伤了一样。

后来，叶夫谢就被打发去了面包师那里打杂。祷告他是没法参加了。面包师的地窖里热得跟地狱一样。主厨西兰季像个恶鬼，头发乱蓬蓬，满脸通红，对着和面工大喊大叫，而自己只挥着铲子把沉甸甸的面包送进烤炉。和面工则一个个穿着白衬衫，乱蓬蓬的头发都用绳子扎住，翻来覆去地和面，吭哧吭哧，干得大汗淋漓。

不过这样一来，叶夫谢每天睡觉倒是非常踏实了，就像好久没睡过觉一样。醒来时原本呆板的眼神也不怎么呆板了。再也没工夫去想那半瓶伏特加酒。

如果能这么一直混下去，其实也不错。可打杂的时日很快就过去了。接着便是和先前一样的日子。叶夫谢尽神甫的职责，絮絮叨叨地念祷词。打杂的萨夫卡那两只红得像大虾一样的手依然在眼前晃来晃去，英诺肯季照常天天发牢骚，像个长着胡髭的婆娘。

萨夫卡说起一件关于英诺肯季的事情：

“前些天，英诺肯季神甫他老人家，去了桑拿房。那里有个小辅祭，以前被流放过，是个开心果。他，他一看到英诺肯季神甫没穿衣服的样子就嚷嚷：

“天呐，这明明就是婆娘啊，看呐，看呐，奶子都垂下来了，她该是生过孩子的吧。”

英诺肯季赶紧用法衣把自己捂得严严实实。

“那个不要脸的家伙，就是你的小辅祭哦。活该他被流放。”

正是这个小辅祭，后来连叶夫谢也一起害了。有一回小辅祭从外面回来，因为闲着无聊，所以毫不意外地，从这间修道间逛到那间修道间。逛到叶夫谢这里的时候，叶夫谢和英诺肯季正各自盯着杯子，又在全神贯注地玩苍蝇游戏，等着谁的杯子里掉进第一只苍蝇。小辅祭一见，笑得几乎要背过气去，一头栽倒在叶夫谢的床上，两条腿乱踢乱蹬。哦——哦——哦（他的两条腿又短又小，眼睛也像樱桃那样小）。

小辅祭这么放肆地一闹，便越来越放开，再也收不住了。粗俗下流的笑话一个接一个往外倒，看样子还真是行家里手呢。一开始还比算较收敛，到后来索性放开胆子编起了牧师的笑话。说有个牧师，认为信徒们造的孽还不够多，便打发他们去把该造的孽全造完：他罚信徒们每人磕十五个头，但是必须

① 加急马车因为速度快，所以比普通马车更贵。

均分两次磕完[1]。诸如此类的笑话数不清，而且没完没了。最后竟然说了一个修女的笑话，说那修女被流浪汉追赶，逃进林子里，结果还是被追上了，整整五个流浪汉呐。她事后说："挺不错呀，特别开心，这总不能算我自己造的孽吧。"

一句话，笑倒了众人。叶夫谢笑得呛住，连连用拳头捶桌子：

"啊呀，你还是辅祭呢！哈，算你把我们逗乐了。看来，我们该好好招待你了。各位神甫，你们等一下，啊？我去去就来。"

"你着急慌忙要去哪儿？"辅祭问。

"我去取钱去啊。兄弟，我的钱都藏得好好的，不会烂掉。就在这儿，不远。眨眼我就回来了……"

他一点没说错，辅祭还没来得及讲完一个新笑话，叶夫谢果真就回来了。他进了屋，便一下子靠在了门框上。

"过来呀，财主，来啊，钱拿出来看看。"辅祭嘻嘻哈哈地招呼他，走到了他跟前。走近了细看，便愣住了。叶夫谢已经不是刚才那个叶夫谢了。他蔫了，软了，就像一个皮制的酒囊，被人从旁边捅了一个窟窿，里面快活的红酒都流干了，只剩下了空空的皮囊。

"喂，你怎么不说话了？有什么麻烦了吗？"

"被偷啦。"叶夫谢的声音轻得就像换了一个人，只见他把最后两张纸币扔到桌子上，那显然是小偷为了取笑他故意留下的……

---

① 十五个头必须均分两次磕完，意味着每次都会有磕半个头的情况出现，而磕半个头是任何人都没法做到的。按照东正教的教义，无法完成神职人员的责罚也算是造孽。

说实话，以前叶夫谢脑子就不怎么开窍，这次打击更让他彻底疯了。不但一气喝光了最后两张二十五卢布，还在镇子上到处逛，逢人就央求给个五戈比，说要再喝一点以解醉。由于他在大庭广众之下的可笑行为，岗警[1]便要把他带进局子，可他却把岗警打得鼻子流血，自己转身逃进了修道院。

次日一早，朋友们都来看他。见习修道士萨夫卡来了，当然还有英诺肯季神甫和小辅祭。几个人一见面就劝他：清醒一点吧，别再胡闹啦，要是院长把你赶出修道院，难道你真的要去大街上讨饭？

叶夫谢起先还四仰八叉地躺着，一句话不说。可突然呼哧呼哧地嚎啕大哭起来，眼泪鼻涕顺着络腮胡子往下淌。

“兄弟们呐，这可怎么办呐？我不是为了钱哭，钱我倒不心疼。只是以前，要是我愿意，随时可以离开修道院。可现在，愿意不愿意都……有钱才是自由人啊，可现在……”

“到底是谁这么戏弄你啊？”小辅祭弯下腰问叶夫谢。

“先前我不知道，但现在我知道了。他不是我们修道院里的人，是个俗人。人看上去还是个孩子，没想到……就是他，不会有其他人。除了他，没人知道我的钱在哪里。”

萨夫卡一听便哈哈大笑起来：啊，我知道了，是他啊！

傍晚，点燃一支蜡烛，几个人坐在空桌子边——连茶炊都没心思烧——讨论来商量去，打算拿个主意。可什么主意也没想出来。

---

① 俄国沙皇时期在岗亭里站岗的警察。

15. 在伊万尼哈[①]家里

早晨祷告结束后，英诺肯季来了。拿来一块祈祷健康的圣饼，小声说：

“我想了个主意，叶夫谢神甫。我想起来了。我们赶紧去找伊万尼哈吧。呜——呜，她的名气那么大，让她给小偷下咒，小偷一准会现形。”

清晨露水遍地，朝霞泛红，看起来又是一个炎热的天气。麻雀倒是欢天喜地。

“啊哟，一大早吵醒我。”叶夫谢不耐烦地嘟囔。

英诺肯季踩着老太婆似的小碎步，两手在肚子前提着法衣：

“这可不行，叶夫谢神甫，不行啊。你是真不知道吗，咒语只有空腹的时候才会灵光。”

“英诺肯季，你就知道吹牛。说不定白白跑一趟，而且神职人员这么做，也可耻啊。”

伊万尼哈是个高个子老太婆，两条腿又细又长，浑身骨骼粗大，眉毛浓密得像小枭。看见修道士上门，她的态度并不和蔼：

“你们想干吗？有什么事吗？还是你们想祷告？我这里可不需要你们的祷告。”

一边说着，一边快速敲打几个搁在通红炭火上的小瓦罐。

“不，不是，我们找你是想……叶夫谢神甫遭贼了。你能不能给小偷下个咒？我们听说……”

英诺肯季神甫看到伊万尼哈似乎有些害怕。本想划个十字，可在她面前是万不能划十字的。开这种玩笑，一旦吓到她，准没好下场。于是英诺肯季像婆娘用短皮袄遮胸一样，用法衣紧紧捂住胸口。

伊万尼哈居高临下地打量他，小枭般尖锐的眼神就像鞭子抽在他身上：

“那你来干吗？既然遭窃的是他，那他单独留下就可以了。”

“是啊，我，太太，那好吧，那我……”

于是便提起法衣的下摆，低下头，迈着老太婆一样的小碎步走开了。

“叫什么？”伊万尼哈问叶夫谢。

“在下叶夫谢。”

“我知道你叫叶夫谢。我不是问你，是问那个你想下咒的，他叫什么名字？”

“安菲姆卡，大名安菲姆。”

“你要往哪儿下咒？往风里吗？不然的话，围裙也行，可以把围裙铺在白桦树的树杈上。要不，往水里下咒吧，要是有人请他去做客，招待他喝茶，这水刚好能咒他。”

“好——好，用茶咒他不错，啊？这么做还干净利落，大姐，啊？”

叶夫谢高兴起来，话也多了起来，他相信了。一脸凶相的老太婆伊万尼哈在他眼里变得法力高强起来。

只见伊万尼哈拿起木头凿成的长柄勺，舀了一勺水，打开了门厅大门，让叶夫谢站到门槛外，自己站到了门槛上。接着便把勺子递到叶夫谢的手上。

① 伊万尼哈是伊万诺夫娜的昵称。

“拿着，听仔细了。你要记着，千万别告诉任何人，不然这咒就会转到你身上。”

于是她慢慢地念起来，一字一句听得明明白白，两只小枭眼似乎能穿透长柄勺里的水。

“四海之外，大洋之中，有那神奇的布扬冰岛[①]，岛上有个铁皮宝箱。宝箱里藏有宝刀一把。宝刀宝刀，快快出鞘，去斩杀窃贼安菲姆卡，刺入他的心脏，让他，让这个窃贼，把偷走的钱，分文不得藏匿，全都还给上帝的奴仆叶夫谢。倘若他竟敢藏匿，就让他尝尝我诅咒之苦，如同被宝刀斩杀。就让他，让这个窃贼，失脚跌进地狱，困入亚拉拉特山脉[②]，跌进沸腾的焦油，跌进燃烧的灰烬，跌进沼泽的泥淖，永世不得安生，如水罐的水泼到桑拿热石上一般，消散无踪。倘若他竟敢藏匿，就让这个窃贼，被山杨橛活活钉在门框上，被野草吸干精血，被寒冰冻成僵尸，让他此生不得好死。”

“现在好啦。”念完了咒语，伊万尼哈又嘱咐，“把这水拿去给那小子喝了，给他喝了。”

叶夫谢小心翼翼地把水倒进一个小瓶子，给了伊万尼哈一个卢布，便心满意足地走了：

“来呀，小可爱，我请你喝茶。看你招不招认！”

---

① 布扬岛是俄国民间传说中的仙境。普希金所著《苏丹王的童话》令其名声大噪。传说布扬岛具有神奇的魔力，藏有诸多宝物，能助童话中的勇士战胜邪恶。

② 土耳其境内海拔最高的山脉。主峰亚拉拉特山海拔达 5 137 米，是一座休眠火山，四周是干旱的平原，山顶常年被积雪覆盖。

16. 滴水不漏

说来也巧，巴雷巴当晚就发了热病。浑身哆嗦，抽搐不停，妖魔鬼怪的噩梦一个接一个。

早上起来坐在桌边，两只手撑着沉甸甸的脑子，昏昏沉沉的。

有人敲门。

“阿普罗霞吗？”

可是脑袋沉重，连转过头去的力气都没有。门边却有人低声咳嗽，是男人的声音。

“萨夫卡，是你吗？”

来人正是萨夫卡，头发笔直垂肩，两只大虾般通红的手。

“有人请您务必光临呢。他们想您想坏了，尤其是叶夫谢神甫。”

说着便走上前来哈哈笑道：

“还准备了下了咒的茶，打算招待您呢。不过，看在上帝分上，您可千万别喝啊。”

“下了什么咒？”

“这还不明白啊，咒的当然是小偷。”

“呵呵！”巴雷巴一笑，“这也太可笑了。叶夫谢真是个傻瓜！这个糊涂蛋，满脑子糨糊，这么可笑的把戏也想得出来。”

叶夫谢的修道间里，青紫色的烟雾缭绕，开心果小辅祭正大口吞云吐雾。

“啊，贵客临门啊！”

小辅祭扭着屁股，弯起一只胳膊去搀扶巴雷巴进来。

可桌上并没有放伏特加。这是故意这么安排的，好让脑子保持清醒，以便诱审巴雷巴。

“叶夫谢，你怎么瘦了啊？谁把你的魂勾了去？”巴雷巴讥笑道。

“你才瘦呢。你没听说什么吗？”

“有人偷走了你的钱？当然听说了。”

小辅祭兴奋地蹦起来，尖刻地追问：

“您是从哪儿知道的，安菲姆·巴雷比奇[①]？”

“就刚才啊，萨夫卡说的，所以我知道。”

“你个傻瓜，萨夫卡。”叶夫谢转过头，沮丧地骂道。

几个人便坐下喝茶。托盘被放在一边，里面专门放了个杯子，只倒了半杯茶。英诺肯季手忙脚乱地用开水把茶添满，递给了巴雷巴。

大家便瞪圆了眼睛等着：哈，有好戏看了……

只见巴雷巴不慌不忙地搅拌了一下，一口喝干。大家都不说话，看着他。巴雷巴的神情变得古怪起来，终于憋不住，哈哈大笑起来，笑声隆隆地传了出去。萨夫卡也大笑起来，小辅祭也跟着细声细气地笑起来。

“你怎么啦？”叶夫谢看着，两只眼睛瞪得活像死鱼。

巴雷巴打雷般大笑，身体滑落到地板上，笑得几乎停不下来，浑身颤抖地挣扎着，几乎神志不清。笑到激情难以遏制，几乎要挑衅般说出来：

---

① 巴雷比奇是巴雷巴的小称，有鄙视的意味。

“就是我干的，就是我偷的。”

可是喝完了茶，巴雷巴依然没有开口说话，端端正正的脸上依然笑容绽放，露着凶狠。

叶夫谢坐不住了。

“喂，巴雷巴，你还是自己招了吧。到底怎么回事儿。”

“说什么啊？”

“你自己知道说什么。”

“噢，你个笨蛋，你想歪了吧！想知道钱的事，啊？我不是说了嘛，是萨夫卡告诉我的。我只知道这些。”

巴雷巴的语气很夸张，似乎在说：哈，我就是不招认，怎么样，你把我抓起来啊。

小辅祭跳到巴雷巴跟前，拍拍他的肩膀：

“不错，兄弟，你可真是滴水不漏啊，什么开锁的仙药[①]都撬不开你的口。算你狠，算你硬。”

叶夫谢用手指绕起了一绺绺的头发：

“唉，没了就没了吧！去，萨夫卡，拿酒来。”

于是几个人喝起酒来。意识越来越模糊，脑袋越来越疼，抽烟吐出的烟雾也越来越浓。小辅祭还跳起了水兵舞。

巴雷巴在暮色中回了家。可就在阿普罗西尼娅家的小门边，他突然觉得膝盖不由自主地弯了，眼睛也模模糊糊看不清了。他身子一斜歪在了门框上，原来自己竟已吓得魂飞魄散：这样的场面还从没经历过呢。

阿普罗霞打开了门，看了一眼房客：

---

① 指俄罗斯童话里能开启魔洞和聚宝箱的仙草。

“你脸色怎么那么不好？累坏了吗，啊？”

巴雷巴似乎做梦般躺到了床上。小油灯点亮了。

只见阿普罗霞坐在床头。自己额头上贴着一块泡过醋的湿抹布。

“你病了呀。”阿普罗霞的语气体贴而又带着些许抱怨，甚至有了些哽咽。

接着，阿普罗霞便跑去找邻居，为巴雷巴讨来些药。随着夜幕逐渐笼罩了一切，巴雷巴的脑子也慢慢清醒过来，看见正靠在床头椅子上打盹的阿普罗霞。

* * *

巴雷巴一直睡到第三天早上才觉得好了些。巴雷巴身上盖着雪白的被单，脸上依然灰蒙蒙阴霾不散。不过心里已经明白七八分，魂魄也归了位。“可叹，我不过是个陌生人，难为她整夜陪着我，觉也不睡……”

“谢谢你，阿普罗霞。”

“咳，别说话，你还病着呢。喝些茶吧，病还没好呐。”

说着便俯下身来。她穿着花花绿绿的短裙，上身是粗麻布衬衣。稀薄的粗麻布下，两粒尖尖的小葡萄在巴雷巴眼前一晃而过，扎得他心猿意马。

巴雷巴闭上眼睛，可随即又睁开了。窗外是烈日灼人的夏日。阳光下的射手湖波光粼粼，戏水的人们袒露着白花花的身子……

巴雷巴的脑子越来越热，心跳得厉害。他慌乱地抬起笨重的下巴，把阿普罗霞搂进了怀里。

“这是要干吗？”她有些意外，“啊，这对你身体不好吧？嗯——嗯，等一下，该给你换一块敷布了。”

于是她换了块敷布，便体贴而又母性十足地躺到了巴雷巴的身边。

* * *

事情就这么水到渠成了。阿普罗霞一整天都在忙忙碌碌地干家务，锅碗瓢盆叮当响，彰显着射手镇军嫂的风姿。自己本来就带着一个孩子，后来又多了巴雷巴，照顾起来更忙碌。他病倒了，虽然病的时间不久，可阿普罗霞一个人还是忙得够呛。

安菲姆·叶果里奇傍晚不知从哪里回来，进门便对阿普洛霞说：

“你来一下吧，晚上。”

“来，有什么事儿？好吧。你突然这么一说，都把我搞糊涂了。我刚才想说什么来着——一下子全忘了。哦，对了，我想说什么来着，你去鸡窝把鸡蛋取出来吧，不然可恶的黄鼠狼又要来偷。”

巴雷巴先跑去了鸡窝，回来后烧起了茶炊，一个人独坐着喝茶，一边翻看着什么。“又在看书，看书，小心看久了伤眼睛。”她把孩子哄睡着，便坐到条凳上开始嗡嗡地纺线。纺成的灰毛线又搓成细绳，准备织御冬的袜裤。头顶天花板时不时咚咚敲响，是肥胖的黑蟑螂跌落的声音。“好啦，看起来，时间也不早了，该收拾了。”她用纱锭的圆头挠了挠头发，打了几个哈欠，在嘴上连连划十字。接着，使劲往刷子上吐口水，把安菲姆·叶果里奇的靴子擦亮，脱去衣服，把工具家什都收拾到条凳的一角，便提着靴子来找巴雷巴。

巴雷巴正等着她。阿普罗霞把靴子放在床边，便躺了下来。

她半小时后才走。接二连三打着哈欠，跪在地上磕完十个头，颂过“天父”[①]，便沉沉地睡去。毕竟忙了一整天，操不完的心呐。

① 东正教主祷词。

17. 谢苗·谢苗内奇·莫尔古诺夫[①]

曾有一次，巴雷巴告诉季莫沙：

“你算什么裁缝？你看看你家里，根本连针线活都没有嘛。”

家里没有针线活，说来原因也简单。季莫沙这个人，正常的时候挺正常，可一旦脑子短路就容易掉链子。比如，客户的裤子有时候会丢失，那一定是他拿去换酒喝了。大家都知道他有这个毛病，所以都不放心他把裁缝活带回家去做。这么一来，他只好挨家挨户地上门干活。他为很多商人和贵族老爷缝过衣服，做衣服的手艺是没得说，还能把客户哄得团团转。不过，律师谢苗·谢苗内奇·莫尔古诺夫是真心把他当成自己家里人看待，甚至当着众人开玩笑：

“这是我家的御用裁缝。”

很少看见季莫沙的脚上穿靴子，因为靴子经常被他拿去作抵押。他去找莫尔古诺夫的时候，通常穿一双破旧的橡胶套靴，而腋下会夹着一双用纸包着的白色帆布鞋。到了门厅，他会踢掉套靴，穿上白色帆布鞋，这就表示正式来做客了。他和莫尔古诺夫之间的话题往往高深莫测而又有气魄十足：谈论上帝和圣徒，谈论红尘俗世皆是虚表，谈论该怎么生活。莫尔古诺夫在季莫沙的心目中是个聪明人。而谢苗·谢苗内奇·莫尔古诺夫也的确非常聪明。

不过，莫尔古诺夫并不是他真实的姓氏，只是好事的市井之徒用来取笑他的外号而已。可要是真的看一眼他本人，恐怕立刻会赞同：哟，他还真是个莫尔古诺夫呢。

谢苗·谢苗内奇有一张消瘦的脸，活像圣像上的人物。两只眼睛圆溜溜的，又大又黑。因为眼睛实在大得离谱，所以脸上的表情看上去不是大惊失色，就是厚颜无耻。整张脸几乎都被两只眼睛占据，而且他还不断地眨眼，一眨，一眨，仿佛时刻都在为自己有那么大的眼睛而感到羞愧。

不过还不止眼睛，谢苗·谢苗内奇整个人都似乎都会眨巴。只要一上街，迈开瘸了的左腿，哈，整个身体就一颠一颠，像是在眨眼。

可所有商人们喜欢的，是他的狡黠！

“他就是谢苗·谢苗内奇，就是那个莫尔古诺夫？呜——呜，行家呀，可是个厉害的角色呢！兄弟，这家伙什么都能办到，八面玲珑左右逢源啊。你看，快看呐，他走路像不像在眨眼，啊？”

后来他众望所归地，开始接手商人们所有见不得光的生意，比如处理票据，甚至还有商人们无法亲自兑现的款项。他挖空心思，不择手段，每每竟能迫使法庭判他赢了官司，任他鱼一样脱钩而去。不过商人们为此支付的报酬也相当可观。

* * *

这次季莫沙就领着巴雷巴来见莫尔古诺夫。而且去的正是时候。

秋日的天气变化无常，刚下完雪，积雪就化了。而巴雷巴手里那些叶夫谢的钱也和积雪一样，差不多花完了。财务处也来了回复：拒绝录用。这帮鬼东西，凭什么拒绝录用，我这么好的

① 姓氏莫尔古诺夫，在俄语里有喜欢眨眼的人之意。

人，他们还不知足。这下，非得给自己找一份能挣钱的差事了，吃饭不能断啊。

谢苗·谢苗内奇把季莫沙拉到一边，问道：

“这人是谁？”

“就是个熟人，算是我的帮手吧。我做衣服的时候，时不时说说话，他就在旁边听。少了这样的帮手，你连自言自语都没心情。”

谢苗·谢苗内奇听了笑得前仰后合。

“嗯，看来印象不错。这事儿有戏了。”季莫沙有了把握。

“那您以前是做什么的？”莫尔古诺夫问巴雷巴。

巴雷巴窘迫起来。

“他以前在一个贤良淑德的寡妇家里，耍活宝逗主人开心。”季莫沙赶紧解围，一边干起了针线活。

莫尔古诺夫再次笑得前仰后合。这算什么工作，开玩笑吧。

可季莫沙一点不生气，继续说道：

“这有什么大不了的。只不过是交易而已。我们现在这个年代，做什么事情都讲究个交易，靠山吃山嘛。商人卖鲱鱼，女孩子卖肚子。人人都在卖，能卖什么就卖什么。那你说说，肚子比鲱鱼差在哪儿，鲱鱼又比良心差在哪儿？任何东西都是商品嘛。”

莫尔古诺夫已经笑得东倒西歪，一边眨着眼睛，一边全身乱颤，还不住地拍季莫沙的肩膀。可笑过之后，他却陡然严肃起来，神情俨然变成了圣像画里的圣徒，严峻的眼神就像要把人活生生吞下。

“那么说，您是想找工作？”他问巴雷巴，“找工作不难。我刚好需要目击证人。您的外表让人印象深刻，看样子应该适合这份工作。”

18. 目击证人的差事

就这样，巴雷巴在莫尔古诺夫身边干起了目击证人的差事。事情倒是不难。每天晚上，莫尔古诺夫都会交代巴雷巴一大堆细节：这件事情，你听好了，别忘了，瓦西里，姓库里亚科夫，商人的儿子，这家伙长得挺胖——他只是先举起手。但是第一个动手打人的，是那个小市民，红头发的那个，嗯，没错，红头发的。你呢，你当时就在园子的围墙边，目睹了全过程。

到了第二天早上，仪表堂堂的巴雷巴在民事法官那里，老成持重地板着脸，偶尔还咧嘴笑笑。这种感觉对他来说太奇妙了。他按照莫尔古诺夫教的那样，讲述得有鼻子有眼。于是商人的儿子瓦西里赢了官司，而小市民坐了牢。巴雷巴由此便赚到了三五卢布。

谢苗·谢苗内奇自忖没看错巴雷巴，便夸他：

“兄弟，你挺像模像样的嘛，稳健老到，还寸步不让。不会被人牵着鼻子走。过不了多久，我就能带你去处理刑事案件了。”

莫尔古诺夫果然带着巴雷巴去了法院所在的邻近城市，还给巴雷巴置办了一身商人们穿的长襟礼服。穿着这件礼服，巴雷巴通常在法院的走廊里一逛就是好几个小时，打着哈欠，懒洋洋地排着队。不过他办起事来表现得沉着而又干练，从来不出岔子。有检察官和辩护人故意想让他出洋相，竟然没能得逞。他认准的事情，没人能带偏。

巴雷巴在一份遗嘱的官司中大赚了一笔。商人伊古木诺夫去世了，他生前备受尊重，十分顾家，有老婆，还有个女儿。他是做贩鱼生意的，因为当地严格遵守斋戒①，所以镇上的人们都了解他。伊古木诺夫的两只手上长满了肉瘤，据说，这可能是因为长期和鱼打交道，经常被鱼鳞扎伤的缘故。

好在上帝保佑，伊古木诺夫一直过着和正常人一样的生活。可偏偏到了晚年，却遇到了麻烦。正所谓“人老心不老，风流胜少年”，他竟然没能经受住一个女教师的诱惑，出轨了，哈，其实就是他女儿的家庭女教师。于是他把老婆和女儿赶出了家门。从此纵马扬鞭，饮酒作乐，宾客盈门，整天花天酒地。

老头子直到临终前的一刻，才彻底醒悟过来。于是他叫来老婆和女儿，央求她们的宽恕，并在遗嘱里写上了她们的名字。可第一份遗嘱仍在现任太太家庭女教师的手里，白纸黑字写着财产归她一个人。于是，便打起了官司。而现在，那女人当然要缠着谢苗·谢苗内奇不放：

“谢苗·谢苗内奇，亲爱的。他写第二份遗嘱时肯定神志不清，必须找到证据，最好能有目击证人。这钱我舍得花。”

谢苗·谢苗内奇和巴雷巴一起绞尽脑汁想了好久。巴雷巴想啊，想啊，终于记起一件事来。他以前似乎看到过已故的伊古木诺夫，冬天从桑拿房里跑出来，光着身子在雪地里打滚②。虽然这事情再普通不过，可在法庭上却被他描绘成极为夸张的场景：大冬天里，伊古木诺夫丧失了理智般，在大街上裸奔。还找来另外几个目击证人，都说没错啊，是真的，很多人都看见过。

在法庭上作证时，巴雷巴的论述严谨缜密，语气铿锵有力，

---

① 斋戒日内不能吃肉，但是可以吃鱼。

② 桑拿后扑入雪堆是俄国的习俗。

一字一句都像在夯地基一样，最后连自己都相信了证词。被赶出家门的伊古木诺夫太太披着黑色头巾，活像一个修女，当她绝望地瞪着巴雷巴时，他连眼睛都没有眨一下。而家庭教师太太则在庭审结束后对他眯起了眼睛道谢：

“您真是我的大恩人呐。”

甚至允许他的脸贴住自己的手，告诉他：“有空来玩。”巴雷巴在那一刻简直心花怒放。

19. 季节

“不——会，我们不会有事的。”季莫沙有气无力地说，“哪能啊。我们就像生活在湖底的基特日城[①]里。水底下啥动静也听不到，头顶的水混沌一片，啥也看不清。管它水面上怎么大火冲天，警钟敲得震天响呢。”

敲就敲去吧。老话说得好：

“就让他们去巴比伦大城市享福好了，哪怕幸福得疯掉呢。我们只要小日子太太平平就好。”

这话一点没错，看看报纸上写的：“他们恐怕真的已经疯了呢。几百年来，人们都是这么规规矩矩地过日子，敬畏上帝，忠于沙皇。但现在大城市里，人人都像挣脱了链子的狗，上帝千万别怪罪我出言不逊。为啥以前善良弱小的人，现在都变得这么好斗了呢？”

哈，这种鸡毛蒜皮的小事，当地人是不会操心的。只要自家的孩子能吃饱饭就好，谁家还没有好几个孩子呢。大概是因为闲得没事做吧，天晓得，这里的人怎么那么喜欢生孩子。所以人人都很顾家，习惯天天祷告，显得老成持重。围墙门上安装的都是铁闩，狗也用铁链子拴着，只能在院子里跑来跑去。要是有外人来，主人会在门后问个两三遍，谁呀，来干吗，然后才肯放进屋。家家户户的窗口都摆着老鹤草或者无花果，这么做不无道理，那样从外面就偷窥不到什么。本地人喜欢暖和，家里的炉子都烧得很热，到了冬天一律披上棉坎肩，穿上棉短裙，裤子也是棉衬里。这样的地方，如今上哪儿都找不到了。可日子过得还算凑合，不好也不坏，就像肥料一样，热乎乎地慢慢沤熟。这样的日子其实也不错，看看，这里的孩子们一个个养得又胖又壮。

季莫沙带着巴雷巴来找莫尔古诺夫。莫尔古诺夫正坐着读报纸。

“看呐，部长被干掉了，听到消息没有？”

季莫沙一脸灿烂的笑容，就像点亮了一盏喜庆的长明灯。

“听说了，当然听说了。我们经过菜市场，就听大家在议论：‘实在太可怜了呀，大概两万块钱一年的收入呢，太可怜了。’”

莫尔古诺夫又笑得东倒西歪：

“这些人啊，我们这里的人啊，都是这样：两万块钱……太可怜了……哈，真笑死人了！”

几个人消停了一会儿，便沙沙地翻看起报纸来。

“对了，我们这儿的阿纽特卡[②]·普罗托波波娃，在彼得堡读书的那个，不久前也被抓进去了。”巴雷巴想起了另一则新闻。

一提到女人，莫尔古诺夫便立刻缠住季莫沙，一个劲儿挑逗他。他很了解季莫沙对待婆娘们的态度：他绝不允许婆娘们掺和正经事，就像菜汤里决不能放水果软糖一样。

---

① 湖底的基特日城是俄罗斯传说中失落的东正教圣城。有文献证明这个失落的城市的确存在过，并且被认为其遗迹就在俄罗斯的斯维洛雅尔湖底。根据俄罗斯旧礼仪派 1780 年所写的《基特日编年史》记载，俄罗斯弗拉基米尔大公乔治二世在 13 世纪时建立了这座东正教圣城。1238 年，金帐汗国创始人孛儿只斤·拔都率兵入侵，奋力抵抗的乔治大公最终全军覆没，自己也战死。但上帝为乔治大公守城行为感动，便施展神力将这座城沉入斯维洛雅尔湖底隐藏了起来。俄罗斯民间有个说法：只有心灵纯洁的人和最虔诚的信徒才能看到基特日城，因为那是他们的灵魂归宿。2011 年，俄罗斯考古学家维特卢松斯基率队在斯维特洛雅尔湖地区进行考古时，挖掘出不少俄罗斯风格的陶瓷碎片，这也证实了斯维特洛雅尔湖地区的确存在过古老城市。

② 阿纽特卡是安娜的爱称。

“找个婆娘来，随便玩玩倒也不难。可就是千万，千万别往心里去。”季莫沙严肃地伸出一个干巴巴的手指，“一旦真的往心里去，那你就完了。婆娘都是傻脑筋，兄弟，她们就像鬼蒺藜[①]的根，一旦在你心里扎了根，拔都拔不干净。以后你心里就全是鬼蒺藜了。”

“鬼蒺藜。”巴雷巴打雷一样哈哈大笑。

莫尔古诺夫用拳头敲着桌面，大声嚷嚷，连声音都变了：

“说得好，季莫沙，说得好！来来来，接着说你的金玉良言吧，犹太王！”

“他干吗这样装腔作势，干吗要嚷嚷？”巴雷巴心想。

谢苗·谢苗内奇的确喜欢装腔作势，而且装腔作势的他永远不会暴露自己的真实面目。他总是挤眉弄眼，总是口蜜腹剑。眼神不知道是无赖的嚣张，还是苦难的流露。

“给我们拿啤酒来，啤酒，啤酒！”谢苗·谢苗内奇大叫。

大眼睛的达舒特卡[②]端着托盘送来了啤酒。只见她清新可人，宛如雨后嫩绿的小草。

“新来的吗？”季莫沙的眼睛没看莫尔古诺夫。

莫尔古诺夫差不多每个月就会换新人。有白人、黑人、瘦的、胖的。无论换什么样的，莫尔古诺夫都一视同仁地对她们温柔体贴。

“就那么回事儿，她们全都一个样。反正也找不到一个真心的。”

---

① 也称牛蒡草或东洋参。
② 达莉亚的爱称。

喝着啤酒，季莫沙便不由自主打开了自己心爱的话匣子，开始聊上帝，把一大堆让人抓耳挠腮的问题丢向莫尔古诺夫。如果上帝是万能的，却又不愿意改变我们的生活，那么所谓大爱又在哪里？那些道貌岸然的正人君子真的会留在天堂？上帝会把草菅人命的大官送去哪里？

可莫尔古诺夫不喜欢谈论上帝。这个平常玩笑不断而且恬不知耻的人，听到这些话题瞬间就变了脸色，就像小鬼见到了阎王：

“不准跟我谈上帝，不准谈上帝。”

虽然抗议的声音很轻，却听得出来很愤怒。

季莫沙却得意地哈哈大笑。

20. 愉快的晚祷

大斋期间[①]，人人都一脸凶相，见了谁都好像要咬一口。也许是因为吃的东西实在太糟糕了，不是野鲤就是克瓦斯，不是克瓦斯就是土豆。可转眼到了复活节，人人脸上就乐开了花。有大块肉吃，有果子酒喝，有露酒喝，还有教堂悦耳的钟声；每个人都心情大好，打发乞丐一出手就是两戈比，而不是平日的一戈比；主人家会给厨娘送一块甜面包；淘气的米舒特卡[②]碰洒了果子酒，弄脏了干净的桌布，也因为过节而不会拆下清洗。

理所当然的，好运气也落到了切尔诺贝利尼科夫的头上。他挨家挨户送花样明信片的时候，每家的主人都会祝他节日快乐，顺手给他二十五戈比，或者五十戈比。切尔诺贝利尼科夫因此赚到了不少小费，于是便拉着朋友们去了丘里洛夫小酒馆。季莫沙、巴雷巴，当然还有财务女婿，都在受邀之列。

春季将临，季莫沙的气色变得很糟糕，活脱一只秋天掉了毛的小麻雀，走起路来摇摇晃晃，却强撑着，硬是摆出一副生龙活虎的样子。

“你还是去看病吧，季莫沙，真的。”切尔诺贝利尼科夫表示出担忧，“你看看你现在的样子。”

“有什么好治的？治好治坏，最终都是死路一条。再说死了正合我意呢，死本来就很有趣啊。难道不是吗，在鸟不拉屎的穷乡僻壤过一辈子，哪儿都没去过。可死了就不一样，能去一个从没见过的国度见见世面，而且还免费。说不定，真的能大出风头呢。”

季莫沙满不在乎地笑。

“你就别再喝酒了吧，对你的身体有害啊。”

可他就是不听，不管你怎么劝说都没用。他还是照常喝，而且保持自己的老习惯，伏特加兑着啤酒喝，一点儿也没收敛。他养成了随身带手帕的习惯，一整块粗麻手帕，总是往这块漂亮的印花手帕里咳嗽。

“这个嘛，”他解释说，“要是去高雅的地方，就不会吐到地上了。”

晚祷钟声敲响了。丘里洛夫老汉把右手的银餐具换到左手，划了个十字，一脸恭敬，严肃而又庄重。

“喂，米契卡，把钱拿着！”切尔诺贝利尼科夫一声大喊。

四个人一起走出了小酒馆。春日的阳光轻盈欢快，教堂的钟声轻舞慢摇。几个人似乎并不愿意分开，不愿意破坏其乐融融的欢聚气氛。

“啊，我很喜欢复活节的晚祷。”季莫沙眯起了眼睛，“我不是说祷告，是说大家都会去跳舞。我们几个一起去吧，啊？”

巴雷巴却招呼大家去修道院，那里的环境让他更觉亲切：

“晚祷结束后，我带你们去一个认识的修道士那里喝茶，那家伙是个怪人。”

财务女婿掏出手表：

“我肯定去不了，我答应了午饭前要去，财务主任那里是不准迟到的。”

---

① 指东正教复活节前的斋戒。

② 米哈伊尔的爱称，这里泛指淘气的小孩子们。

“哈，好惨啊，居然不准！”季莫沙哈哈大笑，立刻咳嗽起来，赶紧在身上找手帕。没找到：“等一下，伙计们，手帕落在上面了。我去去就来。”

只见他两手挥舞起来，像一只小麻雀般轻盈地飞了上去。

教堂的钟声轻松而又愉快，人们身着节日盛装，去参加喜庆的复活节晚祷。

“等等，楼上有人在嚷嚷呢……出什么事儿了？”巴雷巴竖起了两只蝙蝠般的大耳朵。

财务女婿做了个鬼脸：

“大概，又打架了吧。他们就是不懂得和气相处。”

哗——啦！玻璃碎渣脆生生地从楼上掉下来，随即便没了动静。

“哎哟，”切尔诺贝利尼科夫仔细听起来，“不对，好像真有什么事儿……”突然，满脸通红的季莫沙一个倒栽葱从楼上滚了下来，他上气不接下气地说：

“他们……楼上……命令大家……都……举起手站着……”

塔——啦，塔——啦！上面传来奇怪的响动。

财务女婿伸长了脖子站了片刻，睁大一只眼睛往上看，活像火鸡在警惕地观察老鹰。随即便凄楚地尖声大叫起来：“开枪——杀——人啦！”飞也似逃走了。

只听皮靴踩得楼梯震天响，呼号声一片，众人倒豆子一样从楼上逃下来。

“呀——呀——呀！抓——住……”

又是一阵响动：塔——啦，塔——啦。

片刻间，只见一个满脸通红的人一马当先，跑到了门口，而此人看上去竟然没有眼睛。

“他大概是吓得把眼睛闭起来了吧。”这是给人留下的第一眼印象。

这个没眼睛的家伙，跑到对面的街角，转眼就不见了踪影。接着，他身后的众人也纷纷从楼上滚落，个个都醉态可掬，张牙舞爪，衣衫不整，夺命般冲了出来。

“抓——住他！拦——住他！就——就——是他！”

真的有个人刚跑到门口就被抓到了，众人蜂拥而上扑向他，把他压在底下，拳打脚踢，一边还粗声大叫：“抓住——他。”而此刻的叫喊，纯粹只是为了压惊而已。

巴雷巴弯腰低头，像公羊一样冲进了人堆里。似乎是出于本能，他觉得应该这么做，也必须这么做。只见他钢牙紧咬，体内似乎涌起远古猛兽般野蛮的冲动。他和众人一样冲了过去，和大家一起大叫着，准备痛揍一顿那个家伙。

可进去一看，众人已围成一圈，地上躺着一个小男孩，长得黑黑的，两眼紧闭。男孩穿着衬衫，一侧的衣领已经被撕烂，脖子上露出一块黑色的胎记。

丘里洛夫老汉站在圈子中央，用脚踹小男孩的腰。原本威严的络腮胡子此时已经蓬乱，嘴巴也气歪了，完全没了敬畏上帝的模样。

“敢偷钱！啊，魔鬼呀？一个逃走了，偷走我一百卢布！啊，魔鬼呀？”

说着又踹。他身后伸出几只拳头，挥向躺在地上已经浑身汗湿的小男孩，却没敢下得了手。毕竟遭窃的是丘里洛夫，毕竟他还是这里的主人，要打也该他亲手打。

突然，季莫沙不知道从哪里冒了出来，径直拦在了丘里洛夫老汉的眼前。只见他涨红了脸，挥舞着两只手，连珠炮般恶狠狠骂道：

“你要干吗，老东西，老恶棍，你丧尽天良啦？就为了一百卢布，你连小孩子都下得了手？没看见快把他打死了？看看，他已经不喘气啦。魔鬼，猪狗不如，难道一条人命连一百卢布都不值？”

丘里洛夫老汉一开始还慌了神，可接着便愈发火冒三丈：

“你说啥，你和他是一伙的吗？还替他说情！兄弟，你找揍。在我的酒馆里说大话，那么多人听着呢。东正教徒们，快把他也抓起来！”

有几个人凑上前来，却最终没敢动手。季莫沙毕竟是自己人啊，那两个小偷才是外人。所以，也许，老汉骂错人了吧……

这时，满脸通红的马贩子走了过来。这位红头发的小市民因为过节，所以套上了纸质的白袖子，混乱中他的袖口滑脱下来，袖子和白色袖口之间露出了浓密的红色汗毛，两只大手看上去更加吓人。

只见他伸出两只手，轻轻把季莫沙推出了围观人群，一边说道：

“滚吧，滚吧，你还敢说情呢，小心挨揍。你少管闲事。”

说完便像翻转一具掏光内脏的猪身一样，把黑黝黝的小男孩翻了个个儿，熟练地搜起身来。

* * *

这下去不了修道院了，哪里还有心情？巴雷巴在季莫沙家里坐了整整一晚。稍晚，切尔诺贝利尼科夫也来了。他带来了新闻：

“刚才啊，就在贵族街上……听到几个人坐在门口的长条凳上议论你呢：‘就是那个裁缝季莫沙呀，好歹是我们自己人，竟然替外人说话，胳膊肘朝外拐的家伙。’”

“一群蠢货。”季莫沙没好气，“一天到晚搬弄是非。丘里洛夫这样的魔鬼，丧尽天良的恶棍，就该这么教训他。他还缺那一百卢布？可那两个孩子，也许两天没吃东西了呢？”

沉默了片刻，又补充道：

“哼，说不定哪天我们也会被迫去偷去抢？要是真有那么一天，说真的，即便上刀山下火海我也会去偷。再说，被人打死也一样是个死，我无所谓，反正我一只脚已经在坟墓里了。”

21. 警察局局长的操心事

唉，真是活见鬼，麻烦总是不请自来。我们这种小地方——举起手来！——竟然也会发生这种事情！这下可好，警察局局长伊万·阿列费奇惹上了一大堆麻烦事。

不但省里来了人，连军事法庭的人也来了。而所为之事，竟然就是那个小坏蛋男孩子。主席是个上校，消瘦的身材，灰白的短寸，老是犯胃病。和他打交道，伊万·阿列费奇算是倒了大霉！这不想吃，那吃不了，简直伤透了脑筋。第一天，这些不速之客刚到的时候，伊万·阿列费奇为他们张罗了一顿极为丰盛的早餐。餐桌上不但放了好几瓶酒，还有一盒盒开了封的糖果饼干，有鸡腿，还有肉馅大烤饼。可上校见了，却气得脸色铁青。拿着餐叉拨弄来拨弄去，还时不时闻一下：

“这也，太油腻了吧。”

说罢便阴沉了脸，说什么也不吃。警察局局长太太玛丽亚·比得洛夫娜伤心坏了：

“啊呀，看在上帝分上，上校，您干吗不吃呢？唉，坏了，我家伊万·阿列费奇要挨骂了吧。”

好在检察长心地善良，赞不绝口。只见他整个人圆滚滚的，酷似一口小猪崽，秃头，满面红光，也许每星期都会洗两次桑拿浴吧。他一刻不停地笑，一边哈哈哈，一边每样都给自己来两块。

“来——呀，再来一块肉馅烤饼嘛，大姐。很不错嘛，了不起哦，现如今在俄罗斯，就连你们这样偏僻落后的乡镇，也能按着古老的配方烤出正宗的馅儿饼了……”

到了晚上，警察局局长办公室里的写字桌上点亮了蜡烛（这辈子都没点亮过），散放着一份份文件。伊万·阿列费奇大炮般吞吐着卷烟，一边驱赶着烟雾：要是烟雾喷到上校身上，那可不是闹着玩儿的。

上校反复看了几遍文件，不满意地皱起了眉头：

“这算什么事儿，难道我们还要为了一个小毛孩子大费周章？要是他一个字也不愿意招认，那就尴尬啦。可您毕竟是警察局局长啊，总该知道怎么破案吧。”

* * *

伊万·阿列费奇坐在床沿上，低头解着靴子上的鞋带，可嘴里却冲着太太发牢骚：

“我真是想不明白呀，玛莎。简直狮子大开口嘛，已经抓到一个了，还嫌少。另一个都已经逃走了，让我上哪儿去抓？对了，你可别忘了，明天十二点以前要给上校准备好牛奶煮燕麦，一定要煮烂才行，还要准备一瓶纳尔赞矿泉水①。唉，我真是怕了他，凶神恶煞一样，别再挑出什么毛病才好！”

玛丽亚·比得洛夫娜都记录下来：

“燕麦……纳尔赞……伊万·阿列费奇，我看，你还是去找莫尔古诺夫吧，让他帮你出个主意。他诡计多端，你想要什么，他都有办法搞定，真的，去试试吧。”

一语点醒了梦中人，伊万·阿列费奇牢牢记在心里，稍稍睡了个安稳觉。

---

① 高加索地带的碳酸矿泉水。

* * *

警察局的黄色的外墙已经斑驳褪色，门前的空地上有一座菜市场。套在马背上的车辕高高竖起，一袋袋燕麦挂在马儿的嘴边，小猪崽的尖叫声不断，一个个小木桶装满了酸白菜，一车又一车的干草。人们相互拍着巴掌讨价还价，高声叫卖，小推车吱嘎作响，还有一个穿着坎肩的法院马车夫在咿咿呀呀调试手风琴。

而警察局局长办公室里，此时正在紧张审问。上校坐立不安地倾听着来自肚子里的声音，咕噜咕噜响个不停。“唉，上帝呀，一个星期都没事，现在怎么又犯了……”

丘里洛夫老汉走了进来，一身长襟礼服，花白的头发，气宇轩昂。只见他划了个十字：

“经过怎么样？就那样啊，要不我还是一件件说吧……”

讲述完毕，还用印花手帕擦了擦嘴。站了一会儿，心里暗想：“要不把季莫沙那个粗鲁的家伙一起告了吧，看上去，几位领导都挺面善啊。”

“还有，几位长官，我们这儿有个叫季莫沙的裁缝，无可救药的人啊，粗暴无礼。他竟然还为那个男孩说情，就是为那个，那个开了枪的。我对他说：‘你难道，是和他们一伙的？’可他竟然当着所有人的面……”

老汉被放走了。检察长软绵绵的双手已经汗湿，他擦了擦手，解开了制服底下的纽扣，小声问上校：

“嗯。这个季莫沙……您看怎么样？”

窗外生意红火，叫喊声，吱嘎的噪声。上校受不了了：

“伊万·阿列费奇，快把窗户关上！头都快炸了。这算什么风格，办公室门口就是菜市场！”

伊万·阿列费奇赶紧踮起脚尖，跑去关上了窗，叫道：

“下一个。”

财务女婿摆足了官腔，拿腔拿调地讲述了过程。检察长问道：

“那么说，他回到小酒馆，后来又跑出去了？是不是？嗯，那么手帕呢？好像，你们都提到了一块什么手帕。他是回来取手帕的吗？”

财务女婿想起季莫沙那块吐得腥红的手帕，恶心地皱起眉头，瓮声瓮气地发起了脾气：

“什么手帕？我不记得有什么手帕。”

现在回忆这块手帕的细节，甚至让他觉得有失体面。

而巴雷巴马上习惯性地嗅出了检察长问题中的意图。当问到他时，他斩钉截铁地回答：

“没有，没有什么手帕。”他回答得简单明了：他回楼上是有事情。

放走了巴雷巴，检察长喝了一大口凉茶，对上校说：

“您要不要签署命令抓捕这个季莫沙？我认为，虽然这些口供……我也知道，您为人非常谨慎，不过这件事……”

上校此时正犯肠绞痛，肚子里翻江倒海，心里正破口大骂：

“见鬼！这个警察局局长太太简直就是头笨母猪，这算什么乡下风格啊，菜全都那么油腻……”

“所以我建议，上校……”

“啊，别烦我，看在上帝分上！随您怎么写都行。我的肚子好痛啊。”

22. 六张二十五卢布的钞票

季莫沙被抓走的消息不胫而走，却没有让任何人感到吃惊。

“早就该抓起来了。”

“谁让他平时说话口无遮拦。没礼貌的家伙！谈论起上帝来，就像议论小商贩阿韦良一样。”

“不管走到哪里，他都特别爱管闲事，还看任何人都不顺眼。你倒说说看，他怎么就像那个马列米扬娜老太太，成天同情这个可怜那个。”

可莫尔古诺夫却说：

“说这种话的人呐，以后都会有报应的。巴雷巴，我们走着瞧。”

他拍了拍巴雷巴的背，两只圣像般的大眼睛看了看他，眼神似乎是鄙视对方，又似乎透露出温存。反正谁也看不懂，因为他太会装模作样了。

当天晚上，警察局局长伊万·阿列费奇邀请谢苗·谢苗内奇来家里喝杯茶。当着基督上帝的面，他苦苦哀求道：

“拜托您好好开导他，他是我们自己人呐……叫什么来着……别让他说错话才好。哦，想起来了，他叫巴雷巴。让他在法庭上的证词更有说服力。我当然知道，他是您手下的专家，那还用说，还用说嘛，都是自己人呐。真的，那些省里来的人，简直要拧断我的脖子，我真想早点摆脱他们，让这些人早点滚蛋。尤其那个上校，净鸡蛋里挑骨头，这不满意，那不称心……”

两个人一阵讨价还价，最后以六张二十五卢布的价格谈妥。

"好吧，没关系，多少都无所谓。我还另外给他……他叫什么来着……给他安排个位子，那个叫巴雷巴的。这样总可以了吧？嗯，要么做个文书，警察也行啊……"

第二天喝克伦堡啤酒[①]的时候，莫尔古诺夫费尽了唇舌，试图说服巴雷巴。可巴雷巴却始终犹豫不决：

"我们好歹是朋友啊，而且还是很要好的朋友，这么做不好吧。"

"咳，亲爱的，还轮不到你我愧疚吧，这些事情也不该我们动脑子操心吧？要是动脑子较起真来，你我就完蛋了。再说了，这事情离打官司还远着呢。要是你真的讨厌这么做，上了法庭再拒绝也来得及。"

"唉，说得也是，那就不管他了吧，反正他已经得了肺痨……而且还能捞个一官半职……总不能，一辈子都过吃了上顿没下顿的日子吧？"于是巴雷巴大声说：

"那就算是为了您吧，谢苗·谢苗内奇。要不是您，我绝不会这么做。"

"是啊……就算为了我，我嘛，小可爱，我知道，没有我，你也不会有今天的出息。二流子一个，可现在大不一样啦……"

他停顿片刻，忽然俯身凑到巴雷巴耳旁，小声说：

"你梦见过鬼吗？我可是每天夜里都梦见鬼哦，每天夜里，真的哦！"

---

① 指法国克伦堡啤酒。

23. 讨厌的蚂蚁

巴雷巴同意了，便去找警察局局长。警察局局长给了他一大笔钱，还承诺了诸多好处……巴雷巴本该高兴，可心里却不自在，反倒觉得苦闷。就像有一只蚊子，一只蚂蚁，爬进了心里。在内心深处爬来爬去，爬来爬去，却无论如何都抓不到它，踩不死它。

巴雷巴躺下睡觉时心想：

“要明天晚上呢。就是说，离开庭还有一整天时间。要是愿意，我现在就可以回绝。毕竟我是有主见的人呐。”

他睡着，却好像依然醒着。脑子里仿佛有个问题挥之不去，而这个问题无论如何都不会有答案：

“他真的活不了多久了啊。”

接着便又梦到了小县城的学校、考试，还有那个把络腮胡子塞进嘴里的神甫。

“我又要考砸了，这该是第二次了吧。”巴雷巴心想。

思绪最后落到了季莫沙身上：

“季莫沙啊，他的确曾是个聪明人呐，这话一点不假。”

“为什么说‘曾’？怎么会说‘曾’呢？”

黑暗里，他的眼睛完全睁开了，再也无法入睡。那只讨厌的蚂蚁还在爬来爬去，让人心烦意乱。

“为什么说‘曾’呢？”

24. 别啦

一觉睡到很晚，几乎快到正午，巴雷巴才在射手湖边的小屋子里醒来。外面已是艳阳高照，晴空万里。开庭时该怎么做，此刻心中已经了然。而昨夜令人心烦意乱的念头仿佛未曾有过，也根本从未有过。

阿普罗霞已经端来了挂着滤嘴的小茶炊，人却站在门边。只见她袖子卷得高高的，左手掌捧着右胳膊肘，而她那不太开窍的脑袋就搁在右手上。她很愿意听安菲姆·叶果里奇说话，安心地听他说，就这么一直站着，时而一脸惊讶，时而惋惜地叹气，时而又同情地摇头。

看巴雷巴喝完了茶，阿普罗霞便递来了常礼服：

"你今天兴致很高呀，安菲姆·叶果里奇。是不是发财啦？"

"发财啦。"巴雷巴应道。

站在法庭上的季莫沙气色不错，精神饱满，摇头晃脑。他的脖子长长的，细细的，细得让人看了害怕。

而黑黝黝的男孩子却显得有些怪异，看上去完全泄了气，全身的骨头仿佛软了，融化了。只见他歪倒在一边，押解卫兵时不时把他扶正，让他靠墙站直。

巴雷巴的发言自信而又有条理，就是有点着急，因为他急着想要尽快离开这里。当他结束发言时，检察长问他：

"您为什么不早说呢？那么多有价值的信息呢。"

法庭准备休庭离席时，季莫沙冷不丁站了起来，说道：

"好吧，喂，诸位，别啦！"

没有人理他。

25. 赶集日的清晨

那是一个欢乐的赶集日。清晨，就在监狱门前，在办公地的门前，一片小猪崽的叫声，尘土飞扬，阳光明媚。一车又一车的苹果和马匹的气息混在一起，赶集的喧闹盖过了教堂的钟声，似乎还有人群正在组织求雨的游行活动，热闹非凡。

警察局局长伊万·阿列费奇身穿发绿的制服，嘴里大炮一样吞云吐雾，踌躇满志地走出来，站到台阶上，严厉地俯视着人群，大声宣布：

“罪犯已经依法受到惩处[①]。我——敬告——各位……”

静悄悄的人群中，突然一阵骚动，人头晃动起来，就像一阵风掠过了树林。

有人脱去帽子，划起了十字。最后几排人群里，离警察局局长比较远的地方，响起一个声音：

“活该绞死，魔鬼！”

“你说谁呢，说谁呢，啊？”

伊万·阿列费奇傲慢地转过身，离开了。台阶前的人们顿时清醒过来，嘈杂声响成一片，每个人都把手臂举得老高，竭尽全力想让所有人听他说话。有个红头发的市民做出两臂交替划水的动作，立刻便脱颖而出：

“他们撒谎，根本没吊死。”他信心十足地分析，“不可能呀，好好的大活人一个，怎么可能被人吊死？除非他自己想上吊，他毕竟是个大活人啊！大活人都会拼死抗争啊……好好的活人怎么会让别人把绞索套上脖子——怎么可能嘛？”

“这就是下场呀，受过教育又怎么样，读过书又怎么样。”商贩人群里有个老头子说话，“季莫沙呀，他就是聪明过了头，没把上帝放在心上，这才……”

红头发市民居高临下地气冲冲瞪了一眼说话的老头，那老头的耳朵里已经有了又长又白的毛发。

“你还是闭嘴吧，自己一只脚都已经进了鬼门关。”红头发骂道，“看看自己，耳朵里都长毛了啊。”

老头子气呼呼转过身，慢腾腾钻出人群走了，一边嘟囔道：

“现在的人真是没救了啊……镇子里的老规矩都不管用了，世道乱了哟，唉。”

① 按当时的刑法，所谓“受到惩处”即被吊死了。

26. 耀眼的纽扣

一次都没洗过的洁白的直领制服，小太阳般银亮的纽扣，两肩金色的绦带。

“圣母啊！难道这都是真的？巴尔卡申家的院子，还有过去的一切……可如今，我巴雷巴，还戴上肩章了？”

用手碰了碰：真的有。哈，那应该不会是做梦了。

邮递员切尔诺贝利尼科夫恰好背着包走出公证处，在挂着招牌的门洞里停下了脚步。他仔细打量着巴雷巴。毕恭毕敬地行了个礼，打趣道：

“警察先生，有礼啦。”

巴雷巴竟一时自豪地不知所措，不由自主地把手甩到帽檐上。

“早就任命了吗？”

“可不，三天了。直领制服才刚做好的。现在缝一件制服可麻烦了。”

“好气——派呀！是领导人了吧？哈，给您道贺啦。”

两人分开后，巴雷巴径自赶路，今天还要去警察局局长那里报到。一路上，他吸引目光无数。自身的形象、五月的阳光、肩章，无一不让他心满意足。四四方方的脸上，绽放着四四方方的笑容。

巴雷巴在监狱门口停下了脚步，问看守：

“伊万·阿列费奇在吗？”

“不，不在，他老人家去刑场了。”

这位在菜市场上曾让小偷小摸的巴雷巴躲都来不及的看守，此时端端正正地向他敬了个礼。

得知警察局局长去了刑场，巴雷巴甚至喜出望外。这样他就能穿着新的直领制服在阳光下多走走，看到更多人朝他敬礼。“哈，活着真好！我真是傻瓜呀，竟然差点就拒绝了这份美差。”他坚硬的下巴紧绷起来，现在要能有几块最硬的石头该多好，他一定还会像以前在县里那样，把它们一块块嚼得粉碎。

“哎——嘿！对呀！该找个时间去看看父亲了。这老傻瓜，当初把我赶出家门，现在倒要他看看怎么说。”

他走过了丘里洛夫的小酒馆，走过空荡荡的集市售货亭，踩在铺着烂木板的人行道上，接着又远远离开人行道，踩着青草地走到了巷子里。

门上包着破烂的胶布。唉，这扇破门是那么的熟悉呀！他站立了片刻。其实以前他还是爱父亲的。唉，过去的不提也罢，此刻真想好好亲吻整个小镇呢。怎么能不亲吻呢，他可是头一回身穿配着肩章的直领制服回来，还有一颗颗耀眼的纽扣呢。

巴雷巴敲了敲门。父亲走了出来。呜——呜，老伙计，老了很多啊！两颊的胡茬已经花白，只见父亲把眼镜退到鼻尖上，看了良久。认出来了？没认出来？谁知道呢，他一句话不说。

“有什么事儿？”突然含糊地问道：

呵，还挺凶。嗯，看样子，是真的没有认出来。

“哈，认不出来了吧，老头？是你把我赶出家的，不记得了吗？可现在，你好好看看啊。已经任命三天了呢。”

老头子擤了一把鼻涕，手指在围裙上擦干净，不紧不慢地说：

“听说啦，你的事情都听说啦，当然听说啦。好心人都在议论呢。”

他又从镜片上方冷冷地看了一眼：

“那个修道士，叶夫谢的事情我听说了。裁缝的事情我也听说了。”

说到这里，下巴上的花白胡茬突然颤动起来：

“裁缝的事情我听说了，当然了，当然听说了。”

老头子猛然浑身哆嗦，喷着唾沫尖声大叫：

“滚——滚，滚出去，滚，恶棍！我告——诉你，以后别再想跨进我家门槛一步。快滚——滚，滚！”

巴雷巴惊得眼珠子几乎要掉出来，傻愣愣站了好久，怎么也想不明白。等到回过味来，才一言不发地转身往回走去。

* * *

街上已经暮色渐暗。黄昏的微风钻进了窗户。

丘里洛夫的小酒馆里，巴雷巴坐在桌边，叉开了两腿，两手插在口袋里，已经喝得大醉。只听他小声嘟囔着：

“哼，管他呢。真是老——糊涂了。管——他——呢……”

可是，却有什么东西沉到了心底，搅浑了一潭死水。这个愉快的五月天不再愉快了。

巴雷巴对面的角落里，三个布匹店的伙计挤在一张小桌子边。其中一个低着头，似乎在讲述着什么事情，另两个听着。突然，三个人同时一声大喊，开怀大笑起来。看起来，他们议论的是一件非常好笑的事情。

“啊——啊，好大胆啊？啊——啊，你好大胆？我把你们，我——要让你们几个知道我的厉害。”巴雷巴小声地嘟囔。

他的两眼几乎肿起来，四四方方的嘴巴凶狠地咧开，坚硬的咀嚼肌绷得像铁块。

只听三个伙计再次开心地大笑。

巴雷巴猛地从口袋里抽出一只手，抓住餐刀在盘子上敲起来，敲得磕磕巴巴，敲得醉态毕现。

跑堂的米契卡立刻凑上前来，只见这个愁眉苦脸的家伙弯下了腰，一半脸冲着布匹店伙计呵呵地笑，另一半脸向警察先生表达敬意。三个伙计们好奇地伸长鼻子，想听他说什么。

“你 七——去。戈——告 诉——他 们，我——扑——不——准，他们笑。我——不准他们……现在起，以——严禁——达——大笑……不，你别——去，我自己去！”

只见他摇摇晃晃地站起来，撑着四四方方的魁伟身躯，像一座要崩塌的大山，轰隆隆朝几个伙计压去。仿佛不是人在走，倒像是一尊复活了的古代石雕人像，像一个极其丑陋的俄罗斯的石头人。

1912 年

岛民

1. 外来物体

副主教杜勒这个人嘛，对，说的就是那个杜勒，是杰斯蒙德镇[①]当之无愧的骄傲，也是《强制救赎守约》一书的作者。遵照《守约》制订的作息计划，就悬挂在杜勒先生书房的各面墙上。《用餐时刻表》，《忏悔日时刻表》（每周两次），《新鲜空气使用时刻表》，《积德行善时刻表》，诸如此类。最后，还有一份针对杜勒先生本人设计的专用时刻表，基于其谦逊的品德，这份时刻表并未注明标题，只标注了每三周一次的周六行程安排。

起初，杜勒太太偶尔会像列车脱了轨一样，在非指定的日子里坐到副主教的大腿上，或者在规定以外的日子里做些慈善的事。可杜勒先生每次都会露出金灿灿的笑容（他有整整八颗金牙套），晃得人睁不开眼睛，用他独一无二的语速和节奏解释说：

"我亲爱的，这种事情，小小的偏差，当然啦，都不足挂齿。可是您肯定记得我那本《守约》的第二章吧：生命应当成为健全的机器，也应当以机械式的节奏，引领我们直达铁定的目标。机械式的哦，明白吧？要是哪怕一个小轮子打乱了节奏……那就，嗯，您当然明白的……"

杜勒太太当然全都明白。于是她只好又捧起书，久久在窗边坐定，在长篇小说的章节里焦虑不安地煎熬度日。一年后，她便在镜子里惊讶地发现，眼角多了一条皱纹：呀，难道又一年过去了？于是，她整整一两天没了读书的心思。坐在窗边时，她的心里总有一种莫名的期许，看着外面，看着人们钻出红色的有轨电车，看着天上臃肿的云朵疾飞而去。而杜勒先生则一边瞄着手表，一边认真做着忏悔祷告，干着体力活，做着积德的善事。机器运行得如此和谐而又精准，他由衷地感到欣慰。

遗憾的是，一旦有外来物体掉进轮子里，那么没有一台机器可以保证一定不损坏。有一回，副主教杜勒的机器真就遇到这么一件事儿。

事情就发生在三月的一个周日。在圣叶诺赫[②]教堂做完晨祷后，杜勒先生回了家。满大街都是哐啷啷作响的自行车，杜勒先生不由眉头紧皱。不但嘈杂的声音让人心烦，阳光也过于强烈，就连麻雀也叽叽喳喳聒噪个没完。

正当杜勒先生刚穿过马路，走到自家门前的时候，一辆红色的小汽车冷不丁地从街角窜了出来。而副主教此时已经停下脚步，正习惯性地倒背双手，像计时一样拨弄起手指来：第一件事、第二件事、第三件事。就在数到"第三件事"的时候，他看到快速前行的汽车前方，出现了一个缓慢行走的人影。或许，这种"缓慢"的印象维持了才不到半秒钟，可是缓慢的事实却是明摆着的。那个人走得确实很慢，副主教甚至来得及记住了他那双方头大皮鞋，每一步都走得像载重牵引车，慢得几乎看不出在移动。

只听得又一声车鸣，方头皮鞋在半空以奇特的姿态晃了晃，红色汽车随即停了下来。整条马路都在这一刻静止了。

只见人头攒动，个个伸长了脖子：一地鲜血。巡捕冷漠地记录下车牌号码。而人群中正有一位红头发的绅士义愤填膺地声讨

---

① 位于英国港口城市纽卡斯尔北部郊县。

② 叶诺赫即《圣经》中的以诺。

司机，叫声洪亮，卖力地大幅度挥舞着两只手。这让人产生了错误的视觉，似乎这个人至少长了四只手。

“快把他抬进屋里去啊！”四只手大叫，“这是谁家？快抬进去……”

副主教杜勒这时才回过神来，不由得大惊：这可是我家里呀。于是他赶紧拽住方头皮鞋，试图帮忙把这个受了伤的人抬进家门，不过是向隔壁人家门里抬。可是，他的这个举动并没有带来预期的效果。

“哈喽，杜勒先生！”四只手的绅士大声打招呼，“阁下，您肯定会准许把他抬到您家里去吧？”

副主教兴奋地展示出四颗大金牙：

“哈，欧凯利啊，原来是您啊？当然啦，快抬进来吧。现在的汽车啊，真是不像话！您知道那是谁家的车吗？”

可是欧凯利已经走进了门里，只有两只僵硬的方头鞋底在副主教眼前晃来晃去，正是那个在车轮下散步不要命的家伙。副主教无奈跟在后面，心烦意乱地勾着手指头：

“早餐。《守约》里的注解足有两页纸呢。逛公园——半小时……探望病人……”

这些事情显然都要泡汤，而副主教杜勒那台伟大的机器也要中止运行了。西侧的卧室里，鲜血滴在浅灰色的地毯上，空置了好几年的床，如今就这么被外来物体牢牢占据了。

大夫很快就会赶来。早餐时间原本是一点一刻，现在早已过了。副主教独自在书房里，为设计一份临时的应急时刻表而大伤脑筋。真要是所有的事情都延后三小时，那么午饭就要推迟到晚上十一点，而探望病人更要到半夜一点。这种情况既荒唐又让人倍感绝望。

通常副主教先生在书房工作时，毫无疑问，任何人都是严禁入内的。可要是杜勒太太偏偏在这个时候敲了门，那也许是真的出现了特殊情况。

“爱德华，您说说，这也太荒唐啦……”杜勒太太两颊绯红，“大夫来了，可是肯布尔倒好，竟然不愿意脱衣服，您快去劝劝吧。这也太不像话啦！”

“肯布尔？谁啊？就是楼上躺着的那个？”副主教两条眉毛搭成了三角形。

“楼上躺着的那个”名字就叫肯布尔，他此刻虽然躺着，但眼睛已经睁开了。大夫帮他清洗干净了沾着血液的金发。脑袋其实没有受伤，可是嗓子眼里却往外吐鲜血，应该是体内器官受了损伤。可肯布尔却死活不愿意脱掉西服。

“这可不行啊……您怎么能这样……真是天晓得。大夫总该了解伤情吧……”杜勒先生看着重伤员，心里痛恨。肯布尔端正的下巴依旧执拗地左摇右摆：“不——！”“这怎么可以？您毕竟，是在别人家里啊，怎么能让大家眼巴巴等您一个人呢……”杜勒先生勉强挤出一丝笑，露出了八颗大金牙。

下巴抽搐了一下，肯布尔的脸色愈发惨白：

“好吧。既然这样，那我脱。但是请让这位女士回避。”

副主教和大夫终于解开了肯布尔先生的西服。西服里面是浆过的前胸襟，可再里面直接就是骨架宽大的身躯了，竟然没有衬衣。这太不可思议了，但事实就摆在眼前：真的没有衬衣。

“嗯？”副主教怒冲冲地挑起了眉毛，狐疑的目光转向了大夫。可是大夫正忙着，他小心翼翼地触摸着病人的右侧身体。

到了楼下的客厅，副主教迫不及待地问大夫：

“怎么样？他情况还好吧？”

“嗯——嗯……很遗憾，情况不妙啊……”大夫把常礼服扣上，又解开，“伤了两根肋骨，也许，情况比这更糟，很遗憾啊。观察三天再看吧。他现在只能躺着，不能挪地方。”

“怎么不能挪……”杜勒先生差点没大叫抗议，但立刻换成了金灿灿的笑脸，“可怜的年轻人啊，可怜啊，好可怜……”

整个晚上，杜勒先生都像没头的苍蝇一样，从这个房间走到那个房间。他觉得自己变成了一列脱了轨的火车，车轮朝天倾覆在路基下。而杜勒太太却忙得不可开交，捧着裹了冰块的毛巾来来回回地跑。倾覆的火车只好躺在自己的肚子里了。

十一点半，副主教杜勒躺下睡了，或者，与其说他打算睡觉，不如说想在临睡前向杜勒太太好好倾诉一下自己的想法。可是杜勒太太的床还空着。

夫妻共同生活十年来，这种情况还是头一回发生，副主教的震惊可想而知。他躺在床上，眼睛像鱼一样，一眨不眨地凝神看着旁边那张白白的空床，可脑子里竟从那一片空白中勾勒出各种形象来。钟敲响了午夜十二点。

一种非常莫名其妙的感觉涌上了心头。从那一片空白中臆想出的杜勒太太，竟然是极为不堪的形象。现实中有血有肉的杜勒太太还从没有给他留下过如此骇人的印象。他觉得自己应该马上打破时刻表的规定，赶快亲眼看到并触摸到杜勒太太才能放心……

副主教欠起身子，叫了她一声，却没有任何回应。躺在床上的病人此刻说不定快要咽气了，杜勒太太正围着他忙前忙后。履行这种慈悲为怀的义务，岂可以任何借口横加指责？

钟嘀嗒地敲。副主教躺着，按照《强制救赎守约》里推荐的那样，两只手端端正正在胸前交叉摆成十字，尽力说服自己已处在酣睡状态。可当钟敲过两点时，《守约》的作者却无比真实地听见，内心的自己正在对"这些不穿衬衫的家伙"出言不逊。于是他立刻下意识地弯起一根手指，竟发现自己内心破口大骂的时刻，正可悲地对应着时刻表：周三，晚间九点至十点，而那一栏的内容是——忏悔。

2. 夹鼻眼镜

杜勒太太有近视，平时总戴着夹鼻眼镜。她的夹鼻眼镜没有镜框，玻璃镜片的做工十分精良，水晶般寒光四射。正是这副夹鼻眼镜，让杜勒太太成了眼镜女性[1]这一阶层中的佼佼者。常人只要看她一眼，就会像遭遇了穿堂风的横扫，患上伤风感冒。不过坦白地说，当年正是这穿堂风让杜勒先生拜倒在了石榴裙下：他看待事物的眼光一向十分独特。

不管怎么说，有一点是确凿无疑的，夹鼻眼镜不但是杜勒太太的必需品，甚至也许还是她的主要器官。不太熟悉的人（当然，都是些外来人士）谈论起杜勒太太来，都会说：

“啊，杜勒太太啊……就是那位，夹鼻眼镜吗？”

要在平时，如果没了夹鼻眼镜，根本就无法想象杜勒太太的形象。可是意外说来就来了……

就在副主教家中闯进了外来“物体”的当天，在这个历史性的日子里，在忙碌和混乱中，杜勒太太竟然丢了夹鼻眼镜。这下她的模样几乎认不出来了。夹鼻眼镜本来是个能遮风挡雨的外壳，可是突然找不到了。于是，杜勒太太眯起的两眼周围多出好几条辐射状的线条，嘴巴微微张开，那模样不知道是惊慌失措，还是心花怒放。

副主教是真的没认出来杜勒太太。

“亲爱的，别这样，您还是坐一会儿看看书吧。这样怎么行啊。”

“可我不能——没有夹鼻眼镜呀。”杜勒太太忙不迭把他轰走，便又上楼照顾病人去了。

也许正因为杜勒太太没戴夹鼻眼镜，所以她在场时，肯布尔根本就没感觉到穿堂风。眼看着病情慢慢好转起来，他倒是很乐意和杜勒太太长时间地聊天。

只不过，肯布尔要是“聊”起来，语速不会超过每分钟十个单词。他好像不是在说话，而是在爬，慢得就像一台严重超载的载重牵引车，压在最最宽的轮胎上，一摇一晃。

杜勒太太变着法子想从他口中套出话来，问清楚那天的车祸是怎么回事儿：

“……嗯，是啊，嗯，很好。可是您那时候看见汽车了啊，明明可以躲开的，为啥就没躲呢？”

“我……是啊，我看见了，当然看见了……轮胎都吱吱响呢。可我当时深信，那辆汽车，一定会停下的。”

“可万一汽车停不下来呢？比如说，没什么理由，就是停不下来呢？”

沉默。他的脑子像拖拉机那样缓慢而又沉重地左右摇晃，可依然一意前行，不愿意退让哪怕一英寸。

“它应该停下来的……”肯布尔一脸困惑，额头聚起了抬头纹，“怎么会停不下来，我，肯布尔认定它会停下来，它就一定会停下来！”既然他有如此强大的自信，撞断肋骨的既成事实又算得了什么？

杜勒太太稍稍瞪大了眼睛，仔仔细细打量起肯布尔来。而此时，副主教仰面倾覆的火车还在楼下唉声叹气。夜幕渐渐洒落下

---

① 原文为英语。

来，慢慢淹没了肯布尔的床。不一会儿，便只看到一只顽固的鞋掌从被子底下端端正正地支棱起来，漂浮在表面（肯布尔无论如何不同意脱掉鞋子）。肯布尔翻身说话的时候，自信心同样端而又正，在他心里，一切都如无可改变的铁律。比如，天上肯定有一位循规蹈矩的上帝；不列颠人是世上最伟大的民族；世上最深重的罪孽，就是喝茶的时候不把勺子从杯子里取出来。而他肯布尔本人，作为已故哈罗德·肯布尔先生的儿子，自然不屑当一名普通工人，更不会向别人伸手乞讨。这些道理难道不该是天经地义的吗？

“……我们一直都在偿还查尔斯先生的债务，是我的曾祖父。祖父替他还债，我父亲又接着还，后来轮到了我。我应该把债务全都还清，所以就卖掉了最后一块地产，现在我终于还清了。”

“所以就一直挨饿？”

“我说了啊，这是天经地义的，我总不能……”肯布尔有些不高兴，便不再说话。

因杜勒太太没戴夹鼻眼镜，所以只好俯下了身。只见肯布尔的嘴唇竟然像小孩子一样气鼓鼓地噘了起来。他的下巴好倔强呀，连嘴唇都带着情绪。这副模样实在太滑稽，也太……好想伸手抚摸一下。“好了，好啦，亲爱的，可别这样啊，你这样子真滑稽……”

但这句话杜勒太太没说出来，反而问道：

“肯布尔，希望您今天感觉好一点了？是不是呀，您的手已经可以自由活动了？再等等吧，明天听听大夫怎么说……”

大夫一大早就来了，穿着常礼服，跟兔子一样，满脸的畏惧和恭敬。

“不错啊，体格不错，天生体格好，这才是最关键啊。很抱歉，不过您的体格确实非常棒……”大夫嘴里嘟嘟囔囔，眼睛却向下看着装了工具的手提包。律师欧凯利大大咧咧闯进房间时，一阵响动和开门的吱嘎声把大夫吓了一跳，包失手掉到了地板上。

欧凯利天生一头爱尔兰式的红头发，由于他的手臂不停地挥动，房间里立刻眼花缭乱起来，变得热闹非凡。

“哈，那么说，肯布尔，被修理好啦？哈，当然啦，当然啦。你们这些英国人呐，脑袋都是特殊材料做的。这都是爱打拳击的结果。您打过拳击？不经常？看看，所以说嘛……”

闹够了也晃够了，欧凯利直到最后才发现，自己的坎肩还敞开着。这时他记起来，自己还有办正经事要办，因为车主打算立即赔偿给肯布尔四十英镑。

肯布尔闻言，一点儿也不诧异：

“哦，我就知道……”

于是他问杜勒太太要来羽毛笔和纸，在一个狭长而又冰冷的浅蓝色信封上，写下了一个地址。

两天后便有了答复。看到肯布尔读回信，杜勒太太又想起了自己的夹鼻眼镜。夹鼻眼镜随时可能派上用场啊，于是她又第十次心烦意乱地把房间翻了个遍。

“希望是好消息哦。我看到了，是一位女士的笔迹……”杜勒太太认认真真地在药柜里摸索。

“噢，是的，母亲来的信。我把钱的事情写信告诉了她。现在她可以体面地安顿下来了。”

啪的一声，杜勒太太关上了柜门：

“说出来怕您不信，我是真的高兴，真的为她感到高兴！”一眼就能看出来，杜勒太太的高兴是发自肺腑的，因为她的脸上再次浮现出了红晕。

早餐时，杜勒太太的眼神越过了副主教，不知道盯着哪里看，也许，是在看云彩。看着看着，突然出人意料地笑了笑。

“亲爱的，您今天心情不错啊……”副主教露出两颗金牙套，“是不是，您的病人已经康复了？”

“噢，是啊。大夫认为，他周日就能出门了……”

“嗯，那太好了，那太好啦！”主教的八颗金牙套一齐闪亮起来，“我们终于又能过上正规的日子了。”

“对了，”杜勒太太皱起了眉头，“我的夹鼻眼镜什么时候做好？周日前能来得及吗？”

3. 周日绅士

周日眼看快到了，杰斯蒙德镇家家户户像往常一样，把石阶门槛刮洗得洁白锃亮。虽然一栋栋小楼都算得上年迈，已经被熏得黝黑，可门前一根根洁白的石阶门槛却像周日绅士们的假牙一般亮得耀眼。

众所周知，周日的绅士们全都是由杰斯蒙德镇工厂流水线清一色打造的。每到周日的早晨，大街上就会出现几千份一模一样的拷贝，同时问世的还有最新一期的《圣叶诺赫教区杂志》。所有人手持一模一样的手杖，头戴一模一样的圆筒礼帽。镶着假牙的周日绅士们端庄优雅地漫步在大街上，彬彬有礼地向与自己一模一样的拷贝们问候打招呼。

“天气真好，不是吗？”

“噢，是啊，昨天的天气可糟糕透了……”

随后，绅士们会聆听副主教杜勒关于税吏和法利赛人的布道[①]。虽然成千上万栋楼宇就像是工厂里复制出来般一模一样，可大家从教堂回来时，竟能奇迹般准确找到各自的家。回家后，不慌不忙吃过午饭，和家人聊聊天气，全家一起唱完国歌，便等候夜幕降临，准备着全家一起出门做客。

周日一大早，肯布尔竟然下了床，出门找母亲去了，这着实让大夫大为惊讶。杜勒太太整整一天都坐在平日就守着的窗边，可是书读不进去，因为周日前夹鼻眼镜还是——还是没能做好。

“好吧，没关系，很快就会做好的，又能过上正规的日子了。”她在心里念叨着副主教的话，两眼却望着窗外。天边臃肿的云朵跑得飞快，快追上它们，必须要追上呀——她根本无法收回自己的眼睛。

“怎么了，亲爱的，客人已经到了……”副主教搓着手跑了进来。他的心情好得出奇：正规的日子很快又要到来了。

杜勒太太无意识地一边走，一边和两位分别穿着粉红和浅蓝色礼服的女士聊着天气，而天边的云朵却在继续膨胀，依然跑得飞快。当着两位粉红和浅蓝女士的面，副主教的八颗金牙套闪了又闪，不停弘扬着《强制救赎守约》的思想，而他此刻的心情也如气压计一般随之攀上了巅峰刻度。“从本质而言，难道还不够显而易见吗：要是个人意志——这种意志带来的永远都是罪恶和混乱——被伟大的国家机器的意志取代，那么必然会以机械式的……明白吧？机械式的……”这时，一个足球般的圆脑袋便机械式地捣起来，表示赞同。

叮叮当当的门铃声大作。昏暗的门厅里，有云朵凝结了起来。只见肯布尔从云朵里走了出来。他脸上刮得干干净净（下巴看上去更加端正了），一身晚礼服打扮，虽然礼服看起来已经很旧了。紧接着身后又闪出一个人来。

当大家看清这个人时，肯布尔高声宣布：

“我的母亲，肯布尔女士……”

大家一下子扭过头去，都不说话了，仿佛发生了一件让人难堪而又破坏心情的事情，虽然实际上并没有什么事发生。因为，肯布尔女士的晚礼裙，怎么说呢，裙子本身倒还像模像样，灰丝

---

① 出自《圣经 · 新约 · 路加福音》，耶稣讲过关于税吏和法利赛人祷告的故事。

绸做的，就是款式有点过时了。不过，谁也没说出口。

肯布尔女士慢条斯理地走近人群，脖子上似乎套了一根绳索，把她的头颅始终高高拎起。她一头略显灰黄的白发，肩膀在灰裙子领口里晃动着，身上除了骨头还是骨头，犹如木乃伊般看了令人毛骨悚然……让人想起被大风吹散的破伞架。

“我很高兴，您能赏脸……”副主教首先温文尔雅地发言，“这次车祸事故也算是缘分呢……”副主教边说边仔细打量她的脸。这张脸长得再普通不过，可眉宇间似乎流露出一些非同寻常的东西……

“我去世的丈夫，哈罗德先生，一直都反对汽车……”看不见的绳索使她的头颅昂得更高，“汽车的速度实在太快，他坚持认为，那是没有教养的表现……”

似乎是不经意，她点到为止地强调了“没有教养”。副主教搓了搓手：

“您的话我完全同意，亲爱的肯布尔女士，就是没教养！”

是啊，明摆着的，他们注定会成为知己……副主教这回凝神看着她的脸：没有啊，似乎也没什么特别的。大概只是错觉吧。

“我非常，非常高兴，杜勒太太对我儿子这么友善。我没说错吧，他们两个看上去多般配呀？”肯布尔女士笑了。

这一刻，副主教明白了，那非同寻常的东西是她的嘴唇。粉红色嘴唇略显苍白，薄薄的，又细又长，犹如两条蚯蚓。只见那蚯蚓扭曲着身体，小尾巴上上下下不停地蠕动。

杜勒太太此刻正兴高采烈地和肯布尔聊天，身体前倾，凑近了他的脸，因为她没戴夹鼻眼镜。

“夹鼻眼镜还没做好呢，您看……”副主教不由尴尬起来。可蚯蚓似乎已经毫不客气地爬到了他的身上，他向后退去，一边想着该说些什么才好。“对了……肯布尔先生告诉您了吧，他已经得到了欧凯利律师的工作邀请。当然啦，算不上什么大事情，不过，暂且可以……”

“噢，需求嘛，当然啦，人总是会向需求低头的，不然的话……谁稀罕欧凯利！其实，我在这里住了已经有一年了……”肯布尔女士笑容满面，蚯蚓拉长了身躯，歪歪扭扭地瞄准了猎物。

副主教已经不慌了。他再次恢复到《强制救赎守约》作者的状态，展示出金牙套以示赞许：

“……唯一的希望，就是能对环境产生良好的影响。我不想给自己邀功，但您是了解的，圣叶诺赫教区的教民，都是非常有修养的人。我希望，就连欧凯利也会逐渐地……”

“他们在说欧凯利吗？是吗，没搞错吧，这可不是什么好事！”浅蓝和粉红两位女士不安起来，而足球圆脑袋在一旁也加快了点头的速度。足球圆脑袋的主人是麦金托什先生，而这位麦金托什先生是出了名的无所不知。

“欧凯利吗？嗯，当然啦，他是‘帝国’剧院的幕后嘛……打字员小姐吗？哈，当——然啦！有四位打字员小姐呢……”麦金托什先生活像一只皮球，从这个角落滚到另一个角落。他上身穿着晚礼服，下身是蓝黄绿相间的苏格兰式短裙，到处滚动时能看到他裸露的膝盖。麦金托什先生的职位是圣叶诺赫教区名誉鸣钟人①社团的秘书，所以理所当然的，也是道德问题的专家……

① 鸣钟人也有搬弄是非的人的意思。

“您知道吧，像欧凯利那样的人，我恨不得……”提到欧凯利，麦金托什斗志昂扬起来。不过遗憾的是，他的判决书没法公开发表了，因为这时候被告已经亲自到场。而且打起道德官司来，法庭通常也只能缺席宣判。

“我们刚才还提到您了呢。”副主教冲着律师露出两颗金牙。

“您大概已经出色地散布过杜勒式家长里短了吧？”欧凯利说着哈哈大笑起来。他竟然发明了“杜勒式家长里短”这样的字眼，而且这个字眼每次都让副主教感到伤心。

“您要是没迟到，亲爱的欧凯利，您就能亲眼看到啦。不过在准时方面，您实在是没救了……”

“我迟到得很准时啊，这已经是准时的表现啦。”欧凯利甩了甩波浪般的红头发。他和平常一样不修边幅，西服上沾着绒毛，一颗纽扣丝毫不成体统地敞开着。浅蓝和粉红两位女士彼此轻轻推了一下对方，肯布尔女士的蚯蚓也蠕动起来，也许，此刻只有杜勒太太一个人什么都没看见。

“……这样说来，你们明天一早就要搬进新居了，就是说，今天是最后一夜在我家了……”杜勒太太似乎打了个寒战，耸了耸肩膀，也许，她真的感冒了。

肯布尔两条腿倔强地叉开，一言不发地站着。杜勒太太朝对面的镜子看了看，伸手整理了一下发型，一头金发很惹眼，就像秋天金黄的落叶。她浑身哆嗦了一下，却哈哈笑起来：

“要不这样吧，您就当作自己还没康复，我呢，还是像前些日子一样，夜里给您送湿巾来？”

“可是，我的伤已经好了啊？”肯布尔困惑地皱起了抬头纹。毕竟载重牵引车只能跑石子路，遇到柔软起伏的“就当作”，沉重的轮子便陷了进去，动弹不得了。

大家入座用晚餐时，麦金托什先生折腾了好久。怎么坐才能避免蓝黄绿相间的小短裙起皱，实在是一个需要大费周章的复杂程序。等到坐定，麦金托什先生才严肃而又深刻地点了点足球圆脑袋，说了一句：

“本质上来说，进食是一场了不起的神秘宗教仪式，是不是啊？”

神秘宗教仪式——这话说得实在高明。于是，了不起的神秘宗教仪式便在一片沉默中按部就班地进行着。只有欧凯利那边的角落里，不但一头红发异常惹人注目，而且还喧闹不断。欧凯利正在讲述巴黎的见闻，说他在巴黎买了只行李箱，一吹气就能鼓起来，以后可以专门用来蒙骗英国的法律。

“在我们这里，不带行李是禁止和女士一起入住酒店的。到时候你就能从口袋里把它掏出来，使劲吹气——呼呼呼——就有了一只精巧美观的行李箱。所以说来说去啊，女士们，法律的作用，就好比你们裙子的作用，是不是没啥两样？啊，失礼了，阁下……”

副主教的眉毛搭成了三角形，眼睛也不知道已经第几次瞟过了大钟。周日时刻表“入睡”一栏标明了数字 11，而更麻烦的是，这个欧凯利……

神秘的宗教仪式终于结束了。周日绅士们急急忙忙携家眷回了家。

在卧室门口和肯布尔道别时，杜勒太太再次哈哈笑起来，手里的蜡烛颤抖着：

“要不，这样吧，我去拿湿巾？”

“不用了，我真的已经好了，所以，干吗还要湿巾呢？”蜡烛照亮了肯布尔冥顽不化的宽下巴。

杜勒太太迅速转过身，回自己卧室去了。头戴白色法兰绒睡帽的副主教已经睡着了，双手交叉摆成十字平放在胸前。

早上用餐时，副主教看到杜勒太太已经戴上了夹鼻眼镜，不禁喜出望外：

“哈，这样才对嘛，现在我又能认出您来了！”

4. 最高级的智慧品种

欧凯利的律师事务所在一栋老楼的二层。雕花铁门栏嵌在厚厚的石墙里，镶着门环。阴暗的石头阶梯通往楼顶，另有一处台阶往下，延伸到门外，通往鞋匠约翰巷。小巷很窄，夹在两栋楼房之间，两个人迎面相遇只能勉强通过，两堵墙撑起一条蓝色缘带般的天空。早年间，老楼里住的是热爱自由的鞋匠约翰。因为他顽固地坚守旁门左道的路德派，后来被烧死了。如今，肯布尔要来这里上班了。

第一个小房间里，四位小姐正敲打着安德乌打字机①。欧凯利把肯布尔领到第一位跟前，介绍说：

“我的妻子谢西丽，她也是我的小绵羊。”

只见她一头亚麻色秀发，樱桃小嘴，还真的挺像一头用绸带扎起来的复活节小绵羊。肯布尔腼腆地握了握她的手。

接着，欧凯利向他分别介绍了其他三位，每一位都介绍得同样简短而又郑重其事：

“我的妻子。我的妻子。我的妻子。”

肯布尔伸出去的手僵住了，痛苦而又尴尬地皱起了抬头纹。那一刻似乎能听到载重牵引车沉重地喷着粗气，连步子都迈不开了。我的妻子——我的妻子——我的妻子……他看了看欧凯利，哦不，他全然一副没开玩笑的模样。

“怎么啦，您难道不知道吗，我可是伊斯兰教徒啊。”欧凯利进一步推波助澜。

肯布尔的抬头纹松缓了，额头恢复了平整。这下小论点大论点都具备了，一条完整的三段论逻辑线摆在眼前。四位妻子，就像正方形的四条边一样顺理成章。

“哦，我向来尊重任何一种合法宗教。”肯布尔一本正经地强调，“任何一种合法宗教。”

欧凯利的脸涨红了，憋了足有一分钟没笑出来，最终还是没忍住，笑声喷薄而出。四位妻子也跟着他一起哈哈大笑起来。

“您这人呐，肯布尔……哎哟，我受不了啦！您真是个……噢，上帝呀，怎么会这样啊，他，实在是，竟然相信了！哈——哈，小可爱，我会用活生生的事实教会您怎么听懂谎言啊……”

“谎言？”肯布尔彻底糊涂了，“难道是谎言吗？”这太让人费解了，既不像开玩笑，又没法当真，简直不可理喻。唉，或许撒谎这种事情真的令人费解，就好像宇宙的无穷一样，让人难以想象，更无法参透。肯布尔满脸沮丧，叉开两条柱子一样的腿呆呆地站着。

“好啦，肯布尔，我们还是说正经的……”欧凯利真的换了一脸正经的表情，然而这副表情和他平时说话不正经时没什么两样，“您要记牢，我们律师，是最高级的智慧品种。所以，撒谎是我们的特权。这个道理就和白天一样明明白白，动物才对谎言没有概念。您要是有机会和一群原始的土著岛民打交道，那么他们在没有认知欧洲文明之前，同样只会说实话。*所以嘛*[②]，这当然也标志着……”

这番话说得完全符合现实。可肯布尔的脑筋却无论如何不肯

---

① 安德乌牌打字机当时颇为流行。

② 原文为拉丁语。

转弯，他既端且正地坚信，这种事情绝不应该是正确的。所以他的脑子成了一团乱麻。他已经听不见欧凯利在说什么，只是绝望地用手挠额头，活像一头熊拼命想把落满额头的蜜蜂挠去……

一位年轻女子正在接待室等候律师，她留着一头男孩子的发型，嘴里叼着卷烟。

“啊——啊，迪迪！小姑娘，是您啊，等好久了吗？迪迪·劳埃德太太，是我们的客户。离异……”律师转身对肯布尔介绍，一眼看见他飞速运转的额头，便又滔滔不绝起来，“我告诉过她，首先要试婚，可她就是不听……您没听说过试婚吗？呵，怎么会没听说，怎么会，议会三十一日就通过了议案……没错，三月三十一日。”

迪迪·劳埃德太太似乎天生爱笑，两片嘴唇抖个不停。肯布尔再次糊涂了，这话到底该信不该信？而欧凯利已经在他眼前摊开了文件。

“……剩下的都是些鸡毛蒜皮的小细节。您先了解清楚吧。”

肯布尔十分正式地鞠了个躬。迪迪·劳埃德太太的模样举止都像男孩子，嘴里叼着卷烟，跷着二郎腿，这些都不符合他的品位。他坐下仔细翻阅文件，而欧凯利在他背后踱来踱去，竖起耳朵听着，坎肩上落满了烟灰。

有文件就好办。肯布尔脑袋里的乱麻像云雾一样慢慢散开了，载重牵引车载着货物在压实的公路上稳稳当当地行驶，速度越来越快。欧凯利两眼放光，拍着肯布尔的肩膀说：

“不错呀，好样的！我早知道……您是可造之才呀……”

又接待了几位客户。欧凯利已经打起了哈欠，该吃午饭了。

“怎么样，去餐厅吧？吃完我们直接去剧院？怎么不行？咳，够了，不要多说了……”

肯布尔女士真的在等肯布尔回家吃午饭。可是欧凯利这边总会冒出各种突如其来和出人意料的理由与借口，让人招架不住，最终别无选择。肯布尔也只能听话地跟他走。

在剧院喝下一整瓶罗马涅[①]后，肯布尔觉得自己变得高大威猛，不但比所有人都高，而且还浑身轻飘飘的。他平常很少有这种轻飘飘的感觉，此刻不但觉得浑身轻松，还非常想笑，于是便像个五岁小孩子一样，不管舞台上演什么，他都笑得前仰后合……

不过，所有人也都像五岁孩子一样开怀大笑，看得很开心。舞台上的节目也确实很逗人：一开始有位贴着假鼻子的先生和一个胖得流油的婆娘跳二步舞，后来两人为了一枚捡到的先令而吵得不可开交，于是假鼻子先生猛扇胖婆娘的耳光，乐队还伴随耳光的节奏敲起大鼓。后来有一个女孩子在红绿灯光的交替照射下，用小提琴演奏了莫扎特的曲子。再后来，出现了一个身材消瘦的女人，穿一袭黑衣，在昏暗中悠然跳起了慢舞……

可她一转身，肯布尔便觉得出现了幻觉。他似乎认出了那个男孩子般消瘦的身影，一头短短的鬈发……不，不可能吧！可这时她已经转到了屏幕的背后，屏幕被大灯照得透亮。只见她的倩影出现在屏幕后，不断地抛掉身上的饰物，动作自然而又从容：袜裤、吊带、紧身内衣。而下一个舞蹈，她穿上了一身红衣服。

“那不是迪迪·劳埃德太太吗？”肯布尔的眼睛离不开屏幕。

“太太……”欧凯利似乎学他说话，故意强调了一下这个称

① 旧时从法国输入俄国的一种高级红葡萄酒。

谓，“嗯，是啊，当然是她，迪迪。”

欧凯利好奇起来，他斜眼看了看全身前倾的肯布尔。这台载重牵引车此时似乎已经启动，随时可能撒开脚丫子，以摧枯拉朽之势径直冲上前去……

一身红衣的迪迪跳完了舞，肯布尔也终于回过神来。可他的内心深处竟然掀起了惊涛骇浪，连自己都害怕起来，甚至还环顾了一下四周围。而右侧包厢的黑暗中，似乎有什么东西朝他闪了一下。

“怎么样，小朋友，看样子挺喜欢？”欧凯利得意地笑笑。

穿上大衣戴上帽子的迪迪沿着过道挤到了他们身边。她坐到欧凯利的身边，咯咯笑个不停，在他耳边悄悄说了几句话。

此刻她穿上外套的样子，看着倒反而觉得有些尴尬了，而且她响亮的笑声也似乎有些刺耳。肯布尔稍稍挪远了一些，翘起下巴，身板岿然不动地挺得笔直，硬生生把注意力集中到舞台上演奏的音乐中。而那件乐器的确很奇特，是一根架在拖把上的琴弦。

灯光全都打亮了。迪迪转身对肯布尔说：

“喂，肯布尔，欧凯利说的是真的吗，他说您从来，说您从来没有……”说着便抓起肯布尔的手，取出一支小巧的金色铅笔，在他的袖口上写起来。

“怎么办，要是被我母亲发现……”肯布尔顿时想起了那两片蚯蚓般嚅动的嘴唇，不禁又一次环顾了四周，就好像肯布尔夫人也在这里一样。

可他并没有看见肯布尔夫人，倒是发现杜勒太太正坐在右侧包厢里。原来刚才在肯布尔身上一闪的，正是她夹鼻眼镜射出的寒光。不过，显然是肯布尔多虑了。虽然寒光一闪，但杜勒太太并没有向肯布尔点头致意。不，她肯定没有看见他。

5. 关于瓷狮子狗

在昂蒂太太带家具出租的公寓的72号房间里，有一只瓷狮子狗。只要“帝国”剧院每次招募新的剧组[1]，就会让他们搬到此处，所以，这栋楼里的租客差不多每星期都要换一批人。楼里氲着永远散不去的烟雾；每到夜里，浴室里总会有人哗啦啦地戏水，哈哈大笑；卧室的窗帘直到正午也不会拉开。可是瓷狮子狗乔尼却丝毫没有在意这一切，它高高地盘踞在石架子上，观望着往来众生，脸上始终挂着冷漠而又洞悉一切的微笑。狮子狗乔尼属于迪迪，或者也可以反过来说，迪迪属于狮子狗乔尼。他俩是一对形影不离的好朋友。可更让人尴尬的是，不知道为什么，肯布尔从第一眼起就毫无理由地看不惯乔尼。

“怎么啦，肯布尔，您为什么不喜欢我的乔尼？您看，它傻乎乎的多可爱。而且它很忠实啊。随便对它做什么都行……”

肯布尔在膝盖上摊开文件。他重任在肩，一定要劝服迪迪接受前夫劳埃德先生的慷慨建议，把钱收下。肯布尔的额头堆起了烦躁的抬头纹。

“……欧凯利先生觉得，您还是把钱收下的好。而且我也不明白，为什么……”

“肯布尔，您看，您没觉得，乔尼长得很像欧凯利先生吗？他们两个一样丑得可爱，一样聪明，连笑容都一样。来，你坐到这儿来，从侧面看，看呐？”

可脑子一根筋的肯布尔依旧固执己见，像一尊菩萨一样没好气地坐到地毯上看乔尼。可她一点儿没说错，那狮子狗活脱就是欧凯利，犹如一模一样的两滴水。肯布尔慢慢晃动着身子，发出的笑声就像是拖着沉重的包袱，笑着笑着，最后竟前仰后合起来。甚至迪迪已经转移了话题，他还是笑得停不下来。

原来乔尼竟也有些拜伦[2]的风格，它骨子里应该是个颓废悲观的动物，所以才会永远面带微笑。乔尼面前竖着一本白羊皮封皮的书，那是迪迪为数不多的宝贝之一，从来不送去典当。而此刻乔尼正读着这本书，读得很慢，也读得很忧伤。壁炉里的火苗映照着家具，灯还没点亮。地板上躺着被遗忘的文件。肯布尔端端正正的下巴被映得通红。乔尼还在读书……

肯布尔突然想起正事还没办完，便从地毯上一跃而起，生气地说：

"可毕竟，我总该告诉欧凯利先生，为什么您不想要钱？"

白封皮的书刷地飞到了角落里，双眉陡然变得黑亮，抹掉了脸上男孩子的表情。只听迪迪叫道：

"因为我——我——是我背叛了劳埃德先生，明白了吧，这下？为什么背叛他？因为那天天气太好啦，所以现在请您收拾起文件，滚出去！乔尼要比您聪明十倍，因为它从不刨根问底……"

次日清晨，肯布尔到事务所里抱怨，小孩子般耷拉着脸，委屈地噘着嘴唇：

"她就是不听啊……一直在玩自己的狮子狗……"

欧凯利冷笑一声，表情跟狮子狗一样：

---

① 原文为法语。

② 指乔治·戈登·拜伦（1788—1824），英国 19 世纪初期伟大的浪漫主义诗人，代表作品有《恰尔德·哈洛尔德游记》《唐璜》等。他在作品里塑造了一批悲壮的"拜伦式英雄"。

“唉，您呐……肯布尔，真是太……！今晚就把她拉到我这儿来，看我干脆利落把她拿下……”

傍晚异常宁静。教堂门前花园里的几排树木被修剪得整整齐齐，就连树枝也被齐刷刷剪到根，看着让人赏心悦目，宛如一个个木雕的士兵。也许是因为节庆，也许仅仅是为了给孩子们预备专门的祷告仪式，圣叶诺赫教堂敲响了大钟。而且每一口大钟均循序依次敲响，那旋律来回不停地重复，就像有人在转动手摇风琴。孩子们都剪短了头发，衬衫的领子洁白如雪，规规矩矩地列队走了过来。

肯布尔和迪迪停下脚步，让过游行的队伍。当最后一排白领子走过时，街口转出了副主教杜勒、杜勒太太和名誉鸣钟人社团的秘书麦金托什。副主教走路的样子俨然一位统帅，似乎正亲自统领白领军队沿着数学公式般正确的道路走向救赎。他一边走，手指一边在背后掰来掰去，好像在计算着什么。

肯布尔有些尴尬。那个周日以后，他就再也没去过杜勒家里，此刻既然见到，应该……应该上前说……

“抱歉稍等，我去去就来……”肯布尔把迪迪一个人留在教堂的围栏边，慢慢晃着身体，迎面朝杜勒走去。

肯布尔稳稳当当地叉开腿，窘迫地低下头，盯着自己的方头皮鞋，道歉说：“我在律师这里实在太忙，根本没时间……”杜勒太太的夹鼻眼镜射出了寒光，副主教的大金牙也闪闪发光，他朝迪迪的方向斜了一眼。迪迪正在围栏边把玩着肯布尔的小手杖。

“黄昏的景色真美啊！”肯布尔就像在法庭上作证一样，愉快地换了个话题。可立刻便陷入了尴尬，皱起了眉头。因为没人搭理他……

这时麦金托什连忙打了圆场。他的见解独到和思想深刻是有口皆碑的。只见他专注地看着自己脚下说：

“我一直在想，文明这东西真是伟大。比方说，人行道。真的，您仔细想想：人行道啊！”

可这时却猛然传来一串银铃般的笑声，大家惊得转过头。原来是拿着手杖的年轻美女在哈哈大笑。这位年轻的美女总是那么爱笑，只见她正靠着手杖，笑得花枝乱颤，笑得几乎站不住，连一头短短的鬈发都在颤抖……

接下来却也没什么特别的情况发生。杜勒太太只是转过身，看了看这位年轻的美女，也或许，根本没看她，而只是看了看美女靠着的教堂围栏。从杜勒太太的眼神看，那位美女似乎是玻璃做的，完全是个透明的人。

迪迪脸上顿时泛起了红晕，想说些什么，显然，似乎想说一些骇人听闻的话，可最终只不过耸了耸肩膀，转身走了……

随后，杜勒太太客气地向肯布尔伸出手去，可她的手似乎在哆嗦，也或许，是肯布尔自己的手在哆嗦。

“再见，肯布尔先生。希望我们还是能很快再见的……”说完，杜勒太太便移步走进了教堂。

这种情况是前所未闻的……肯布尔脸红到了两耳发烧，他迈开沉重的步子拼命奔跑起来，想追上迪迪。可迪迪却像钻进了地洞，连个影子都找不见了……

黄昏时分，教堂祷告仪式结束了。杜勒太太和副主教坐在餐厅里，她用手轻轻敲打着书脊。

“哼，您的强制救赎管用吗？您自己也看到了，肯布尔变成了什么样？我要是您啊，就……”

副主教挑起了眉毛，搭成三角形。这次他是真的认不出杜勒太太了，以前她对《强制救赎守约》可从来不感兴趣的啊。副主教搓了搓手："嗯，这是个好现象，这可太好啦……"

"您说得完全正确，亲爱的，我会处理的。当然，一定。"

而72号房间里，壁炉里蒙着一层灰，最后余热在灰层下抽搐战栗。迪迪和她的瓷狮子狗乔尼躺倒在地毯上。狮子狗丑陋的嘴脸已经湿透。而肯布尔站在门边，烦躁地皱着眉。他来是为了告诉迪迪，她刚才的行为至少能算得上古怪了。可是，嗓子眼里却像有什么堵住，说不出口，也无话可说。说实在的，真的够荒唐……

肯布尔绞尽脑汁想要构思出完整的三段论。

6. 文明人的脸

众所周知，作为一个文明人，应该尽可能不要脸。这意思是说，不是完全彻底地不要脸面，而是说要有那么一张脸，看上去像是一张脸，可又不能算是一张脸，这样的脸应该像一条正经裁缝做的裙子，不会太扎眼。毫无疑问的，一个文明人的脸应该完完全全和其他（文明）人一模一样，而且，毫无疑问，无论生活中发生什么情况，这张脸都应该丝毫不为所动。

自然而然的，楼房、树木、街道、天空以及其他所有世间万物也都应该符合这个标准，才不愧于文明和正派的光荣称号。所以，当阴冷而又潮湿的日子过去，夏天突然来临，阳光明媚得让人愤慨，肯布尔夫人便觉得自己受到了冒犯。

“简直太不像话了……上帝可怜见！”肯布尔夫人的“蚯蚓”扭动了一会儿，便探出了窗外。可是桀骜不驯的太阳依然粗暴无礼地咧着大嘴。于是肯布尔夫人实在没了办法，只能放下了百叶窗，把一小部分温和而又守规矩的阳光安顿进房间里。

肯布尔夫人和儿子如今有了三居室，楼上两间卧室，楼下一间餐厅，所有窗户都朝着街面。能有这样的条件真该赞美上帝。肯布尔夫人把这次车祸事件解读为上帝大发慈悲。不对，不能这么说，因为上帝本来就不会亏待正派人。

如今，一切都已称心如意。有地毯，有壁炉，壁炉上还挂着已故哈罗德先生的遗像（他的下巴同样端端正正，肯布尔家族可谓一脉相承），窗台边有一张红木小桌子，桌子上放着一个用来周末插丁香花的花瓶。马路左侧的楼房里大都摆放绿色的花瓶，而右侧的楼房里则是浅蓝色花瓶。肯布尔夫人住在马路右侧，所以她的小桌子上摆放的就是浅蓝色花瓶。

肯布尔夫人很用心，把房间尽可能布置成已故哈罗德先生在世时的样子。她每天早上一定会穿束身的胸衣，快到午饭时间就换上晚礼服。肯布尔夫人还花五先令买了一个小铜锣，由于房东老太太不懂怎么敲铜锣，所以肯布尔夫人每次只好亲自敲。她先从餐厅的墙壁上取下铜锣，接着走到过道里，敲响铜锣，然后又折回餐厅。有时候哪怕她一个人用早餐，彼时肯布尔已经去了事务所，她也照样会敲响铜锣。规矩才是最重要的。

只不过有一点很无奈，午餐和早点都不是听差的仆人端进来，而是比古董还老的泰勒老太太颤巍巍地送来。为了让这个环节显得稍微体面哪怕一丁点儿，肯布尔夫人便不遗余力地说服老太太：伺候用午餐时要戴白手套。

“这都算什么怪癖呀，老天！我天天洗手，不停地洗手，他们竟然还要挑刺……”老太太生气了，还干哭了几声。不过看在每月多付两先令的分儿上，她最终还是同意了。

当一切都被纳入正轨，肯布尔夫人便邀请了欧凯利来家里吃饭。也让他瞧瞧，和他打交道的可不是随随便便的普通人家。

前前后后张罗了好久，桌子上放好了鲜花和几瓶酒。

泰勒老太太把白手套洗得干干净净。可是欧凯利却……

简直让人难以置信，欧凯利前来吃午饭……穿的竟是家常便服。好好一顿饭就这么被毁掉了。肯布尔夫人的“蚯蚓”歪歪扭扭蠕动了好半天：

“我真高兴，欧凯利先生，您能穿便服来。不过，您的脸部气质，也许晚礼服……”

欧凯利哈哈笑起来：

“噢，我对自己的外表，向来很有信心。我知道我丑陋得绝无仅有，不过妙就妙在绝无仅有，这就够了。”

又矮又胖的欧凯利热得气喘吁吁，不停用一块五颜六色的手帕擦脸。火红的鬈发乱蓬蓬地散开，四只手一刻不停地挥来舞去，酱汁时不时滴到坎肩上，没完没了地神聊海吹。要说嘛，王尔德[1]长得也很难看，可人家擅长刻画丑陋，于是大家便相信，那就是一种美。再说了，被刻画的丑陋，和被刻画的恶习一样，要给人带来和谐感才好。因为美，就在和谐中，在风格里，无所谓这种和谐是美好的还是不成体统的，也无所谓这种和谐是罪恶的还是崇高的……

可此刻欧凯利察觉到，肯布尔夫人枯黄的头颅被看不见的绳套拎了起来，两条粉红的蚯蚓也变得狰狞，扭动着身体爬了开去。欧凯利立刻住了嘴，粉红色的蚯蚓随即也停止了扭动。竟敢在公开场合谈论王尔德，放肆！如果说，这一次肯布尔夫人真的愿意饶过欧凯利，那一定仅仅是为了儿子……

泰勒老太太戴着白手套，哆哆嗦嗦地端来甜酒和咖啡。买下这瓶甜酒时，肯布尔夫人考虑权衡了好久。但她最终狠下心来，决定鞋子以后再拿去修理。因为没有甜酒，就如同没有铜锣和泰勒太太的白手套一样，是无论如何说不过去的。

肯布尔夫人两次把甜酒推到欧凯利面前，可欧凯利两次都给自己倒上了苏格兰威士忌。这个动作和眼花缭乱的鬈发，还有甜酒和半空中欧凯利那令人目不暇接的四只手，都让肯布尔夫人火

---

① 指奥斯卡·王尔德（1854—1900），英国作家。

冒三丈。两条蚯蚓狠狠一咬：

“您呐，还真是标新立异呀。我还是头一回看到有人就着咖啡喝威士忌呢。”

“标新立异”对于肯布尔夫人来说，听上去和“不文明的人”没什么两样。可欧凯利先生显然皮厚到了刀枪不入的地步，他愉快地沉默了仅仅一秒钟，他甚至连沉默都能表现得愉快，然后便出声地“想”道：

“……瞧这天气那么热，要是只穿一条苏格兰短裙招摇过市，应该挺时髦吧！”

顺着这个话题，他又想起来什么，便讲了个笑话。说有一次，他和一位苏格兰朋友逛巴黎，巴黎街头的小男孩们实在忍不住，便瞅准时机，把苏格兰朋友的短裙掀了起来，想看看裙子底下究竟有没有裤子之类的，还是……

这下肯布尔夫人忍不住了，再也忍不住了。她愤然站起身，走到门口，叫来雪花白猫米莉：

“米莉，我们走……米莉，这儿又不是您待的地方，您来这里想干吗，您的牛奶在走廊里呢……”

可是堕落的米莉显然十分乐意听欧凯利讲故事，它喵喵直叫，赖着不肯走。只见肯布尔夫人弯下腰，锁骨和肩胛骨立刻凸了出来，同时凸出来的还有几根别的骨头，一时间整个破伞架暴露无遗。肯布尔夫人把米莉夹在腋下，走进门去了。

当她穿着袒胸裙再次以木乃伊般高傲而又凶狠的姿态出现时，欧凯利已经在门厅里大声嚷嚷，满地找手杖了（其实他并没有带手杖来）。肯布尔和他一同走了过来。

天空苍白而又洁净，像一个倒扣的罩子。通常当午后的炎热散去，黄昏的天空便会这样清朗。肯布尔蜷缩着身子，也许是觉得有点冷，又或许是想到，明天和肯布尔夫人展开又一轮正派不正派的大讨论，是在所难免的了。尽管身体蜷缩着，但他还是跟着欧凯利一起向72号走去。关键是，他其实完全赞同肯布尔夫人的观点：昂蒂太太带家具出租的公寓里，所有的一切都不正派，都与他格格不入，就像杰斯蒙德镇平整的柏油马路上出现一块碍眼的石头一样，显得丑陋粗鄙。不过，他还是跟着去了。

“既然欧凯利要去……和他的关系总还是要维持的……”肯布尔只好这样自我安慰。

像往常一样，72号房间里的壁炉燃烧着。迪迪坐在火堆旁的地毯上，她刚洗完澡，正在烘干男孩子般短短的鬈发。纸张散落一地，像是一封来信，狮子狗乔尼正笑眯眯地看着一地的纸片。

欧凯利差一点就踩到了纸片，便弯下腰捡起一张。

“不许碰！”迪迪恶狠狠地制止，“听见没有，别碰！不许碰！”只见她两条眉毛挤住了鼻梁，脸上没有了男孩子的表情，只有一张女人的脸，被幽暗的火苗映得通红。

于是欧凯利坐到软垫矮凳子上，倒豆子似的打开了话匣子：

“这可不好，孩子啊，这可不好。就在刚才，肯布尔夫人还再三强调，文明人的脸应该保持一成不变，就像……就像世代相传，就像不列颠的宪法……还有啊，您听说了吗？议会正打算通过议案，以后所有不列颠人的鼻子都必须长得一样长。这么一来，唯一的不和谐现象，当然就会被消灭啦。到那时候，人人都一模一样，就像纽扣，像‘福特’汽车，像成千上万期《时代》杂志。多伟大呀，至少……”

可迪迪没被逗笑。依然把纸片攥在手里，依然攥得很紧，仿佛手指被缝在了一起，眉头紧皱。

肯布尔也没笑，可心里却漾起了涟漪，水波越来越激烈，最后竟拍打起来，眼看就要飞溅出来，于是他站了起来。三两步走近迪迪，用一种本不该有的语气开口问道：

“到底是谁的信啊？为什么连碰都不让碰？这——这……”虽然这么问出了口，却大为惊讶地发现内心随即有了回答：不是他的，还能有谁？

听他这么问，迪迪也吃了一惊。不过她立刻舒展了双眉，扑倒在地毯上，笑得几乎喘不过气来：

“噢，肯布尔，哈，您竟然……乔尼，小狮子狗啊，你知道吗，肯布尔……肯布尔竟然……”

7. 方向盘失灵

终于，离婚的事情解决了。现在没人能对迪迪主张任何权利了，当然，除了瓷狮子狗乔尼以外。

三个人相聚同庆祝这件事情：欧凯利、迪迪和肯布尔。他们把自己关在单独的办公室里喝酒，欧凯利甚至爬到桌子上高声念祝词，挥舞起无数只手臂，让人头晕眼花。喝完后大家还不想回家，于是便决定去看拳击赛。

出租车发了疯似的开得飞快，不过也许这只是错觉。每到一处转弯，车身就倾斜得厉害，肯布尔好几次被迪迪热辣辣的膝盖烫到。出租车开得飞一样……

“对了。”肯布尔回忆道，“我好几次做梦，梦见自己好像在开汽车，可方向盘却失灵了。撞过围墙，撞过所有挡道的，而且，最关键的是……”

关键是什么，却没来得及说出口，几个人就已经走进了赛场大厅。高高垒起的看台上，人群坐满了扇形排列的长条凳，几乎够到了天花板。肯布尔再次觉得拥挤，通身灼热，有了被烫伤的感觉，就像还坐在飞速疾驰的出租车里。

“真不该喝那么多……”

“喂，肯布尔，您在想什么呢？”欧凯利叫道，“听到没，史密斯中士，英国冠军啊。史密斯啊，没想到吧！您倒是快看啊！”

只见选手迈着稳健的步伐，走上了四方擂台的两个对角。史密斯的身材高高大大，一头金发的脑袋却显得小巧，看上去就像配在宽大肩膀上的一件多余的小饰品。而来自杰斯蒙德的博恩则长了一个外凸的尖下巴，像极了无恶不作的杀人犯。

“好啊，博恩，加油啊，杰斯蒙德！史密斯中士，加油啊！”

人潮涌动，哨声四起，二十排长椅上所有的观众都沸腾了，仿佛一条盘绕了二十圈的长蛇蠕动着，翻滚着。突然，全场静了下来，长蛇把头探了出来：擂台上的裁判摘掉了圆筒礼帽。

只见裁判的眼珠子在灰白的浓眉毛底下滴溜一转，便大声宣布比赛规则：

“女士们先生们！根据《昆斯伯里侯爵规则》①，比赛共二十轮，每一轮三分钟，每一轮结束有半分钟休息时间……”

随着裁判的哨声响起，史密斯和博恩慢慢相互靠近。博恩穿的是黑色紧身中筒裤，史密斯穿的则是浅蓝色。两人相视一笑，彼此握了握手，以表示接下来的一切，只不过是彼此敬重的文明人之间一场消遣而已。黑裤子博恩立刻鼓起了下巴，在史密斯周围打起转来。

“就这么打他，杰斯蒙德！好拳法！”有人在高处大叫道，此时博恩已经在英国冠军的胸口印下了一个红斑。

盘了二十圈的大蛇缠得更紧了，呼吸也更急促。肯布尔看见，迪迪晃动着身体，脖子伸出去好长。他自己也像被大蛇勒得喘不过气一样，伸长了脖子。

浓眉毛的裁判吹响了赛间休息的哨子。黑裤子和蓝裤子都摊开了四肢，各自坐在角落的椅子上。嘴巴张得老大，活像被扔掉的鱼，拼命在半分钟里呼吸进更多的空气。助手忙前忙后，帮着

---

① 1867 年，英国侯爵昆斯伯里制定了自由搏击规则，也称为《昆斯伯里侯爵规则》。

往他们的舌头上淋水，扇毛巾。

半分钟刚过，双方又厮打在一起。史密斯找准一个稍纵即逝的机会，重拳出击，自下往上一记勾拳打中了博恩的鼻梁。博恩耸肩护住脸，腋窝正对史密斯，为了保护脸部不再受打击，和他周旋起来。博恩的鼻子里鲜血长流，染红了史密斯的浅蓝色中筒裤。两具赤裸的躯体死缠烂打在一起，周围跺脚声和嚎叫声混作一片。

“……快亲他，博恩，亲腋窝，味道好极啦！”一个男孩子的声音突然尖声叫道。

迪迪满脸通红，兴奋不已地拉扯着肯布尔的衣袖。肯布尔不再看擂台，而是转眼看了看她。他的鼻孔还激动地张大着，端端正正的下巴也还气势汹汹地鼓着。他的模样似乎完全变了个人，而迪迪却觉得此刻的自己似乎变得格外渺小。可是……她刚才想问什么来着？她自己都忘了。

“快看呐！”欧凯利大叫。

比赛结束了。只见博恩中了几拳后，摇摇晃晃地没站住，两腿已经没了力气，蜂蜡般慢慢瘫软下去，最后一声闷响倒地不起。

杰斯蒙德镇被打败啦，杰斯蒙德镇愤怒地大吼：

“犯规！博恩已经倒下了，他还在出拳……”

“史密斯滚蛋！犯规了，我们都看见啦！”

史密斯站着，小脑袋一仰，笑了。他在等着赛场平静下来。

“……还有脸笑！太无耻了！”迪迪激动得浑身发抖。她朝肯布尔转过脸来，似乎蜇了一下他的胳膊肘，传来一阵温柔的灼痛：“要是我呀，我马上就上去揍他……”

肯布尔看了看她的眼睛，连一秒钟都没耽搁，便像发了狂的汽车，一个箭步冲了出去。

“好，我这就去。”他径直向高台冲去。

这实在太出人意料了，这事情本不该发生，就连肯布尔自己都觉得难以置信，可他已经停不下脚步了。方向盘失灵了，喇叭狂叫着，碾过挡道的一切，向……这究竟是可怕还是好事?

“怎么回事，不会当真了吧……肯布尔，您疯了吗？快拦住他，拦住他啊，欧凯利！”

可欧凯利只是笑笑不说话，表情酷似狮子狗乔尼。

裁判宣布，史密斯先生已经慷慨地答应，将和来自杰斯蒙德镇的肯布尔先生比赛五轮。当肯布尔魁伟而又雪白的身躯出现在擂台上时，杰斯蒙德镇欢呼了，沸腾了。

来自杰斯蒙德镇的肯布尔先生显然比史密斯长得更高更壮实，可是第一轮的比试结果就毫无悬念地证明，肯布尔的挑战完全是蜉蝣撼树。史密斯依然脸带微笑，几拳便击中他的腰部和胸部，肯布尔的圆脑袋无奈地发出几声闷哼。可是，肯布尔还是顽强地没倒下，两条柱子一样的腿叉开，牢牢钉在地上，固执地鼓着下巴。

“快想办法啊，欧凯利，他会打死他的，太可怕了啊……”迪迪目不转睛地盯着擂台，脸色苍白。可欧凯利还是笑着一言不发，一副胸有成竹的样子。

到了第三轮，肯布尔已经全身乌青和血渍，但他依然硬撑着。观众席上静悄悄的，突然有人在高处由衷赞道：

“真是个愣头青啊，那么扛揍！”

一片起哄的嘘声。迪迪忿忿地回头看了一眼，却已恢复了安静。第四轮开始了。可这一轮刚开始，肯布尔就倒下了。

迪迪跳了起来，眼睛瞪得老大。灰白浓眉的裁判瞟了一眼，便开始计时：

“一、二、三、四……”

数到最后一秒时，数到九的时候，肯布尔顽强地站了起来。可紧接着又挨了一拳，眼前一切都飘了起来，飘了起来。他最后看到的，是迪迪惨白的脸。

* * *

肯布尔模模糊糊地记得，有人把他抬走了，记得迪迪满脸泪水，欧凯利却在一旁哈哈笑。后来，有人喂他吃了东西，他便睡着了，而醒来时已是深夜。弯月挂在窗外，丑陋的狮子狗乔尼正看着他，一脸讥笑。

是迪迪的房间。深夜，在迪迪的房间里……不是在做梦吧？接着，便迷迷糊糊地想起来：“对啊，当然不能把我送回家，我这副模样……”

口干舌燥，很想喝点什么。

“迪迪！”肯布尔虚弱地叫道。

穿着黑色睡衣的身影从小沙发里蹦了出来：

“好啦，您终于醒了！肯布尔，亲爱的，我真高兴，我担心坏了……您能原谅我吗？”迪迪坐到床边，把肯布尔的手握在自己滚烫的小手里。闻到了紫罗兰的清香。

肯布尔却闭上了眼睛。此时的肯布尔已经消失了，只剩下那只被迪迪抓住的手。这只手仅仅几英寸大小，却浓缩了肯布尔整个人，他热切地吸吮着，吸吮着，吸吮着。

“迪迪，我上场是因为，是因为……”嗓子眼里突然被什么堵住，说不下去了，心里像压了块大石头，怎么都推不开。

迪迪俯下身，认真地看着他，一张女孩子的脸，却像个母亲：

“真好笑！我当然知道。不要说话了……”

肯布尔被两排尖利的牙齿温柔地咬住了，只一瞬间便被咬住了嘴唇，脑子里顿时一片空白，只嗅到紫罗兰的芬芳。宛如被干燥的热风裹挟，浑身刺痛，却又异常甜蜜。

满脸讥笑的瓷狮子狗守了肯布尔整整一夜，让他没法好好思考。肯布尔痛苦地皱着抬头纹，在脑子里翻箱倒柜。他脑子里本来就只有几个方方正正的收纳盒，所有东西都分门别类清清楚楚地归放在对应的盒子里。而其中一个盒子收纳的，是最神圣不可侵犯的东西：上帝、不列颠民族、裁缝的地址和未来的妻子——肯布尔太太，而且她长得应该和母亲肯布尔夫人年轻时一个样。这些东西是坚定不移的，是无论如何不能被颠覆的。而现在发生的事情，却从来没有被放进过任何一个盒子里，所以……

不过，方向盘显然是真的失灵。肯布尔不由自主地疾驰，疾驰，碾平了“所以”，也碾平了沿途所有……

早晨，肯布尔醒来，迪迪已经不在了，可房间里依然有她的气息。椅子上放着她的睡衣。肯布尔艰难地撑起身子，费力地穿上昨天的晚礼服。他凝神盯着睡衣良久，克制着自己，接着双膝跪地，扭头看了看门口，便把脸埋进了丝绸，沉沦在紫罗兰的芬芳里。

迪迪回来了，她神清气爽，一如既往的热情，潮湿的鬈发散开着。

“迪迪，我想了一整夜。”肯布尔叉开两腿，牢牢站直，“迪迪，您应该成为我的妻子。”

“您真这么想吗？应该？”迪迪笑得花枝乱颤，“那，好吧，如果真是应该的话……不过，请您看在上帝的分上，快躺下，医生吩咐过，您还不能下地……看在上帝分上，听话……乖……”

8. 浅蓝与粉红

虽然拳击赛周六才刚举行，可肯布尔的大名周一就被刊在《杰斯蒙德明星》显眼的位置。

“拳台上的
轰动事件！”
参赛的拳手是一位贵族。

上周举行的擂台赛，不仅让我们看到了黑人琼斯，还第一次惊喜地见识到了来自显赫贵族世家的拳击手，虽然其家族已经没落……

肯布尔先生（已故 H. D. 肯布尔之子）以惊人的顽强扛住了史密斯的铁拳，直至第四轮才倒地，成为其轻率挑战的牺牲品。失去知觉的肯布尔先生最终被抬离了赛场。肯布尔先生的朋友中，盛装出席的“帝国”剧院明星 D＊＊＊格外耀眼。

这一天，杰斯蒙德镇犹如喷涌的泉水，几乎没人再谈论天气，肯布尔的名字占据了所有人的脑袋，所有人都在议论肯布尔大闹赛场的事。大家经过泰勒老太太的房子时，会偷偷张望肯布尔家的窗户，就像在期待会有神明显灵，可神明并没有显灵。于是大家便去看望肯布尔夫人，纷纷带着兴奋的表情向她表示同情。

“哎呀，太可怕了，太可怕了！难道他就伤得那么严重，甚至没法把他送到您这里来？”

肯布尔夫人的蚯蚓难堪地扭了又扭。

“肯布尔夫人，您好可怜哟！您都没有机会去探望他！您肯定不会去那栋楼的，对吧？”

“再说，那个女人！亲爱的肯布尔夫人，我们都能理解……”

肯布尔夫人的蚯蚓挣扎扭动着，低声咕哝着，忍受着煎熬。浅蓝和粉红两位女士看在眼里，大为满足。接着，她们俩又围着副主教杜勒的房子转了一会儿，敏锐的嗅觉告诉她们，这里似乎也发生了什么。后来她们还去了那栋楼，盯着拉上了窗帘的窗口耐心等待了好久，可窗帘始终没有拉开……

不过，关于副主教杜勒家里似乎出了什么事儿，浅蓝和粉红猜错了，那只不过是些芝麻绿豆的小事情。用早餐的时候，杜勒太太读着报纸，一不小心碰翻了咖啡杯，这种错误每个人都会犯。关键是，桌布是周六刚铺上的，而且按照时刻表的规定，要到下一个周六才会铺上新的。所以一点都不意外，副主教心情变得极为糟糕，还在《强制救赎守约》上写下了注释。而杜勒太太在窗边坐了好久，两眼一直望着外面的红色有轨电车。后来，她干脆去了那栋楼，问了女房东几个问题，便迅速赶回了家。也许，她得到的答复是那个女人正陪着肯布尔先生，也或许是肯布尔先生已经好多了。不过，当然啦，这些也都只是猜测而已，唯一可以确定的，是整十二点三刻时，杜勒太太在自己家里，而中午饭时间正是十二点三刻。所以，一切都再正常不过。

所有的事情都按照时刻表按部就班地进行着。到了晚上，副主教家里举行了每周一的圣叶诺赫教区名誉鸣钟人社团和教区杂志编辑部的例行会议。到会的有几位粉红与浅蓝，有永远身穿蓝黄绿小短裙的麦金托什，而肯布尔夫人则没有来。

大家都坐立不安，人人嘴边都挂着肯布尔、肯布尔。可是副主教却没怎么受影响，他面前摆着讨论议题的时刻表，总共有十七条，噢，那是雷打不动的，一个问题都别想躲过。

“先生们，敬请注意，现在讨论最严肃的问题……”

这个问题涉及到《圣叶诺赫教区杂志》如何才能提高收入。副主教刚买断了名为《亚森·罗平的巴黎奇遇》[①]的连载版权。所以理所当然要增加印数，可当务之急是填补开销，必须张贴告示、告示、告示。

“麦金托什先生，我们期待您出手相助！”

麦金托什先生做女式衣裙的生意，他的人际关系甚为广泛。他立刻给出了三个地址，接着又努力找其他的。

“对啦！”他想了起来，“斯科利布斯橡胶制品怎么样？”

副主教挑起了眉毛。这事关一个相当严肃的细节。

“麦金托什先生，您别忘了，我们要确保被荐人的质量。《圣叶诺赫教区杂志》可不能……”

“噢，我可以担保斯科利布斯橡胶制品的质量……”名誉鸣钟人社团秘书急切地辩解，“我亲自……”

可副主教做了一个轻飘飘的手势，制止了他继续说下去。在布道时，副主教通常用这个手势表示一个正直的灵魂升入了天堂。斯科利布斯橡胶制品就这样被接纳了，副主教记录下了地址……

直到很晚，大家都已经没心情继续等待时，肯布尔夫人来

---

① 亚森·罗平是法国作家莫里斯·勒布朗创作的系列作品中的主人公，以其侠盗的浪漫形象而广为人知。

了。她的脑袋一如既往地昂着，就像被看不见的绳索提着，只不过木乃伊般的脸上骨骼更为凸出了，越发神似一把被风吹散的破伞架……

这下就如上帝的圣灵鸽子一般，粉红与浅蓝全都围了上去：现在如何了？怎么样了？

蚯蚓趴着一动不动，向外探着，不过最终还是艰难地哆嗦起来：

“我一直在想，我已故的丈夫哈罗德先生倘若还在，他会怎么说……”

她抬起眼睛，仰望上帝与哈罗德先生同在的天国福地。两滴法典恩准的眼泪刚从眼中爬出，便立刻被麻纱手帕收了去。

这两滴微小的眼泪收获了鸦雀无声的敬意。杜勒太太背着众人，把一个泛蓝的信封揉皱了又抚平。大家都不说话，是啊，能想出什么好办法，又能帮上什么忙呢？

突然，麦金托什的足球圆脑袋冒了出来。他果然一如既往地无可替代：

“先生们，太沉痛了。不过我们应当恳请副主教做出自我牺牲。副主教的周日布道充满灵性，凡是听过的人都会醒悟，除非那人铁石心肠……先生们，我们应当恳请副主教，恳请他去那栋楼，而且我相信，我们相信……”

“我们相信！”粉红与浅蓝连忙赞同地附和。

正式答复前，副主教停顿了片刻，擤了擤鼻涕。这是他规定的标志性动作，专门用来表达由衷的不安。正好，他本来就时刻做好了牺牲的准备。可要是连这么做都帮不上忙，那就只好……

杜勒太太把窄窄的信封揉皱了又抚平，像冻坏了般时不时耸着肩。也许她真的感冒了。这么炎热的天气，也不奇怪，的确容易着凉。

粉红与浅蓝还在到处飘来飘去，鸡啄米一样点着头。

9. 那好吧

迪迪起得比平时晚，已经是中午时分了。她坐在镜子前，一边哼唱着，一边梳理着男孩子般不听话的鬈发。她身上还穿着钟爱的睡衣，胸衣敞开到腰间，只用一根结绳轻轻地系住，而透过黑色的结绳，便可看到一抹粉红。她这一身衣着，再加上一头修剪齐整的秀发，浑然一副雌雄莫辨的模样，活脱一个中世纪的少年侍从。挑剔的贵妇人若是见了他们，便会毫不犹豫地将豪杰勇士抛到脑后，而且极为乐意地从塔楼的露台上为他们掷下绳梯。

此时的肯布尔正在隔壁房间里艰难地辗转反侧。迪迪隔壁的这间房间腾出来已经两天多了，他也在这里住了两天多。不，确切地说，他在这里驾驶着发了狂的汽车飞驰，所向披靡地飞驰，如梦般飞驰。不过，这一切很快就要结束了。只要再赚三十英镑，就能在千万栋一模一样的楼宇中租到居所，到那时，便能有立足之地了。

“亲爱的乔尼。”迪迪正在向瓷狮子狗征求意见，“求你，要是我回头嫁了人，你可别生我的气。你不是很了解我吗？好啦，你就这样别说话，笑就行了，现在……”

有人敲72号的门。应该是新剧组[①]的南希来了。

“是南希吗？请进来吧。”

门吱呀一声开了。迪迪从屏风后走出来，看到的却是副主教杜勒。只见他高挑起双眉，立刻挤出几座大惊失色的眉峰，愤愤然愕叹：“哎呀！”便立刻倒退出门，闪身躲进了走廊。

“我实在深感抱歉，我还以为，过了正午，大家都已经……”

他抓住了门把手，迪迪也几乎同时按住了门把手。

“不，不，您请进，别不好意思，看在上帝分上，您请坐吧。这就是我平时起床穿的衣服，款式很好看，难道不是吗？我久仰您的大名，非常高兴，您终于……”

这下没办法了，既然决定自我牺牲，那就索性牺牲到底吧。副主教便坐了下来，努力克制自己不去看那件平时起床穿的衣服。

“打扰您了……小姐？……嗯……迪迪小姐……我来，是受一位可怜的母亲委托。当然，您不会了解，什么是家有小孩……”

“噢，杜勒先生，可我有孩子呀……看，乔尼就是我唯一的孩子，我好爱他……”迪迪举着狮子狗凑向副主教杜勒那几座高高耸起的眉峰，“好可爱呀，不是吗？哟——哟，乔尼，笑一个！亲亲杜勒先生，别怕——别怕……”

一脸笑嘻嘻的乔尼便把冰冷的嘴唇贴到了副主教的嘴唇上。不知道是因为太意外，还是因为与生俱来的礼貌，副主教竟然也回复了瓷乔尼的亲吻。

“噢，您真好！”迪迪兴奋不已，可副主教却对此大不以为然。他怒容满面地跳起来：

“我来找您是为了……小姐……太太，我还是等您不再这么兴高采烈了再来吧。我可不是来让您耍的……”

“噢，杜勒先生，那就让您失望了。我一直都是这么兴高采烈的。”

“如果这样的话……”

---

① 原文为法语。

杜勒先生转身便去隔壁房间找肯布尔了。这里的气氛还算不错。肯布尔从头到尾听完了杜勒先生的话，紧锁起眉头，不断点头：是的，是啊。看来，这下再不会出什么岔子了。因为副主教说得句句逻辑缜密，像铁轨一样把肯布尔逐渐导入了正轨。副主教不禁得意起来……

可到了最后一站，却出乎意料地翻了车。肯布尔从椅子上跳了起来：

“杜勒先生，恳请您不要对……对迪迪这样不友好，我已经请求她成为我的妻子。”

“妻——妻子？”不过副主教立刻回过神来，“可您刚才一直都同意我的话啊，肯布尔先生？”

“是啊，我同意。”肯布尔拉长了脸点点头。

“那您的逻辑在哪儿，肯布尔先生？”

“逻辑？”肯布尔皱起眉头，擦了擦额头，猛然低下了头，如一头公牛般径直走向副主教，“是的，妻子！我说了，我的妻子……是的！非常抱歉，我……我现在想一个人待着，是的！”

“哈，这样啊？那——好——好——吧！”副主教高挑起眉毛走出了门，脸上带着规定的标志性表情：冷漠的愤怒。

10. 电熨斗

已经到了六月份。公园里的树木很扫兴地丧失了修剪齐整的体面模样。夹竹桃开了花，树杈疯狂地伸向四面八方，肆无忌惮地生长，变得凌乱无章。每到夜里，鸟叫声铺天盖地。这些鸟儿根本不在乎，正经人们十点就该上床睡觉。于是正经人们便气冲冲地敲窗子，戴着白色睡帽探出头去把鸟赶走。

不过，毕竟应该认识到，即便在杰斯蒙德镇也有无政府元素，而且这个元素完美地包容了所有发生的事情。有人煞费苦心地避开公园保安警惕的视野，十点以后还留在灌木丛里聆听小鸟的歌唱。灌木丛便整夜生机盎然，沙沙作响晃动不停。而弯弯的月亮则整夜漫步在公园上空，仿佛用单筒望远镜贴住了眼睛，带着善意的捉弄，向下偷窥着瓷狮子狗。

灌木丛、炎热、月牙和夹竹桃，这一切糅合在一起，竟然诱发了一种奇特的病态。迪迪不停地撒娇，可连她自己都不知道想要什么，肯布尔被折腾得不知所措。

“好热呀。我受不了……”迪迪又解开一颗短衫的纽扣，肯布尔眼前顿时波浪起伏，连绵有致。白色的波浪是麻纱，有几道波浪是粉色的，还有一些是扎眼的红色，肯布尔的脑袋乱作了一团。

肯布尔绞尽脑汁想出些趣闻安抚迪迪：

“告诉你啊，迪迪，我昨天在国王路的橱窗里看到了电熨斗。做得真漂亮，总共才十个先令。我觉得，我们也该置办一些日常用品了。”

可迪迪甚至连回应都无精打采。不对，她似乎，病了。

她拉下窗帘，躺上了床。

“肯布尔，您帮我看一下，我是不是发烧了。嗯，就是这里，是不是？不，再深一点，是这里……”她把肯布尔的手放了进去。

肯布尔再一次觉得全身缩进了几英寸见方的手心里，听到血液有力的撞击和涌动由远及近传来，似乎就要喷溢出来，恐怕再过一分钟……

好在这次上帝保佑，肯布尔的方向盘还在手里握着，他坚定地驶向卖电熨斗的小楼。肯布尔把手抽了出来。

“是啊，好像，是发烧了。不过这——没关系，只是——天热而已……”

石架子上的狮子狗乔尼，连同窗外端着单筒望远镜的弯月，脸上露出了相同的微笑。肯布尔生气地站起身，把乔尼的脸转向了墙壁。

“不，请别这样，求您了……还是把它给我吧。”迪迪伸出手去。

月牙在飘逸的麻纱云朵里钻来钻去，时而变得黯淡，时而又忽地亮出了笑容。也许是作为回应，迪迪的脸也变幻不定，秀眉时而紧锁，时而舒展开来。她想啊，想啊……可现在还有什么好想的呢？今后的一切都堂堂正正有了定局：一栋小楼，洁白耀眼的门槛，还有周日丁香花瓶，绿的或是浅蓝的。

“乔尼，我的小乔尼。”迪迪抱着瓷狮子狗，“亲我一下，乔尼。真好……再来一下。再来一下！再来一下！”

她亲吻着狮子狗，小狗变得越来越温暖，似乎真的有了生命。她身上的紫罗兰香水味窒息了狮子狗，紫罗兰的芬芳因为无雨的天气而变得干涩、甜蜜而又蜇人。她把乔尼可笑的尖嘴淹没在白色和粉色的波浪中，用各种稀奇古怪的名字呼唤着小狗。

肯布尔坐着一言不发，坚硬的下巴执着地指向月牙。那模样像极了肖像上已故的哈罗德先生。

欧凯利现在来得少了。不过每次来也还是老样子，邋里邋遢，不修边幅，时而凶狠，时而兴奋。肯布尔很认真地告诉他：

“现在已经有了二十英镑。再有三十就行，五十就能买到全套家具了……”

“那没家具呢，无论如何都不行吗？”欧凯利讪笑。

“噢，是的，当然了，肯定不行。”肯布尔没生气，依然很认真，“这一点都不好笑，有什么可笑？这完全符合逻辑啊。”

“嗯，肯布尔，你真是个小可爱，按逻辑办事也要灵活些，不然，好事也办砸了。”

天晓得为什么，欧凯利竟讲述起了自己的伊娃阿姨。老阿姨到了晚年，不知道脑子里哪根筋搭错，竟害怕起喝酒了，就怕别喝下什么杆菌之类才好。可最后她杆菌倒是没喝到，却因为停止喝酒而很快就去世了。

迪迪听得渐渐入了神，眉头慢慢舒展开来，那个逗趣的少年侍从逐渐苏醒了。于是欧凯利走向壁炉，拿起了狮子狗乔尼。

“哈，看它长得多像我啊，啊？看着它，我刮胡子几乎可以不用镜子了……”

眉头彻底展开了，迪迪哈哈大笑：

“这——简直天才啊，是您自己想出来的吧。哈，承认了吧，您自己想出来的，是不是？哈，承认吧！”她晃着欧凯利，他的脑袋无助地跟着晃动，口袋里掉出了几个纸包。

“啊哈，是开心果吗？啊哈，是牡蛎？那香槟酒有吗？”

怎么可能少了香槟酒呢。于是，几个人便在绿色的地毯上开始了愉快的野餐。欧凯利一边吞着牡蛎，一边喝酒，一边大骂英国人。噢，这些英国人简直坏透了！

“……太一本正经，就像……简直就像牡蛎一样原始，像防水靴防水那样，一本正经地拒绝幽默。我的上帝，这就是英国人呐！我真想把他们——用柠檬汁——就这样，就这样……看呐，缩起来了吧？”

门被悄悄推开了，南希走了进来。因为她有一半的爱尔兰血统，所以欧凯利尤为热情地欢迎她。更何况，她还……

只见她身穿色泽柔和的粉色衬衫，手里抱着绒布浴袍，正天真无邪地打算挨家挨户发布告示：

“拜托你们各位，不要到走廊里来。我要去洗个澡……”

此情此景实在令人忍俊不禁，连肯布尔都哈哈大笑起来。他的笑法很特别：所有人都不笑了，可他一旦再次想起，便又会哈哈大笑。就像疾驰中的重型卡车，无论如何都停不下来。

南希用浴袍紧紧裹住自己，善解人意地答应在洗澡前和他们几位共同享用野餐。欧凯利满嘴白沫，已经醉态毕现。迪迪修剪整齐的鬈发不住地颤动，像个雌雄莫辨的顽皮孩子，噘起嘴唇模仿副主教杜勒怎么亲吻了狮子狗。

肯布尔还是那样子，大家都忘了，都不再提起了，可他又想起来，于是又独自哈哈大笑。即便客人们都已离去，只剩他一个人留在房间里，再次想起的时候，又哈哈大笑起来。

一切都安静了。闷热的夏夜，人们的脑袋就像被不透风的棉被罩住，连呼吸都感到困难。不行，睡不着啊……

迪迪从抽屉柜上取下了冷冰冰的狮子狗。她亲吻着小狗，直到小狗变得温暖，有了生气。而肯布尔则梦见了电熨斗，一只巨大的电熨斗，闪亮耀眼，只见它缓缓爬行着，抹平了一切。所到之处，一切都被它抹去了，房子被抹去，树林也被抹去，只剩下镜子般平整光滑的一片。

肯布尔越看越喜欢："而且只要十个先令啊！……"

11. 太热了

副主教杜勒从不放过在杰斯蒙德镇弘扬自己《守约》思想的机会。他星期六在救世军[①]集会上发表了演讲。如果说，国家还在顽固保守的道路上止步不前，还继续无视自己应有的职责，那么我们，我们每一个人，就应当千方百计敦促自己的亲人走上救赎的道路，哪怕用蝎子恐吓，哪怕把他们当作奴隶驱赶。宁可成为上帝的奴仆，也强于沦为撒旦的自由之子……

这番演讲词着实打动人心，杰斯蒙德镇救世军分会当即决定，马上行动，明天就开始。

周日艳阳高照，异常炎热。上午八点半，救世军就从大本营出发了。两百名救世军战士手举旗帜，高唱国歌，一路咚咚敲响战鼓，迈着正步穿过了城市。一位身材高挑表情严肃的女军官，头戴蓝色招风耳礼帽，经过每家每户的门口便停下脚步，拍打门环：

"基督先生号召你们去教堂！哈喽！基督先生号召你们……哈喽，哈喽！"一直敲到屋里有人被吵醒，一脸惊愕地探出头来。

圣叶诺赫教堂今天人满为患。副主教回到家时，既幸福又疲惫。名誉鸣钟人社团秘书麦金托什崇拜地跟在他身后，兴奋地一个劲儿摇头：辩才无碍呀，激情饱满呀！

"那就这样啦，亲爱的麦金托什，今天该轮到您了。"副主教同他道别，"任务再艰巨，可毕竟是职责所在。"

于是麦金托什先生便上街溜达去了。他选择的溜达地点并不是风景如画的地方，而是来到了昂蒂太太带家具出租的公寓的那条街。看来，有时候他的确会有一些稀奇古怪的想象力。

而副主教用完早餐后，便舒服地陷进了扶手椅里。天气太热了。透过窗户上方的毛玻璃，仿佛有数十个小太阳的倒影散落进了餐厅。副主教欣赏着这些轻巧而且养眼的小太阳，慢慢打起盹儿来。这也是周日时刻表规定的内容。即便是在睡梦里，副主教的脸庞也保持着得体的恭敬，以便时刻准备着，两眼一旦睁开便能开口说道：真是美好的天气，不是吗？

* * *

救世军当然不会饶了昂蒂太太带家具出租给演员们的公寓，天还没亮就把租客们吓得惊慌失措。租客们当然还没睡醒，于是便把门拍得更响，还嫌不够响；浴室里的水花也溅得更大，还嫌不够大。

紧锁眉头的迪迪出来用早餐。用餐时，她似乎头一回认识肯布尔一般，感觉有些诧异，便仔细打量起他来，虽然肯布尔还和以前一样，没什么变化，还是那么魁伟，那么顽固不化和坚韧。

为了更快挣到紧缺的三十英镑，肯布尔如今另找了一份在家里干的私活。所以喝完咖啡后，他便解下袖箍，回自己房间干活去了。

迪迪挨着他坐着，愁眉不展地抚摸着狮子狗。太阳升了起来，讨人嫌地拍打着窗户。肯布尔站起身，一把拉上了窗帘。

“我想要阳光。”迪迪跳起来抗议。

---

① 救世军是国际性宗教及慈善公益组织。成立于 1865 年，以军队形式作为其架构和行政方针，以基督教作为基本信仰，以街头布道和慈善活动、社会服务著称。

“可是亲爱的，您不是不知道，我工作就是为了让我们能更快买上家具，然后……”

可还没等肯布尔说完，迪迪便突然哈哈大笑起来，转身回自己房间去了。她把狮子狗放回壁炉架，深深看了看小狗迷人而又丑陋的脸：

“你觉得呢，乔尼？”

乔尼显然在思考同一个问题。于是迪迪便手忙脚乱扎起了礼帽……

十分钟后，麦金托什兴奋地站在杜勒太太的面前，带回了溜达的辉煌成就：

“我们必须去一趟沙湾。”他故作神秘地强调了“必须”。

杜勒太太的夹鼻眼镜一闪，这次不是镜片的寒光：

“您——您确定吗？”

麦金托什先生只是委屈地耸耸肩，又看了看手表：

“我们只有七分钟，还能赶上火车。”

杜勒太太顿时慌得乱了方寸，袖子竟然钩住了夹鼻眼镜，夹鼻眼镜应声落下。于是杜勒太太把夹鼻眼镜贴得更牢，重新恢复了杜勒太太的身份。这下可以出发了。

……沙湾的太阳同样让人无处藏身。刺眼的烈日，沸腾的血液，海浪也泛着白沫一次次沸水般拍打着海岸。

欧凯利和迪迪躺在滚烫的沙滩上。也许是太阳的缘故，迪迪的太阳穴跳得厉害；也许同样因为太阳的缘故，欧凯利竟然想不起该说什么。

“太热了。我们去游泳吧。”迪迪躺累了。

沙滩被晒成了乳黄色。碧玉般的海浪卷着泡沫白花哗哗地冲刷着海岸。翻滚的波涛中，无数橙色、粉色、紫色的泳帽此起彼伏。阳光和欢笑声都被淹没在浊浪里。

海水让人清醒过来，却依然不想上岸。迪迪对自己说：“不行，只游一会儿，我们马上就回家……”

可海浪却偏偏把一切越冲越远。海浪迎面打来，把人高高托起，又转着圈拖走。这感觉真好，可以浑身放松，一切都不去想，任凭海浪摆布……

欧凯利的脑袋浮在水面上，笑脸和狮子狗一样丑陋不堪：

“……一整夜……好不好？”

迪迪——不知道她是否真的听见了？——点了点头……游完了泳，两人便去咖啡馆用午餐。欧凯利竟然看到，杜勒太太正坐在一张小桌子后面，身旁还有思想深刻的足球圆脑袋麦金托什。欧凯利赶忙向两人跑了过去：

“是您啊？您怎么会在这儿，那么巧？我真高兴，杜勒太太，您还没有完全钙化……”

“钙化？”

“是啊，我刚才还对……那位女士说呢。再过几年，好奇的游客一定会在英国找到硬邦邦钙化了的人体，还有树木、小狗和云彩的石灰造型……如果到那时还没发生地震之类灾难的话……”

杜勒太太的夹鼻眼镜闪过一道寒光。她不无讽刺地瞟了一眼样式奇特的带把纸包，因为欧凯利正起劲地挥舞着这个纸包。

“欧凯利先生，这就是您那个名声在外的充气行李箱吗？”

欧凯利被说得有些窘迫，不过也就窘迫了四分之一秒。

“噢，您看，没有武器算不得好猎手。我只是出于习惯……那您是准五点吗？希望上了列车还能再遇见您，如果我不迟到的话。”

“我会非常高兴。”杜勒太太的玻璃片亮了起来。

可欧凯利的不守时是出了名的，到了火车出发的五点，欧凯利毫不意外地迟到了。

12. 肯布尔的出生

热气很快就消退了，降下了白白的浓雾。雨滴吧唧吧唧不住嘴地亲吻着窗台，夜里听得尤为分明，就像钟表在一秒一秒地熬过人为规定的期限。

而刚好在肯布尔生日那天，这个期限到了。他收到了一封信，装在一个狭长的浅蓝色信封里，触手冰凉。信中并没有署名：

"仁慈的阁下，作为您的朋友，我们不得不告知您，您所熟知的K先生和D太太正无耻地利用您的信任。这件事您迟早会有机会确认。"

狭长的浅蓝色小信封看了眼熟，肯布尔想了想，便想了起来。这一切再清楚不过了，一定是无中生有。肯布尔对此坚信不疑。

可是在走去事务所的路上，肯布尔的情绪还是被破坏了。就好像喝完一杯茶，却发现杯底有只苍蝇，虽然泼掉了苍蝇，可总是……或许，这只是因为大雾天的缘故。天气闷热，就像裹着大棉被，四周围莫名其妙全是脚步声，仿佛一直有人跟随在身后纠缠。

到了事务所，欧凯利欢呼雀跃地迎接了肯布尔，欢呼比任何时候都更激昂，雀跃比任何时候都更热切。原来欧凯利没有忘记，今天不是一个普通的日子，而是肯布尔的生日。他给肯布尔预备下了礼物，而究竟是什么样的礼物，要到傍晚才肯揭晓。随后，复活节小绵羊谢西丽笑嘻嘻地给肯布尔送来一束白百合。肯布尔大为感动。

而回到家里，另一个礼物在等待他，那就是迪迪自己——迪迪自己啊！她建议去逛商店，购买肯布尔先前想买的东西。肯布尔的苍蝇已经消失得不留一点痕迹：

"熨斗……"肯布尔两眼发亮，"不，先去买熨斗，然后再买别的……"

"熨斗——太重了啊，应该最后买，那样就不用一直拎着了。"迪迪的反驳通情达理。

可肯布尔坚持己见，于是他们先买下了熨斗。肯布尔一路兴高采烈地拎着，一点儿都不觉得沉重，很轻啊，就像羽毛一样轻飘飘，真的，真的。

万家灯火时，雾气更浓了。这一天是肯布尔的生日，是真正意义上的出生，新的生活从这一天开始了。浓雾中的杰斯蒙德镇似乎也焕然一新，城市的模样全然不同寻常，让人觉得陌生。周围的脚步声也不同寻常地欢快，仿佛有人如影随形地守护在身后。

肯布尔还坚持要给迪迪买几套内衣。迪迪推辞不要，可肯布尔听都不愿意听，今天可是他的生日啊。

"给您妻子买吗？"

"不是……算是吧……"肯布尔满脸羞涩地对伙计笑。

内衣都是丝质半透明的，透过内衣应该能看到泛红柔美的胴体，包括几件睡裙和中筒睡裤。和她在一起，和迪迪一起翻来覆去仔细查看这些东西时，感觉既兴奋又害羞。每买一件新东西，迪迪便离成为他的妻子更近了一分。

肯布尔觉得两只耳朵发烧，可他发现，迪迪竟然遮着脸。肯布尔哈哈笑了：

“别这样啊，迪迪，勇敢一点嘛，看看我……”他很想看到她脸上同样甜蜜的娇羞。可迪迪却始终没有把脸露出来。

晚上，欧凯利不请自来，带来一大堆纸包，谢西丽小姐也陪着他一起来了。

“……就该像诺亚方舟上一样。”欧凯利解释说。可一转身看到了壁炉，便拍了一下巴掌。壁炉架上，亮闪闪的熨斗和狮子狗乔尼放在一起，十分显眼。“干吗和乔尼放在一起？”他略带责备地看了看迪迪。

接着便转身对肯布尔说：

“那么，都已经定下了吧：《我永生永世属于你》①，对吧，肯布尔？至于我嘛，我只不过是个傻瓜。从来不能理解，怎么能每天爱同一个女孩，怎么能每天读同一本书？到最后，人会变得鼠目寸光啊……”

今天的香槟酒似乎在迪迪体内起了奇特的化学反应。只见她坐在桌边，从拍纸簿里一张一张地抽出信笺纸，如痴如醉地把它们撕成碎片。谢西丽已经被红酒灌得满脸通红，正在和欧凯利为第四颗纽扣斗智斗勇。她已经允许解开短衫上的三颗纽扣，可第四颗……

“不行，这可不像话。”复活节小绵羊谢西丽一脸正经而又无辜的表情。

“可为什么偏偏第四颗就不像话了呢？”欧凯利呵呵地打趣，“凭什么前三颗就可以？”

---

① 这是一首基督教赞美歌的名称。

迪迪仍不停地撕纸。欧凯利从她手里夺过拍纸簿，请她别发出声音。他的主要意图，是想让听众们把注意力集中到这种印着横格的信纸上来。杰斯蒙德镇的人们绝不会用其他信笺写信，这不啻是一件好事情，因为横格正如同轨道一般，而杰斯蒙德镇人们的思想就应该沿着轨道运行，遵循最严格的时刻表。生活的智慧全在于数字，正因为如此，他才宠幸谢西丽，赞同她三颗纽扣的道德观。既然他欧凯利本人，而不是别人，既然他就是那条诱惑人的蛇[①]，诱惑肯布尔脱离了圣叶诺赫教区的轨道，那么……

只见欧凯利掏出一张五十英镑的支票，递给肯布尔：

“……你们明天就去把剩下的熨斗全都买了吧……”

看着肯布尔东倒西歪的样子，欧凯利又补充道：

“当然啦，是借给你们的。而且我要求，就今天，马上，请您给我写张借据。怎么样？”

幸福的突然降临令人晕眩。那么说，明天就可以……肯布尔的手哆嗦着，连声音也颤起来：

“我不像您那么能说会道，欧凯利……可是您知道的……您是我唯一的朋友，是——唯一的……”

这一刻，却发生了最荒唐的事情。迪迪竟然哈哈大笑起来，笑声越来越高，越来越响，全然失控了。只听她泪眼婆娑地叫道：

“不准拿，肯布尔！不准拿他的钱！不准，我不要，不要！”

不过，她很快就安静下来，不再出声。也许，这只是她的任性而已。因为没有任何理由啊，凭什么不想要，迪迪没有说出来。

---

① 指《圣经》中诱惑亚当和夏娃犯罪的蛇。

“看到了吧，全是您的香槟惹的祸。”肯布尔温和而又略带责备地对欧凯利先生抱怨。欧凯利却挽着复活节小绵羊谢西丽的胳膊离开了。

肯布尔的生日结束了，生活即将掀开全新的篇章，明天就能去物色一栋小楼了。

13. 雾中奇遇

迪迪又答应了欧凯利先生，演出结束后去找他。而欧凯利则为此跑遍了鲜花店，寻找复活节百合[①]，因为迪迪实在太喜欢它了。这种鲜花的样子有些奇特，白瓷般的色泽，一整片大花瓣漫不经心地卷起，雄蕊犹如蜜蜂的毒刺般挺身而出，散发着干燥、甜蜜而又慵懒的芬芳。花朵的不对称性也好，白瓷色泽和花香彼此不般配也好，多少都有点像欧凯利说话的风格，让人讨厌。不过，既然迪迪喜欢复活节百合，所以不惜任何代价也要买到。可是已经过了花季，欧凯利直寻到国王路才大喜过望地找到了最后一束，然而鲜花已有些许发蔫，宛如发黄的旧瓷。

欧凯利腋下夹着纸包，吹着响亮的口哨，跑出了店家。他的思绪犹如香槟酒的泡沫，快乐地飞溅，仿佛已经看见一身黑色睡衣的迪迪，维纳斯般从闪亮的泡沫中款款走出来。

“说实话，现代的维纳斯就应该是这个样子，一定要穿睡衣。女人赤身裸体，也太陈腐了吧……”欧凯利边吹口哨，边想入非非。

“晚上好，亲爱的欧凯利先生！天气真好，不是吗？”

欧凯利差点一头撞上，定睛一看，副主教杜勒的大金牙正闪闪发亮。

“您，是不是，正要去——事务所？”杜勒笑了笑，似有弦外之音。

“什么……为什么去事务所？”欧凯利稍感窘迫。没有人知道事务所每天晚上发生的事情，杜勒这么问，不免让人心中起疑……“我还不至于像驴子那么勤劳呢，晚上还要工作……”欧凯利神态自若地笑起来。

“啊——啊，这——样啊。那么，您请便……”杜勒举起了圆盘子般的牧师帽。

于是欧凯利把装着鲜花的纸包轻轻夹在腋下，兴高采烈地一路小跑走了。

欧凯利转到哈伊路时，天色已暗。一栋栋老楼之间隔着数不清的狭窄小巷，宛如一道道峡谷，家家户户亮起了灯，路灯随风摇曳。浓雾从河面上飘来，一切都失去了日常的模样，生活似乎变得更轻佻，也变得更具有欺骗性。铁匠铺传出叮叮当当的敲打声，浓雾中的路灯宛如一簇簇泛红的火苗，此情此景不由让人深信，堤下的河边，奥利弗·克伦威尔②的铠甲兵团正在篝火边集结。此时前面正有个黑色的背影，酷似当年英俊却又苦命的里齐奥，似乎正奋不顾身地接近玛丽亚·斯图亚特③……欧凯利不由踌躇起来，他停下脚步，两手插进了口袋里。

可里齐奥竟然转过了身来，欧凯利似乎看到，他头上还戴着一顶扁平的牧师帽。太奇怪了，怎么又遇上了，难道这是雾里的错觉？欧凯利的眼睛几乎贴到了古董店的橱窗上，使劲地细看一

---

① 原文为英语。

② 奥利弗·克伦威尔（1599—1658），出生于英国亨廷顿郡，英吉利共和国首位护国主。英国政治家、军事家、宗教领袖。17 世纪英国资产阶级革命中，资产阶级新贵族集团的代表人物、独立派的首领。曾逼迫英国君主退位，解散国会，并转英国为资产阶级共和国，建立英吉利共和国，出任护国公，成为英国事实上的国家元首。

③ 里齐奥指大卫·里齐奥，他原本只是一名英俊的乐手，后成为苏格兰女王玛丽亚·斯图亚特的贴身秘书。由于里齐奥染指贵族利益，1566 年 3 月 9 日怀有身孕的玛丽在用晚餐时，目睹了大卫·里齐奥被她嫉妒心极强的丈夫达·戴恩勋爵杀害。

款发绿的铜质门环，门环被做成一个狗脸的人头造型。接着，他小心翼翼地穿过马路，追上了里齐奥的背影。

没错，就是他：笔挺的身板，两手一丝不苟地叠在背后，手指似乎还在计时。正是杜勒，可是选在鞋匠约翰巷这种地方散步，对副主教先生来说也太奇怪了……

欧凯利一头扎进最近的过道，沿着高墙之间幽暗的峡谷向河边逃去，然后在几条僻静的小巷里转了几圈，又返回了国王路。

就这样在巷子里兜兜转转将近一个小时，欧凯利才又回到了鞋匠约翰巷的对面，此时的雾已经散尽，一切又变得清晰可见，路上已经空无一人。通过侧面的雕花铁门，欧凯利走进了楼里。

欧凯利的事务所里，还有一间圆形拱顶的小房间。一扇窗户面朝小巷，这扇年代久远的窄窗封着栅栏，原本是一个射击孔。如今这间房间几乎认不出来：老旧而又褪了色的戈比林挂毯[①]挂满了四面墙，两盏花纹斑斓的铁壁灯正是从对面古董店里买来的，一张矮矮的土耳其沙发，差不多只有离地四分之一的墙高，却宽宽地占据了整面墙。壁炉里火苗闪烁，悠忽不定，而迪迪就坐在火边，一身黑色的睡衣，温情脉脉。

她就这么躺着，凝神看着张牙舞爪的金色火苗，呷着金灿灿火辣辣的美酒，而一旁欧凯利火辣辣的话，她也似听非听。

“……我的好女孩儿，我真希望，您今后带着熨斗和肯布尔住在一起，一定不会幸福。幸福的状态最容易让人发胖。可您现在的样子就很美，苗条的身材，雌雄莫辨的短发……”

欧凯利的手是那么的温柔，可迪迪却一脸倦容，她似乎远远

---

① 指法国产戈比林双面织花挂毯。

地看到了奇特而又充满矛盾的复活节百合，隐约听到了自己的声音：

“可这么做好残酷啊，欺骗肯布尔。他还只是个大孩子啊。”

“残酷？”欧凯利哈哈笑道，“告诉小孩子真相才残酷呢。如果说我相信上帝的慈悲是真实的，那正是因为他赐予了我们虚伪，正是这种……”

欧凯利没把话说完，便隐约听见鞋匠约翰巷侧门的锁扣传来了响动，接着又传来了沿石阶而上的脚步声。不过，欧凯利清楚地记得，他刚才是用钥匙反锁了门的。也许是鞋匠约翰的阴魂在楼里散步吧。

“……要是大善人约翰出现在这里，我也不会大惊小怪……”欧凯利伸了个懒腰，“今天一场大雾，一切都像幻境一样……”

迪迪去了剧院，她告诉肯布尔，演完戏后还有事要去别的地方。肯布尔独自在家，屋里没有点灯。窗外的雨滴啪啪地敲打着，就像钟表一样清晰而又准确。暮色降临时，泰勒老太太来找他，送来了肯布尔夫人的信。肯布尔夫人在信中请求儿子今晚一定要回一趟家。显然，期盼已久的讲和终于要来了。一切都朝着好得不能再好的方向发展。肯布尔立刻穿上衣服出了门。

再明显不过，肯布尔夫人想在一个隆重的环境下批准双方的和解条约。餐厅里灯光通明，肯布尔还看到，杜勒太太、搓着手的副主教和足球圆脑袋麦金托什都早已围坐在餐桌旁。肯布尔欣喜地走向肯布尔夫人，可肯布尔夫人的脑袋却被看不见的绳索提得越发高昂。只见她郑重其事地做了个手势，指着椅子对肯布尔厉声说道：

“您坐下……”停了片刻，她抬眼看着哈罗德先生身穿法衣头戴假发套的遗像，“我的上帝，您已故的父亲，哈罗德先生会怎么说呀……”

她再也说不下去。副主教替她说了，倒也是，他不说，还有谁能说，还有谁能挑明该怎么做？

“亲爱的肯布尔先生！我们邀请你来，是因为我们爱您，因为基督训导我们要爱罪人。为了让您回到正确的道路上来，我们不得不紧急采取了极端的手段。您现在就跟我和麦金托什先生走……”说到这里，他觉察到肯布尔似有抗拒，便立刻补充道，“哪怕就是为了您的母亲，您好好看看她吧。”

肯布尔夫人祷告般注视着哈罗德先生的遗像，眼里寒酸地挤出了两滴泪水。这是她在不有损体面的前提下，能做出的最出格举动了。而坐在她身边的杜勒太太发烧般浑身哆嗦，眼睛都没抬起来。

于是肯布尔镇定地说：

“好，那走吧……”毫无疑问，眼前这一切和那个浅蓝色小信封一样，都是卑鄙无耻的勾当。既然如此，那就一劳永逸地把这个麻烦解决了吧。

马路上空空荡荡。河面上吹来了凉风，把雾气驱集得更浓厚，罩住了房顶，楼墙显得更加高大，笔直地耸入天际。几个人都不说话，走在高墙之间的峡谷里。走了一会儿，肯布尔明白了，他们是要去欧凯利的事务所。峡谷越来越狭窄，也让人越来越感到压抑，仿佛除了这些高耸入云的墙壁，世上便再也没有其他的东西。人在这里似乎同样永远找不到出路，只能在梦魇般的墙里走啊，走啊。肯布尔也正如在梦魇中一般，不知道路的尽头是什么。

走进了鞋匠约翰巷，几个人在雕花铁门边停下了脚步。楼上狭窄的射击孔里透出了灯光。

“怎么样？”副主教郑重其事地搓着手，看了看肯布尔。

肯布尔像个瞎子一样一头撞上了雕花铁门。

“锁着呢……”他无助地回过头。固执的方下巴跳动着。

“哦，别担心，我们有一把备用的……”足球圆脑袋的口袋里冷不丁蹦出了一把钥匙。钥匙很大，很笨拙。“这可是法国的钥匙，货真价实的文明，百里挑一的货色……”麦金托什补充说明。

只听肯布尔才迈上两步石阶，便停下了脚步。一秒钟的寂静。随后，楼梯上脚步声急起，响成了一片。只见肯布尔向上跑去，接着就听见楼上的门被砰地打开了。又是一秒钟的安静。肯布尔随即便咚咚咚跑了回来，慌不择路地从副主教身边一掠而过，滚雷般隆隆地向楼下跑去，就像一辆方向盘失灵的大型载重牵引车，疯了般飞驰而去。

14. 沃特曼系列的羽毛笔

清晨，肯布尔像往常一样，把胡子修理得整整齐齐，套上了干净的领子。他在镜子里出乎意料地发现，自己还是和以前一个样，只是大象般的小眼睛看上去变大了。只一夜的工夫，黑眼圈便洇开了。

坐在餐厅里，肯布尔拿起报纸，便如近日来习惯的那样，机械地浏览租赁房告示。很快他便意识到了，于是苦笑一下，把报纸丢到了一边。和往常一样，他喝完了两杯咖啡，在面包上抹了黄油，却不知为什么没有吃，而是端端正正放进了盘子。直到发觉自己面前的面包已经堆成一座小山，这才觉得尴尬，便起身离开了。

到了该去事务所的时间，可肯布尔却回了卧室。他反锁上门，想独自把事情从头到尾再次思考一遍。可脑子里所有的轮子都卡死了，发动不起来。满脑子浮现的只有她胸口那根粉色和黑色的结绳，刺眼得让人心痛不已，还有另一个人两条细小而又滑稽的罗圈腿。

用餐铃声响过一遍，肯布尔彻底醒悟了，再也没什么可想的了，也没什么必要再想了。就好像有人替他做了决定，如今他就像走在直耸云天的石墙之间，没有弯道可以绕，只能一直向前走，一路走到底。

肯布尔打开桌子抽屉，掏出一把父亲留下的老式左轮手枪和几发击针子弹。然后，他用肯布尔夫人的名义开了一张三十英镑的支票，正是他存在银行里的那笔钱。随即又撕掉了欧凯利给的五十英镑支票。这时他瞥见了手中的羽毛笔，这支他用来写字的羽毛笔就是欧凯利的，显然是自己生日那天他留下的。这是一支沃特曼系列普通款式的墨水羽毛笔——沃特曼自来水笔[①]，毫无疑问，这支笔理所当然要归还欧凯利。

肯布尔痛苦地皱起抬头纹，别的问题都可以顺理成章而且轻而易举地解决，唯独这支沃特曼羽毛笔会是个不小的麻烦。因为交还的时候应该说两句什么，这实在比登天还难。肯布尔把羽毛笔塞进了西服口袋，和左轮手枪放在一起。他一路都在思考这支羽毛笔：该说什么好呢，真是……

就这样，他皱着眉头心事重重地走进了欧凯利的办公室。

欧凯利坐在办公室里，手里拿着报纸。虽然他的架势如同昨天一样，可身上还是有了一些全然不同于往常的新变化。仔细观察了片刻，肯布尔发现，欧凯利竟然没有笑。这就像瓷狮子狗乔尼突然不笑了一样，太出人意料了。这已经不是欧凯利了……

肯布尔不知所措地把手伸进口袋，掏出沃特曼羽毛笔，放到了桌子上：

“给您……这是您的笔……您忘了拿走，我应该还给您……”

欧凯利吃惊地瞪大双眼，目光从沃特曼自来水笔转到不知所措的肯布尔身上，又从肯布尔身上转到了羽毛笔。随即脸涨得通红，憋了足有一分钟，终于爆发出笑声：

“我的上帝呀……沃特曼羽毛笔！肯布尔，您——您——您真是无与伦比……”

这一刻，原来那个欧凯利回来了，还是那个欧凯利。而肯布

---

① 原文为英语。

尔此刻，丝毫没有犹豫，蓦地掏出了左轮手枪，顾不上瞄准，便连着开了三枪。只见欧凯利慢慢地向前扑倒，最后，脸砸到了文件上。

肯布尔既没听见欧凯利的叫声，也没听见他四个妻子的叫声。他戴上帽子，走到了外面，疲倦顿时泰山压顶般袭来，这辈子都没这么累过。于是他走到了哈伊路，对正在悠闲地打瞌睡的巡捕说：

“我杀了欧凯利律师。请您快把我带到该去的地方吧，我太累了。”

警察嘴巴张得老大，全身心地瞪圆了眼睛，显然觉得：“这是个疯子吧”。可肯布尔却补充道：

“那，您先去事务所问问吧，我等着。不过，请您快一点。”

过了一会儿，警察和肯布尔一起沿着鞋匠约翰巷往下走去。两个人都不说话，两旁是撑起天空的高墙。透过迷雾，肯布尔似乎回想起来：不久前，他也曾沿着两道石墙走过，道路同样漫长，甜蜜没有尽头……

15. 灰白鳞片

凛冽的秋风发出尖利的呼号，席卷了一切。一只灰暗的大鸟从海面上渐渐逼近，张开的翅膀几乎遮住了半边天空，只见它越压越低，慢慢地，无情而又狰狞的面目越来越清晰，四周也越发阴暗了。可人群却不愿意散去。有传闻说，杀人犯可能会被赦免。其实，也许是他父亲，已故哈罗德先生的名字和功绩还没有被人们忘却，所以的确有可能……

“打倒有钱的老爷！”有人坚定而又愤愤不平地哇呀呀大叫，“去年那个士兵就是被活活绞死的呀……打倒有钱的老爷！”

监狱门口的路灯颤抖着，摇晃着，白墙似乎也震动起来，随时都会倒塌一般。司法正面临崩溃的险境……

足球圆脑袋麦金托什从人群里蹦了出来。他激动不已，说话声音都在发颤：

“先生们呐，司法和文明绝不可分而论之。我们应该站出来捍卫文明。先生们，你们想过没有，难道还有什么比事先预谋和策划的谋杀更骇人听闻的吗？所以，遗憾……是的，是的，我正告各位，我们应该要求判死刑……”

“打倒有钱的老爷！”

大风呼啸。路灯撒下一条长长的光带，光带中人头攒动，犹如一片片刺眼的鱼鳞。一顶顶礼帽和无数衣领组成了一条大蛇，不知疲倦地缓慢扭动着。此情此景无法用语言描述，大蛇翻滚蠕动，发出咕噜噜的声音以示愤慨。

这时，一群小男孩就像刚被放出了笼子一样，不知从哪里冒了出来。只见他们个个光着脚，衣领却都洁白，边跑边叫道：

“《杰斯蒙德明星》！号外，号外！欧凯利案杀人犯获赦免！”

“什么？已经赦免了？”大家赶紧去抢白花花的报纸。

可是新闻里只是说有可能会被赦免，而且还做了补充说明，如果已故哈罗德先生的功绩能够被作为有利因素考虑，那就更好了……

“打倒有钱的老爷！”

“先生们呐，司法……”

“打倒《杰斯蒙德明星》！”

灰白的鳞片在路灯下翻滚得愈发激烈，大蛇在柏油路上沙沙匍行，朝《杰斯蒙德明星》编辑部爬去。大蛇在幽暗的窗前盘成了二十圈，可编辑部里却没有人影。

一块石头哗啦砸碎了窗户，玻璃碎片顿时四散飞射。可黑洞洞的窗户里面还是看不见人影。而此时阴暗狰狞的大鸟已经在空中压得很低很低了。

该各自回家了。浅蓝与粉红的妻子们已经在被窝里不耐烦地等候着丈夫。等丈夫到回家，便害怕而又好奇地眯起眼睛问：

“真的吗，真的要赦免了？真的吗……”

然后便浑身一激灵，猛地紧贴住丈夫：活着真好呀……

* * *

午夜前，大风出其不意地停了。黑暗的寂静中，似乎整个世界都不知所踪地陷落了。有的时候，人整天忙碌得手足无措，一听到铃声就直打哆嗦，可还得强颜欢笑，笑容让人毛骨悚然，上下眼皮不听话地越来越黏到一起，满脑子只有一个念头：一头扎进枕头里，两眼一黑沉睡过去。而这个夜晚正是如此，白天一头扎进了漆黑的枕头里，于是没了光明，也听不到声音。

午夜前，杜勒太太似乎感觉轻松了些许。她一整天心里都不舒服，夹鼻眼镜又丢了，一整天都像个瞎子一样走来走去，磕磕碰碰地不断撞到人。她似乎一直在匆匆忙忙地逛商店购物，可进了商店，却又没什么要买的，也都不是该买的。最关键的是，买不买都无所谓：现在还买东西干吗？

晚饭到六点一刻才吃，而不是规定好的六点。副主教皱紧眉头，高挑起尖尖的眉峰：

“我亲爱的，这事情其实非常简单，配一副备用的夹鼻眼镜就行。那样您就不会……不会是这副怪模样。而且又能回归正常，您知道吧……”

“好的，我明天就去买……”杜勒太太打了个哆嗦，随即又更正道，“后天就去……”

因为明天……这世上还会有谁明天去买东西，明天正是身陷囹圄的肯布尔被押出示众的日子，他会被……

昏暗的卧室里，不需要用眼睛看什么，也许正因为如此，杜勒太太觉得轻松了许多，她竟然出乎意外地睡踏实了。

也许，她只睡了几分钟。醒来时，她一睁眼便看见了副主教的法兰绒白帽子。副主教正遵照《守约》规定的那样，两手交叉放在胸前，心平气和地打着微鼾。四周一片漆黑，也没有声响，整个世界陷落了。如果拼命嘶吼喊叫，谁也不会听见，谁也不会在意。整个世界真的心平气和地睡着了，头戴法兰绒睡帽，发出轻微的鼾声……

不知道副主教睡了多久，可他被杜勒太太的哀嚎惊醒了。他立刻清醒过来："她做噩梦了，得赶紧叫醒她……"睡梦是无论如何没法写进时刻表的，所以副主教非常害怕做梦。

也许杜勒太太睡得太死，她越叫越大声，直到副主教冰凉的手抓住了她的肩膀，她才不做声了。

"我觉得，您睡觉前不该吃晚饭，亲爱的……"

"是啊，我也觉得，不该吃。"杜勒太太在黑暗中回答。

五分钟后，副主教又睡了过去，发出了心平气和的鼾声。四周一片漆黑，死寂。

16. 得意洋洋的太阳

定好的时间是九点半，这么做完全合情合理。任何一位文明人都该有充裕的时间刮好胡子用完早餐。而且定在九点半，方能彰显一位文明人对另一位文明人的尊重，哪怕对方是个罪犯。

太阳分外耀眼。任何人都知道，今天的太阳会是欢庆的太阳。可问题是，太阳是要庆祝司法胜利，换言之，就是文明的胜利，还是要庆祝……

灰白鳞片的大蛇不安地蠕动着，翻滚着：

“喂，先生们，还不知道结果吗？”

不知道，昨天没有结果，可也许，今天早晨……反正到头来，不到最后一刻，问题是得不到解决的。监狱的大钟到底会不会在九点半敲响啊？

一个胡子刮得干干净净的小老头拨开人群，走进了监狱。他和所有小老头一样，脸上泛着红晕，就像精心上了色的奶油馅饼，看着就让人食欲大振。

小老头敲了敲一扇门，监狱大墙内那扇包了铁皮的门就在他眼前打开了。

杜勒太太转头问副主教，语气短促而又焦急：

“谁……那是谁？刚才谁进去了？”

“哈，那个人啊？那个，亲爱的，是工匠。”

杜勒太太一把抓住副主教的胳膊上端，拼尽了全力死死抓住：

“您……您是说，那个人，他要……”

副主教甩开了她的手：

“别人看着您呢。我什么都不想——嘘——说。您怎么能这么——嘘——失态……”

杜勒太太不再说话……她身边的手表一闪一闪：

“差两分钟就九点半了。”

只差两分钟了……鳞片紧张起来，僵硬了，不再蠕动了。拳击与马术爱好者们的脸色如同牛排般红润，他们目不转睛地盯着手表。救世军的铜号冷漠地闪着光。膘肥体壮的太阳从云后滚出来，得意洋洋地炫耀红润的面孔。房顶的秋霜融化了，化作水滴落下，如同钟表一样滴滴答答计算着时间，精准地掐去一秒又一秒，步步为营地逼近九点半。

眼看又落下一滴，再有最后一滴，就是九点半了。玻璃表面后的这一秒异常紧张——可……什么都没发生——大钟没有敲响。

鳞片立刻骚动起来，咕噜咕噜不断，声音越来越响亮。所有人都觉得受到了侮辱，包括拳击和马术爱好者们，还有文明的捍卫者们。

人群沸腾了，人群爆发了。所有人挥动着手臂，一层层人墙凶狠地聚拢来，又不祥地松散开，大家似乎还在等待着，没有散去。

没有了夹鼻眼镜的杜勒太太，顾不上礼帽已经被挤歪，再次紧紧抓住副主教的手：

“您……您……您看清了吗？那，就是说，他……就是说，他不会被……您说是不是？”

副主教杜勒没听见，他正在看手表，已经九点四十分了。

十点差一刻，就当所有人都已经不抱希望的时候，监狱的大钟却猛然敲响了。铜钟的声音缓慢而又沉闷，仿佛从天而降的雨水，每一滴都重如千钧。

杜勒太太撕心裂肺地尖叫起来，仿佛她不是杰斯蒙德镇的本地人：

“不，不啊，看在上帝分上，看在上帝分上！快停下来，停……”

接着就什么都听不见了。鳞片疯了一样甩动起来，空中顿时飞满了手帕，欢呼声震天。太阳得意洋洋，粉嫩的脸上写着冷漠。救世军的铜号拖着长音演奏起了国歌。部分人群如释重负地跪倒在地，为杀人犯的灵魂祈祷。

接着，等所有人都安静下来后，副主教杜勒发表了演说，论述了生活中践行《强制救赎守约》的必要性。发生的这一切，已经搅乱了杰斯蒙德镇宁静祥和的生活，这难道还不足以成为最令人信服的佐证吗？要是国家能早一点强制脆弱的灵魂走上一统的正轨，那就根本没必要采取今天这样可悲的举措，虽然这么做也不失为公正之举……救赎必然会以数学化的形式实现，懂不懂，数学化的？

大家为副主教和杰斯蒙德镇的骄傲齐声喝彩[①]，并众口一词地通过了决议。这一次，强制救赎的议案终于有希望通过了。

1917 年

---

① 原文为英语。

捕人者

1

人生最美妙的事情就是梦呓，而最美妙的梦呓莫过于热恋。清晨，在热恋般朦胧的大雾中，伦敦说起了梦话。粉红奶昔般可爱的伦敦眯起了眼睛，惬意得几乎飘起来，飘到哪里都无所谓。

德鲁伊教派神庙的廊柱飘浮在空中，昨天那还是工厂的烟囱。划过空中的金属弧线，其实是一座座高架桥，从一个无人知晓的岛屿通往另一个无人知晓的岛屿。史前大洪水时期[①]的黑色大天鹅，原来是一台台大吊车，正弯起脖子随时准备扎向河底摄食。“劳斯莱斯，汽车”几个金灿灿的大字本来已被惊醒，刚想对着太阳振翅鸣叫，却又随即黯然褪色。周围再次变得安静而又飘渺：淹没在浓雾里的塔楼只看得见边缘的轮廓；蛛网般的道路若隐若现；一幢幢楼房也像困顿的乌龟一样，手拉手慢悠悠地在雾里转着圈。唯独有一根立轴岿然不动，那是特拉法尔加立柱巨大的阳具[②]。

从粉红奶昔的海洋深处，沿着清晨空旷的街道，轻飘飘地走来了管风琴师贝利——同样飘到哪里都无所谓。他的两条腿长得不像话，磕磕绊绊地走着，蹭得柏油路面沙沙响。只见他怡然自得地眯起眼睛，两手插进口袋里，在橱窗前停下了脚步。

橱窗里全是靴子。棕色的长筒靴，黑色的大号防水靴，还有小巧的漆面女鞋。了不起的鞋匠啊，制靴的匠人的确如诗人般神奇……

管风琴师贝利不由得在靴子的橱窗前祷告起来：

“感谢你，有小巧的女鞋……有烟囱，有桥梁，还有劳斯莱斯，还有雾，还有春天。哪怕还有痛苦，但为了痛苦也要感谢你……”

坐上早晨头班公共汽车，宛如骑上了睡意尚浓的大象背，管风琴师贝利往位于奇斯威克[3]的家里飞驰而去。检票员是个女的，滚圆的腰酷似一块圆面包，彰显着母爱（家里该有一大堆孩子吧）。她温柔地关注着这位乘客：这可怜的家伙，怕是喝多了吧。瞧呀，连嘴唇都闭不上了！

那两片嘴唇厚厚的，应该像小马驹那样十分柔软吧，笑起来满脸的幸福感。脑袋一晃一晃，两只耳朵向外支棱得恰到好处，耳廓又向内卷起。管风琴师贝利似乎已然神游天外了。

“喂，先生，您不是这里下车吗？”

管风琴师受了惊，慌忙睁大了眼睛。怎么，已经到站了？

“是啊，怎么，您喝多了吧，先生？”

只见小马驹般的嘴唇撑开了，管风琴师点着头，幸福地笑了：

“喝多了？亲爱的美女，我有更大的好事儿呢！”

说着便踩着小梯子从车顶往下走。下了车，他便看见了克拉格斯家周日前就清洗干净的窗户，里面亮着粉红奶昔般的灯光，宛如雾中娇羞眯起的眼睛。此时的太阳已经越爬越高了。

管风琴师转身回到女检票员身边，一句话没说，只是指给她看那几扇窗户。接着，依旧一句话不说，便抱了抱她，又用小马

---

① 指《圣经》中的大洪水暴发之前。

② 指特拉法尔加广场上的纪念碑，于 1805 年为纪念特拉法尔加海战中牺牲的纳尔逊上将而建立。

③ 奇斯威克是英国伦敦的一个地区，在行政区划上属于豪恩斯洛伦敦自治市。

驹般柔软的嘴唇吻了吻她。女检票员用袖子擦擦嘴，哈哈笑了，伸手便拉响了铃铛：这样的人，还能拿他怎么办?

管风琴师一头扎进了小巷，用钥匙轻轻打开自家后院的栅栏门，走进了院子。他在一堆生煤边停下脚步，越过砖头围墙往上看去，那里是邻居克拉格斯家的窗户。只见白白的窗帘在风中一起一伏，邻居还在睡觉。

他脱下帽子，站了一会儿，一直等到窗帘后闪过一个轻盈的身影。只见那个身影一闪，粉红的手臂便伸进了阳光里，把窗格往上抬了抬。管风琴师贝利这才又戴上帽子，走进了家门。

2

克拉格斯太太和先生正在用早餐。房间里的一切都闪着金属的光泽：壁炉套具、红木椅子、雪白的桌布。也许，就连桌布的褶边也是用金属材料做的，无法折叠；又或许，椅子也都是触感冰凉的金属做的，只不过涂上了红木的颜色而已。

就在克拉格斯先生坐着的金属椅子后方，纯绿色的地毯上，有四个淡淡的印迹。早餐结束后，椅子都会被挪到这个地方。同样地，在克拉格斯太太椅子的后方，也有四个淡淡的印迹。

每逢周日的早餐，克拉格斯先生都会额外再享用一些蟹肉。他非常喜欢蟹肉。克拉格斯先生一边出声地念着报纸，一边嚼着蟹螯肉，同时把新闻也一个字一个字地吞了下去：

“轮船……嗯嗯嗯……船的龙骨很长时间还直挺挺露在水面上……人们在水面下敲打船的底部……唔，蟹肉真好吃，好吃极啦！齐柏林飞艇[①]又一次出现在肯特半岛上空，其中六个男人，十一个……嗯嗯嗯……十一个——十一个——噢，十一个女人呐……对他们来说，人命简直就像……就像……洛莉，您不想来一块蟹肉吗？”

克拉格斯太太早就用完了早餐，已经在收拾餐勺了。洛莉太太收藏了一套精美的茶匙，是克拉格斯先生的礼物。这些银质的小茶匙，每一把都饰有联合王国[②]各大城市的釉质镶金市徽。每一把茶匙都配有专用的小套盒，将茶匙一把接一把放进对应的小套盒里时，洛莉太太脸上便有了笑意。她的嘴唇被围巾遮住，看上去似乎挂着一层极为轻柔的丝绸幔帘，不过终究不是透明的。

要是这幔帘有拉绳，只消轻轻一拉，便能扯开幔帘，清清楚楚地看到洛莉藏在幔帘后的真实面容。可惜拉绳丢了，只能看到幔帘随着她的呼吸一上一下地轻摇慢舞。

刚才没了动静的克拉格斯先生冷不丁从地板上冒了出来，仿佛跪在一座看不见的台座上，像极了一块矮小的铁碑。只见他举起一个硬纸盒，直视着洛莉太太：

“我亲爱的，这是给您的。”

硬纸盒里是一款白色和粉色的丝织内衣套装，柔软而光滑，花边精美绝伦，还有一套蛛网款式的裤袜。克拉格斯先生是个观念纯洁的人，他接受不了裸体，而对镶花边饰物的偏爱，只可能是他纯洁观念的自然流露。

洛莉太太一下子还没能适应眼前的精美绝伦，她顿时飞红了脸，嘴上粉色的幔帘晃动地更欢快了：

“哎——呀，您是不是又交了好运……交易市场上，还是……您做业务的地方，天晓得呢……”

“嗯哼……”克拉格斯先生吸着烟斗，钢铁般沉重的眼皮如往常那样，抬都不抬一下，在台座上露出了胜利的微笑。

洛莉太太仔仔细细查看了粉红、丝滑、带精美花边和蛛网款式的内衣，在裤袜上发现了一处裂开的接缝，于是便放到一边，俯身把脸颊向克拉格斯先生贴了过去。克拉格斯用手指掐灭烟斗，装进口袋，嘴唇顺势贴上了脸颊。克拉格斯先生的下巴和嘴唇海角般朝前探了出去，似乎要伸进广阔无际的大洋，嘴唇搭建

① 齐伯林（1838—1917），德国飞艇设计师，伯爵、将军。第一次世界大战时期，德国齐柏林飞艇经常被用来执行空中轰炸任务。

② 指英国。

成了吸吮专用的结构。

克拉格斯先生吸吮着。阳光挟着尘土敲打着窗户。一切都如金属般闪亮耀眼。

3

楼上的卧室里，洛莉太太又一次审视了接缝处有开裂的裤袜，然后把所有东西都分门别类地放进了抽屉柜里，认认真真地用肥皂洗过脸，从衣柜里取出克拉格斯先生的新裤子，挂出去晾晒。这条裤子他要穿着去教堂。

窗外的风吹个不停，裤子也随着晃来晃去。也许，这条裤子穿在克拉格斯先生身上的确显得相当得体，与他的身材也相得益彰。可就这么孤零零地吊在半空，这条裤子的样子就实在太难看了。

窗外的风吹个不停，裤子晃着晃着，似乎便有了生命。变成了一个被削去半截的生物，矮小而又方方正正，全身只有两条腿、一个大肚子和一个配套组件。要是这条裤子自己能脱钩，怕是会大步流星地在人群中穿梭，和各色人等打交道，还会不断成长，还会……

该把窗户关上了。洛莉太太走过去，把头探出了窗外。可一瞬间，她的脸便慢慢涨得通红，眉毛气愤地拧起来：怎么又是他？

院子的右侧，一堆生煤旁边，那个腿长得不像话的瘦子又站在那里，身影活像是硬纸板剪出来的，正是管风琴师贝利。只见他手拿礼帽，两只支棱起的耳朵在阳光下尤其显眼，肆无忌惮地朝着太阳和洛莉太太露出了幸福的笑容。

窗户上半部分卡住了，洛莉太太愈发气哼哼地拧起眉头，不耐烦地猛拉窗框。这时，左边一扇小窗户哗地打开了，只听一个女高音母鸡般叫起来，还叫得抑扬顿挫有腔有调：

“早上好啊，克拉格斯太太！噢不，怎么能这样，啊？噢不，您说这事儿怎么办？噢不，我这就去找您——噢不，我真的受不了了……”

菲茨杰拉德太太在表达对待整个世界的态度时，总会坚定地附带一个负面符号——“不”。自从她被迫卖掉苏格兰的城堡，搬到神甫街后，这个负面符号就再也没离开过她。“不”字每次都像投枪般，要刺穿管风琴师贝利。要不然还能怎么样，菲茨杰拉德太太膝下有九位千金，其中一位每天晚上都会来找管风琴师贝利上“私教课”。

洛莉太太大理石般面无表情地走到餐厅里，像往常一样，嘴唇依旧被轻柔而又不透明的幔帘遮着：

“克拉格斯，菲茨杰拉德太太现在要过来。您的裤子晾在外面，就在楼上。对啦，还有，这个贝利，也太过分了，简直不可理喻，老是盯着卧室的窗户看。”

台座上的小铁碑不动声色，只是眼珠子在垂下的眼皮后利刃般闪了一下：

“如果老是这样……您怎么到现在才……那好吧，就今天，我从教堂回来就找他谈谈。一定！”

洛莉太太转身一把拉上了窗帘：

“那就好，劳您费心了，找他严肃谈谈……刺得眼睛不舒服，阳光太刺眼了，不是吗？”

菲茨杰拉德太太已经在敲门了。菲茨杰拉德太太长得神似火鸡，伸长的脖子上架着一颗永远歪着的脑袋，而且一只眼睛永远都朝上看，盯着天空，似乎随时防范着从天而降的老鹰，生怕自己九只小火鸡当中哪一只会被叼走。

菲茨杰拉德太太一进门便抑扬顿挫地数落起管风琴师来：

“噢不，您看看：教区里，没有一个年轻漂亮的女人，不对他……不被他……噢不，他那可怜的老婆，她，简直就是天使呀。把钱都锁起来，还把大门钥匙藏起来，不让他碰到。可他竟然想方设法从窗口……刚才，我往窗外一看……噢不，太不像话啦！”

菲茨杰拉德太太停顿下来，一只眼睛瞟到了天上，而另一只眼睛却瞄向了洛莉太太。洛莉太太会意，仿佛不敲门就直接闯进敞开的房间一般，接过了话茬：

“我刚才还请克拉格斯先生和贝利先生谈谈呢。肯定会很有意思。等教堂仪式结束，您一定要过来看看这出滑稽戏。”

菲茨杰拉德太太依旧将信将疑地用一只眼睛防范着天上的老鹰：

“噢，洛莉太太，您说什么呢，您呐，我是了解的，您和那些女人完全不一样。我知道。”

小铁碑闻言纹丝不动，但却抬起了眼皮，瞄着高高在上的洛莉太太，心中暗想：“她确实和别人不一样，但她究竟是什么样的人呢？”

真是天晓得，幔帘的拉绳怎么就丢了呢。

4

神甫街这里，应该算是伦敦，可实际上却和伦敦大不一样。邻居们早已相互熟识，当然，所有人也都知道德高望重的克拉格斯先生。大家都知道，在交易市场上，或者也许还在其他地方，克拉格斯先生的业务能力异常出色。他不但有伦敦城密德兰联合银行的流水账户，有个漂亮的妻子，还是除恶协会的自愿传道者。所以克拉格斯先生每次穿着新裤子去圣乔治教堂，都会被看作隆重的到访。

只见矮冬瓜般的小铁碑啪啪地甩着步子，仿佛每走一步都是对人行道的打赏，爪子踩到台座时，便顿一顿，走到下一个台座又顿一顿，再向下一个台座走去……台座宛如积分方程般一座座连成一线，沿着人行道从家直抵教堂。小铁碑垂着眼皮，脸上保持着宽厚的微笑，圆筒礼帽在阳光下显得分外惹眼。只见他一步步走来，身边则是锦上添花的洛莉太太。宛如狮心理查[①]雕像上的浮雕，谦逊而又不失协调地衬托着狮心王。

终于，克拉格斯先生趾高气昂的积分方程有了解答：他终于一步步积分到了教堂。

* * *

教堂的窗口宛如一条条通往外界的窄缝。彩绘玻璃上画着鹿群、盾牌、头骨和飞龙。底下是绿色玻璃，顶上则是橙色的玻璃。底部绿色的光影，就像铺开了厚厚一层绵软的青苔。脚步声逐渐安静，直到没了声响，一片寂静，一切像沉入了海底。天晓得为什么，洛莉太太竟然觉得，红尘俗事、蟹肉、脸颊、袜裤上裂开的接缝、独眼的菲茨杰拉德太太、套装的茶匙、三十二岁……似乎都消失不见了。

贝利在高高的合唱席上演奏起了管风琴。琴声中，金黄的太阳已经升到了嫩绿的青苔上方，正狡黠地向上攀爬，攀爬。眼看爬得老高，爬到了头顶，这才恍然意识到已经置身于热带，热得只能用嘴巴呼吸了。彼此缠绕的青草已然情难自禁，丰满的树干颤抖着伸向太阳。而一阵又一阵的低音，犹如橙黄色光影下的枝杈，既柔情又粗鲁，越来越深地探入，女人们已经被彻底征服了。只见她们一个个蛤蜊般全身心地敞开，激情炽烈的祈祷连上帝听到都要羞红了脸。或许，此时只有洛莉·克拉格斯太太还能一如既往地像一尊美妙的大理石雕像般正襟危坐。

“您没把贝利的事情忘了吧？”快结束时，洛莉太太小声提醒丈夫。

“我？噢没忘……”克拉格斯先生下垂的眼帘后利刃一闪。

独眼的菲茨杰拉德太太焦虑不安地仰头看了看假想中的老鹰，把九只小火鸡揽到羽翼般的白裙子底下，踮起脚尖，死死盯住人群中的克拉格斯先生，以免错过他和贝利的交谈。

而外面，黑格骑士的坟墓就在教堂门边，这位骑士当年因主张天主教而被砍了头[2]。如今没了脑袋的他，身披石头铠甲躺在石碑上。而就在丢了脑袋的骑士附近，一群女人围住了管风琴师贝利。

---

① 即理查一世，金雀花王朝的第二位英格兰国王。1189 年 7 月 6 日—1199 年 4 月 6 日在位，因骁勇善战而被称为“狮心王”。

② 英格兰教会称为圣公会，不主张天主教。

“贝利先生，您今天演奏得特别出色。我祷告时都走了神，走了神，甚至……”

“贝利先生，您能不能，我只是想要……”

“贝利先生，您真是，您简直——简直……”

管风琴师高高在上的脑袋左摇右晃，俯瞰着女人们一个个张大嘴巴，充满期待地看着他。两只向内卷起的耳廓被阳光照得通透，随着脑袋不停地呼扇。而头顶的太阳，似乎也被自身的光芒刺得眯起了眼睛，大踏步飞奔起来，奔向哪里都无所谓。

尽管管风琴师有两条猴子一样的长胳膊，可还是做不到居高临下地把所有人拥入怀里。于是他只好幸福地摇摇头：

“亲爱的各位，要是我能……”

此时此刻，管风琴师贝利不由得想起了了不起的伊西斯[①]，有一千只手，有一千个乳头，有一个大地般广袤的肚子，能接纳所有的种子……

“哎——呀，我亲爱的贝利啊！看这家伙，还是老样子，身边全是……能不能打扰您一会儿？”

说话的是克拉格斯。他跨上最高一级台阶，在大理石洛莉太太的陪衬下，等待着对方的回应。

贝利转过头，便立刻拽掉帽子，像罗盘的指针一样，踉踉跄跄迎了过来。他一把握紧克拉格斯先生的手，两眼放光，那神情显然是在大声说：“亲爱的克拉格斯啊，世间无与伦比的克拉格斯啊，您也好，也向您问好啊，尊贵的克拉格斯……”

---

① 伊西斯（Isis），是古埃及神话中的生命、魔法、婚姻和生育女神，赫里奥波里斯九柱神之一。

于是三个人便走到一边，只是菲茨杰拉德太太也不易觉察地跟在他们身后，对克拉格斯说的每一个字都频频点头表示嘉许，而一只独眼却把凶巴巴的眼神像梭镖般一支支朝贝利的背后投去。

“喂，我亲爱的贝利。我妻子说，您总是破坏她卧室窗外的美景。您有什么可说的吗？啊？”

贝利的脑袋里仍是欢腾的阳光美酒，根本没听见对方在说什么。可当他听清楚时，整个人立刻蔫了，眉头紧皱，脸上一大片多余的皮肤扎眼地垂下来，活像挂在时装店里的成品西装，松弛地耷拉着。

“洛莉太太？不……不会吧……”贝利的嘴唇惊慌失措地翕动起来，“洛莉太太，肯定不是您说的。不会的，我算什么，当然，您——不会。当然……”

他自己都觉得可笑，有那么一刻竟差点相信了。于是他一挥手，又恢复了幸福的笑容。

可洛莉太太却拧起了眉毛，不过她没着急表态。直到克拉格斯肚子上的两只蟹螯开始拧起来，菲茨杰拉德太太兴奋地踮着脚尖欠起身来，洛莉太太才抓住了最后的时机朗声大笑起来：

“您没想到吧，贝利先生，就是我说的。而且您心里很清楚，我是迫不得已才这么说的。是的，您自己心里清楚。”

这次贝利眨巴起了眼睛，又开始像时装店里挂着的西服那样，蔫了下来。突然，他双手把礼帽往脑袋上一压，一句道别都不说，也不再理会克拉格斯说的话，跌跌撞撞地沿着柏油路跑开了。

菲茨杰拉德的负面符号追着他的背影穷追猛打。他跑了一会儿，半道忽然平白无故地停下了脚步，柱子般定定地站住。天晓得他有了什么想法，或者意识到了什么，只见他脸上竟发自内心地绽放出了幸福的笑容，还回过头朝两位克拉格斯兴奋地挥了挥帽子。

克拉格斯耸了耸肩膀：

“真是个神经病……”

只见他一路朝家里跑去，从一个台座跑向下一个台座，又跑向第三个台座。台座连成一列，长长的，望不到尽头。

5

伦敦被太阳烤得失去了理智。伦敦飞奔起来。

圆筒帽和大宽边礼帽的洪流冲垮了堤坝，每个人都焦虑地张大了嘴巴。大象般壮硕的公共汽车，就像春天里成群发了情的狗，低着头彼此嗅来嗅去。“劳斯莱斯”“华尔兹——你我成双”“自动太阳”等广告牌迸射出深红、碧绿和橙黄的彩光，仿佛在齐声呐喊。衣领洁白的小男孩们手拿号外，闪电般穿梭在闪烁不定的大腿、字母和车轮之间。

不用说，要不是有地下分流，要不是一根根管道般的地铁和地下通道可以容纳，如潮水般涌上岸来的圆筒帽、壮如大象的公共汽车、劳斯莱斯、自动太阳，一定会摧枯拉朽般冲垮所有楼宇和街头巷尾的警察雕像。

电梯不停歇地吞吐着一份又一份人流，把人们沉入滚烫的地心。在这里，伦敦本就疯狂的血液在混凝土的管道里愈发癫狂地跳动翻涌，轰鸣不止。

发了狂的伦敦溢出了市区，涌进了公园，漫过了草坪。人们或飞奔，或行驶，或行走，无数编织小推车载着刚下生产流水线不久的婴儿。透过一尘不染的玻璃窗，洛莉太太注视着无数小推车沿着柏油路走过。

这时，响起了菲茨杰拉德太太雨点般惊慌失措的敲窗声。

“洛莉太太！洛莉太太，是我！我家安妮在您这里吗？不在？好吧，那就没错了，肯定又和那个人去郊区疯了……不行啊，洛莉太太，您太幸福了，您没孩子呀……”

洛莉太太大理石般的额头上有两道皱纹，微暗的纹理极其不易察觉。也许，这才是判断大理石是否货真价实的依据。也或许，那是至为纯洁的大理石唯一的瑕疵。

“克拉格斯先生在哪儿？”菲茨杰拉德太太一只眼睛疑惑地朝上翻去。

“克拉格斯先生吗？他说，好像要去除恶协会办什么事。”

“啊，您太幸福了，真是身在福中呐……”

洛莉太太在餐厅逛了一圈。一把椅子的腿站到了地毯上的固定印迹之外。洛莉太太把椅子挪正了位子。接着，她上了楼，来到卧室，升起了窗帘。窗户是开着的，卧室一下清新了许多。其实，洛莉太太本来就知道窗户是开着的，可不知道为什么，仍觉得应该升起窗帘定睛向外看。

洛莉太太再次回到餐厅坐定，注视着窗外无数来来往往的编织小推车。而克拉格斯先生，此时正慢悠悠地行驶在轰鸣的管道里，翻领上别着一枚除恶协会布道者的白色十字架。僵硬的眼帘垂在了号外上：“三点，北海上空发现了几艘齐柏林飞艇。”这则新闻来得太是时候了。

“太棒了，太棒啦。”克拉格斯先生从中嗅到了发财的机会：时机恰到好处。

于是克拉格斯先生决定去汉普斯特德公园好好利用这个时机。

汉普斯特德公园就像被斟满了香槟酒。朦胧的薄雾，被跳动耀眼的阳光穿透，染成一片金色。情侣们在长条凳上两两相拥，肩挨着肩，越挨越近。无趣的衣裙在此刻似乎都已悄然褪去，激情宛如充满阳光气息的香槟酒，从一具躯体注入另一具躯体。丝缎般的青草地上躺着两个人，用一把深红色的小阳伞遮着，只看得见腿和一小块花边。深红色的小阳伞下，似乎就是一个美妙的宇宙，两个人在宇宙中闭上了眼睛，啜饮着激情的香槟酒。

“号外！北海上空三点出现飞艇！”

可是小阳伞下，在这个深红色的小宇宙里，人是可以永生不死的：在另外一个遥不可及的宇宙里大开杀戒，与我们又有什么相干？

小男孩们在一旁如旋转木马般飞快地掠过。人群中有收集烟头的，还有贩卖号外、幸福[①]、接吻的小猪和男用专利药丸的。有个小丑聒噪个不停，兜售香肠和板栗的小轮车吐出一阵阵煤烟，一顶顶圆筒帽鹅一般伸长了脖子，大象般壮硕的公共汽车在春天里发了情……

突然响起了刺耳的哨声，就像身上冷不丁挨了一鞭子，刺耳得让人头皮发麻。又是一声，仿佛又被抽了一鞭子。于是深红色小阳伞下、圆筒帽下、大宽边白色礼帽下，人人都把头探了出来。只见“小铁碑”正站在一张桌子上，一脸严肃地吹着哨。

“女士们先生们！”克拉格斯先生停止了吹哨，“女士们先生们，号外：飞艇已经到达北海上空。女士们先生们，请扪心自问：你们已经做好面对死亡的准备了吗？死亡就在今天。是您要死了……不，不，不是您身边的女士，说的就是您，红阳伞下的美貌女士。您还在笑呢，看您的牙齿洁白闪亮，可您是否知道，骷髅是怎么笑的吗？请您停一下，只需一刻，请扪心自问：死亡来临之前，您是否已经做完所有该做的事情？说您呐，红阳伞下

① 指彩票。

的那位！”

“还没有，还没全做完呢……”本来已经不再叽叽喳喳的小丑尖声细气地插嘴。

众人大笑起来。美貌的女士也笑起来，连忙举起深红的小阳伞遮住了头顶的天空，还故意当着所有人的面用膝盖抵住了自己的亚当。这两位同在一片深红色的宇宙里，他们是永生不死的。此刻的公园里，处处都是耀眼跳跃的阳光。

* * *

克拉格斯先生在深红色的宇宙周围转着圈。伞下有一双黑色的女鞋和一双棕色的男鞋。棕色男鞋和蓝色褐斑丝袜，无一不彰显着高档和昂贵，自然很容易引起注意。

克拉格斯先生踱着步，垂着眼帘，两只硕大的蟹螯搁在肚子前。午餐时，克拉格斯先生也一直垂着沉重的眼皮，而邻座就是那位红阳伞下的美貌女士。琥珀色的阳光如苹果蜜汁般洒满了她的全身，让人产生抑制不住的冲动，恨不得喝上哪怕一小口。闷热的傍晚没有一丝风，而苹果早已成熟，越来越晶莹剔透，它分明在哽咽着——唉，什么时候才能摆脱树枝呀，好想早日坠向地面。

只见红阳伞下的苹果女士站起了身，她身边的亚当也站了起来，他是谁其实一点不重要，因为他顶多不过是陪衬的泥土。两个人缓缓前行，慢得就像身负了重物，攀上了夕阳下渐渐抹上青灰色的小丘，随即越过小丘，又慢慢地在小丘的另一边沉入了地平线。两个人的脑袋先变成一把深红色的伞，接着便消失不见了。

克拉格斯先生足足等了有一分钟。接着便把小算盘一如既往地在沉重的眼帘后藏了起来，奋力爬上了小丘。只见他环顾片刻，便像老鼠一样溜了下去，这位小铁碑的行动竟能如此敏捷，着实让人大跌眼镜。

小丘下，夜幕如一匹紫色的绒布，很快无声无息地蔓延到了天尽头，树林也好，行人也好，全都变得依稀朦胧。灌木丛犹如闷热的皮衣，为温顺的野兽们提供了掩护，浑身毛发的野兽们便在灌木丛中急促呼吸，呢喃低语。克拉格斯先生身披丝幔般轻柔的夜色，悄无声息地在公园里四处乱窜，活像一只梦幻仙境中的硕鼠。只见他双眼利刃般闪闪发光，午夜来临之前，这两只利刃般的眼睛在他毛茸茸的脸上瞪得溜圆。虽然他已经跑得气喘吁吁，可是深红色小阳伞却哪儿都找不见。

“船……”克拉格斯先生紧紧攥起了蟹螯，牢牢地抓住了最后一线希望。以前有过那么一两次，他曾在船上逮到过。

宁静的湖面漆黑油亮。水面中央有一对浑身洁白的天鹅，在黑夜中白得扎眼。而远处悠然下垂的杨柳树枝下，果然有一艘小船。

克拉格斯先生的爪子啪啪踩过青草地，眼看离天鹅越来越近，它们也显得越来越白。于是他踮起脚尖，小心翼翼地弯腰从柳树枝里探出身去。

下方的水面上漂着一艘小船。船的一头正是那把小阳伞，不久前还是深红色，而此刻已经变成一个柔软的毛茸茸的黑球，遮住了船上人的脸。而船的另一头，却露着两条雪白的腿，犹如黑暗中那两只洁白的天鹅。

克拉格斯先生这才掏出手帕擦掉脸上的汗，松开了紧握的蟹螯。他躺了一小会儿，幸福地喘息片刻，便像一头毛茸茸的野兽，肚子贴地匍匐着，悄无声息地沿着滑溜溜的黏土爬了下去。

“晚上好啊，先生们！”等到离小船近了，小铁碑站了起来。圣洁的眼帘依然垂着，可凸出的鼻子、下巴和嘴唇却同时乐开了花。

天鹅般雪白的腿一闪，便不见了。一声尖叫。小阳伞跳进了水里，顺水流漂走了。一只毛茸茸的野兽从船里蹿出来，大声怒斥克拉格斯：

“见——鬼！您——怎么敢，好大胆……看我不把您——把您……”

克拉格斯先生垂着眼帘，满脸堆笑。张开了吓人的蟹螯，一把牢牢钳住了美貌苹果女士身边亚当的手，亚当就像猛地被捕兽夹钳住，大口喘起了粗气。可克拉格斯先生依然满脸堆笑：

“你们两位——请跟我一起——去最近的——警察局吧。您和您的女士——我非常抱歉。您到了那里再公开姓名不迟，您的和这位女士的姓名。然后我们再对簿公堂。说这些话，我感到很遗憾。噢，请您告诉女士，让她不要再哭了。在公众场合做出道德败坏的举止，这种处罚还算是轻的呢。”

“不要……见——鬼！您快放开我的手啊？听见没有……”

可克拉格斯先生抓得很紧。苹果女士此时跪在沙地上，两手捂着脸，抽抽搭搭地，前言不搭后语地不住求饶。克拉格斯先生依然满脸堆笑：

“我，真的，很抱歉，我亲爱的女士。您还那么年轻，却要在法庭上现身说法……”

“噢，您要什么尽管说，还请高抬贵手！嗯，要什么——要什么……”天鹅般白皙的手在厚重的夜色里格外醒目。

“嗯，好吧。您的面子我一定要给，迷人的女士啊。不过您要保证，今后——永——远不会再……”

“噢，您真是……好心人呐……您就是上帝呀。我向您保证——噢，我保证！”

一只蟹螯仍然牢牢钳着吓得浑身发软的亚当，而另一只蟹螯掏出了哨子塞进嘴里：

“看到没，只要敢动一步——我就吹哨……”说着便放开了俘虏。他从对方脚上的丝绸袜子打量到头顶，掂量了一下，便干脆利落地抛出了价格：

“五十基尼[①]。”

“五十……基尼？”对方朝克拉格斯跨了一步。

克拉格斯的哨子吱吱地叫了起来，不过还只是刚好能听得见，可……俘虏却没敢再跨前一步。

“怎么样？您支票本带在身边吗？我给您照个亮。”克拉格斯先生客客气气地建议，从口袋里掏出了手电筒。

俘虏牙齿咬得咯咯响，开了一张转账到伦敦城密德兰联合银行的支票。女士无神的目光追随着漂向远处的小阳伞。小阳伞慢慢地，继而彻底地消失在浓重的夜色里。克拉格斯先生笑了，牙齿还咬着哨子，这下两个月的开销有保障了。五十基尼呢！克拉格斯先生可不是每次都能这么走运的。

---

① 基尼是英国旧金币名，现在等于21先令。

6

天色已暗。通向隔壁房间的门虚掩着。透过门缝，能看到天花板上有一道光，是有人提着灯走来走去，似乎出了什么事情。这道光移动得越来越快，四面漆黑的墙壁也被这道光越拉越长，一直延伸到没有尽头的远方。这间房间，就是伦敦，就是千家万户。灯光摇曳，天花板上的光带也晃个不停。不过也许，这一切都是梦呓……

可似乎真的出了大事。伦敦漆黑的天空裂成了几块。惨白的三角形、四边形、线条，那是防空探照灯无声的几何梦呓。象群般的公共汽车关闭了车灯，瞎了眼一样飞速地横冲直撞。晚归的情侣们踩踏柏油马路的声音，原本声声入耳的激情节奏，此时也听不见了。家家户户都关上了门，熄了灯。此刻，城市仿佛瞬间被瘟疫横扫，变成一座空城，四处回声隆隆，城市中只剩下无处不在的几何图形——穹顶、金字塔、圆圈、弧线、塔楼、锯齿般的雉堞……全都陷入了沉寂。

可是，寂静宛如肥皂泡，只膨胀了片刻就变得稀薄，转眼便破灭了。爆炸声犹如钢铁般的脚步由远及近隆隆踏来。一个怪物的身影越来越高，几乎直达天际。只见怪物像被砍去了爪子，只剩下脚和一个大肚子，肆意而又盲目地投下一枚枚炸弹，仿佛践踏着一座座立方体的蚁穴，同时也践踏着蝼蚁般的人群。那正是齐柏林飞艇……

电梯已经来不及吞咽如蚁的人群，蚁群只好顺着阶梯涌入地下。有的悬挂在脚踏板上，有的在地下管道里随轰鸣声疾驰而去，无所谓驶向哪里，也不在乎在哪里下车。疯狂的地下世界里，人们彼此拥挤推搡，头顶是混凝土的天空，处处是错综复杂的洞穴、上上下下的阶梯、一盏盏宛如太阳的照明灯、一座座售货亭、一部部自动电话机。

“齐柏林飞艇已到达伦敦上空！紧急——号外！”小男孩们就像上了发条的玩偶般机械地叫喊着，在人群中钻来钻去。

克拉格斯先生站在飞驰的车厢里，抓着皮带拉手，目不转睛地看着号外。齐柏林飞艇和圆筒帽来了一波又一波，把小铁碑挤下了台座，朝前冲去，却碰到了一个人的膝盖。而那膝盖居然在发抖。克拉格斯先生定睛一看，竟是苹果女士。

“哈，真巧！您也在这里？非常，高兴，非常……请您原谅，这里太挤了……”克拉格斯先生笑着摘下了圆筒帽。

这次苹果女士是独自一人。她回以克拉格斯先生一个微笑，笑得既尴尬又驯服。

克拉格斯先生的左侧口袋里揣着那张五十基尼的支票，一想起来心里就熨帖。于是他殷勤地开起了玩笑：

“我们都像古代基督徒一样，不得不从地下通道逃命求生啊。我说的没错吧，小姐，是不是很好玩？”

小姐本该立刻被逗笑，可她却没笑出来。最后憋足了劲，终于哈哈地笑出声来，却比哭还难听，而且异乎寻常的响亮，响彻整个车厢。车厢里的人全都转过脸来看她。克拉格斯先生则趁机稍稍抬了一下圆筒帽，快步流星地朝前走去了……

“哈默史密斯站到了！列车到达终点！”检票员当的一声开了门，大家便从车厢里鱼贯而出。

头顶的电梯和楼梯井口传来沉闷的轰鸣。于是，无数圆筒帽和斜戴的宽边礼帽便留在了站台上，仿佛粘在了洁白刺眼的墙壁上，和红红绿绿的广告牌、飞驰的劳斯莱斯汽车上纹丝不动的脸庞，还有“自动太阳”融为了一体。此情此景不由让人想起，古时候在贴满白瓷砖的地下避难通道里①，基督徒们就是这样成群结队地避难，举止姿态就跟如今招牌画上一样古怪。

苹果女士心慌意乱地看了看四周，眼光捕捉到了唯一熟悉的身影。只见那人把两只蟹螯叠放在肚子上，爪子噼啪噼啪拍着路面，于是她梦游般机械地跟了上去，和克拉格斯先生一起走进了电梯。电梯把他们带到地面上，来到了外面。

黑漆漆的天空中，三角形的白色光斑、线条晃得人眼花缭乱，门窗紧闭的龟壳小房子和树木在身边飞快掠过，踩踏声和轰鸣声被抛在身后。苹果女士追上了克拉格斯：

“您等一下……抱歉……您能不能，看在上……上帝分上，把我带到……我本来要去莱斯特广场，可我根本不知道……”

小铁碑停下脚步，定定地站了片刻，可那姿态却仿佛已经矗立了几个世纪。垂下的眼帘后面，利刃般的小眼睛在黑暗中一闪：

“说实话，我很抱歉。不过我现在着急回家。再说……”克拉格斯先生不出声地笑了笑。这种场面实在太荒唐了，想想就可笑，他——和……和……一个来历不明的女人……

头顶正上方，巨大的“黄蜂”连珠炮似的哒哒作响，眼看寂静就要被打破。克拉格斯先生更着急了，家里只有洛莉一个人。于是爪子加速了噼啪踩踏柏油路面的节奏。克拉格斯先生突然觉

---

① 指古罗马基督教徒的地下避难处。

得口袋里那张支票似乎没有了动静，于是便停下脚步伸手去摸口袋，却听见身后有匆忙而又急促的小碎步跟了过来。果然，有个人影追着他，就像一条被遗弃的丧家之犬，既胆怯又屈辱。

这下他明白了。这个……这个女人将会一直尾随他到家门口，然后一整夜都赖着不走，或者坐在台阶上，甚至还会有更荒唐的举动，这会是个可怕的噩梦啊。

克拉格斯先生掏出手帕擦去额头的汗水，转过头斜眼瞄了一下身后，随即便一溜烟闪身躲进了最近的一条黑洞洞的巷子，打算从后院进家门。

克拉格斯先生摸索着门柱里千疮百孔的砖头，摸到了自家的栅栏门，敲了起来。卧室阴暗的窗户里，隐约闪过一张苍白的脸，那显然是洛莉太太的脸。洛莉太太似乎抡起了胳膊，往窗外扔出了什么东西。这是怎么回事?

克拉格斯先生敲了很久，越敲越响，连整条神甫街都听见了，可栅栏门还是紧闭着。克拉格斯先生分析了一下处境，竭力想从脑子里拽出哪怕一条能解释得通的理由，可这时钢铁脚步声突然响了起来，而且就在身边炸响，沉重的钢铁脚步，震得窗玻璃碎渣哗啦啦响成一片，克拉格斯先生的圆筒帽也被震得掉了下去。小铁碑慌忙伸手去抓帽子，却身子一歪倒在了柏油路面上。

7

每逢周日，克拉格斯先生不在家的时候，洛莉太太会在家里招待母亲和妹妹。

她们黄昏时分会从怀特察普尔[①]赶来，轻轻敲开后院的栅栏门，然后穿过厨房走进餐厅。在满屋子金属光泽的餐厅里，她们蹭着椅子边坐下，喝茶的时候也戴着帽子，每人还能享用一小块蛋糕。

“来来来，亲爱的，别客气，拿呀：我橱柜里还有一块呢，一模一样的，还没动过呢……”洛莉太太得意洋洋地打开橱柜。

“不了，谢谢啦。真的吃不下了……”坐在椅子边缘的两位客人一边咽着口水，一边竖起一只耳朵倾听窗外的动静，一旦传来熟悉的噼里啪啦的爪子踩踏声，便能及时地躲进厨房。但听到的只有无数编织推车在柏油路面发出的摩擦噪声。

“您真幸福呀，洛莉……”两位客人感叹着，发自内心地羡慕，“还记得吧，你以前和我们一起在市场上的时候……可现在……”

洛莉太太大理石般洁白的脸颊泛起了红晕。红晕是必须要有的，至少外表要让别人确信，你的确很幸福……

三个人走进了卧室。洛莉太太点亮了灯，水晶坠饰光彩夺目，看得人眼睛一起亮了起来。床上和椅子上，铺着精美绝伦的白色镂空、镶满花边的内衣。

“呀，洛莉，穿上吧。您穿白色的，肯定美极了，简直就是——女王呀。”

于是洛莉太太在屏风后脱下衣服。走出来的时候，她已经套上了袜裤和鞋子，还穿上了纤薄的白色内衣。温润如玉的皮肤在白色内衣的映衬下，更加显得粉嫩。水晶坠饰似乎有心斗艳，竟也随之染上了红晕。洛莉太太嘴上两片玫瑰色的幔帘兴奋地抖动着，仿佛吹弹可破。

"您真幸福呀，洛莉……"两位客人感叹着，发自肺腑地赞美。

这时，楼下有人敲门。三个人同时以为，是克拉格斯回来了。

"上帝，天已经那么暗了，早该回去啦。"两位客人赶紧站起身来。

洛莉太太匆匆披上晨衣，把母亲和妹妹从后门送走，然后跑去打开了门。

可门外并不是克拉格斯。门口站着一个小男孩，雪白的衣领，手里还捧着一个纸包。只见他吸溜着鼻子，似乎很天真的样子，可眼睛却像小老鼠般狡黠地眯着。

"这是给您的，女士。"他伸手递过纸包。

纸包里和上周日一样，是一束月季花，一片片花瓣弯曲着，边缘饱满地鼓起。

洛莉太太立刻怒不可遏：

"送回去。"她气冲冲地把鲜花推给小男孩。

小男孩愈发眯起了眼睛：

"啊——啊，送哪儿去呀，花店不会收的，钱也付过了。"

---

① 英国地名。

洛莉太太拿过花束，转身便奔进了卧室。月季花早已成熟，花瓣纷纷撒落在楼梯上，洛莉太太回头看到不由得慌了神。她急忙把花束塞进桌上一大堆花边衣物里，回身收拾了楼梯上的花瓣，又赶紧回到了楼下。她出门递给小男孩三个便士，可目光却向上看去，尽量避开那似乎已经洞悉了一切的小老鼠般眯起的眼睛。

夜色中，天空像打了马赛克一样斑斑驳驳，惨白的三角形和四边形在黑幕上不停地爬来爬去。

“哈，看啊，没错，飞艇在飞呢。”小男孩兴奋地朝洛莉太太扬起了眉毛，“您小心哦，快要轰炸啦。谢谢您，女士……”说完便一头扎进了黑暗中。

拉下餐厅的百叶窗帘后，浑身散发着金属光泽的洛莉太太开始手忙脚乱地收拾那套名声在外的茶匙，每一把茶匙都要放进专用的小套盒里。趁着还没开始轰炸，该抓紧时间了。可就在收拾第六把饰有纽卡斯尔三座城堡市徽的茶匙时，猛然传来一声闷响。三座城堡的茶匙被留在了桌上，紧挨着空空的小套盒。

沉重而又无情的脚步滚雷般踏过楼房，碾过人群……眼看越来越近。只要再走近一步，洛莉太太的世界就要坍塌：克拉格斯，茶匙，还有精美的花边内衣……

生命，只剩下五分钟了。应该先做最重要的事情吧。

“那束花……那才是最重要的。先得把那束花扔掉……”洛莉太太火急火燎地提醒自己。

于是她从那堆花边内衣里抓起了鲜花。

“对呀，扔到院子里去。扔到他家院子里，让他……”

她把脑袋探出窗外，胳膊使劲一抡。闪烁着幻梦般几何图形的天空在她眼前一掠而过，而隔壁的院子里似乎也闪现出一个人影，宛如硬纸板的剪影，忽隐忽现。洛莉太太怒气冲冲地把鲜花朝他脸上甩了过去，或许真的在做梦，她竟然听见了孩子般的哭声，抽抽搭搭的十分可笑。

这时一声爆炸响起，近在身边，玻璃哗啦啦碎成了渣子，似乎还有东西跌落。洛莉太太的世界在这一刻崩塌了，连同她的茶匙，还有花边内衣。

"贝利！贝利！"崩溃了的洛莉太太飞一样冲下楼梯，跑到院子里。

梦幻般的天空呼啦一闪。栅栏门下，闪过一个滑稽而又消瘦的黑影。顷刻间，两片小马驹般温柔的嘴唇扯开了洛莉太太嘴上的幔帘。只剩一分钟可以活了。

在撒满煤屑的柏油路上，这两人真正地生活了一分钟，却仿佛在那永生的深红色宇宙里一起相伴生活了一辈子。这时有人正敲栅栏门。可是在遥远的深红色宇宙里，他们两个根本听不见。

* * *

电灯熄灭了。厚重的夜色里，克拉格斯先生磕磕绊绊地踩着玻璃碎渣，摸索着电灯，在各个房间逡巡良久，一边不停地呼唤：

"洛莉！您到底在哪儿啊，洛莉？"

钢铁般沉重的脚步轰然作响，一步步朝南面远去了，声音也越来越轻。克拉格斯先生终于找到一支蜡烛，赶紧上楼跑进了卧室。几乎就在同时，洛莉太太出现在他身后的门口。

"上帝呀！您去哪儿了？"台座上的克拉格斯先生转过了身，

“圆筒帽……您看，圆筒帽掉了……”克拉格斯先生举起蜡烛，张大了嘴巴。只见洛莉太太身上洁白的晨衣敞开着，露出了纤薄的白色内衣，竟已被扯破，还沾满了煤屑。她的睫毛上挂着泪滴，嘴上……

幔帘竟也不见了。

“您出了什么事？您……您没受伤吧，洛莉？”

“是……啊不是。噢，不！”洛莉太太竟哈哈大笑起来，“我只不过……您先出去一下吧，我这就换好衣服，马上下楼来餐厅。看起来，一切都结束啦。”

洛莉太太换好了衣服，把撒落在地板上的花瓣精心地收拾起来，小心翼翼地放进一个小信封，再把小信封收进了首饰盒里。钢铁脚步声在南面消失了。一切真的都结束了。

1918 年

译后记

矛盾交织的一生

叶甫盖尼·扎米亚京于1884年出生于坦波夫州（现名利佩茨克州）一个名为列别姜的小县城（据1883年的人口普查数据显示，列别姜当时的常住居民为6 678人）。母亲玛丽亚·亚历山德罗芙娜（娘家姓普拉东诺娃）接受过良好的教育，喜爱古典文学，弹得一手好钢琴。父亲伊万·德米特里耶维奇·扎米亚京是一位神甫。扎米亚京回忆自己的童年时曾写道：

“你们会看到一个非常孤单的小男孩，肚子趴在沙发上，没有同龄的玩伴，一个人埋头读着书。有时候他会躲在钢琴底下，而妈妈则在演奏肖邦。小县城就是这样——家家户户的窗口都摆着天竺葵，马路当中的木桩上拴着一只小猪仔，几只母鸡在尘土中抖着羽毛。……列别姜曾是托尔斯泰和屠格涅夫笔下最有俄国特色的地方，也极具坦波夫地方特色……四岁时就已经读过果戈理……书籍就是我的童年玩伴。”扎米亚京全身心地热爱故土的风光，痴迷地留恋列别姜“坚不可摧”的俄语方言，怀念热闹喧哗的马市。这些少年时期的记忆，和作家对俄罗斯积重难返的落后与因循守旧的批判态度一样，都是伴随他一生的灵魂烙印。也许自小熟读经典名著的人，都会潜移默化地培养出鲜明的个性。更或许扎米亚京青年时期经历过太多战乱，所以离经叛道的精神几乎深入他的每一部作品，构筑起世界文学史上一道绕不开的风景。

1893 年到 1896 年，扎米亚京进入列别姜本地一所普通中学，可很快便转学至沃罗涅日[1]的中学继续学业，直至 1902 年以优异成绩毕业，并获得一枚金质奖章。后来，他曾将这枚金质奖章典当，却终其一生未能赎回。典当的金额在当时还是一笔比较可观的数目，足有 25 卢布。中学毕业后的扎米亚京决定报考圣彼得堡工业学院舰船系。他在自传中解释说：

“在中学里，我的写作成绩一向优异傲人，可数学却并不总是那么尽如人意。正因为如此，我才选择了（我够执着吧）最需要数学的专业——圣彼得堡工业学院舰船系。”

大学求学期间，暑期实习为扎米亚京创造了周游各地的机会。在开阔眼界的同时，未来的作家也借此积累了丰富的人生经验和创作素材。1905 年，他在敖德萨亲眼见证了“波将金”号装甲舰的起义，当时的见闻后来被他写进短篇小说《三日》（1913）。回到彼得堡后，扎米亚京便投入到布尔什维克的革命活动中，并因此遭到逮捕，在单人牢房里度过了漫长的几个月。可高墙内的扎米亚京反而高效率地利用了时间，他不但开始自学英语，还写作了一些诗歌。出狱后，他被流放回列别姜，但年轻的他却找到机会偷偷潜回了圣彼得堡。之后，扎米亚京潜心研究社会主义学说，自愿加入了俄国社会民主工党的布尔什维克组织（1905—1910），参加了维堡区[2]战斗兵团，并积极参与革命青年

① 俄罗斯地名。
② 俄罗斯地名。

大学生组织的活动。在圣彼得堡工业学院毕业后，他获得了船舶建造工程师的学位，继而在舰船建筑学教研组担任教学工作，在专业技术期刊上发表过学术论文。多年以后，他在接受记者采访时曾如此评价自己的成就："六册散文，六部剧本，六艘破冰船。"

扎米亚京始终认为自己的职业属于"异端"。而在1917年以前，大概只有支持布尔什维克，才算得上是名副其实的"异端者"。作为舰船建造工程师，他的才华被广泛认可，作为布尔什维克的一员，他多次被逮捕，也不止一次被驱逐出圣彼得堡，发配回原籍列别姜。也正是那个时期，他遇到了自己后来的人生伴侣柳德米拉·尼古拉耶夫娜·乌索娃（1883—1965）。妻子几乎比他多活了三十年，死后与他同葬。

1908年的毕业前夕，扎米亚京初次在文坛崭露头角。他的第一部短篇小说《一个》得以发表，第二部短篇小说《女孩》两年后才完稿。而真正使扎米亚京名声大噪的是1913年发表在圣彼得堡《训诫》杂志上的第一部中篇小说《僻县》，创作于流放拉赫塔[①]时期。作家在小说中不无心痛地抨击了俄罗斯乡镇冷血而又冥顽不化的兽性，犀利地揭示了这种具有俄罗斯特色的"痼疾"，也向世人展示了痼疾背后的阴暗王国。《僻县》不仅为扎米亚京赢得了声誉，也使他成了同行们口中的语言大师。小说主人公巴雷巴（这个名字对俄罗斯人来说，多少有些奇怪。来源于俄语单词барыга，意为"投机商""二道贩子"，具有强烈的贬义）也因此而成为"无视道德而又贪得无厌的动物本性"的形象化身。虽然扎米亚京后来远离了偏僻的乡村，投身于更广阔的天地，足迹远涉

① 俄罗斯地名。

圣彼得堡、伦敦和杰斯蒙德，但在日后的文学创作道路上，他依然会回首故土，以全新的目光再度审视自童年时就熟悉和热爱的俄罗斯文化。

小说发表后即引起了一些知名文学家和作家的重视，其中就包括高尔基。七年后，高尔基在评论扎米亚京时写道："他一心想成为欧洲绅士那样的作家——优雅、尖锐、讽刺而又充满质疑，可遗憾的是，至今未能写出比《僻县》更好的作品。"苏联评论家、历史学家波隆斯基（1886—1932）这样评论扎米亚京："……他对衣衫褴褛的人，对备受打压的人，甚至是野性难驯的人倒颇有善意，而且他的字里行间处处洋溢着这种好感……"

1913年，扎米亚京写了中篇小说《穷乡僻壤》。小说讲述了一座位于远东地区小军营的内部生活，而主人公的命运其实不仅仅是服役于"穷乡僻壤"的军官与士兵的命运，也直指当时已然"穷途末路"的俄国国运。为此扎米亚京不但本人被诉诸法庭，被判流放凯姆①，就连刊登了小说的那一期《训诫》杂志也受到牵连，被尽数没收。尽管如此，作为一名资深的专业工程师，扎米亚京依然能在俄罗斯各地服务于造船事业。

1916年，扎米亚京受命赴英国进行专业技术交流。在格拉斯哥、纽卡斯尔和南希尔兹等各地的造船厂，他参与建造了俄罗斯第一批破冰船。"十月革命"后，扎米亚京担任了"圣亚历山大·涅夫斯基"号破冰船的总设计师之一。旅英期间，扎米亚京由衷地惊叹于英国发达的科技和英国人深厚的文化修养。可说来也很离奇，这个国家似乎有某种难以捉摸的特性，竟让作家时不时联

① 俄罗斯地名。

想起俄罗斯偏远的乡村。也许，这种特性表现为对运动、自由和自然天性的恐惧。用扎米亚京的术语描述，就是缺乏“能量”。本质上来说，俄罗斯的痼疾和英国的缺乏能量，对扎米亚京而言是同一种现象的不同表现方式：固步自封、熵(entropy)值高[①]，最终都导致死气沉沉。

1917年，扎米亚京回到了圣彼得堡。作为一位享有盛名的语言大师，他不但在工业学院授课，还在“艺术之家”文学演播室为新生作家举办讲座，在赫尔岑教育学院开设“最新文学”课程。正是在这段时间里，他结交了马克西姆·高尔基，并任职于艺术文学活动家联合会理事会、文学之家委员会。他与高尔基及其他几位著名作家一起，策划了一个雄心勃勃的项目：向新生代读者、苏维埃读者介绍“古今中外所有名著”。在《世界文学》出版社编辑委员会任职期间，他为赫伯特·威尔斯写过文章，后者的作品毫无疑问对他写作《我们》产生过影响。

然而作家骨子里离经叛道的精神却始终没有改变，历史乐观主义也从没在他的心中有过生根发芽的机会，他依然对可能破坏文明生活的种种观念抱着愤世嫉俗的质疑和鄙夷态度。“十月革命”后的最初几年里，扎米亚京延续果戈理的风格写作了《龙》(1918)、《洞穴》(1920)和《马迈》(1920)。不过，果戈理的风格似乎不光体现在他的作品里，甚至在生活中也留下了印迹。

圣彼得堡当时已更名为彼得格勒。也许，作为一个外地人，扎米亚京是最先敏锐体察到圣彼得堡魔幻般氛围的。当然，作家是通过普希金、果戈理、陀思妥耶夫斯基等文学先辈们的传统透

---

① 根据热力学定理：越保守的体系，熵的值越大。

视棱镜观察圣彼得堡的。表面看，革命后的圣彼得堡依然如故，可是新生的彼得格勒却似乎已经走向另一个反面。扎米亚京的敏感不无道理，同时代的著名文学家奥西普·曼德尔施塔姆、安娜·阿赫玛托娃、康斯坦丁·瓦吉诺夫①等，均留下了关于那个时期彼得格勒的记述。在文学家们的眼里，彼得格勒已经变成了一座濒死的城市，是圣彼得堡“可怕一面”的倒映与放大。在短篇小说《马迈》和《洞穴》中，扎米亚京大胆地把军事共产主义比作了史前穴居时期的人类生活方式。短篇小说《龙》反应的也是圣彼得堡与彼得格勒之间的对立。圣彼得堡曾是一个精神世界，多元文化与美妙音乐的天堂，爱情与幸福的温床。而彼得格勒却已是一个不属于任何人的世界。想要在这座城市里生存下去，每个人都必须从头到脚长出毛发来，长出锋利的獠牙，把身上所有的文化印记抹得一干二净。这个彼得大帝眼里的童话世界变成了丛林，只有最强者才能生存，昔日的审美价值体系失去了意义。

然而在同行们眼里，扎米亚京显然过分美化了革命前的圣彼得堡，而只刻意批判革命初期出现的种种弊端。因此作家被毫不留情地归类为尚不稳固的年轻政权的敌人。其实扎米亚京的见解并不单一肤浅，《马迈》就讽刺了圣彼得堡旧时期的文人。扎米亚京的小说里，没有讴歌革命的雕章镂句，而冷静的观察和深刻的评议却随处可见，这也同样引起了同行们的反感。

1934 年，根据作家本人的请求，斯大林亲自批准其加入苏联作家联合会。1935 年，扎米亚京作为苏联代表团成员之一参加了

---

① 奥西普·曼德尔施塔姆(1891—1983)，俄罗斯诗人。 安娜·阿赫玛托娃(1899—1934)，俄罗斯诗人、作家。 康斯坦丁·瓦吉诺夫 (1899—1934)，俄罗斯诗人、作家。

反法西斯文化保护作家代表大会。可是扎米亚京本来就是个异端的人、一个不安分的反抗者、一个革命者。所以，无论是社会生活、政治、科学技术还是艺术领域出现任何形式的因循守旧，都会遭到他的抗争。君主专制根深蒂固时，他反抗君主专制；苏维埃体制在全国遍地开花时，他反抗体制的弊端。二十世纪二三十年代，作为苏维埃文学领域的代言人之一，他却是最积极的体制弊端的批判者，可流亡海外的俄罗斯移民团体则把他看作薪火相传的马克思主义者。对作家本人而言，这些都还算不上矛盾。他曾说，他的一生都在与保守势力作斗争。用扎米亚京自己的术语来解释，保守势力即所谓的“熵”，不管是沙皇俄国、英国，还是在新生的苏维埃祖国，他都从未放弃过与“熵”的斗争。给斯大林的信中，扎米亚京称自己为“不合时宜”的作家。

如果说扎米亚京在有生之年不合政权的“时宜”，那倒也罢了。可作家去世后的很长时间里，他的作品，尤其是长篇小说《我们》，非但没有失去现实意义，其影响力竟越来越深远，直至他的悲观预言得以实现。二十世纪八十年代末，早已享誉欧洲的扎米亚京的名字和他的作品一起，终于回归了俄罗斯文学。而那个时候，读者深感兴趣的已经不是扎米亚京的写作技巧与文学成就，而是作家的思想深度。现在，当一切条条框框的束缚都已成过眼云烟，所有的“时宜”都被历史的洪流涤荡殆尽，展现在我们眼前的，是一位纯粹的艺术家、无与伦比的语言大师、修辞大师，一位当之无愧的俄罗斯经典文学作家，一位传奇而又多舛的命运的“矛盾体验者”。

对极权社会的长期观察与思考，最终被作家艺术化地植入了科幻长篇小说《我们》中。小说最初的构思，是为了讽刺“苏联无产阶级文化协会”意识形态工作负责人口中的乌托邦社会。“苏联无产阶级文化协会”曾大力鼓吹将全世界改造并建设成一个理想化的乌托邦社会，其建设和治理的主要原则便是“彻底消灭人类的灵魂与爱的情感”。

1921年长篇小说《我们》脱稿，对扎米亚京的同行非议也随即愈演愈烈。尽管《我们》在作家生前并没有被允许发表，可由于扎米亚京在很多公开场合朗读过《我们》的片段，所以听说过这部小说的人绝非少数。但更多的读者没有机会读到小说的完整文本，而只能通过诽谤式的批评文章了解到一些蛛丝马迹。二十世纪三十年代，小说《我们》被先后翻译成捷克语、英语和法语。直至1988年，这部小说也只是在西方广为人知。

1930年，以俄罗斯无产阶级作家联合会（РАПП）为代表的苏联文学界对扎米亚京的攻击达到了顶点。方方面面的打击下，几乎崩溃的扎米亚京终于意识到，自己在苏联国内已经不太可能有进一步发展的前途。于是，万般无奈的扎米亚京只好宣布退出作家联合会，并提笔给斯大林写了一封信，恳请移居海外。在信中，他简短明了地陈述了出国的理由：“对于作家而言，丧失写作的机会就等于宣判了死刑。”而移居海外对作家而言，其实是一个万分痛苦的决定。最后，在高尔基帮助和运作下，扎米亚京于1932年顺利抵达了法国。

关于这段故事的始末，我们可以通过扎米亚京的一封信有所了解：

尊敬的约瑟夫·维萨里奥诺维奇：

本人执笔写下此信之际，已被判处最高级别的惩罚，特此恳请您换一种惩罚的方式。

本人的名字想必您是知道的。作为一名作家，对我而言，丧失写作的机会即意味着被判处死刑。如今事态已经发展到不可收拾的地步，我再也无法继续工作。年复一年甚嚣尘上的恶意中伤，犹如无法逃脱的天罗地网，在这样的环境下，任何创作都是难以想象的。

我绝非打算把自己描绘成一个饱受凌辱的无辜者。我知道，革命后最初的三四年里，我所写的作品里，的确有一些东西能成为别人攻击我的理由。我知道，我有一个很讨人厌的习惯——总是不顾场合说些不合时宜的话，而且自认为说的都是实话。比如，我向来不会掩饰自己对文学上奴颜婢膝、阿谀奉承和刻意粉饰的态度。我以前认为，现在依然固执己见地认为，这么做无异于玷污作家本人，也玷污了革命。当初，我正是因为在自己的文章中（发表在《艺术之家》杂志，1920 年第一期），以激烈的方式提出了这个问题，令许多人难堪，从而招致报刊杂志对我群起而攻之。从那时起，这种群体式攻击便以五花八门的理由持续至今，最后发展到了在我看来简直就是造物神话的地步。这就像以前，基督徒为了便于更形象化表现各种罪恶，就编造出一个魔鬼一样，评论界也把我打造成了苏联文学的魔鬼。而唾弃魔鬼，自然是一件善事，因此所有人都尽其所能地唾弃我。我每发表一部作品，就一定会有人想方设法从中挖掘出魔鬼式的构思。

……

苏联法典中，比死刑低一个级别的是强制迁居国外。如果我真的是个罪犯，而且理应接受惩罚，那么在我看来，也不至于是文学死刑那样的重罚。所以恳请把我强制迁出苏联以代之，并保留我妻子与我同行的权利。如果我不是罪犯，那么恳请允许我与妻子暂时出国，哪怕一年也好。这样，如果有朝一日我们国家在文学领域能为崇高思想服务，而不用再面对小人奴颜媚骨；如果有朝一日我们国家对语言艺术家的作用的看法哪怕稍微有所改观，我就会毫不迟疑地回来。我相信，这一天已经指日可待。因为物质基础一旦建设成功，建设上层精神建筑，建设真正无愧于革命的文学艺术，必将变成迫在眉睫的问题。

我知道，在国外我也会异常艰难。因为我不可能在那里加入反动阵营，我过去的经历可以充分证明这一点（我在沙皇时期就加入了俄国社会民主工党的布尔什维克组织，还曾为此坐过牢，被两次流放，战争时期因为发表反军国主义中篇小说而遭到诉讼[①]）。我知道，如果说在国内我被宣布为“右派分子”，是因为我早已习惯凭良心而非奉命写作，那么在国外，我迟早有一天会因为相同的原因被宣布为布尔什维克分子。但是在国外，哪怕条件再艰难，我也不会被判闭嘴，即便不用俄语，我也能够在那里写作并发表作品。

……

我本可以为去国外的请求找一些更合乎常情的理由，而且都并非不重要：为了治愈长期以来的慢性病（结肠炎），我

① 即扎米亚京的《远在天边》（1914）。沙皇政府书以该小说“丑化俄国军队”为由将作者和发表小说的《箴言》杂志的编辑人员送上了法庭。

必须去国外治疗；为了使两部已经译成英、意两国文字的剧作顺利上演（即剧本《跳蚤》和《名誉长舌协会》，曾在苏联各大剧院上演），我也必须亲自去一趟国外，此外，这两部拟上演的剧作还能让我不用因为申请外汇而给财政人民委员会添麻烦。这些理由全都彰彰在目，可我并不愿意隐瞒请求批准我与妻子出国的最主要原因，那就是我作为一名作家走投无路的现状。在国内，作为一名作家，我已经被判处了死刑，就在我们国内。

……

移民期间的扎米亚京算不上高产。他专门为法国报纸写文章，基本以俄罗斯现代散文为主题，有时候也会写一些关于先锋艺术的内容。而在当地的俄罗斯移民群体眼里，扎米亚京始终是一个不值得信任的外来人士。更为糟糕的是，病痛和对故土的思念逐渐耗去了他的精力。1937 年 3 月 17 日，作家于巴黎辞世，安葬于巴黎南郊齐约的一座公墓。终其一生都保留了苏联国籍。葬礼上，只有寥寥几位生前好友为他送行。无论是在故乡，还是在移民心中，他的死都犹如鸿毛击水，没有惊起任何涟漪。

跨越东西方的《我们》

对大多数读者而言，或许扎米亚京只是长篇小说《我们》的作者。这部小说当然是作家本人常年艺术探索、实验的结晶，也是历经劫难后的传世珍品。可实际上，扎米亚京留给后世的文学遗产，无论从题材、体裁还是语言风格方面，都是多姿多彩的。

简单粗暴地为他贴上“著名反乌托邦作家”的标签，恐怕有失公允。他的作品里，既有俄罗斯与欧洲文化的相遇相容，也有艺术与科学的发展与冲突。因此在他的作品中，思想意识层面的矛盾冲突随处可见，也就不足为奇了。扎米亚京在自传中也承认，自己从小就对矛盾事物的体验情有独钟，经常不顾场合地体验矛盾冲突而乐此不疲。

虽然扎米亚京时常自诩为果戈理、萨尔蒂科夫-谢德林①和陀思妥耶夫斯基传统写作风格的继承人，但他却不遗余力地呼吁同行们将视线投向西方，向西方作家学习视觉感强烈、引人入胜的写作技巧。另一方面，作为数学和船舶建造业的专家，扎米亚京始终没有放弃过在文字工作中探索自然基本法则，甚至曾试图推导出某种符合现代艺术形态及发展规律的公式。终其一生，扎米亚京都固执己见地认为，“数学方法”对文学创作而言是颇为有效的捷径。用“数学方法”研究文学艺术，固然不啻为标新立异的创作思路，可是在同时代文人看来，难免会有一厢情愿的“矫情”之嫌，作品也可能会因此而变得理性有余而感性不足。

不管是文学作品风格，还是平日里的言行举止，扎米亚京总给人留下内敛而又稳重的印象，甚至有时候会被人认为过于刻板。难怪勃洛克②戏称他为“莫斯科的英国人”。这个雅号也伴随了作家的一生。扎米亚京精通英语，对英国文学尤为兴趣浓厚，也是英国作家赫伯特·威尔斯的铁杆崇拜者。有意思的是，当年

---

① 萨尔蒂科夫-谢德林（1826—1889），俄罗斯作家，以讽刺小说见长。

② 勃洛克（1880—1921），俄国19世纪末20世纪初的著名诗人。

旅英期间，扎米亚京笔下的创作主题依然是俄罗斯；可回国后，他却在作品中屡屡反思和总结自己在国外的经历。临近人生终点时，扎米亚京以移民身份定居巴黎。那时候的作家坚持只用俄语写作，所以在欧洲人眼里，他一直是个纯而又纯的俄罗斯作家。

1917年和1918年，扎米亚京分别发表了“英腔”十足的中篇小说《岛民》和短篇小说《捕人者》，为其在英国的生活画上了圆满的句号。继动物本性的代言人巴雷巴之后，两位形象鲜活的主人公杜勒先生和克拉格斯先生进入了读者的视野。前者热衷于强制同胞们接受救赎；后者则阴险伪善，靠着“捉奸”而赚得盆满钵满。“异端者”扎米亚京就像在《僻县》中批判俄罗斯毫无生机的底层生活那样，无情地鞭笞了所谓西方文明世界机械式无意义的生活。扎米亚京的确如自己所说的那样，出色地发扬了果戈理的传统，擅长在外表丝毫没有相似之处的人身上，发现内在的共性。而且与果戈理一样，他的叙事风格与诗意的修辞融为了有机的一体。事实上，这种与果戈理“血脉相承”的感觉，一生都在鼓舞作家。而“英腔”小说在扎米亚京的作品中也并非只是“独栋小洋楼”式的存在，它们作为有力的延伸构架，支撑起了日后的传世之作《我们》。

《我们》的创作结构在《岛民》与《捕人者》中便已经初露端倪。比如主人公在“记事”中的诸多议论和大一统国家的科幻描述，显然借鉴了《岛民》中副主教杜勒梦寐以求的机械式理想社会。大一统国家里，人们变得犹如机器，行为规范和准则让人觉得既滑稽而又高不可攀，甚至做爱也被纳入严格的作息安排。可是真正的爱情从来都不曾服从于任何法则，所以就有了爆发。《岛民》中的肯布尔和《我们》中的工程师Д-503最终都爆发了，而且爆发的过程都是通过“正统”叙事者的视角加以呈现，而小说中的所谓正统叙事者，最终也都抛弃了被大多数人认可和接纳的行为规范，背叛了习以为常的道德标准。尽管与社会传统思潮相比，个人的思想显得渺小而不足道，与宏观宇宙相比，微观个人的行为几乎可以忽略不记，然而在扎米亚京笔下，社会层面的爆发与个人情感的起伏跌宕就像宏观宇宙与微观个人之间的联系，不仅无法剪断，而且始终平行进展，彼此相融，相互影响。因此，当小人物的命运面临万劫不复的必然毁灭时，读者内心产生的同情与共鸣便有了声振寰宇的效果。

扎米亚京曾在文章《我担心》里明确表述自己的文学创作信条：“真正的文学，慈眉善目的执政官员是做不来的，恐怕只能由疯子、隐士、旁门左道之徒、空想家、不守本分的人和怀疑论者来创造。”考虑到他和左翼社会革命党人的关系十分密切，可以推断，作家当时对布尔什维克党政策不遗余力的尖锐批判应该都是出自真心。这一点在他的诸多作品中也有所体现。比如长篇小说《我们》中叛乱分子发动的“革命”，几乎就是无政府主义及左翼势力“革命”理念的翻版。此外，在英国旅居的经历和工程学高等教育也对作家产生了巨大的影响。在扎米亚京的眼里，英国工业革命和技术统治论既能缔造福祉，也可能带来恶果。O. H. 米哈伊洛夫[①]曾这样评论：“扎米亚京坚信，科技的发展与进步本身就是脱离道德与精神的，非但不能完善人的本性，内心中的人性倒反而会被科技排挤出去。”

---

① 俄国作家、文艺学家、著名的历史题材长篇小说作家。对俄国历史上第一次移民潮文学颇有研究。

《我们》的第一个俄语完整版于1952年出现在纽约，而俄罗斯本国出版扎米亚京作品集则要等到1988年。今天，扎米亚京的名字已为每一个接受过教育的俄罗斯人所熟知。可对大多数人而言，他依然还是那个反乌托邦作品的开山鼻祖。扎米亚京开创了反乌托邦文学流派当然无可争议，但是他丰富多彩的表现手法同样不容否认。对我们而言，他不仅仅是一个优秀的作家，更是一个深邃的思想家，而《我们》本身也不应该仅限于一种题材或体裁的定论。

除了反乌托邦元素，小说中还鲜明地论述和剖析了主人公的冒险精神，心理与哲学、爱情与工业同样是小说的架构性主题。准确地说，扎米亚京的《我们》属于新神话学派小说，其创作根基正源于被称为“俄罗斯白银时代”的系列现象。仅仅一个反乌托邦小说的框架，对创作欲旺盛的扎米亚京来说未免过于狭隘。与其说乌托邦或反乌托邦题材的特色催生了扎米亚京的想象力，不如说天马行空的想象是作者本人力求摆脱现实引力的结果，也是他又一次检验各种思想正确性的大型艺术化实验。与其说未来世界的法则和科技发展的预期辉煌是读者的兴趣点，不如说主人公因心态失衡而造成的矛盾冲突才真正打动人心。

扎米亚京在《我们》中构思并描绘的未来世界，也许会让读者产生“真实感”。因为其间不但投射了诸多古希腊罗马文化元素，比如普罗米修斯、《圣经》故事、亚当与夏娃、基督耶稣、巴别塔等等，现代工业文明的元素也俯拾皆是。在这一片似真亦幻的世界里，作者试图在感性与理性的不断矛盾冲突中搭建一座“逻辑”的迷宫。可是作者显然并不想简单引导读者走向合情合理的逻辑出口，揭示不受任何时空影响和限制的顽固人性才是作者良苦的用心。

故事的情节发生在二十六世纪，那时乌托邦的居民们已经彻底丧失了个性，号码成了区别彼此的标志。人们生活在玻璃大楼里（作者描述类似的情节时，电视机还没有发明），政治警察以“守护者”的名义随意并毫不费力地监视所有人的一举一动。所有人都穿着一模一样的制服，各自均以号码的身份与他人交流，吃的食品也全是人造的。自由散步时间内，人们听着扬声器里播放的大一统国家国歌，四人一排组成方阵，节奏整齐地踏着正步。到了规定的休息时间，每个人可以在一个小时（即“性交时间”）里拉下玻璃房间的窗帘。在这个完全隔绝于大自然的“大一统国家”里，国家元首被称为“恩威荣主”，他每年都会在全民习以为常的选举中不出意外地当选。幸福与自由不可兼容，便是治国的基本原则。

主人公 Д－503 是一位工程师，负责设计建造一台用于征服整个宇宙的设备。他爱上了一个女人，最终却因此走上了叛国之路，连心爱的女人最后也送了命。主人公将恩威荣主视作心目中的上帝，将大一统国家的法律当作圣训，其命运轨迹与《圣经》中的亚当颇为相似。他尝到了自由、激情和知识的滋味后，内心便不再平静似水，而是甘心等候严厉的惩罚。正如亚当一样，Д堕落后，了解到天堂以外还有另一个原始的野蛮世界。

有必要指出的是，小说取名为“我们”，似乎暗示主人公其实有着自己的“性格分身”。循规蹈矩是现实的“我”，平时过着守时机械的生活，不仅以此为荣，同时也深信幸福的基础应该是一套完美的机械逻辑理论。而另一个真实的“我”却渴望自由，一有机会便会轻易摆脱逻辑的桎梏，沦陷于野性的激情中而不可自拔。而真实的“我”无疑就是现实“我”的肋骨。

而对于小说中的人物筛选与设定，扎米亚京是有严格掌控的。有研究者认为，以俄语字母开头的人物编号代表了保守势力，而以英语字母开头的人物则代表了激进的革命派。虽然小说的开放式结局没有告诉读者，真实的人性和机械的现实究竟孰强孰弱，梅菲与恩威荣主最终究竟哪一方获胜，但是从个人的微观角度，在安分与不安分之间，作者为“现实”提供了一个暧昧的“真实”答案：Д心里真实的“我”通过手术被切除，Д最终安分了；极度不安分的I（代表音乐）被处以气钟的极刑；从来不够安分的R（代表诗歌）死于骚乱；一向安分的O（代表两个不同世界之间的过渡）不安分地有了身孕，最后选择离开机械天堂，走进了原始丛林……《我们》的故事讲述风格和作家早期作品的修辞风格大相径庭，叙述语言极为朴实无华，隐喻手法近乎纯理性，字里行间采用了大量科技术语。

1921年，《我们》的手稿由作家本人带往柏林，交给了格热宾出版社柏林分社，后来手稿的复印件又辗转被送到美国。1924年，《我们》在纽约出现了第一个英文版本，法语及捷克语版本也随后相继问世。虽然小说并没能在苏联国内公开出版，可还是遭到了铺天盖地的恶评。苏联国内的审查机构和一些阅读过小说手稿的批评家一边倒地认为，扎米亚京“恶毒而又凶狠地攻击了共产主义乌托邦王国，对平均分配和思想单纯化表示了极大的不满”。还有人认为，扎米亚京已经变成了一个对革命事业满腹怨言的俗人。1929年，扎米亚京的剧本《跳蚤》被莫斯科高尔基模范艺术剧院中止排演，悲剧剧本《阿提拉》（1928）也随之遭到禁演。

面对日益凶猛的恶评和攻击，扎米亚京于1932年就《我们》

的主题向记者解释说："目光短浅的评论家在这部作品中只看到政治讽刺，这显然是不公平的。这部小说只是传达一个危险的预警，预告人和人类社会将受到无论是机器还是国家过大权力的威胁。"而当时的苏联社会正处于迫切需要摆脱普遍积弱贫穷的尴尬状态，很少有人能像扎米亚京那样注意到未来潜在的灾难。几十年后，当社会弊症愈演愈烈，乃至到了悲剧已然无法避免的地步时，作家扎米亚京洞若观火的先见之明才重又被人们想起。

正如吴泽霖[①]先生说的："这部小说创作于苏联建国之初（1921）而（母语版本）发表于苏联解体之前（1988），这与其说是《我们》的不幸，不如说是我们的不幸。"

有趣的是，扎米亚京本人似乎当时就已经预见到自己可能面临的结局。他告诉记者："有人给我讲过一个关于公鸡的波斯寓言。一只公鸡有一个坏习惯，总爱比别的鸡早叫一小时。主人因此陷于尴尬的处境，最终砍掉了这只公鸡的头。小说《我们》看来就是这只波斯公鸡——因为这样的问题以这样的形式提出，实在为时过早。"

继扎米亚京的小说《我们》之后，英国作家阿道斯·赫胥黎于1932年发表的《美丽新世界》和奥威尔于1948年创作的《1984》相继成为反乌托邦经典名著。这些作品同样提及了科技进步带来的问题，预言随着科技的进步，人类的生活将不断贬值，个性也将逐渐消亡，直到所有人都变成体制内一颗普通的螺丝钉。

---

① 吴泽霖（1898—1990），中国民族学家，教育家。

而当今的世界，已经是一个科技日益突飞猛进，全球区域政治多极化，文化多元化并存的世界。那只早鸣的波斯公鸡自然不甘寂寞，也应该会为人们带来更多有益的启示。

2021 年 12 月　于上海

Е. Замятин
МЫ

图书在版编目(CIP)数据

我们/(苏)扎米亚京著;白桦熊译.—上海:
上海译文出版社,2022.11
ISBN 978-7-5327-9040-1

Ⅰ.①我… Ⅱ.①扎… ②白… Ⅲ.①长篇小说-苏
联 Ⅳ.①I512.45

中国版本图书馆CIP数据核字(2022)第190941号

我们
[苏联]扎米亚京 著 白桦熊 译
责任编辑/刘 晨 装帧设计/周伟伟

上海译文出版社有限公司出版、发行
网址:www.yiwen.com.cn
201101 上海市闵行区号景路159弄B座
苏州市越洋印刷有限公司印刷

开本 889×1194 1/32 印张 15 插页 5 字数 235,000
2022年12月第1版 2022年12月第1次印刷
印数:0,001—8,000册

ISBN 978-7-5327-9040-1/I·5619
定价:68.00元